D1665089

Theodor
Im Zeichen des Bösen

Aaron E. Lony

THEODOR

—

Im Zeichen des Bösen

1. Auflage
Copyright © by Aaron E. Lony 2013
Alle Verwertungsrechte liegen bei
Gutwald GmbH und Co. bedeson KG, bedeson Verlag, Biberach 2013
Umschlaggestaltung: bedeson
Satz: bedeson
Herstellung: CPI books GmbH
ISBN 978-3-944938-02-8
Printed in Germany

Bedenke, dass du ein Teil vom Ganzen bist.
Erkenne, dass dein Leben beeinflusst wird.
Erfahre, was dir verschwiegen wird.

Theodor I, Im Zeichen des Bösen
ist der Beginn einer Geschichte,
welche dein Leben beeinflussen wird.

Ein Leben in Freiheit ohne Angst –
das Gesetz existiert auch in dir!

Mehr erfährst du unter der Internetseite
www.theodor-story.com

H5MF9-NVI0S-YMWVH

Mit dem Code erhälst du Zugang zu weiteren Informationen,
Hintergründe, Beweggründe und 52 Newsletter, die dir die Augen
öffen werden.

Erfahre mehr über die Theodor-Story und warum sie überhaupt
geschrieben wurde.

Für meine Tochter,
für meinen Sohn.

Dass sie niemals in ihrem Leben
Angst haben werden.

THE
THEODOR STORY

BAND
I

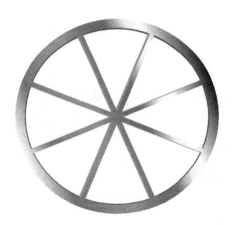

Prolog

25. September 1505

Man schreibt das Jahr 1505. Aberglaube, Hexenwahn, Dämonen und böse Geister – zu jener Zeit haben sie den Alltag über weite Gebiete hinweg bestimmt; sie beherrschen das hiesige Leben. Die Inquisition ist voll im Gange, Scheiterhaufen an Scheiterhaufen lodern, der Geruch von verbranntem Fleisch schwängert die Luft, das Schreien vermeintlicher Ketzer und Teufelsbuhler ist landaus und landein nicht zu überhören.

Scharlatane, Wunderheiler, Magier, Alchimisten, Hellseher und Weissager treiben ihr Unwesen zum Trotz der Inquisition, die sie erbarmungslos im Namen der heiligen Kirche verfolgt. In ständiger Angst vor Denunzianten wandern sie durch das Land und verbreiten ihre Lehren, sagen die Zukunft voraus und heilen mit giftigen Pflanzen.

Das kleine Dorf mit dem Namen Harbourn, inmitten der Berge des Vallis-Gebirges nordöstlich der Stadt Melbourn, ist Schauplatz einer Hinrichtung. Ein Mann ist beschuldigt worden, mit den Mächten der Finsternis im Bunde zu stehen: Beschwörungen des Bösen, Zauberei und Magie werfen sie ihm vor.

Die Angst und die Furcht vor der Verteufelung haben sich schon vor Jahren in das Dorf eingeschlichen, unter vorgehaltener Hand wird seit Langem der Arzt, Astrologe und Naturheilkundler Theodor Ephrath Mehrens verdächtigt.

Noch bevor die Nachricht den Großinquisitor erreicht, wird Theodor Ephrath Mehrens der Teufelsbuhlschaft bezichtigt und von einer aufgebrachten Menge in Ketten gelegt. Ein Scheiterhaufen ist errichtet worden und wenige Stunden später verwandeln lodernde Flammen einen gewaltigen Holzstapel in ein einziges Feuermeer.

Das Knistern und Bersten der Holzstämme, die schichtweise

9

übereinandergestapelt worden sind, können weit bis über das kleine Dorf hinaus vernommen werden. Glühend heiß verbreitet sich die Hitze, sie dehnt sich aus wie eine unsichtbare Druckwelle und zwingt die Menschenmenge einige Schritte zurück.

Unentwegt starren sie auf den großen breitschultrigen Mann, dessen pechschwarzes Haar sich über den schwarzen Talar wellt, der seine kräftige Statur noch mächtiger erscheinen lässt. Die feinen, jedoch markanten Gesichtszüge werden von einem dichten gepflegten Vollbart verdeckt, der dem stählernen Blick der braunschwarzen Augen noch mehr Festigkeit verleiht. Mittels einer dicken Eisenkette sind Hände und Füße miteinander verbunden, sodass eine plötzliche Flucht unmöglich ist. Nur wenige Schritte neben ihm steht das Oberhaupt des Dorfes. *Der kleine Bucklige* wird er nur genannt; seine Gestalt ist kleinwüchsig und außerdem noch von einem Höcker missgebildet. Mit verächtlichen triumphalen Blicken mustert er den Geketteten, lässt mehrmals seinen Blick an ihm hinauf und dann wieder hinabgleiten, doch Theodor scheint keinerlei Notiz von ihm zu nehmen. Seine Augen richten sich unentwegt auf das Zentrum des Feuerherdes, in dem vor wenigen Augenblicken seine Frau und seine Tochter verbrannten.

„Dein Tod wird uns sehr viel Freude bereiten, Hexenmeister!", spricht der Bucklige in gezwungener Gelassenheit. „Das Unheil, das du über uns gebracht hast, wird nun ein Ende haben."

Theodor starrt in das lodernde Feuer, würdigt den Bucklingen keines Blickes und schreitet auf das Feuer zu. Das Klappern der Ketten mischt sich unter das Getöse des lodernden Scheiterhaufens, die Menge teilt sich, starrt ihn an, aber niemand spricht ein Wort. Die ersten Flammen, die sich wie lechzende Zungen nach ihm ausstrecken, erfassen sein Gewand, züngeln daran bis zu seinem Haar empor, das explosionsartig abfackelt. Schritt für Schritt steigt er über das Holz hinweg in die Feuerbrunst, bis er den gierigen Blicken der Menschenmenge entschwand. Sie starren in die glühende Hitze, erlöst von einer Qual, einer Pein, einem Menschen, dem sie nicht nur die Pest, sondern all das Unheilvolle, welches das Dorf heimsuchte, zuschrieben.

Plötzlich teilte sich das Feuer, als wäre es in der Mitte auseinandergerissen worden; da kommt Theodor zurück, brennend wie eine Fackel und zeigt auf den Buckligen, der wie zu einer Säule erstarrt zu ihm aufsieht.

„Ich komme wieder, Rhodes", donnert seine mächtige Stimme. Sie hallt lauter denn je, „vergiss nie, die Vergangenheit wird dich eines Tages einholen."

Unweit der Hinrichtungsstätte wird das Geschehen von einem Jungen beobachtet, dessen Gesicht von schwarzen Flecken gezeichnet ist. Es ist sein Sohn Ephrath, dem es gelungen war, vor dem aufgebrachten Mob zu fliehen.

1

17. September 1965

„*E*s gibt sie wirklich!" beharrte Henriece. Er wusste, dass Arnold ihm das nicht glaubte. Warum auch? Doch er log nicht. Es gibt sie wirklich.

Intelligente Wesen, die häufig zu Unrecht ‚Dämonen' oder sogar ‚Boten des Teufels' genannt werden. Sie sind für die meisten Menschen unsichtbar. Einige haben die Fähigkeit, mit ihnen Kontakt aufzunehmen.

Henriece selbst hatte schon viele viele spiritistische Sitzungen abgehalten. Er war sehr geübt, er galt als erfahrenes Medium.

„Tsss. Du glaubst doch nicht mehr an so was! Gespenster gibt es nicht!"

„Geister", verbesserte Henriece trocken.

„Das ist doch dasselbe!" maulte Arnold und steckte sich eine Zigarette an.

Typisch!, dachte Henriece.

Für ihn waren Gespenster eine Gruselerfindung, die nichts mit der Realität zu tun hatte, aber er hatte auch keine Lust sich ständig mit Arnold wegen so etwas zu streiten. Nachdem er drei Jahre lang mit ihm in eine Collageklasse ging, wusste er, dass Arnold dies nur allzu gern täte. Aus seiner Sichtweise war Arnold ein arroganter Angeber, dessen Lieblingsbeschäftigung es war, mit dem Geld seines Vaters zu prahlen. Schon seit Generationen betrieb die Familie Larsen einen florierenden Holzhandel. Arnolds Vater gehörten auch die Wälder rund um Harbourn. Inmitten dieses Familienbesitzes thronte Larsens Residenz.

Eine Villa, mehrere Stockwerke hoch von mittelalterlichem Baustil. Dort hatte Arnold den Abschiedsball für den Prüfungsabschluss organisiert. Mit der letzten Party wollte Arnold noch besonderen Eindruck hinterlassen. Er hatte sturmfreie Bude, da sein Vater auf Geschäftsreise war. Diese Tatsache nutzte er natürlich aus: Die dröhnende Rockmusik konnte die halbe Nacht lang über ganz Harbourn gehört werden. Aus dem angekündigten Ball wurde eine krasse Party, auf der viel Alkohol floss. Die meisten Gäste hatten schon stark angeheitert das Fest vor Mitternacht verlassen. Henriece mochte das Getue nicht wirklich, zumal er Rockmusik nicht ausstehen konnte. Er verabscheute wilde Partys, trotzdem hatte er sich dazu überreden lassen. Nun saß er mit den letzten Gästen in Arnolds Wohnzimmer. Bis vor wenigen Minuten lachten sie noch über Arnolds Witze, die letzte Flasche Whiskey stand auf dem Tisch.

„Irgendetwas ist schon dran", bemerkte Ron zurückhaltend, sah Arnold an und nippte an seinem Glas. Er war Arnolds bester Freund und mit ihm immer gleicher Meinung – eigentlich. Beide hatten eine Vorliebe für fetzige Rockmusik und hübsche Blondinen. In der Schule ergänzten sie sich durch Bequemlichkeit und überließen die Mitarbeit den anderen.

Allerdings, was Henrieces Thema anbetraf, waren sie geteilter Meinung.

„Tsss" verdrehte Arnold die Augen, „Spanischer Aberglaube."

Henriece zog unwillkürlich eine Augenbraue nach oben. *Spanischer Aberglaube?!*, dachte er. *Ich könnte ihm das Gegenteil beweisen … eine Séance wäre eigentlich kein Problem. Ich müsste nur Kerzen auftreiben. Kreide habe ich sogar dabei.* Henriece sah um sich. Alle schauten ihn an – erwartungsvoll. *Warum eigentlich nicht?*, überlegte er. *Sie wissen ja gar nicht, dass ich das kann! Eigentlich wissen sie überhaupt nichts darüber. Arnold glaubt nicht mal an so was! Wir werden uns wahrscheinlich nie wieder sehen. Das wäre die letzte Möglichkeit, es ihnen zu beweisen. – Und was ist, wenn es nicht funktioniert?*, schoss es ihm durch den Kopf. *Was, wenn sie gar nicht kommen? Sie mögen Alkohol nicht. Er würde sie vertreiben. Im schlimmsten Fall würden sie erst gar nicht kommen…*

„Dann lass es ihn doch beweisen", sagte Betty schnippisch zu ihrem

Cousin. „Du brauchst ihn doch nicht immer so niederzumachen!"

Arnold erwiderte mit gespielter Gelassenheit: „Wenn du meinst, dass Mr. Merlin sich hier vor den anderen blamieren soll? – Bitte!"

„Muss das jetzt wirklich sein?", meldete sich Sandra mit piepsiger Stimme und rutschte näher an Ron heran.

Er legte einen Arm um ihre Schulter. „Ich pass schon auf dich auf", flüsterte er ihr ins Ohr und fuhr zärtlich durch ihr blondes Haar. Arnold verdrehte die Augen. Er konnte es nicht fassen, dass sein bester Freund sich in **so** ein Mädchen verliebt hatte. Okay, sie war hübsch und dazu noch blond, das musste er zugeben, aber diese Schüchternheit war einfach nicht sein Fall.

Henriece schaute zwischen dem Paar hin und her. Sie waren es nämlich, die ihn dazu überredet hatten, hier herzukommen.

Ron fing seinen Blick auf. „Was ist?", fragte er ihn und nippte an seinem Whiskeyglas.

„Was?", erwiderte er trocken. „So wie ich es sehe, lasst ihr mir keine andere Wahl..." *Also muss ich es versuchen. Ich muss das Risiko eingehen...* Er schob eine Hand in die Hosentasche und tastete nach der Kreide. *Was habe ich denn schon zu verlieren? Ist ohnehin unser letztes Treffen.*

Er nahm die Kreide hervor und legte sie auf den Tisch.

„Und wie will er das jetzt beweisen?", flüsterte Sandra Ron zu. Ron zuckte nur mit den Schultern. Neugierig beobachtete er, wie Henriece den Tisch leer räumte.

Arnolds Miene verfinsterte sich, als Henriece einen Kreis auf die Oberfläche malte.

„Hey, was fällt dir ein!" Empört fuhr er nach oben. „Das ist ein Einzelstück aus Malaysia! Hat über 400 Pfund gekostet!"

„Das ist doch nur Kreide", sagte Henriece.

Er schrieb innerhalb des Kreises im Uhrzeigersinn das Alphabet. Anschließend setzte er in die Mitte des Buchstabenkreises untereinander die Ziffern null bis neun. Links von den Ziffern das Wort ‚JA', rechts davon ‚NEIN'.

„Hast du Kerzen?", fragte er Arnold.

„Tsss. Sonst noch Wünsche? Vielleicht noch ein Leintuch? Oder soll ich mich gleich als Gespenst verkleiden? Huhu..." Arnolds Gesicht zog sich zu einem breiten Grinsen. Die anderen wieherten vor Lachen; alle – bis auf Sandra. Sie sah verängstigt auf den bemalten Tisch. Dort hatte Henriece ein leeres Glas mit der Öffnung nach unten gestellt.

Ohne Worte brachte Arnold die Kerzen und zündete sie an.

„Und jetzt?"

„Licht ausschalten", forderte Henriece. „Seid ihr bereit, Kontakt mit einem Geist aufzunehmen?"

Arnold zuckte verächtlich mit den Schultern. In gespielter Gelassenheit drückte er seine Zigarette aus und löschte das Licht.

Betty beugte sich über die Tischkante.

Ron stellte sein Whiskeyglas zur Seite.

Sandra rückte noch ein Stückchen näher zu ihm.

„Seid ihr bereit dazu?" Eindringlich sah er jedem in die Augen.

„Jetzt mach es nicht so spannend." Arnold rümpfte die Nase.

„Du meinst, eine richtige Beschwörung?", meldete sich Ron zu Wort.

„Keine Beschwörung", erwiderte Henriece kopfschüttelnd. „Nur Kontakt aufnehmen. Mehr nicht. Setzt euch so, dass ihr mit einem Finger das Glas berühren könnt." Er rückte seinen Sessel näher an den Tisch und legte seinen Zeigefinger darauf.

Sie taten es ihm nach.

„Sobald ihr eure Finger von dem Glas wegnehmt, wird die Verbindung zu dem Geist abgebrochen", warnte er sie.

Das flackernde Kerzenlicht verlieh Henriece ein mystisches Aussehen. Wie eine Totenmaske. Leblos und starr. Sandra schauderte, als sich ihre Blicke trafen.

Sie hat Angst. Das ist nicht gut. Angst lockt böse Geister an. Das Letzte, was ich jetzt gebrauchen kann, sind böse Geister...

Es wurde still.

So still, dass man nur noch das Knistern der Flammen wahrnahm. Mit gedämpfter Stimme begann Henriece das Ritual. Er hatte schon viele spiritistische Sitzungen abgehalten, sodass ihm die Worte in Fleisch und Blut übergegangen sind. Wie in jeder Sitzung bat er auch hier um den Schutz vor bösen Geistern – ein veralteter Brauch, der in seinem Kreis aber immer noch verwendet wird...

Sie konnten den Wind von draußen hören, der sanft über die Baumwipfel strich.

Die Kirchenglocke schlug die 24. Stunde an.

Ein Hund im Tal bellte.

Die Geräusche brachen sich in den Wäldern rund um Harbourn und kehrten als Echo zurück, bis es in sich verstummte.

„Gib uns ein Zeichen, wenn du hier bist." Seine Grabesstimme ließ Sandra frösteln. Sie klang so tot...

Ron glotzte auf das Glas. Nichts passierte.

Betty sog hörbar die Luft in sich ein. Sie warf einen skeptischen Blick auf Arnold, der gehässig in sich hineinlachte.

Henriece wartete...

Die Flammen der Kerzen züngelten sich schlagartig nach oben. Sandra zuckte zusammen.

Im selben Augenblick erzitterte das Glas – aber scheinbar hatte nur Henriece es bemerkt. Arnold lachte laut auf. Ihm war das Zittern wohl entgangen.

Da wurde das Glas wild umher geschoben. Sie hatten Mühe, ihre Finger darauf zu halten. Sandra stieß einen schrillen Schrei aus.

Abrupt hielt das Glas inne.

Henrieces Augenbrauen zogen sich zusammen. Er war irritiert.

Er spürte etwas, das er noch nie gespürt hatte. Etwas Mächtiges, Großes.

Normalerweise nehmen sich Geister die Energie aus den Anwesenden, um das Glas zu bewegen. Dieser jedoch nicht. Das spürte er – und zwar deutlich.

Er konnte es zwar nur vermuten, aber er hatte das Gefühl, dass dieser Geist auf die Energien der Anwesenden auch verzichten konnte. Er musste sie schon besitzen.

„Bist du gekommen, um dich mit uns zu unterhalten?", stellte Henriece trotzdem die erste Frage.

Geräuschvoll schliff das Glas über die Tischoberfläche und schob sich auf das ‚JA'. Dabei blieben ihre Finger wie angewurzelt darauf haften. Arnold musterte ihn mit kritischem Blick: „Das warst doch du gerade eben!" Er klang gereizt.

Henriece löste seinen starren Blick von dem Glas. Er sah Arnold mit ernster Miene in die Augen. Seine äußerliche Anspannung fiel von ihm ab, innerlich war er aber immer noch aufgewühlt. *Wie weit beeinflusst uns seine Macht?*

Er fühlte etwas Beängstigendes, wollte es aber selbst nicht glauben. Der Geist musste hier sein, hier in diesem Raum. Dort, wo alle sich jetzt versammelt hatten, dort, wo er saß.

Normalerweise befinden sich Geister während solcher Kontaktaufnahmen in einer anderen Sphäre, irgendwo im Nichts. Unerreichbar. Doch hier war das anders...

Henriece musste vorsichtig sein, sehr vorsichtig.

Auf einmal bewegte sich das Glas wieder.

Arnold Larsen buchstabierte es.

„Das bist du!", fauchte Arnold. Zorn blitzte in seinen Augen, wütend nahm er seinen Zeigefinger vom Glas.

Entsetzt schauten die anderen ihn an.

Betty giftete aufgebracht: „Arnold! – Jetzt sei doch endlich mal vernünftig! Das ist nicht Henriece!"

Henriece blieb ruhig. „Stell ihm eine Frage, die nur du dir beantworten kannst." Er sprach sehr langsam – und wieder normal. „Leg deinen Finger wieder auf das Glas."

Arnold schnaubte. Niederlagen war er einfach nicht gewohnt. Nur widerwillig kam er der Aufforderung nach.

Kaum berührte er es, wanderte es von Buchstabe zu Buchstabe, von Ziffer zu Ziffer. In rasendem Tempo entstand aus den Worten ein Satz.

Sie heißt Jenny. Am 10. August 1963 in der Schulbibliothek kennengelernt

Arnold wurde blass. Seine Augen weiteten sich. Er versuchte seine Betroffenheit zu überspielen, indem er sich durch sein Haar fuhr. Henriece entging dies nicht.

Arnold hatte ja noch keine Frage gestellt, doch er vermutete, dass er sie sich zumindest gedacht haben musste, oder sie im selben Moment stellen wollte.

Diese Art der Beantwortung war ungewöhnlich.

Er liest Gedanken, schoss es ihm durch den Kopf. *Aber was, wenn er auch meine Gedanken lesen kann? Wenn er weiß, was ich in diesem Moment gerade denke?* Henriece war zutiefst beunruhigt. Sein Lächeln war gezwungen, als er leise fragte:

„Ist das Beweis genug?"

Arnold antwortete nicht.

„Du bist nicht der Erste, der überzeugt wird", sagte er darauf. Nacheinander schaute er den anderen in die Augen. „Es gibt viele, die nicht begreifen wollen, dass es Höheres gibt, als wir es sind", flüsterte er. „Von nun an müssen wir Regeln beachten", fuhr er fort. „Wollt ihr die Sitzung verlassen, sagte es zuvor. Nicht weniger als zwei von uns dürfen ihren Finger vom Glas nehmen. Wir müssen ihm unser Vertrauen schenken. Es kann sonst passieren, dass er einfach verschwindet. Wir versuchen erst einmal etwas über den Geist zu erfahren, bevor wir uns von ihm Fragen über uns selbst beantworten lassen."

Henrieces Gesichtsausdruck wirkte ernst. Todernst.

Keiner traute sich, etwas zu sagen. Nicht einmal Arnold.

Für einige Momente war es still. Man hörte nur den Wind, der gegen die Fensterläden klopfte. Auffordernd blickte Henriece in die Runde.

„Wie heißt du?", fragte Betty dann zögerlich. Gespannt schauten sie auf das Glas.

Theodor buchstabierte es.

„Wie alt bist du?", wollte Ron wissen.

Nur das irdische Leben wird am Alter gemessen, war die zurechtweisende Antwort. Es war erstaunlich, wie schnell sich das Glas bewegte und vollständige Sätze gebildet wurden.

„Hast du einmal auf der Erde gelebt?"

JA

„Wann?", machte Betty eifrig weiter.

1462 bis 1505

„Das letzte Mal?", hakte Henriece sofort nach.

JA, kam die stumme Antwort.

„Wie bist du gestorben?"

Durch das Holz

„Wie durch das Holz? Warst du Waldarbeiter?", mischte sich nun Arnold ein.

Zögerlich glitt das Glas auf **JA**. Scheinbar hatte nur Henriece dieses Zögern bemerkt.

„Und wo hast du gelebt?", machte Ron weiter.

Dort, wo ihr euch gerade befindet

„Was?! In Harbourn?", rutschte es Arnold heraus. Diese unbeherrschte Reaktion machte Henriece argwöhnisch.

„Wie war dein Nachnahme?", machte Arnold weiter.

Das Glas bewegte sich nicht.

„Hattest du eine Familie?", war seine nächste Frage.

Nichts rührte sich. Nur der Wind ließ die Fensterläden klappern. Er schien stärker geworden zu sein. Arnold starrte unentwegt auf das Glas. Sein Finger zitterte, ganz leicht. Das Glas blieb stumm.

„Was soll das?", zischte er. Wütend funkelte er Henriece an. „Warum antwortet er nicht?" Ein merkwürdiger Glanz blitzte in seinen Augen auf. Henriece wollte etwas sagen, ihn aufhalten, doch es war zu spät. Arnold hatte das Glas einfach zur Seite geschoben.

Fassungslos schaute er ihn an, konnte sich gerade noch beherrschen. *Nur Idioten machen das.*

„Warum hast du das getan?", fragte Betty vorwurfsvoll. „Kann man mit dir überhaupt noch vernünftig etwas machen?"

19

„Vernünftig?!" Arnolds Blick war abfällig. „Dieser Hokuspokus geht mir langsam auf den Sack!" Er wollte aufstehen, doch Sandras schriller Schrei hielt ihn davon ab.

Ihre Augen waren weit aufgerissen, sie starrte unentwegt auf das Glas.

Es drehte sich.

Henrieces Magen krampfte sich zusammen.

Das Glas...

Noch ehe er es verhindern konnte, wurde es von Arnold gepackt. Mit einem lauten Klirren zersprang es in seiner Hand. Sandras gellender Schrei vermischte sich mit dem Seinigen.

Blut tropfte auf die Tischoberfläche und vermischte sich mit der Kreide zu rosaroter Farbe.

Der Wind wurde noch heftiger, das Klopfen der Fensterläden noch lauter. Die Temperatur im Raum sank um einige Grade.

Plötzlich strich ein kalter Windhauch mit eisigen Fingern über ihre Rücken, die Kerzen flammten züngelnd nach oben. Im flackernden Licht verzerrte sich Henrieces Gesicht zu einer Fratze.

Während Arnold entsetzt seine blutende Hand betrachtete starrten die andern über seine Schulter hinweg auf den Vorhang, der hin und her flatterte.

Henrieces Gesichtsausdruck wirkte steinern.

Mit schmerzverzerrtem Gesicht zog Arnold einen zentimeterlangen Glassplitter aus seiner Handfläche.

Sandra krallte sich an Ron fest. Ihr Atem stockte, sie zitterte wie Espenlaub.

„Tu etwas", flüsterte Betty, ohne sich zu regen. „Bitte, Henriece. Tu etwas!"

Henriece ließ sich vor dem Tisch auf die Knie fallen.

„Enopidra dele quala, uquantana, pesta dila – Gott vergib uns, Jesus Christus hilf uns, Jahwe beschütze uns, Ahim vergelte uns. De Sagis et earum, Operibus", sprach er in einer fremdartigen Sprache.

Immer wieder sagte er diese Worte. Mit dem Finger malte er ein großes Dreieck in das rosa verfärbte Blut. Gleichzeitig riss er sich mit der anderen Hand eine Kette vom Hals.

Daran befanden sich drei kleine Anhänger. Ein Kreuz, ein Dreieck und ein Kreis in der Form eines Rades.

Nebeneinander legte er sie in die Mitte des Dreieckes, ständig die Worte wiederholend.

Das Unsichtbare schien dadurch gebändigt, denn schon nach wenigen Minuten ließ die Kälte nach, der Luftzug legte sich und erstarb schließlich ganz. Seine magischen Worte hatten ihre Wirkung nicht verfehlt.

Totenstille herrschte im Raum.

Die Temperatur nahm deutlich zu, das Kerzenlicht beruhigte sich bis zur Regungslosigkeit. Der Wind legte sich.

Es war weg.

Als wäre es nie da gewesen.

Doch die Spuren auf dem Tisch bewiesen es. Schützend hielt Henriece seine Hände über die Tischfläche, breitete sie priesterlich zum Gebet aus. Das Blut an seinen Fingern schimmerte mörderisch. Im Zeitlupentempo richtete sich sein Haupt empor der Blick seiner Augen glich dem eines Toten – gemeißelt zeichneten sich seine Gesichtszüge in dem fahlen Licht ab.

„Das Böse ist eine Schlange", hauchte es über seine Lippen. „Nur ein Narr ist schwach. Nur ein Narr reicht dem Bösen seine Hand, nur ein Narr, blind und taub!" Henrieces Blick schweifte von einem zum anderen. Auf Arnold blieb er haften.

„Du bist dieser Narr!"

Arnold schnaubte. Wie Fausthiebe trafen ihn seine Worte.

„Ich wusste, dass du unfähig bist. Unfähig, das Wesentliche zu erkennen. Nun ist es zu spät – für dich!", setzte Henriece hinzu.

Blanke Wut spiegelte sich in Arnolds Augen.

„Du hast ihn doch gerufen!", fuhr er ihn an. „Es ist deine Schuld. Deine – verdammt!" Der Schmerz verzerrte sein Gesicht, als er seine Hand aus Versehen bewegte.

„Er ist ja weg", versuchte Betty ihn zu beruhigen. Ihre Stimme drohte zu versagen. Der Schreck steckte ihr sichtlich in den Knochen.

„Ist es nicht schon genug, dass Arnold verletzt ist?", mischte Ron sich ein.

Hörbar sog Henriece die Luft tief in sich ein.

Ist wohl zwecklos, mit ihnen darüber zu diskutieren. Arnold wird die Wahrheit ohnehin nicht akzeptieren, dachte er sich, nahm seine Anhänger vom Tisch, wischte sie an seinem Taschentuch ab, hob die zerrissene Kette vom Boden auf und steckte beides in seine Hosentasche. „Ihr werdet noch an mich denken", sprach er auf Spanisch, stand auf und ging.

Die Haustüre fiel ins Schloss. Kurz darauf vernahmen sie das Aufheulen eines Motors. Langsam entfernte sich sein Wagen und sie horchten, bis das Motorengeräusch in der Ferne erstarb.

„Verdammter Spanier", zischte ihm Arnold hinterher und sah auf seine Cousine, die mit einem Verbandskasten aus dem Badezimmer zurückkkam.

Vorsichtig begann sie die Wunde zu desinfizieren.

„Mein Gott", entfuhr es Betty entsetzt, als sie die Schnittwunde gesäubert hatte. „Du musst sofort zu Doc Wesley. Die Wunde muss genäht werden."

Im selben Augenblick sackte er bewusstlos zusammen.

Eine Stunde nach Mitternacht fuhren sie ins Dorf zu Doc Wesley. Seine Praxis befand sich direkt am Hillway, die einzige Zufahrtsstraße zu Larsens Residenz.

Ohne lästige Fragen zu stellen, hatte sich Doc Wesley sofort die Verletzung angeschaut, obwohl er aus seinem Schlaf herausgerissen wurde. Nur Betty blieb bei Arnold, die anderen gingen mit einem sehr mulmigen Gefühl in March's Hotel zurück.

Nächster Tag.

Die Schulabgänger hatten sich im Foyer des Hotels versammelt und warteten darauf, vom Country Bus abgeholt zu werden. Unverkennbar waren Betty die Spuren der Nacht ins Gesicht geschrieben. Schwarze Ringe schatteten ihre Augen. Nicht einmal ihr Make-up konnte es verbergen.

Ron und Sandra waren bei ihr. Etwas abseits, in der Nähe des Treppenaufganges, stand Henriece, scheinbar in ein angeregtes Gespräch vertieft. Heimlich beobachtete er die Drei, bis das Öffnen des Hoteleinganges seine Aufmerksamkeit auf sich zog.

Arnold betrat das Foyer: in einer todschicken Manchesterhose, schwarze Lackschuhe und einer sündhaft teuren Lederjacke gekleidet stolzierte er durch die Halle. Seine linke Hand steckte in einer Schlinge, in der Rechten hielt er lässig eine brennende Zigarette.

Für einen Augenblick verfinsterte sich Henrieces Gesichtsausdruck. Er wandte sich von seinem Gesprächspartner ab und richtete seine Aufmerksamkeit auf Arnold.

Er ist nicht fort!, dachte er sich. Der Geist befindet sich immer noch in unserer Nähe, zumindest ist Arnold noch mit ihm verbunden. Er weiß es nur nicht – vielleicht ist das auch gut so. Nachdem das Glas mit seinem Blut in Berührung gekommen ist, muss eine sonderbare Verknüpfung entstanden sein. Da war schon einmal so etwas Ähnliches...

Arnold bemerkte ihn erst, als er wenige Schritten vor ihm stand.

„Wir müssen ihn zurückschicken!", raunte ihm Henriece entgegen. Arnold schaute ihn mit finsterer Miene an.

„Ich weiß nicht, was du meinst", sagte Arnold stur und drehte sich kurzerhand um. Henriece trat dicht an ihn heran und packte seinen unverletzten Arm.

„Du bist ein verdammter Narr!", zischte er ihm ins Ohr. „Willst du, dass Harbourn zugrunde geht? Willst du das?"

Wütend riss Arnold sich los. Im selben Moment kamen Betty und Ron hinzu. Sie registrierten ihn nur mit einem abschätzigen Blick.

„Wie geht es dir?", fragte Betty fürsorglich und drehte ihm demonstrativ den Rücken zu.

Arnold setzte eine leidende Miene auf und stöhnte:

„Jaa...es geht schon." Mitfühlend betrachtete sie seine bandagierte Hand.

„Es ist deine Heimat", hauchte Henriece noch, „dein Blut hat sich mit der Energie Theodors vereint. In deinen Händen liegt harbourns Schicksal – dein Schicksal aber liegt in den Händen Theodors!" Jäh drehte er sich um und ging.

Arnolds verächtlicher Blick sprach für sich, als er dem Spanier so lange nachschaute, bis dieser das Hotel verlassen hatte.

Seine Cousine ignorierte den Zwischenfall einfach. Ron dagegen schüttelte unverständlich seinen Kopf.

Bei Sandra jedoch schienen die Worte des Spaniers eine Wirkung hinterlassen zu haben. Sie rannte ihm hinterher, ehe Ron es verhindern konnte. Auf dem Hotelparkplatz hatte sie Henriece eingeholt, noch bevor er in seinen Wagen einsteigen konnte.

„Was hast du damit gemeint?", fragte sie ihn.

Henriece blieb stehen und drehte sich ihr zu. Er versuchte ruhig zu bleiben und sie nicht noch mehr zu beunruhigen, als er antwortete:

„Wir haben vergangene Nacht die Gesetze der spiritistischen Lehre gebrochen", sagte er langsam und so leise, dass Sandra ihn kaum verstehen konnte. „Wir haben uns mit einer Dimension verbunden, der gegenüber wir nur im gemeinsamen Zusammenhalt mächtig sind. Es war mein Fehler, dies mit euch zu tun. Ich hätte es niemals zulassen dürfen. Nun ist es aber geschehen und es ist nicht mehr ungeschehen zu machen. Nicht ohne Arnold."

„Du willst damit sagen, der – der Geist ist noch hier?"

Henriece nickte nur.

„Aber – wo?", hauchte sie. Ihr Gesicht wurde kreideweiß.

„Überall", kam es noch leiser zurück.

Sandra schüttelte eingeschüchtert ihren Kopf. „Das – glaub ich nicht!", sagte sie. „Was hat Arnold damit zu tun?"

„Nur mit Arnold kann es mir gelingen, ihn zurückzuschicken." Seine Stimme vibrierte. Auch seine Hand zitterte, sie bewegte sich langsam zu den silbernen Anhängern, die er sich wieder um den Hals gehängt hatte. Vorsichtig, als sei es etwas ganz Besonderes, auf das man auch ganz besonders achtgibt, strich er mit dem Zeigefinger darüber. „Blut ist Lebensenergie", sprach er weiter. „Seine Lebensenergie hat sich mit der Energie Theodors vereint. Es ist wie ein Band, das verbindet. Dadurch wird es ihm immer wieder gelingen, in unsere Dimension einzudringen. Wann und wo er will. Zu jeder Zeit, an jedem Ort. Immer und überall."

„Und was willst du nun tun?"

„Ohne Arnold? – Nichts! Ich kann nichts ohne ihn tun. Du weißt ja, wie störrisch er ist" Sein Kopf neigte sich dem Hoteleingang entgegen. „Theodor ist gerissen", hauchte er, ohne sie dabei anzusehen. „Du hast es ja selbst miterlebt, welche Macht er besitzt. Und das war bestimmt noch nicht alles."

„Aber was kann Arnold dagegen tun?" Ein kalter Schauer lief ihr über den Rücken. Ihr Blick schweifte besorgt umher.

„Nur mit Arnold kann er zurückgeschickt werden", erwiderte Henriece. „Mit mir als Medium muss Arnold dem Geist befehlen, unsere Welt zu verlassen. **Sein** Blut ist es, das ihn mit Theodor verbindet."

„Er wird es zu verhindern versuchen", wisperte sie ängstlich. „Theodor wird alles daran setzen, dass das niemals geschehen wird."

„Arnold schwebt in Lebensgefahr", entgegnete Henriece leise.

„Arnold ist ein Narr – und Theodor weiß es!"

„Oh Gott – wir müssen ihn überreden! Wir müssen ihn davon überzeugen, dass es das Beste für ihn ist."

„Überzeugen?" Er lächelte gekünstelt und zupfte an seinem Spitzbart. Er wollte noch etwas hinzusetzen, doch da sah er, wie Ron mit großen Schritten auf sie zukam.

„Arnold ist in Gefahr", rief Sandra ihm entgegen.

„Arnold?", perplex schaute er zwischen den beiden hin und her.

„Theodor", sprach sie weiter. „Er – er hat Besitz von ihm genommen."

25

Ron warf einen verächtlichen Blick auf Henriece. „Hat der dir das etwa eingequatscht?"

Entnervt schüttelte Henriece seinen Kopf. „Es macht keinen Sinn", erwiderte er. „Ich verschwende hier nur meine Zeit." Er wollte zu seinem Wagen gehen, da stellte sich Sandra ihm in den Weg. „Ich glaube dir", versuchte sie ihn aufzuhalten.

„WAS HAST DU ZU IHR GESAGT?", brüllte er lauthals, sodass er einen hochroten Kopf bekam. Die Wenigen, die sich vor dem Hoteleingang befanden, schauten aufgeschreckt zu ihnen herüber. „Was willst du ihr denn einreden – he!" Wütend packte er Henriece am Arm. „Heute Nacht ist genug geschehen! ", zischte er ihn an. „Es ist genug! Lass uns mit diesem Scheiß zufrieden – ja?"

Henriece wich zurück, da packte Ron ihn am Kragen und drückte ihn gegen die Motorhaube.

„Ich will dich nie wieder in unserer Nähe sehen", fauchte er. „Hast du kapiert? Nie wieder!"

„RON!", schrie Sandra entsetzt. Jäh ließ er von Henriece ab. „Das ist doch alles lachhaft", schnaufte er, legte seinen Arm um Sandras Schulter und drückte sie unsanft an sich. Verzweifelt suchte sie Henrieces Blickkontakt.

„Ist schon in Ordnung", wehrte Henriece ab und rückte sich sein Hemd wieder zurecht. „Du wirst sie niemals überzeugen können. Du nicht – und ich nicht. Ich gehe jetzt!"

Er öffnete die Wagentür und setzte sich mit gemischten Gefühlen hinter das Steuer. Nachdenklich lenkte er seinen Mustang aus dem Dorf, das nur über eine einzige Zufahrtsstraße erreicht werden konnte, die sich leicht bergab mitten durch den Wald schlängelte.

Nicht nur die Schulkameraden hatten diesen Vorfall verfolgt. Unweit des Parkplatzes, Richtung Dorfplatz, standen mehrere Kinder und eine Frau mittleren Alters. Henriece registrierte sie noch, als er seinen Wagen aus der Parklücke chauffierte. Die dicke Hornbrille sowie der knopfgroße Leberfleck auf ihrer linken Wange fiel ihm ins Auge. Er hatte den Eindruck, dass sie ihn beobachtete.

Nach einigen Kilometern wurde ein etwa zwanzig Meter tiefer liegendes Flussbett mittels einer Holzbrücke überbrückt. Das Flussbett war im Sommer ausgetrocknet – im Frühjahr jedoch schoss nach der Schneeschmelze das Wasser wie ein reißender Fluss durch die Schlucht.

Kurz nach der Brücke führte die Straße steil bergauf, schon nach wenigen Metern fiel sie genauso steil wieder bergab.

Auf dieser Anhöhe stoppte er seinen Wagen, stieg aus und betrachtete den Verlauf der weiterführenden Straße. Die Anhöhe bildete gleichzeitig das Waldende. Er konnte meilenweit sehen, bis zum Horizont.

Aus der Ferne drang bis hin zu der Anhöhe ein dumpfes Motorengeräusch das Henriece aber nicht registrierte. Langsam ließ er seinen Blick in die Richtung des Dorfes gleiten. Zwischen den Baumwipfeln hindurch konnte er die Kirchturmspitze von Harbourn erkennen.

Seine Finger umklammerten die drei Anhänger, Schweiß perlte sich auf seiner Stirn.

„Du armer, armer Narr", sprach er zu sich und sog mehrmals die Luft tief in sich ein.

Plötzlich schreckte ein lang gezogenes, dröhnendes Geräusch ihn auf. Abrupt riss es ab.

Der Country Bus hielt direkt auf ihn zu und kam dicht vor seinem Mustang zum Stehen.

Beim Einsteigen in seinen Wagen bemerkte er zwei Personen; die einzigen Fahrgäste im hinteren Teil des Busses. Ein älterer Herr und ein junges Mädchen. Trotz des kurzen Momentes, der es Henriece ermöglichte die Fahrgäste zu sehen, fiel ihm die außergewöhnliche Schönheit des jungen Mädchens ins Auge. Er schätzte sie auf sechzehn höchstens siebzehn Jahre. Für den Bruchteil einer Sekunde überkam ihm das Gefühl, als würde er sie irgendwoher kennen.

Nachdenklich lenkte er seinen Wagen so weit beiseite, bis der Bus sich vorbeizwängen konnte; anschließend setzte er seine Fahrt nach Hause fort.

27

„Gleich sind wir da." Mit dem Finger strich sich der ältere Herr über den schon ergrauten Oberlippenbart. Sein freundliches Gesicht vermittelte einen gutmütigen Charakter. Jedoch lag ein freudloser Glanz in seinen Augen. Traurig sah er aus dem Seitenfenster, als würde er die Bäume zählen, an denen der Bus vorbeibrauste.

Chrissie saß direkt neben ihm. Sie hatte ihr langes goldblondes Haar zu einem Zopf gebunden, der über ihre zierliche Schulter fiel. Auch sie war traurig.

Unschwer war zu erkennen, dass es sich um Vater und Tochter handelte. Der Koffer neben ihnen deutete auf einen längeren Aufenthalt hin.

Harbourn bedeutete für viele das Ende der Welt. Hier gibt es nichts außer Wald und Wiese. Viele Wanderwege führen durch das Vallis-Gebirge. Wer die unberührte Natur genießen wollte, war hier immer richtig.

In dem niedlichen Hotel mit dem einfachen Namen *March's Hotel* wollten Chrissie und ihr Vater erholsame Tage verbringen.

Der Busfahrer beobachtete sie schon seit Längerem im Rückspiegel. Als er sein Fahrzeug auf dem Hotelparkplatz zum Stehen gebracht hatte, wandte er sich nach ihnen um.

„Endstation", rief er laut und entriegelte die Tür. Dolph Parker nahm die Gepäckstücke zu sich, da drängelten schon die Ersten in den Bus, um sich die besten Plätze zu sichern.

Chrissie hielt sich dicht hinter ihrem Vater. Einige der Jungs blickten ihr pfeifend hinterher und Ausrufe, wie: „Die hätte auch früher kommen können!" oder: „Ich glaub, ich quartier mich wieder ein!", versuchte Chrissie einfach zu ignorieren.

Zur selben Zeit hielten sich Arnold und Betty mit Ron an dessen Wagen auf. Arnold sah Chrissie nicht nur nach – er glotzte ihr regelrecht hinterher, bis sie im Hotel verschwunden war.

Im Foyer angekommen kamen die Hotelbesitzer lächelnd auf sie zugeschritten. Beide waren bestimmt schon weit über sechzig Jahre alt. Das Paar wirkte sehr grotesk – March Wayne war sehr klein und stämmig, ihr Mann Hang dagegen drei Köpfe größer. Sie: Pagenschnitt, wulstige Lippen, Knollennase, er: dünnes Haar, eingefallene knochige Wangen. Das, was sie an Gewicht zu viel hatte, hatte er zu wenig. Sie waren so gegensätzlich wie der Tag zur Nacht.

„Herzlich willkommen. Wir gehen richtig der Annahme, dass Sie die Parkers sind?"

„Ja, ich bin Dolph Parker. Und das ist meine Tochter Chrissie", antwortete er.

March Wayne strahlte übers ganze Gesicht. „Hatten sie eine gute Anreise?"

„Bestimmt haben sie ein wenig Hunger", bemerkte Hang Wayne lächelnd, der es nicht unterlassen konnte, Chrissie immer wieder einen verstohlenen Blick zuzuwerfen.

Chrissie schüttelte ihren Kopf. Nach Essen war ihr ganz und gar nicht zumute. „Ich würde mich viel lieber ein wenig hinlegen", erwiderte sie.

March Wayne, die mit ihren ein Meter fünfzig Chrissie grademal bis zur Schulter reichte, wandte sich zu ihr und ergriff liebevoll ihre beiden Hände. „Du musst dich noch ein wenig gedulden, mein Kind", entgegnete sie lächelnd. „Meine Tochter Sally ist eben dabei, eure Zimmer sauber zu machen. Vielleicht möchtest du auch nur etwas trinken. Vielleicht einen Tee. Oder Kaffee?"

Ihre sanfte Stimme tat Chrissie gut, sie erinnerte aber auch an die Stimme ihrer Mutter, die vor wenigen Wochen bei einem tragischen Unfall ums Leben gekommen war.

„Tee", sagte Chrissie nur.

Vor dem Hotel war die abreisende Schulklasse inzwischen schon in den Bus eingestiegen. Ron wedelte mit seiner Hand vor Arnolds Augen herum. Er starrte immer noch geistesabwesend auf den Hoteleingang.

„Du bist unverbesserlich", warf Betty ihm grinsend vor. Im selben Moment tauchte der silbergraue BMW ihres Vaters auf dem Parkplatz auf.

„Was ist passiert?", war dessen wortkarge Begrüßung.

„Jaa... nur ein kleiner Schnitt", jammerte Arnold. „Geht schon, nichts von Bedeutung."

„Wir machen uns dann auf den Weg", sagte Ron. „Wenn ich nicht diesen blöden Job von meinem Vater erledigen müsste, ich würde gerne noch bleiben."

„Du kannst ja wiederkommen", schlug Arnold vor. „Wohnen kannst du bei mir, solange du willst."

„Hm... warum eigentlich nicht? ", grinste Ron. „Eine Tour durch die Wälder – mal sehen, ob ich Sandra dazu bringen kann, ein paar Tage auf mich zu verzichten. Ich ruf dich an!" Er klopfte seinem Kumpel auf die Schulter, wandte sich ab und stieg in seinen alten, verrosteten VW Käfer.

Im selben Moment startete der Bus. Eine dunkle stinkende Dieselwolke verpestete die Luft und raubte ihnen für Sekunden den Atem. Wenig später befanden sich nur noch seine Cousine und sein Onkel auf dem Parkplatz.

„Ist dein Vater zu Hause?", fragte sein Onkel, nachdem sich der Dieselgestank gelegt hatte.

„Dad?" Arnold schüttelte seinen Kopf. „Der kommt erst in ein paar Wochen wieder. Geschäftsreise – das Übliche."

„Schade", kam es zurück. „Dann machen wir uns auch wieder auf den Weg. Komm Betty! Ich habe noch einiges zu tun."

„Machs gut, Arnold", sprach Betty ihn mit einem verschmitzten Lächeln an. „Und gute Besserung wünsche ich dir noch."

„Ich komm dich mal besuchen", erwiderte Arnold und wandte sich von ihnen ab. „Aber nur, wenn deine Eltern nicht zu Hause sind", knurrte er naserümpfend.

Ron war unterdessen mit seiner Freundin auf der kurvenreichen Straße nach Harbourn. Sandra war gar nicht gut auf ihn zu sprechen. Sie warf ihm immer wieder böse Blicke zu.

„Wie kannst du nur so fies zu Henriece sein!"

Als Antwort drückte Ron das Gaspedal noch weiter nach unten.

Er ignorierte sie einfach, überholte den Bus in halsbrecherischem Tempo und fuhr schon nach zwölf Minuten in die Stadt ein.

Kreideweiß und bebend vor Wut verließ sie seinen Wagen, nachdem er vor ihrem Haus geparkt hatte.

Verdrossen fuhr Ron wieder davon. Zu Hause angekommen traf er auf eine Nachricht seiner Mutter:

Hallo Ronald. Wir sind für ein paar Tage zu Tante Margret gefahren. Ihr geht es nicht besonders gut. Bitte kümmere dich um die Garage, den Rest hat dein Dad schon erledigt. Mach dir zu Hause noch ein paar schöne Tage und richte herzliche Grüße an Sandra aus. Wir kommen in zwei Tagen wieder.

Deine Mama

Zwei Stufen auf einmal nehmend sprang er die Treppe nach oben, hastete zum Telefon und wählte Arnolds Nummer.

„Das darf doch nicht wahr sein!" Frustriert knallte er den Hörer wieder auf die Gabel. Die Leitung war tot. Auch nach mehrmaligen Versuchen, es gelang ihm nicht, Arnold zu erreichen.

Unschlüssig starrte er auf den Telefonapparat.

„Morgen", flüsterte er dann zu sich. „Heute Garage, morgen Blondine!"

Die Nacht war hereingebrochen und in Harbourn wieder Ruhe eingekehrt. Das kleine Bergdorf am Fuße des Vallis-Gebirges glich einem idyllischen Fleckchen Erde, das friedlich unter dem sternenklaren Nachthimmel schlummerte.

Arm in Arm verließen Chrissie und ihr Vater nach dem Abendessen das Restaurant, überquerten den Hotelparkplatz, der an einer großen Rasenfläche angrenzte, und betraten den kleinen Park.

Vor der Rasenfläche blieben sie stehen. Jemand kam aus der Dunkelheit direkt auf sie zugeschritten. Ein hochgewachsener Mann mittleren Alters, der sein schon leicht ergrautes Haar streng nach hinten gekämmt hatte. Wenige Schritte vor ihnen machte er halt.

„Einen schönen Abend", grüßte er freundlich. Kurz musterte er Dolph, dann Chrissie, die seinen Gruß lächelnd erwiderte. Auf ihr blieb sein Blick einen Moment länger haften. „Sie sind fremd hier", sagte er.

„Heute angekommen", erwiderte Dolph. „Ein wenig Urlaub in der Einsamkeit."

„Darf ich mich vorstellen", entgegnete darauf der Fremde. „Ich bin Doc Wesley, der Arzt in dieser Gegend."

„Dolph Parker", stellte Dolph sich vor. „Das ist meine Tochter Chrissie."

„Ich bin erfreut, Sie kennenzulernen", antwortete Doc Wesley. „Darf ich fragen, für wie lange Sie uns Ihre reizende Anwesenheit schenken?" Ein charmantes Lächeln flog über sein Gesicht.

„Vier Wochen wollen wir bleiben", antwortete sie ihm.

„Ich hoffe, Sie haben einen angenehmen Aufenthalt. Sollten Sie einmal meine Hilfe benötigen, können sie immer zu mir kommen.

„Ich hoffe, dass das ja nicht der Fall nicht sein wird", erwiderte Dolph scherzhaft, „aber man weiß ja nie."

„Ich muss gestehen", bemerkte Wesley und sah Chrissie mit bewunderndem Blick an, „Sie sind mit Abstand die schönste Lady, die ich jemals in Harbourn gesehen habe." Und dann war er weg. Ehe sie sich versahen, war er schon wieder in der Dunkelheit verschwunden.

Seltsamer Typ, dachte sich Chrissie.

Schweigend spazierten sie nebeneinander den Weg entlang, der quer durch den Park zur Kirche führte. Das einzige Geräusch waren die knirschenden Steinchen auf dem Weg.

Weder Chrissie, noch ihr Vater bemerkten den Beobachter, der sich hinter einem Busch zusammenkauerte. Er lauschte jedem ihrer Schritte. Nachdem er sich sicher war, dass die beiden ihn nicht hören konnten, huschte er leise in den Schatten der großen Tanne neben der Kirche.

„Dad?", fragte Chrissie „Waren wir hier nicht schon einmal?"

„Hier?", verwirrt sah Dolph sie an, „Nein, ich kann mich nicht erinnern, mit dir schon einmal hier gewesen zu sein. Aber deine Mutter mochte diesen Ort sehr sehr gerne. Wir sind oft zum Spazieren
hier hergefahren. Warum fragst du?"

„Och, nur so." *Aber ich war hier doch schon einmal! Ganz bestimmt.
Ich kann mich nur nicht mehr erinnern...* „Sollen wir?" Mit einem Kopfnicken deutete er auf die Kirchentür.

„Wenn sie offen ist..."

Chrissie schien wie zu schweben, als sie die Stufen betrat.
Seltsam, ging es ihr durch den Kopf. *Ich kenne diesen Ort. Irgendwoher kenne ich ihn. Ganz bestimmt!*

Kühle Luft ließ Chrissies Arme frösteln und der typische Geruch
von Weihrauch drang ihr entgegen.

Der Vorraum war so dunkel, dass sie weder die Anzeigetafel auf der
einen Seite, noch den Kleiderständer auf der anderen Seite erkennen
konnte. Nur ein fahles Licht, das den Eingang in den Messesaal vage
erkennen ließ, deutete den Weg.

Ehrfürchtig tauchte sie ihren Finger in das geweihte Wasser.
Nachdem sie sich das heilige Sakrament bekreuzigt hatte, betraten
sie in demütiger Haltung den Saal. Es war eisig kalt. Eine Gänsehaut
kroch ihren Arm hinauf.

Ehrfurchtsvoll ließ Chrissie ihren Blick über die Bankreihen hinweg schweifen. Der Altar wurde von flackerndem Kerzenlicht beleuchtet. Dort stand jemand mit dem Rücken zu ihnen.

Sie warf einen fragenden Blick zu ihrem Vater. Sie wollten schon
gehen, da sprach die Person am Altar.

„Gehen Sie nicht! Ich freue mich immer über Besuch, auch zu
solch späten Abendstunden." Er drehte sich zu den beiden um.

„Ich bin Pater Athelwolds", stellte er sich vor, nachdem er sie erreicht hatte. „Und Sie sind die neuen Gäste von Hang und March."
Lächelnd sah der Pater in ihre verblüfften Gesichter.

„Daran werden sie sich in Harbourn gewöhnen müssen. Hang

und March kommen jeden Tag zu mir in die Kirche. Alle kommen irgendwann einmal. Vor wenigen Minuten war Doc Wesley hier. Sie müssten ihm eigentlich begegnet sein."

Chrissie mochte ihn auf Anhieb. Er hatte warme Gesichtszüge und seine Augen strahlten freundlich. Er sah aus wie ein typischer Mönch. "Ja, das stimmt. Er hat uns vor der Parkanlage angesprochen", erwiderte Dolph.

"Darf ich den Grund erfahren, weshalb du so traurig bist? Ich lese es in deinen Augen", sprach er Chrissie an. Bestürzt darüber, dass der Pater das erkannt hatte, schaute sie auf den Boden. Sie dachte, dass sie ihre Traurigkeit gut verbergen konnte.

Als hätte der Pater ihre Gedanken gelesen, antwortete er leise: "Du brauchst es nicht sagen."

Zaghaft nickte sie.

"Doch Gottes Wille bestimmt das Schicksal jedes Einzelnen. Jesus Christus ist immer mit uns. Auch wenn Schlimmes geschieht." Der Pater richtete seinen Blick auf die gewölbte Kirchendecke. Sie lag fast im Dunkeln.

"Meine Mom", flüsterte Chrissie traurig. Eine winzige Träne stahl sich aus ihrem Augenwinkel.

Tröstend nahm ihr Vater sie in den Arm. "Sie ist bei einem Unfall ums Leben gekommen", versuchte er so ruhig wie möglich zu erklären. Eine weitere Träne rollte über Chrissies Wangen. Pater Athelwolds legte ihr eine Hand auf die Schulter.

"Das tut mir sehr leid", flüsterte der Pater. "Also seid ihr nach Harbourn gekommen, um diesen Schmerz zu überwinden." Mit der anderen Hand fasste er nach seinem Kruzifix, das an einer Kette aus Holzperlen um seinen Hals hing. "Lebt ihn aus, diesen Schmerz", sprach er weiter. "Erlebt den Schmerz und ihr werdet Gott erleben. Flieht nicht davor. Stellt euch dem Schicksal, das euch wie ein Dogma begleitet. Akzeptiert die Geschehnisse dieser Welt, so wie sie eintreten. Ihr werdet erkennen, dass es nur ein Leben, eine kurze Weile auf einem Planeten ist, den wir Menschen Erde benannt haben. Das Davor und das Danach ist die Ewigkeit, die dem Guten keine Schmerzen bereitet."

Seine Worte erfüllten ihr Herz mit Hoffnung. Hoffnung darauf, den Schmerz überwinden zu können.

„Vor drei Wochen ist es passiert", murmelte Dolph. Seine Augenlider hatten sich gesenkt, als der Pater gesprochen hatte. „Von einem Tag auf den anderen haben wir sie verloren."

„Die Liebe bindet für die Ewigkeit", flüsterte der Pater, „auch über den Tod hinaus."

Ein Geräusch im Eingangsbereich. Chrissie drehte sich um. Schritte. Fast nicht hörbar.

„Ich würde mich sehr darüber freuen, Sie morgen in der Messe zu sehen", sagte er abschließend. „Um neun Uhr ist Glockenläuten."

„Ich danke Ihnen", erwiderte Dolph. „Und ich danke Ihnen für diese Worte."

Schweigend verließen sie die Kirche. Chrissie wandte sich immer wieder um. Sie suchte nach der Ursache des Geräusches.

Da ist doch etwas.

Er war ihnen in den Kirchenraum gefolgt. Er hatte sich dicht an die Wand gedrückt, so dass man ihn nicht sehen konnte. Das Mädchen lief so nah an ihm vorbei, dass er ihr Parfüm riechen konnte. Rosen.

Die schwere Eichentür fiel hinter ihnen wieder ins Schloss. Dieses Geräusch war laut genug, um die Schritte des Beobachters zu übertönen. Seine Augen verengten sich hinterlistig zu Schlitzen. Er hatte alles mit angehört. „Das ist sie also."

2

Vollmond. Das Licht erhellt den Park. Die Kirche ragt wie ein bedrohlicher Schatten aus dem Nichts. Keine Geräusche sind zu hören. Totenstille.

Vor der Kirche kauert sich etwas an die Stufen; eine Gestalt, die vor dem Treppenaufgang auf dem Rücken liegt.

Starrer Blick, aufgerissene Augen, die Finger in die Erde gekrallt.

Der Unterkiefer war herausgerissen worden. Aus der Wunde quillt Blut hervor und verfärbt die Kieselsteine dunkelrot.

Ein Kapuzenmann kommt aus dem Schatten der Tanne. Lautlos schwebt er über den Boden. Er beugt sich über den Toten.

Eine Wolke schiebt sich vor den Mond. Es wird dunkel. Die Blätter rauschen, Äste der Bäume im Park rascheln.

Der Kapuzenmann betrachtet das zerschundene Gesicht. So viel Blut...

Da schnellt ein Arm des Toten hervor. Mit eisernem Griff umklammert die Hand den Arm des Kapuzenmanns.

‚NIEMALS!', schreit jemand. ‚ICH WERDE DIR NIEMALS DIENEN!'

Der Kapuzenmann will sich losreißen, er zieht an der stocksteifen Hand, die ihn wie eine Fessel umklammert.

‚Gott ist stärker als alles. Stärker als du! Du wirst mich niemals unterwerfen! Ich diene Gott!'

Der Kapuzenmann zerrt sich aus dem Griff. Plötzlich hüllen sich die beiden in lodernde Feuerzungen. Das Feuer kam aus dem Nichts.

Da teilen sich die Flammen und die Kapuzengestalt ist für einige Augenblicke zu sehen. Schwarze Haare so dunkel wie der Schatten, wie ein Wasserfall ergießen sie sich über die Schultern. Anklagend hebt der Brennende die Arme.

‚Ich komme wieder', donnert die Stimme...

...Schweißgebadet fuhr Chrissie hoch, ihr Atem raste wie nach einem Marathonlauf. Das Mondlicht fiel durch die Schlitze der Fensterläden, sie konnte die Umrisse der Möbel erkennen. *Nur ein Traum. Chrissie, das war nur ein Traum,* beruhigte sie sich selbst. Erschöpft ließ sie sich ins Kissen zurücksinken. ‚*Ich komme wieder‘,* hallte die Stimme in ihrem Kopf. Ihr war, als würde sich jemand ganz in ihrer Nähe, in ihrem Zimmer befinden – und sie beobachten.

„Dad?“, flüsterte sie. Dolph Parker konnte aber gar nicht in ihrem Zimmer sein. Sie hatte nämlich die Verbindungstür zu ihm abgeschlossen.

„Dad...“, rief sie nun etwas lauter und ängstlicher.

Nichts rührte sich.

Ihr Herz pochte so stark, dass sie die regelmäßigen Schläge hören konnte. Sekunden vergingen und wurden zur Ewigkeit. Sie wagte nicht, sich zu bewegen. Geraume Zeit verging und sie musste ihren ganzen Mut aufbringen, um sich wieder hinzusetzen.

Fieberhaft suchte sie mit den Augen den Schalter an dem kleinen Nachttischlämpchen und stürzte sich auf sie, um sie anzuknipsen.

Auf einmal war das beklemmende Gefühl verschwunden. Erleichtert ließ sie ihren Blick durch das Zimmer schweifen.

Nichts deutete darauf hin, dass sich jemand darin aufgehalten hatte, dennoch wollte sie sich davon überzeugen, dass die Zimmereingangstür und die Verbindungstür zu ihrem Vater auch wirklich verschlossen waren. Schon von klein auf war es ihre Angewohnheit, sämtliche Türen hinter sich zu verschließen.

Und sie waren verschlossen...

Gekleidet in einem Minirock und einer leichten Bluse betrat sie das Restaurant, das um diese Zeit eigentlich gefüllt sein müsste.

Aber es war nicht nur leer, bis auf ihren Vater, der an einem ungedeckten Tisch saß, sondern es gab nicht einmal die geringsten Anzeichen für ein Frühstück.

37

Weder der genüssliche Duft von frisch aufgebrühtem Kaffee noch der appetitliche Geruch von frischen Brötchen – nichts – auch keine Geräusche aus der Küche. Verwirrt setzte sie sich ihrem Vater gegenüber.

„Es ist niemand hier", sagte er auf ihren fragenden Blick hin. Chrissie sah sich um. Im selben Moment kam die Tochter der Waynes herein: Sally, nicht viel größer, dafür um einiges umfangreicher als ihre Mutter. Sie schleppte sich auf die Küchentür zu.

„Gibt gleich was!", rief sie ihnen mürrisch zu und verschwand in der Küche.

„Was ist denn mit der los?", bemerkte Chrissies Vater verdutzt und spielte nervös mit seinem Schnauzer.

Chrissie schien ihn nicht gehört zu haben. „Dad – hast du gut geschlafen?"

„Wie ein Murmeltier. Warum fragst du?"

„Ich – ich habe überhaupt nicht gut geschlafen", antwortete sie und ergriff seine Hand. „Dad, etwas stimmt hier nicht"

„Wie meinst du das?"

„Ich habe ein schlechtes Gefühl." Dolph sah es seiner Tochter an, dass sie sich hier nicht wohlfühlte.

„Es hat nichts mit Mom zu tun", sagte sie schnell. „Ich – ich kann es nicht beschreiben. Etwas ist mir unheimlich, Dad. Einfach unheimlich."

„Och... Jetzt bekommen wir erst einmal unser Frühstück und dann gehen wir in den Gottesdienst."

Ein lautes Krachen aus Richtung Küche ließ sie zusammenzucken. Sally zwängte sich mit einem Tablett in der Hand durch den Türspalt. Mit dem Fuß hatte sie der Tür einen solchen Tritt verpasst, dass sie schwungvoll zurückgestoßen wurde.

Sie murmelte unverständliches Zeug vor sich hin, als sie auf sie zukam.

„Irgendetwas nicht in Ordnung?", fragte Dolph vorsichtig.

Sallys Augenbrauen zogen sich bis zur Nasenwurzel zusammen.

Das Tablett knallte sie einfach nur auf die Tischplatte.

Sally war ihrer Mutter sehr ähnlich. Nur das dünne Haar hatte sie von ihrem Vater. Fettig hing es ihr über das wulstige Gesicht, es war zu einer abscheulichen Grimasse verzerrt.

Ohne etwas zu sagen, machte sie schlagartig kehrt und verschwand wieder in der Küche.

Fassungslos sahen sie sich einander an.

„Ich finde das alles komisch", flüsterte sie ihrem Vater zu. „Die war doch gestern noch ganz nett!"

Dolph schüttelte entnervt den Kopf und schenkte sich Kaffee ein.

„Igitt", schüttelte er sich und spuckte die braune Brühe zurück in die Tasse. „Der Kaffee ist ja kalt! – Unverschämt." Angewidert schob er das Tablett von sich. „Mir ist es vergangen. Komm – lass uns raus gehen."

Im selben Moment fuhr ein Wagen auf den Parkplatz, gefolgt von einem weiteren Fahrzeug. Ein VW-Käfer, der in raschem Tempo am Hotel vorbeiraste. Das andere Auto parkte nicht weit vom Eingang entfernt.

Ein Paar verließ das Fahrzeug. Ihn schätzte Dolph Ende dreißig.

„Hat irgendwie Ähnlichkeit mit Sean Connery", sprach er seinen Gedanken aus. „Erst kürzlich habe ich einen Film von ihm gesehen."

Seine Begleiterin schätzte er um mindestens fünf Jahre jünger. Blondes schulterlanges Haar, strenge Gesichtszüge, zierliche Figur. Wie ein frisch verliebtes Paar kamen sie dem Hoteleingang entgegengeschlendert.

„Guten Morgen", lachten sie ihnen schon von Weitem zu und schlenkerten Arm in Arm an ihnen vorbei in das Hotel.

Gäste, atmete Chrissie auf. *Hoffentlich bleiben sie...*

Rons VW-Käfer fuhr in rasantem Tempo den Hillway hinauf.

„Sonntagsfahrer", stöhnte er, als der Wagen vor ihm endlich abbog.

Aggressiv drückte er das Pedal noch weiter nach unten und raste an den Häusern vorbei die geschlängelte Straße hinauf in den Wald.

Larsens Residenz, nannten die Leute das Anwesen scherzhaft. Das riesige Besitztum machte seinem Namen alle Ehre:
Mannshohe Palisaden aus entrindeten Baumstämmen umgaben das Grundstück. Unmittelbar hinter dieser *Festungsmauer* war dichter Wald und somit glich Larsens Residenz einer außergewöhnlichen Lichtung, in der die Familie schon seit Generationen beheimatet war. Das Haus, prachtvoll und einzigartig – eine wahre Augenweide. Mit seinen Zinnen an den Giebeln und dem Turm in der Mitte des Daches glich es einem mittelalterlichen Herrenhaus, das dort inmitten des Waldes thronte.

Die Einfahrt stand offen. Ein langer Weg, links und rechts Kastanienbäume, vor dem prachtvollen Eingang ein Azaleenbeet. Hinter diesem Beet stand Arnolds silberner Sportwagen; sein *Ein und Alles,* wie sein Freund selbst immer wieder sagte.

Neben diesem edlen Wagen stellte Ron sein verrostetes Gegenstück ab.

Das Haus hatte zwei Eingänge.

Der Eingang unter dem Dachvorsprung der Garage führte in die Hauptwohnung. Die Eingangstür links daneben zu Arnolds kleiner Wohnung.

„Du schon?", erstaunte sich Arnold.

„Meine Eltern sind nicht zu Hause", unterbrach ihn Ron und grinste ihn breit an. „Sandra ist stinksauer auf mich."

„Wegen des Spaniers?" Arnold trat beiseite, um ihn einzulassen.

„Der hat ihr den Kopf verdreht. Die denkt jetzt nur noch an diesen lächerlichen Geist."

In seinem Wohnzimmer setzten sie sich an den Tisch. Die Spuren der vergangenen Nacht waren noch nicht beseitigt. Teile des Buchstabenkreises und Arnolds vertrocknetes Blut klebten darauf.

Ron musterte das verwischte Buchstabenbild – Arnold griff nach seiner Zigarettenschachtel.

„Leer, so ein Mist", maulte er, zerknüllte sie und warf sie achtlos auf den Tisch. „Hast du...?"

Ron warf ihm seine Schachtel zu. Gewandt nahm er sich eine Zigarette mit der linken Hand heraus und betrachtete demonstrativ die zwei Kringel am Filter.

„Wann rauchst du mal ne' vernünftige Marke?", bemerkte er und steckte sie sich an. Ron griff nach der verknitterten Schachtel und legte sie beiseite.

„Der Spanier hat ganz schön was angerichtet", sagte er. „Wenn ich ehrlich bin – mich gruselt es jetzt noch."

„Spanischer Scheißdreck!", entfuhr es Arnold giftig. „Der hat uns verarscht. Total verarscht!" Arnolds Gesicht verzog sich zu einer Grimasse. „Ich hätte es nicht zulassen sollen. Jetzt hast du auch noch Stress mit deiner Sandra – das ist natürlich blöd." Das Grinsen konnte Arnold sich nicht verkneifen.

„Ach...", spielte Ron herunter, „die kriegt sich schon wieder ein. Trotzdem...", er steckte sich auch eine Zigarette an, „da war etwas. Da war etwas im Raum. Ich hab es gespürt. Mich schaudert jetzt noch, wenn ich daran denke."

„Siehst du?", sagte Arnold und blies den Rauch von sich. „Deine Birne hat er auch verdreht. Nicht nur die von Sandra." Er lachte.

„Da war etwas", beharrte Ron. „Da war etwas hier im Raum." Sein Blick haftete auf der Tischoberfläche. „Das war nicht Henriece! So viel Hokuspokus trau ich ihm nicht zu."

„Mr. Merlin lässt grüßen", lachte Arnold lauthals. „Hätte ich gewusst, dass du heute schon auftauchst, hätte ich den Mist hier noch weggeputzt."

„Dein Telefon", fiel Ron ein, „Ich glaube es ist kaputt. Ich wollte dich eigentlich anrufen, aber die Leitung war tot."

Arnold hielt im Lachen inne. „Wie tot?" Er stand auf und ging zu seinem Apparat, der auf dem Sideboard stand.

„Tatsächlich!" Für einen Moment wirkte Arnold verwirrt. „Und wenn schon", sagte er schnell. „Vielleicht ist die Leitung einfach defekt. Der Verteiler ist in March's Hotel. Hunger habe ich ohnehin. Du doch auch – oder?"

Ron atmete tief durch. „Du weißt doch, ich hab nicht so viel Geld."
„Freunde, die bei mir zu Besuch sind, müssen nichts bezahlen.
Komm, lass uns hingehen."
„Warum auch nicht?", grinste Ron auf einmal. „Da ist gestern so
ne' Hübsche abgestiegen. Vielleicht ist die ja noch da."
„Kaum hat er die eine verloren, gafft er schon nach der anderen",
kam es spontan zurück. „Hast du deine Sandra wirklich geliebt?" Arnold grinste über das gesamte Gesicht. Von einem Ohr zum anderen.
Ron sah ihn nur an. Eine Antwort gab er ihm nicht.
Arnold wusste seinen Sportwagen auch geschickt mit einer Hand
zu lenken.
Nachdenklich starrte Ron zum Seitenfenster hinaus und lauschte
der Musik, die leise aus den Lautsprechern tönte. Rolling Stones –
Satisfaktion.
Chrissie und Dolph kamen ihnen entgegen, als sie auf den Parkplatz einfuhren. Sowohl Arnolds als auch Rons Kopf drehte sich zur
Heckscheibe.
„Verdammt hübsch", murmelte Arnold.
„Viel zu schön für dich", sagte Ron und sah ihn an.
„Du hast ja deine Sandra", erwiderte Arnold.
Ron sagte wieder nichts.
Der Wagen, den Ron auf dem Weg nach Harbourn zu überholen
versucht hatte war das einzige Fahrzeug, das vor dem Hotel parkte.
Abfällig musterte er das Auto, neben dem Arnold seinen silbernen
Flitzer abstellte.
Schon im Foyer ahnte Arnold, dass etwas nicht stimmte.
„Wo ist Hang?", fragte er mehr zu sich selbst. Seine Stimme hatte
einen merkwürdigen Unterton. „Normalerweise steht er um diese
Zeit immer hinter der Theke."
Zielstrebig begab er sich in das Restaurant, das verlassen vor ihnen
lag. Auf einem der Tische stand ein Tablett, die zwei Stühle daran
waren ein wenig beiseitegeschoben.
„HANG", rief er mit lauter Stimme, worauf die Küchentür aufge-

stoßen wurde. Sally erschien mit einem Fleischermesser in der Hand. „Was schreist du hier so rum, als wärst du angestochen?", maulte sie ihm zu.

„Wo sind deine Eltern?" Seine Stimme vibrierte.

„In der Kirche", brummte Sally. „Wo denn sonst?" Auf dem Absatz machte sie kehrt und verschwand wieder in der Küche. Krachend schlug die Tür hinter ihr zu.

Verständnislos blickte Ron auf Arnold. „In der Kirche?", wiederholte er kopfschüttelnd.

„Wenn sie es sagt…", meinte Arnold nur und drehte sich um. „Und unser Frühstück?" Ron war verwirrt.

„Nachher", antwortete Arnold nur und eilte dem Ausgang entgegen.

„Warum das denn?", konnte Ron nicht begreifen. „Seit wann bist du so christlich, dass du in die Kirche willst?"

„Ich muss nur was prüfen", antwortete er über die Schulter hinweg. Ron schüttelte verständnislos seinen Kopf.

Gerade als sie das Hotel verlassen wollten, machte sich ein knarrendes Geräusch hinter ihnen bemerkbar, das beide dazu veranlasste, sich umzudrehen.

Die neuen Gäste kamen die Treppe hinab geschritten. Ron konnte nur vermuten, dass es sich um den *Sonntagsfahrer* handelte.

„Ich suche den Portier", sprach der Fremde, der aussah wie Sean Connery.

„Hang?", erwiderte Arnold so ruhig als möglich. „Gottesdienst", sagte er. „Sie sind im Gottesdienst."

„In der Kirche?" Der Fremde warf einen Blick auf seine Armbanduhr. Es war kurz vor zehn Uhr. „Ist denn jemand gestorben?", versuchte er diesen ungewöhnlichen Umstand zu schlussfolgern.

„Das ist hier so", erwiderte Arnold kopfschüttelnd. „Wir sind gerade auf dem Weg in die Kirche. Sie befindet sich gleich dort drüben." Arnold zeigte mit dem Finger in die Richtung. „Sie können uns ja begleiten, wenn Sie wollen."

„Nein danke", wehrte der Fremde lächelnd ab.

„Wie Sie wollen", bemerkte Arnold nur und ging weiter.

„Irgendwie kommt mir der bekannt vor", bemerkte Ron, als sie das Hotel verlassen hatten. „Irgendwo hab ich den schon mal gesehen."

„In der Kirche", murmelte Arnold in sich hinein. Ron entging, dass er zunehmend nervöser wurde.

Im selben Augenblick, in dem sie den Park durchschritten, öffnete sich die Kirchentür. Nacheinander traten die Einwohner Harbourns ins Freie.

Arnolds Stirn bekam Schweißperlen. Auch das entging seinem Freund.

Es herrschte Schweigen – totes Schweigen. Kein Läuten der Kirchenglocken, keine Stimmen, keine Gespräche. Als wäre wirklich jemand gestorben.

Nur die Geräusche der Steinchen, die unter ihren Schuhen zerbarsten, waren zu hören. Sonst nichts als Schweigen.

Nicht einmal das Zwitschern der Vögel.

Der Park, die Kirche, das gesamte Dorf hüllte sich in Schweigen.

Arnold fixierte den kleinen alten Mann, der mit hängendem Kopf direkt auf sie zugeschritten kam.

„Hallo Charles", sprach Arnold ihn an, als dieser an ihm vorüber wollte. Charles Bansly war der Besitzer des Lebensmittelladens. Der alte Mann gab keine Reaktion von sich. Er blickte nicht einmal auf, als er hautnah an den beiden vorbei schritt.

„Kannst du dir das erklären?", fragte Arnold leise seinen Freund. Mit merkwürdigem Blick sah er ihn dabei an. „Hast du eine Ahnung, was das zu bedeuten hat?" Eben kam eine ältere Frau auf sie zu. Breitbeinig versperrte Arnold ihr den Weg. Den Blick auf den Boden gerichtet, blieb sie einfach vor ihnen stehen. Melissa Steel, Arnolds ehemalige Privatlehrerin.

„Mrs. Steel?"

Auch Mrs. Steel gab keine Reaktion von sich.

„Mrs. Steel!", wiederholte Arnold etwas energischer. Langsam hob sich der Kopf der alten Frau. Sie hatte die grauen Haare zu einem Dutt zusammengebunden, doch einige Strähnen fielen ihr ins Gesicht. Die Sonne spiegelte sich in den runden Brillengläsern, sie besaß mehr Falten, als Arnold in Erinnerung hatte.

„Du bist nicht da gewesen", krächzte sie. „Geh hinein und tue deine Pflicht!"

Ohne ein weiteres Wort hob sie den Gehstock und entfernte sich humpelnd von den zwei Freunden.

„Irgendetwas stimmt hier nicht", flüsterte Ron und sah Arnold fragend an. Dieser zuckte nur mit den Achseln.

„Da stimmt was nicht, Arnold, warum sind die alle so komisch?"

„Ach lass das! Ich kenne die Leute doch, lass uns lieber frühstücken!"

*E*s war Abend und Chrissie saß mit ihrem Vater im Hotelrestaurant, als die neuen Gäste kamen.

„Guten Abend" lachte der Mann. Er sah wirklich aus wie Sean Connery. Die beiden setzten sich an den Nachbartisch. „Brechend voll", murmelte er und blickte von einem leeren Tisch zum anderen. „Kann lange dauern, bis wir dran kommen." Die Frau lächelte. Sie war sehr hübsch, das dunkelblaue Abendkleid stand ihr gut.

In diesem Moment schwang die Küchentür auf und March Wayne schleppte sich zu ihrem Tisch.

„Es gibt Wurstsalat, Kartoffelsalat oder belegte Brote" murrte sie.

„Was meinst du, Schatz", scherzte der Mann. „Wurstsalat, Kartoffelsalat oder belegte Brote?" Die Ironie in seinen Worten war dabei nicht zu überhören.

„Was meinst du?", fragte sie zurück.

Der Mann lachte. „Nein, wir hätten beide gerne eine Pizza."

„Sie glauben mir wohl nicht?", zischte March, „Die warme Küche ist heute geschlossen. Meine Tochter hat sich heute Morgen den halben Finger abgeschnitten."

„Oh, das tut mir leid wegen ihrer Tochter", erwiderte er.

„Ich nehme an, dass uns gar nichts anderes übrig bleibt", bemerkte die Frau enttäuscht, „Bestimmt ist dies das einzige Lokal in Harbourn."

„Richtig, junge Lady", giftete sie. „Ich hab's eilig. Was nun?"

„Bringen sie uns von jedem etwas!", meinte er, musste sich aber beherrschen. „Zum Trinken möchte ich ein kaltes Bier. Und du Schatz?"

„Dasselbe", antwortete sie verwirrt.

Als sich die Hotelbesitzerin wieder durch die Küchentür gezwängt hatte, schmollte er gefrustet: „Wir reisen morgen ab."

„Ich verstehe das auch nicht", mischte sich Chrissies Vater höflich ein. „Irgendetwas muss passiert sein. Ich war schon oft hier und habe die Leute ganz anders in Erinnerung."

„Wie meinen Sie das?"

„Wir sind vorgestern angekommen und da war alles noch ganz normal!" flüsterte er. „Mrs. Wayne war überaus zuvorkommend. Die Menschen hier im Dorf sehr freundlich. Doch jetzt –?"

„Sind wir denn die einzigen Gäste?", fragte die junge Frau skeptisch. Sie sah zwischen Chrissie und Dolph hin und her. Chrissie beobachtete sie schon die ganze Zeit über mit interessierten Blicken.

„Als wir angereist sind, brach eine Schulklasse soeben auf", antwortete Dolph. „Das Hotel war eine Woche lang belegt, sonst wären wir schon früher gekommen."

„Und das Essen?" Der Mann sah ihn erwartungsvoll an.

„Das war köstlich. Bis auf das Frühstück heute Morgen. Das war ekelhaft. Seit heute Morgen ist das so."

Das Paar tauschte Blicke einander aus.

„Dürfen wir uns an Ihren Tisch setzen?", fragte er darauf.

„Bitte", lud Dolph sie dazu ein, worauf die beiden sich an die freien Plätze des Vierertisches setzten.

„Sie habe sehr viel Ähnlichkeit mit dem Schauspieler Sean Connery", sprach Dolph ihn auf sein Aussehen an.

„Ich bin's aber nicht", bekam er mit einem flüchtigen Lächeln zur Antwort.

„Trotzdem – Sie kommen mir irgendwie bekannt vor." Dolph strich sich nachdenklich seinen Schnauzer. „Sind Sie – Politiker?", riet er einfach mal.

„Nein, nein", schüttelte er seinen Kopf. „Ich bin – Kripobeamter. Tanner, Bill Tanner und das ist meine Frau Helen. Sie ist stellvertretende Staatsanwältin. Wir wollen – beziehungsweise wir wollten hier unsere Flitterwochen verbringen. Nach diesem Vorfall werden wir aber morgen wieder abreisen. Schade zwar – aber das müssen wir uns nicht gefallen lassen."

„So", vernahmen sie plötzlich die energische Stimme der Wirtin, die wie aus dem Nichts aufgetaucht war.

Erschrocken zuckte Chrissie zusammen. Helen Tanner entging das Zucken nicht. Ihr war auch nicht entgangen, dass sie von Chrissie beobachtet worden war.

Seltsam, ging es Chrissie durch den Kopf. *Sie kommt mir so bekannt vor...* Ein Frösteln nach dem anderen durchströmte sie.

Dasselbe Gefühl, wie sie es vor der Kirche erlebt hatte. Chrissie wusste, dass sie diese Frau nicht kannte. Und doch kam sie ihr vertraut vor. Sehr vertraut. Das kurze rote Haar, die strengen Gesichtszüge, ihre schlanke Figur...

„Das wird ihm aber gar nicht gefallen!", krächzte March. Verächtlich knallte sie das Brett auf den Tisch und war auch schon wieder verschwunden, noch ehe Bill etwas sagen konnte.

Empört starrten sie ihr sprachlos hinterher.

„Wen meint sie mit **Ihm?**", fragte Bill Tanner. Er wusste wohl augenblicklich nicht, ob er sich nun wundern oder ärgern soll.

Dolph schüttelte unwissend den Kopf. Eine kurze Schweigeminute entstand, in der Helen misstrauisch den Wurstsalat betrachtete. Der Appetit war ihr sichtlich vergangen.

„Ich bin Dolph. Dolph Parker", unterbrach Dolph das Schweigen. „Meine Tochter. Chrissie. Wir wollten uns ein wenig erholen."

Chrissies Augen wanderten aufgeregt zwischen Bill und Helen hin und her.

„Würden Sie uns mitnehmen?", fragte sie plötzlich.

Dolph sah seine Tochter überrascht an.

„Selbstverständlich", erklärte Bill sich sofort dazu bereit. Angewidert betrachtete er sich zuerst den Wurstsalat, dann den Kartoffelsalat und daraufhin die belegten Brote. Zögernd griff er dann nach dem Bier – das er allerdings nach dem ersten Schluck wieder zurücksetzte. Es war lauwarm.

„Es freut mich, dich kennenzulernen, Chrissie", sagte Helen. „Sag du zu mir", bot sie ihr geradeheraus das *Du* an. „Ich mag es nicht besonders, in netter Gesellschaft mit **Sie** angesprochen zu werden."

Über Chrissies Lippen flog ein Lächeln. Sie konnte nicht antworten. Das Gefühl beschäftigte sie zu sehr.

Was ist das nur? Warum meine ich, sie zu kennen? Warum nur ..?

„Hast du Lust, ein wenig mit mir an die frische Luft zu gehen?", fragte Helen, womit sie Chrissie aus der Versenkung holte. „Dein Vater wird sich mit Bill bestimmt ausgezeichnet unterhalten können."

Chrissies Blick wanderte zu ihrem Vater, der ihr aufmunternd zuzwinkerte.

Was sie nicht sahen: Die gesamte Zeit über stand die Küchentür einen winzigen Spalt weit offen. Erst nachdem Helen mit Chrissie das Restaurant verlassen hatte, drückte March sie lautlos zu.

Hang Wayne dagegen lauerte in einem der vorderen Gästezimmer und beobachtete, wie sie die Richtung des Parks einschlugen.

Aber nicht nur seine Augen verfolgten die beiden Spaziergängerinnen. Auf der anderen Seite des Parks huschte im selben Moment eine Gestalt hinter einen Busch, als sie den steinigen Weg betraten. Das Knirschen ihrer Tritte übertönte das Knicken der Äste, das von dieser fluchtartigen Bewegung verursacht wurde.

Chrissie sprach kein Wort.

Bis auf das sanfte Rauschen des Waldes und ihre eigenen Schritte war kein Laut zu vernehmen.

Erst als sie die Eingangsstufen der Kirche vor sich hatten, machten sie Halt. Der dunkle Schatten der riesigen Tanne neben dem Seitenweg fiel direkt auf die massive Eichentür. Helen musterte diese Tür. Chrissie folgte ihrem Blick. Das alles war ihr unheimlich. „Wollen wir hineingehen?", unterbrach nun Helen das Schweigen.

„Der Pater ist sehr nett", erwiderte Chrissie darauf, ohne eine direkte Antwort zu geben.

„Du kennst ihn?"

„Die Leute waren alle sehr nett zu uns."

„Du klingst sehr traurig", machte sie vorsichtig einen Annäherungsversuch.

„Als wir gestern hier ankamen, war alles anders", erwiderte Chrissie. „Mrs. Wayne war sehr nett zu uns. Das Essen war wunderbar. Nur –", sie stockte.

Soll ich ihr von meinem Traum –?

„Nur was?", hakte Helen nach.

Ein warmer, vertrauenserweckender Blick versenkte sich in Chrissies Augen.

Soll ich ihr sagen, dass sie mir bekannt vorkommt? Soll ich das..?

„Ich – ich hatte einen schrecklichen Albtraum", versuchte sie nun dem Traum die Schuld zu geben. Sie wollte vermeiden, über den Tod ihrer Mutter sprechen zu müssen. „Ich bin davon aufgewacht." Langsam setzte sie sich auf die unterste Stufe des Eingangspodestes. Sie war kalt.

„Möchtest du mir von diesem Traum erzählen?", fragte Helen, indem sie sich neben ihr niederließ.

Immer wieder musste Chrissie daran denken, wie sie in der Nacht aufgewacht war und sie das grauenvolle Gefühl hatte, jemand sei in ihrem Zimmer. Jemand, der sie beobachtete.

Ängstlich blickte sie um sich, als würde dieser Jemand hier sein.

Ich muss! Ich muss dahinter kommen! Ich muss mit ihr reden...

„Ich habe schreckliche Angst", sagte sie nach einer Weile. „Ich habe Angst davor, ins Bett zu gehen. Vor dem Schlafen...", sie drehte sich ihr zu. „Ich habe Angst hier zu sein." Ihre Stimme wurde sehr leise – sie bebte.

Helen legte sanft einen Arm um ihre Schulter. Sofort wurde ihr warm. Eine eigenartige Wärme. Chrissie war, als würde ihre Mutter sie umarmen. Für einen Moment erschreckte sie darüber.

„Dein Traum, Chrissie. Erzähl ihn mir", forderte sie. Helen sprach, wie ihre Mutter zu ihr gesprochen hätte.

Das ist alles so seltsam...

Unruhig schweifte ihr Blick umher. Sie suchte etwas – aber sie wusste selbst nicht nach was. Der Gedanke an die Abreise beruhigte sie ein wenig.

Plötzlich eine Bewegung im Augenwinkel. Die Kirchentür schwang auf. Ganz langsam.

Eine finstere Öffnung gähnte ihnen entgegen, aus der jedoch niemand das Freie betrat.

Helen zog die Augenbrauen zusammen. Sie erhob sich.

„Nicht!", entfuhr es Chrissie. „Geh nicht hinein!"

Helen hielt inne. „Warum nicht?"

„Ich kann es nicht sagen. Es ist ein Gefühl." Langsam stand sie auf.

Helen warf einen skeptischen Blick auf die Kirchentür.

„Ich möchte nur nachsehen, was da los ist. Der Wind kann das Tor ja nicht geöffnet haben."

„Ich komme mit", sagte Chrissie mit Überwindung. Sie wollte nicht allein sein.

Ein kalter Luftzug drang ihnen entgegen, als sie den Vorraum betraten und die Augen mussten sich erst an das Dunkel gewöhnen. Die Tür zur Messehalle war angelehnt und ein dünner Lichtspalt wies ihnen den Weg. Vorsichtig drückte Helen diese Tür auf – und blieb wie erstarrt stehen.

Der gesamte Altarbereich war rundherum von brennenden Kerzen eingekreist. Davon stand an jeder Seite des Opfertisches jeweils eine Kerze, im Ganzen vier von mindestens einem Meter Höhe, welche die Oberfläche des Altares beleuchteten. Dieser war mit einem schwarzen Tuch bedeckt. Auf dem Tuch war ein weißes Kreuz abgebildet dessen Querbalken nach unten neigte.

„Satanismus!", stieß sie hervor.

Das heilige Kreuz des Jesus Christus hinter dem Altar war ebenfalls von einem mächtigen schwarzen Tuch verdeckt, auf dem dasselbe Symbol abgebildet war.

Chrissie schnappte nach Luft. „Was ist das?"

„Besser wir verschwinden hier", flüsterte Helen entsetzt und drückte Chrissie zurück in den Vorraum, doch im selben Augenblick bewegte sich wie von Geistes Hand der schwere Eichenflügel und fiel donnernd in den eisernen Beschlag. Als hätte die Tür jemand zugeworfen.

Chrissie schrie auf, blickte um sich und ihr war, als sehe sie überall diese stummen Augen, die sie anstarrten.

Helen ergriff ihre Hand und schloss sie fest in die ihre.

„Hab keine Angst", raunte sie Chrissie zu. „Bleib dicht hinter mir." Helen versuchte, das Tor wieder aufzudrücken. Vergebens! Als würde jemand von außen dagegen drücken. Es gab keinen Millimeter nach.

Etwas ist doch hier! Irgendjemand will doch verhindern, dass wir hier nicht mehr rauskommen. Wir sind gefangen!!

„Was hat das zu bedeuten?" Ihr Atem ging schnell.

„Ich vermute, dass wir mitten in eine schwarze Messe geplatzt sind", flüsterte Helen ihr zu.

„Eine schwarze Messe?!"

Helen antwortete nicht darauf. „Bestimmt gibt es noch einen anderen Ausgang", sagte sie stattdessen. „Wir müssen wieder in den Saal zurück."

Obwohl sie es nicht wollte, klammerte Chrissie sich noch fester an ihre Hand, als sie sich Schritt für Schritt wieder dem Messesaal näherten. Sie hatte Angst vor dem, was sie jetzt sahen.

Der Saal war so wie vorher. Die Kerzen flackerten und ein eiskalter Windhauch wehte durch den Raum. Chrissie schauderte.

„Wir müssen auf die andere Seite. Schau, dort ist eine Tür", flüsterte Helen ihr zu.

Sie reagierte jedoch nicht.

Wie erstarrt blickte sie mit aufgerissenen Augen auf die Öffnung des Vorraumes, in dem sie die Umrisse einer Gestalt vage erkennen konnte.

Helens Augenbrauen zogen sich zusammen.

„Was wollen Sie von uns?", rief sie durch die Kirche. Ihre Stimme brach sich an den Wänden wider; der Fremde gab keine Antwort. Regungslos stand er da und schien sie anzusehen.

„Halte dich einfach dicht hinter mir. Wenn ich anfange zu rennen, rennst du mit – ja?"

Chrissie nickte.

Helen rannte, als würde ihr Leben davon abhängen. Durch die Bänke der Kirche an dem Altar vorbei. Sie riss den Seiteneingang auf.

„Gott sei Dank", atmete sie auf. Sie traten unter der Tanne ins Freie. Dunkelheit umfing sie, man konnte den Mond nur durch die Gipfel der Bäume sehen.

Einige Schritte von dem Kirchengemäuer entfernt war dichtes Buschwerk, das parallel zum Gotteshaus dem Weg Schutz verlieh.

„Hier entlang", hauchte Helen und deutete mit dem Kopf in die Richtung des Parks. Hand in Hand rannten sie an dem Gemäuer entlang.

Mit jedem Schritt, den Chrissie sich von der Kirche entfernte, löste sich das Gefühl, beobachtet zu werden. Sie drehte sich nicht um, wollte nicht mehr zurückschauen. Sie sah den Fremden nicht, der am Eingangsportal der Kirche stand.

„Was ist denn mit euch los? Ihr seht ja aus, als ob der Teufel persönlich hinter euch her ist!", scherzte Bill und warf einen fragenden Blick auf Helen.

„In Harbourn geht etwas nicht mit rechten Dingen zu", raunte sie ihm nach Atem ringend zu. „Wir waren eben in der Kirche." Verwundert blickte Bill seine Frau an und in seinem Augenwinkel sah er, wie Chrissie und ihr Vater angeregt miteinander redeten. „Eine schwarze Messe", hauche sie. „Eine – was?", rief Bill bestürzt aus. Instinktiv fasste er mit der rechten Hand an die linke Innenseite seines Jacketts. Eine Angewohnheit; er trug seine Dienstwaffe noch bei sich. „Das muss ich mir ansehen", sagte er kaum hörbar. Keine zwei Minuten später machten sie sich auf den Weg in die Kirche. Chrissie blieb mit ihrem Vater im Hotelzimmer. Sie konnte die beiden beobachten, wie sie den Parkplatz überquerten und auf den Park zusteuerten. Bill trug eine Taschenlampe bei sich und leuchtete den Weg.

Es muss mit mir zu tun haben, ging es Chrissie immer wieder durch den Kopf. *Ich bin mir sicher, hier schon einmal gewesen zu sein! Das ist alles so seltsam...*

„Hörst du das auch?", fragte Bill mit ernster Miene.
„Was meinst du?"
„Hörst du denn nichts?" Bill sah um sich.
„Nein, Schatz. Ich höre nichts."
„Ich auch nicht." Bills Stirn legte sich in Falten. „Gar nichts", fügte er hinzu. „Keine Geräusche. Kein Mensch, kein Tier – nichts!"
„Stimmt!", entfuhr es Helen. „Jetzt da du es sagst..."
Im selben Moment drang das entfernte Aufheulen eines Motors zu ihnen.
„Doch – es gibt Leben!"
Über Helens Mundwinkel flog ein flüchtiges Lächeln.
„Liebes", flüsterte Bill ihr zu. Das Motorengeräusch erstarb. „Egal, was wir jetzt da drin finden – wir reisen morgen ab. Ich will unsere Flitterwochen nicht auf einem Friedhof verbringen."
„Schatz", kam es noch leiser zurück. Sie trat dicht an ihn heran.

53

„Ich liebe dich! Ich liebe dich über alles und ich werde dir überallhin folgen. Aber du weißt –"

„Sag es nicht", unterbrach er sie und legte demonstrativ einen Finger auf ihre Lippen. „Sag bitte nicht, was wir sind. Ich will es gar nicht wissen. Wirklich – gar nicht. Ich habe gehofft, hier keine Verbrecher und keine Betrüger anzutreffen. Ich wollte mit dir die schönsten Tage unseres Lebens verbringen und einfach nur genießen! Kannst du dir vorstellen, wie sauer ich bin?"

„Oh ja, mein Schatz. Das kann ich sehr wohl." Helen lachte ihn an. „Trotzdem – wir haben diese Pflicht."

„Ja, wir haben diese Pflicht! Wir haben die Pflicht, die nächsten vierzehn Tage glücklich zu sein! Glücklich – nicht beschäftigt!"

„Die Menschen hier habe vielleicht Angst", hielt Helen dagegen. „Vielleicht werden sie unterdrückt. Wir müssen der Sache auf den Grund gehen."

Bill atmete tief durch. „Das weiß ich doch, Liebes. Hoffen wir, jetzt nichts zu finden. Dann reisen wir morgen wieder ab und suchen uns einen wunderbaren Platz an der Sonne."

Helen drückte sich fest an ihn. „Ich hab leider was gesehen", sagte sie. „Und es war jemand anwesend. Etwas stimmt nicht in Harbourn. Wir müssen –"

„Unsere Pflicht tun", nahm er ihr das Wort. „Dann tun wir sie! Verhaften wir sie und stecken sie in – in – in den Keller! Danach haben wir Flitterwochen. Okay?"

„Naja. So ganz ohne Richterspruch?" Helen musste grinsen.

Hand in Hand überquerten sie den Park. Von Weitem schon sah Helen, dass das Eingangstor der Kirche noch verschlossen war.

„Nehmen wir den Seiteneingang", flüsterte sie und deutete in dessen Richtung. Die Tür war nur angelehnt. Nichts machte sich bemerkbar.

Leise zog Bill seine Waffe heraus und schlich unter der Tanne hindurch.

„Bleib du lieber hier", forderte er.

„Auf gar keinen Fall", entgegnete sie, keinen Widerspruch duldend.

Über Bills Mundwinkel flog ein Lächeln; vorsichtig öffnete er die Tür, ohne dabei auch nur das leiseste Geräusch zu verursachen. Flackerndes Kerzenlicht schimmerte ihnen entgegen, als sie den Saal betraten.

Eine leise Stimme drang zu ihnen. Bill hielt inne. Argwöhnisch machte er den nächsten Schritt. Zu seiner Überraschung konnte er aber nichts Außergewöhnliches feststellen. Der Altar wurde von vier hohen Kerzen beleuchtet. Sie standen nebeneinander gereiht an der Stirnseite. Die Muttergottes in Form einer Statue stand mitten auf dem Gebetstisch. Davor kniete eine Person, eingehüllt in einem weißen Gewand. Die Hände ineinander gefaltet sprach sie ein leises Gebet. Bill ließ seinen Blick über die gepolsterten Sitzbänke wandern. Niemand sonst befand sich in der Kirche. Nicht das geringste Anzeichen sprach für etwas Verbotenes.

Vorsichtig steckte er seine Waffe wieder in den Halfter zurück und trat einen Schritt zur Seite, um Helen nicht die Sicht zu versperren.

Helen entfuhr ein leiser Ausruf. Entgeistert starrte sie in die Richtung des Altars auf das mächtige Kruzifix hinter dem Opfertisch. Vor wenigen Minuten war es noch mit dem Tuch verhangen.

Helens leiser Aufschrei lenkte die Aufmerksamkeit des Betenden auf sie. Pater Athelwolds erhob sich langsam aus seiner knienden Stellung und Bill blieb eigentlich nichts anderes übrig, als aus dem Dunkel in den Schein der Kerzenlichter zu treten.

Helen folgte zaghaft, wobei sie den Pater mit misstrauischen Blicken betrachtete, der auf sie zugeschritten kam.

„Die meisten Gottesgläubigen kommen durch den Vordereingang", machte Pater Athelwolds einen scherzhaften Vorwurf und blieb zwei Schritte vor ihnen stehen. Helen ließ keinen Blick von ihm.

„Der Vordereingang ist verschlossen", rechtfertigte Bill sein ungewohntes Eindringen. Er warf einen Blick auf den Haupteingang. Die Tür zum Vorraum stand weit offen. Ebenfalls das massive Eichentor, das er schemenhaft erkennen konnte, da der Schein des Mondes genug Licht spendete.

„Verschlossen?", wiederholte der Pater überrascht und sah ebenfalls in diese Richtung.

„Wir wollten sie keinesfalls stören Pater –" Bill stockte.

„Athelwolds", antwortete er. „Sie stören mich nicht." Der Pater trat beiseite. Mit der Hand deutete er unmissverständlich an, dass er ihnen Eintritt gewährte. Helens und Bills Blicke trafen sich.

„Eigentlich wollten wir uns ja nur die Kirche von innen ansehen", meinte Helen.

„Bitte", erwiderte er lächelnd. „Sie dürfen sich gerne ein wenig umsehen. Mich müssen Sie allerdings entschuldigen. Ich habe noch zu tun."

Helens Blick verfolgte den Pater, der sich zum Altar begab, sich vor der Muttergottes bekreuzigte, um danach hinter einer Nebentür zu verschwinden.

„Das ist mir unerklärlich", raunte sie Bill aufgeregt zu. „Vor wenigen Minuten noch hat es hier völlig anders ausgesehen." Beinah wütend sah sie auf den Altar und suchte nach Spuren – ohne welche zu finden.

„Ich glaube dir", beruhigte sie Bill. „Nur können wir so nichts unternehmen. Keine Fakten, keine Beweise. Nichts! Du weißt ja selbst, was das zu bedeuten hat."

„Da stimmt etwas nicht!", knirschte sie verbittert. „Ich lass das nicht so stehen, Bill!"

„Was willst du tun? Verdächtigst du etwa den Pater?"

Helen zuckte nur mit der Achsel. „Am liebsten würde ich die Kirche auf den Kopf stellen."

„Dafür brauchst du einen Durchsuchungsbefehl, meine liebe Staatsanwältin", erwiderte er mit spielerisch erhobenem Finger. „Besser, wir gehen wieder, bevor wir noch weiterhin unnötig auffallen."

„Wie erklärst du dir die Tatsache, dass der Eingang vorhin noch verschlossen war?", fragte Helen, als sie die Stufen hinab stiegen.

Bill nahm sie in den Arm. „Ich habe nicht daran gerüttelt", entgegnete er nur.

„Aber wer soll sie dann aufgemacht haben?", gab Helen nicht nach. Sie warf einen Blick hinter sich auf das massive Tor. „Sie ist zu schwer, um von allein aufzugehen."

„Hat sie das vorhin nicht auch getan, als du mit Chrissie in der Kirche warst?", fragte er zurück.

„Bill...", stöhnte Helen auf. „Du willst mir doch nicht sagen, dass dich das alles nicht interessiert – oder?"

„Nein, mein Schatz", liebkoste Bill sie und drückte sie fest und liebevoll an sich. „Eigentlich will ich damit sagen, dass wir in den Flitterwochen sind, morgen wieder abreisen werden, um uns das schönste, netteste, kuscheligste Plätzchen zu suchen, das es auf dieser Erde gibt. Ist das nicht ein schönerer Gedanke? Ich habe wirklich keine Lust, mich mit den Leuten hier anzulegen. Nicht in unseren Flitterwochen!"

Die Steinchen unter den Schuhen knirschten. Das Licht der beleuchteten Hotelzimmer erhellte den Eingang.

Helen schwieg. Beide sahen sie nicht Hang und March, die hinter einem Vorhang standen und jeden ihrer Schritte beobachteten. Und sie bemerkten Chrissie nicht, die immer noch am Fenster stand. Tränen rollten über ihr Gesicht.

„Verdammt noch mal", fluchte Arnold und ließ sich in seinen Sessel fallen. Entnervt nahm er eine Zigarette aus der Packung. In seinem Wagen hatte er noch einige Schachteln im Kofferraum.

Es war derselbe Zeitpunkt, in dem Helen und Chrissie die Kirche fluchtartig verließen.

„Kann mir einfach nicht vorstellen, dass das etwas mit dieser – dieser Geisterbeschwörung zu tun hat. Du wirst sehen Ron, morgen ist alles wieder beim Alten. Ich kenne die Leute hier. Ich kenne sie verdammt gut!"

Mit beiden Händen fuhr Ron sich übers Gesicht. Lange hatte er nichts gesagt. Nur geschwiegen und nachgedacht.

„Der Pater", entfuhr es ihm auf einmal. „Verdammt noch mal, warum bin ich da nicht eher darauf gekommen?"

Hörbar blies Arnold den Rauch von sich. „Pater Athelwolds", murmelte er vor sich hin. „Ich hab ihn erst einmal gesehen. Solange ist der noch nicht bei uns."

„Komm, wir gehen zu ihm", forderte Ron eindringlich auf. Ruckartig sprang er auf, um seinem Vorschlag Nachdruck zu verleihen. Arnold jedoch machte nicht die geringste Regung.

Enttäuscht blickte Ron auf ihn nieder. „Willst du nicht mitkommen?"

Gemächlich erhob sich Arnold und verschwand ohne Worte in Richtung Küche, um nach wenigen Augenblicken mit einer Flasche Schnaps wiederzukommen. Schwerfällig ließ er sich wieder in den Sessel fallen.

„Geh du allein", sagte er langsam. „Ich hab was Besseres vor."

Verständnislos schüttelte Ron seinen Kopf. „Ich kapier dich nicht", erwiderte er enttäuscht.

„Selbst gebrannt", grinste Arnold und drehte den Schraubverschluss von der Flasche. „Willst du auch einen?"

Langsam setzte Ron sich wieder hin. „Ich mach dir einen Vorschlag", versuchte er es nun auf eine andere Tour. Seine Hände zitterten, als er sich eine Zigarette ansteckte. „Wir gehen jetzt zusammen und danach saufen wir uns beide einen an." Erwartungsvoll sah er auf Arnold, der sich die Flasche an den Mund setzte und einen kräftigen Schluck von der brennenden Flüssigkeit nahm.

„Glaub mir, Ron", wehrte er und stellte die Flasche lautstark auf den Tisch. „Morgen ist der Spuck vorbei. Du machst dich bei dem Pater nur lächerlich, wenn du ihm mit – so was kommst."

Ron drückte seine Zigarette aus. „Ich geh!", erwiderte er in verärgertem Tonfall, stand auf, öffnete die Tür und drückte sie kommentarlos hinter sich wieder zu.

„Scheiß Pfaffe", fluchte Arnold und nahm einen weiteren Schluck von dem selbst gebrannten Schnaps. Es war schon längst dunkel geworden, als Ron seinen Wagen den Hillway im Leerlauf hinab rollen ließ. Einige Häuser vor dem Hotel kreuzte die Straße die Daly-Street. In diese fuhr er ein. Mehr ein holpriger Weg als eine Straße, der den Park bis hin zum Friedhof umrandete. Eine mannshohe Mauer, von dichtem Efeu zentimeterdick eingewachsen, grenzte Harbourns letzte Ruhestätte ab. An dieser Mauer parkte Ron seinen Wagen.

Am Ende der Mauer wurde der Park von mehreren hochgewachsenen Lärchen, die hintereinander eine Baumreihe bildeten, abgegrenzt, sodass der eigentliche Teil des Parks von seinem Standpunkt aus nur schwer zu erkennen war. Hastig schritt er an der Mauer entlang zwischen den Lärchen hindurch auf den Kircheneingang zu und bemerkte den stillen Beobachter nicht, der jede seiner Bewegungen aufmerksam verfolgte.

Er nahm zwei Stufen auf einmal und zog vorsichtig den schweren Flügel ganz auf. Das Mondlicht genügte, um die Umrisse der Tür zum Messesaal erkennen zu lassen. Zögernd legte er seine Hand an diese Klinke.

Mehrmals sog er die Luft in sich hinein, bevor er die Tür zügig öffnete. Erschrocken zuckte er zurück. Stimmen drangen ihm entgegen. Geistesgegenwärtig machte er einen Schritt zur Seite. Angestrengt horchte er in die Öffnung. Verstehen konnte er nichts, doch konnte er eindeutig heraushören, dass es sich um mehrere, vermutlich um drei Personen handelte. Eine davon war eine Frau.

Bedächtig spähte er in den Saal. Soeben entfernte sich eine Person in Richtung Altar. Zu seinem Schreck kamen die anderen zwei direkt auf ihn zu.

Das Paar, dem sie im Hotelfoyer begegnet waren. Ron wusste immer noch nicht, wo er Bill Tanner hinstecken sollte.

Den Atem anhaltend drückte er sich dicht in eine Ecke. Die

Schritte kamen näher. Ahnungslos gingen sie an ihm vorüber.

Ron atmete auf. Er hörte noch, wie die Frau etwas sagte, als sie die Kirche verlassen hatten. Kurz darauf erstarben ihre Schritte in der Ferne.

Einige Minuten ließ er noch verstreichen, bevor er langsam den Saal betrat.

Verwundert drehte Athelwolds sich dem späten Besucher zu.

„Noch hier?", fragte Athelwolds, nachdem Ron nichts sagte. Athelwolds konnte sich an Ron gut erinnern, da er mit Sandra einige Male in der Kirche war. Sandra hatte ihn dazu überredet. Sie hatten sogar ein Gespräch mit ihm geführt.

„Wieder", brachte Ron nur mühevoll hervor.

„Ist etwas geschehen?"

Ron konnte nur nicken. Er zögerte.

„Willst du es mir nicht sagen?", stellte Athelwolds eine weitere Frage. Eindringlich sah er Ron dabei an, der nervös an seiner Unterlippe nagte und sich vorkam wie ein kleiner Schuljunge, der beim Stehlen ertappt worden war.

„Ist Ihnen schon aufgefallen, wie sich die Leute hier plötzlich verändert haben?"

Der Pater sah ihn mit verständnislosen Blicken an. „Wie verändert?"

„Sie waren doch heute Morgen alle bei Ihnen", erwiderte Ron verwirrt. „Das ganze Dorf. Ich hab doch gesehen, wie sie die Kirche verlassen haben. Ist Ihnen wirklich nichts aufgefallen?" Rons Augenbrauen zogen sich zusammen.

„Heute Morgen?" Erstaunt machte Athelwolds einen Schritt zurück. „Mein Junge", kam es entrüstet aus ihm hervor. „Heute Morgen war ich in der Stadt. Noch als es dunkel war, bin ich mit Dr. Joseph Wesley in die Stadt gefahren. War zwar unerwartet und ich wollte tatsächlich einen Gottesdienst abhalten. – Kurz nach Mittag erst sind wir wieder zurückgekommen. Nun sagst du mir, heute Morgen war Gottesdienst! Wer soll diesen dann abgehalten haben. Wer?"

Mit aufgerissenen Augen starrte Ron den Pater an.

„Du musst dich geirrt haben", sprach der Pater weiter, nachdem Ron nichts sagte.

„Sie – Sie waren gar nicht da?", stammelte Ron.

„Was willst du denn damit sagen, dass sich die Leute hier verändert haben?", wollte der Pater darauf wissen. „Mir ist nichts aufgefallen. Wirklich nicht."

„Vielleicht habe ich mich doch geirrt", erwiderte Ron schlagartig. „Vergessen Sie es! Vergessen Sie, dass ich bei Ihnen war!" Noch ehe der Geistliche etwas erwidern konnte, hatte Ron ihm den Rücken zugewandt. Schnell verließ er die Kirche wieder.

Pater Athelwolds schaute ihm noch einige Augenblicke hinterher. Nachdenklich wollte er die noch übrig gebliebenen Kerzen anzünden. Doch er hielt wie erstarrt inne. Seinem Gesichtsausdruck nach schien ihm das Blut in den Adern zu gefrieren.

Der Auslöser war ein eisiger Luftzug, den er in seinem Nacken verspürte.

Seine Hände krallten sich an dem Talar fest, sodass die Knöchel weiß heraustraten.

„Nein", kam es kaum hörbar über seine Lippen. Seine Hände zitterten, als er nach der Statue griff, die vor ihm auf dem Altar stand. Der Luftzug wurde stärker, noch eisiger. Wild flackerten die Kerzenlichter hin und her. Noch wilder tanzten die Schatten an den Wänden, die von den züngelnden Flammen verursacht wurden. Der Pater streckte die Muttergottes weit von sich.

„Geh fort!", rief er lauthals, sodass sich seine Worte an den Wänden brachen. „Im Namen der Heiligen Jungfrau – geh fort!" Der Pater drehte sich in alle Richtungen, wobei er die Statue wie einen Schutzschild vor sich hielt. Schweiß perlte sich auf seiner Stirn. Schweiß rann ihm den Rücken hinab. Unaufhörlich tanzten die Schatten an den Wänden, auf dem Boden, auf dem Altar. Überall, wo er hinsah, tanzten sie, schienen ihn anzugrinsen, ihn auszulachen.

„NIEMALS!", schrie Pater Athelwolds. „Niemals werde ich dir

zu Diensten sein. NIEMALS!" Auf einmal hörte es auf, das Tanzen der Schatten. Die Gesichtszüge des Paters erstarrten. Ihm war, als würden sich sämtliche Schatten in einen einzigen verschmelzen, und Gestalt annehmen. Mächtig ragte dieser Schatten an der Mauer, schien den Geistlichen anzustarren. Die Stimme des Paters versagte. Seine Kräfte schwanden, sein Wille sich seinem Gegenüber zur Wehr zu setzen brach. Erschöpft ließ er sich auf die Knie fallen. Langsam, Stück für Stück entglitt ihm die Statue aus den Fingern. Der Pater vernahm nur noch einen dumpfen Schlag, bevor er ohnmächtig in sich zusammensackte. –

Ron hatte seinen Wagen erreicht – und starrte auf die Reifen. „Abgestochen", entfuhr es ihm entsetzt. Fassungslos lief er um das Auto. Zwischen Boden und Felgen war nur noch Gummi, das auf die Erde gequetscht wurde. „Ich fass es nicht. Man! Ich glaub' ich spinn! Ich glaub' mich tritt ein Pferd..."
Plötzlich raschelte es hinter ihm im Gebüsch. Jäh fuhr Ron herum. Es war zu dunkel, um etwas zu sehen...

Mitternacht. Helen lauschte noch einige Minuten Bills regelmäßigen Atemzügen. Sie schlug leise die Bettdecke zurück und stieg noch leiser aus dem Bett.
Jogginganzug, Turnschuhe, Taschenlampe. Alles lag schon bereit für ihren nächtlichen Einsatz. Eilig zog sie sich an, nahm noch Bills Dienstwaffe an sich, warf ihm einen Luftkuss zu und schlich sich aus dem Zimmer.
Vorsichtig tastete sie sich der Wand entlang bis hin zur Treppe, die in dämmrigem Licht vor ihr lag.
Knarrrrr, zerriss das Bersten der Holzstufen die nächtliche Stille. Jede einzelne Stufe hätte sie verwünschen mögen, bis sie endlich das Foyer erreicht hatte. Für mehrere Augenblicke hielt sie den Atem an und lauschte.
Totenstille. Niemand schien sie gehört zu haben.

Den Atem anhaltend drückte sie die Hoteltür vorsichtig auf. Sie war nicht verschlossen.

Bevor sie jedoch das Freie betrat, entriegelte sie vorsichtshalber eines der Fenster neben dem Eingang. Der Fensterrahmen klemmte ein wenig, demnach konnte es sich nicht selbstständig öffnen. Mit einem zufriedenen Lächeln verließ sie das Hotel.

Kaum fiel die Eingangstür ins Schloss, wurde die Tür von der Küche zum Restaurant geöffnet. Sally. Ihre rechte Hand war in eine Binde eingewickelt. Sofort fiel ihr Blick auf das Fenster, das sich Helen als Noteingang geöffnet hatte.

Zorn blitzte in ihren Augen auf und sie verriegelte hinterlistig das Fenster, als sie Helen erkannte, die hastig über den Parkplatz schritt. In ihren dunklen Klamotten war sie fast nicht zu erkennen.

Kurz darauf verließ auch Sally das Hotel. Ein Fleischermesser blitzte in ihrer Hand. Dasselbe, mit dem sie sich die Fingerkuppe abgeschnitten hatte.

Vorsichtig schlich Helen durch das Gras neben dem Kiesweg, um ja keine Geräusche zu verursachen. Ahnungslos wägte sie sich in Sicherheit.

Beide wurden beobachtet. Jemand kauerte unweit der Friedhofmauer unter einer Lärche und schien sich darüber zu amüsieren, wie Sally Helen behände hinterherschlich. Weder das Messer noch der Revolver entging ihm dabei.

Helen sah sich mehrmals um. Sie konnte weder etwas erkennen noch hören. Das Dorf erschien verlassen. Sally drückte sich gegen einen Baum, an dem Helens Blick nichts ahnend vorüberschweifte.

Obwohl der Eichenflügel des Gotteshauses nur angelehnt war, entschied sie sich für den seitlichen Eingang.

In der Kirche herrschte totale Finsternis. Nicht eine einzige Kerze brannte!

Helen knipste die Lampe an und richtete den Lichtkegel auf den Altar.

Der Altar war, wie sie ihn mit Bill verlassen hatte. Bis auf die

Statue, die fehlte. Helen trat weiter in das Innere. Je näher sie dem Opfertisch kam, desto kälter wurde ihr. Sie dachte sich nichts dabei. Kirchen hatten es an sich, kalt zu sein.

Sie hatte nur noch wenige Schritte bis zu dem steinernen Tisch, da stieß sie mit dem Fuß an einen Gegenstand, der auf dem Boden lag.

Erschrocken hielt sie inne und senkte den Lichtkegel auf den Boden. Die Statue. In mehrere Teile zerbrochen lag sie auf den Steinplatten. Helen bückte sich, legte den Revolver neben sich und hob eines der Bruchstücke auf.

Hierbei nahm sie aus dem Augenwinkel eine Bewegung wahr. Erschrocken fuhr sie herum. Diese Reaktion hatte ihr vermutlich das Leben gerettet. Haarscharf zischte das Fleischermesser an ihr vorbei und streifte ihre Schulter. Die Wunde begann sofort zu bluten.

Sally stand mit hässlich verzerrten Gesichtszügen über ihr. Ein zweites Mal holte sie aus. Geistesgegenwärtig wollte Helen nach dem Revolver greifen, doch der war nicht mehr da. Das Messer blitzte im Schein ihrer Taschenlampe.

Ein Sprung zur Seite bewahrte sie vor einer weiteren Verletzung. Mit erhobenem Messer verfolgte sie Sally.

Mit voller Wucht schleuderte Helen die Lampe gegen ihren Kopf. Ein Aufschrei verriet ihr, dass sie getroffen hatte. Gleichzeitig, als die Taschenlampe zu Boden fiel, erlosch auch das Licht.

Helen nutzte den Augenblick, in dem Sally sich wie benommen an die Schläfe griff, um aufzuspringen und davonzurennen. Sie wusste nicht, in welche Richtung sie sich entfernte. Mehrmals stieß sie mit den Knien gegen Holzbänke, woraus sie schlussfolgerte, dass sie sich vom Altar entfernte. Nach einigen Metern blieb sie stehen. Ihre Schulter war nass. Sie konnte das Blut auf den Boden tropfen hören, so still war es. Mit schmerzverzerrtem Gesicht presste sie die Hand auf die Wunde.

Es fiel ihr schwer, den Atem anzuhalten, um besser lauschen zu können. Nicht das leiseste Geräusch!

Langsam gewöhnten sich ihre Augen an das Dunkel und sie konnte vereinzelte Umrisse des Altars erkennen. Und sie konnte auch die Tür ausmachen, durch die sie die Kirche betreten hatte. Von dem Biest jedoch war nichts zu sehen.

Verbissen musterte sie den Abstand zwischen sich und der Tür. Vielleicht zehn Meter, zwischen zwei Bankreihen hindurch, dann wäre sie in Sicherheit.

Mit dem Rücken an das Gemäuer gelehnt, stützte sie sich mit einem Fuß daran ab, um sich dadurch mehr Antriebskraft zu verschaffen.

„Eins – zwei – drei", zählte sie leise. Bei drei schnellte sie vor, ungeachtet, ob sie nun ihre Absicht durch Geräusche verraten würde oder nicht. So schnell es ihr möglich war rannte sie dem Seiteneingang zu.

Völlig erschöpft tastete sie nach dem Türgriff, um den sich ihre Finger erleichtert schlossen. Ruckartig drückte sie in nach unten, da stand plötzlich, wie aus dem Nichts, Sally hinter ihr. Schemenhaft konnte Helen erkennen, dass Sally sich mit der verbundenen Hand an das rechte Auge fasste. In der anderen Hand hielt sie das Messer, das sie mit voller Wucht auf sie niederschmetterte.

Helen wurde schwarz vor Augen. Ihre Hand löste sich vom Türgriff, sie schwankte, drehte sich um die eigene Achse und verlor das Bewusstsein.

„Schatz?" Bills Hand griff neben sich ins Leere.

Entsetzt sprang er aus dem Bett. Der Morgen war am Hereinbrechen. Erste Sonnenstrahlen blitzten durch den Fensterladen. Die Vögel zwitscherten. Es war ein lautes Geräusch von unten, das ihn geweckt hatte.

„Schatz?", rief er etwas lauter.

Helen war weg, und zwar schon länger, denn ihre Bettdecke war kalt, die Zimmertür war unverschlossen!

Vorsichtig spähte er in den Flur. Gähnende Leere.

Unruhig schloss er die Zimmertür wieder zu und zog sich in Windeseile an.

Der nächste Schock – sein Revolver war weg!

Jetzt erst wurde ihm klar, warum sich Helen ihren Jogginganzug und die Turnschuhe noch in der Nacht zurechtgelegt hatte.

„Ich hirnverbrannter Idiot", verfluchte er sich selbst, gurtete den leeren Revolverhalfter um die Schulter und zog sein Jackett darüber. Hastig eilte er der Treppe entgegen. Die Geräusche verstummten. Als sei jemand bei seiner Arbeit gestört worden. Zwei Stufen auf einmal nehmend rannte Bill die Treppe hinab.

Die Tür zum Restaurant stand sperrangelweit offen und ein breiter Lichtstrahl fiel in das Foyer. So gelassen wie möglich schlenderte er an der Eingangstheke vorbei und betrat das Restaurant, in dem March eben dabei war, die Tische zu richten. Der Duft von frisch gebrühtem Kaffee stieg ihm in die Nase. Mit erstauntem Blick wandte sie sich um. Ein Lächeln flog über ihr dickliches Gesicht, als sie Bill erkannte.

March war nicht wieder zu erkennen! Ihre Haare frisch gewaschen und zusammengebunden; roter Lippenstift glänzte auf ihrem schwulstigen Mund und das Kleid, das sie trug – eine Augenweide. Bill war baff!

„Einen wunderschönen guten Morgen", begrüßte sie ihn freundlich. „Zu so früher Stunde schon auf den Beinen?"

Bill sah sie verständnislos an. March strahlte, als sei sie die Sonne selbst.

„Bestimmt suchen sie Ihre Frau", sagte sie, nachdem Bill nichts erwiderte. „Sie ist vielleicht vor einer halben Stunde gegangen. Sie sagte mir noch, sie müsse unbedingt ein wenig an die frische Luft. Bestimmt kommt sie bald wieder. Setzen Sie sich doch so lange, Mr. Tanner. Ich bring Ihnen einen frisch gebrühten Kaffee."

„Nein danke", erwiderte er darauf. „Frische Luft kann mir auch nicht schaden. Weit kann meine Frau ja nicht sein. Vielleicht treffe ich sie ja."

„Es kann sich wirklich nur um Augenblicke handeln", meinte

March spontan, ohne unfreundlich zu wirken. „Warten Sie", forderte sie ihn darauf auf. „Sie bekommen von mir den besten Kaffee, den sie jemals getrunken haben." Erwartungsvoll sah sie ihn dabei mit ihren Schweinsaugen an.

In Bill erweckte das nur noch mehr Misstrauen.

„Ich trinke eigentlich nie allein Kaffee", entgegnete er bestimmt. „Lassen Sie nur. Wenn es sich wirklich nur um Augenblicke handelt, dann müsste ich sie ja vor dem Eingang schon antreffen." Abrupt drehte Bill sich um. Im selben Moment wurde der Hoteleingang geöffnet. Hang betrat das Foyer. In der linken Hand hielt er einen Putzeimer. Hang zuckte leicht zusammen, als er Bill sah. Kurzerhand trat er dicht an den schlaksigen Wayne heran und warf verstohlen einen Blick in den Eimer. Ein zerfetzter Lumpen schwamm in einer dreckig braunen Brühe. Marchs Gesichtsausdruck verfinsterte sich vom Sonnenschein zur Gewitterwolke.

Mit grimmigen Blicken kam Hang auf sie zugeschritten. „Hat er was bemerkt?", fragte er nervös.

„Er sucht jetzt seine Frau", erwiderte March giftig. „Muss der auch ausgerechnet jetzt herunterkommen."

„Wo habt ihr sie hingeschafft?" Hang blickte nervös um sich.

„In den Keller", zischte sie. „Dort findet er sie nie." Ein hämisches Grinsen verformte ihren erdbeerroten Mund. „Sally hat sie ganz schön übel zugerichtet. Sie kann froh sein, dass sie überhaupt noch am Leben ist, dieses Miststück." Zorn funkelte in ihren Augen. „Sally ist auf einem Auge blind. Sie hat ihr das rechte Auge ausgeschlagen."

„Blind?" Bestürzt machte Hang einen Schritt zurück.

„Dafür wird sie büßen!", zischte March, wobei sich ihre Hände zu Fäusten ballten. „Beide Augen werde ich ihr ausstechen, diesem Drecksstück."

Energisch schüttelte Hang seinen Kopf. „Überlass sie ihm", erwiderte er aufgeregt. „Er hat uns verboten, eigenhändig etwas zu unternehmen. Das weißt du doch."

„Nichts da!", entgegnete sie. „Dieses Weibsstück gehört mir. Ihretwegen kann Sally nur noch auf einem Auge sehen. Dafür muss sie bezahlen." Finster zogen sich ihre Augenbrauen zusammen. „Nur dieses eine Mal", setzte sie noch hinzu.

Hang sah es wohl ein, dass jeder Widerspruch zwecklos war. „Wo ist Sally jetzt?", fragte er so leise, dass seine Frau ihn kaum verstehen konnte.

„In ihrem Zimmer", antwortete March. „Hast du alle Spuren beseitigt?" Kurz warf sie einen Blick in den Putzeimer, den Hang neben sich abgestellt hatte. Wieder blickte Hang mehrmals um sich, bevor er in seine Jackentasche griff und langsam einen Gegenstand hervorholte. Bills Dienstwaffe. March pfiff leise durch die Zähne. „Hat dieses Miststück den bei sich gehabt?", fragte sie und griff nach der Waffe, noch ehe Hang es verhindern konnte.

„Sie lag unter einer Bank", grinste er. „Möchte bloß wissen, was sie in der Kirche gewollt hat."

„Das kann uns ja egal sein", erwiderte March, den Revolver mit gierigen Blicken betrachtend. „Sally hatte von ihm den Auftrag bekommen, beide zu beschatten und das hat sie getan."

„Was ist mit dir?", entgegnete Hang. „Hast du –?"

„Du meinst die Schlaftabletten...", unterbrach sie ihn zynisch. „Er wollte einfach keinen Kaffee. Aber warte nur, den kriegen wir auch noch. Irgendwann bekommt der auch mal Hunger. Und ohne seinen **Schatz** geht der nicht von hier fort."

„Und die anderen Zwei?" Hang deutete mit dem Blick nach oben.

„Die machen mir keine Sorgen", verwarf sie seine Befürchtung. „Wirst' sehen, nachdem sie den ersten Schluck Kaffee getrunken haben, liegen die flach. Mach dir da keine Sorgen. Schau lieber zu, dass du **deine** Sachen erledigt bekommst."

Mit einem Grinsen im Gesicht drehte March sich um und ließ ihren Mann einfach stehen. Kurz vor der Küche hielt sie inne und drehte sich langsam wieder um. Zähneknirschend richtete sie den Lauf des Revolvers auf ihren Mann.

„Den Tanner leg ich einfach um", fauchte sie. „Der steht uns ohnehin nur im Weg!" Unsanft schlug sie die Küchentür hinter sich zu.

In rasendem Tempo eilte Bill zur Kirche. Immer wieder griff er zu seinem Halfter, der unter seinem Jackett steckte und mit jedem Male fluchte er wütend in sich hinein.

Vorsichtig öffnete er den Seiteneingang. Die Tür quietschte verräterisch. Das bunte Glas der barocken Fenster schimmerte durch die aufgehende Sonne in allen Farben, wodurch sogar das Flackern der Kerzenlichter nur ein jämmerliches Leuchten von sich gab.

Auf den ersten Blick war von dem nächtlichen Kampf nichts zu sehen. Dennoch wurde Bill stutzig, als er wenige Schritte vor dem Altar ein seltsames Schillern auf dem Boden bemerkte.

Es war die Stelle, an der Sally das erste Mal auf Helen eingestochen hatte. Bill bückte sich. Der Boden war feucht, als hätte jemand etwas aufgewischt. Unwillkürlich musste er an den schlaksigen Wayne denken und es fiel ihm nicht schwer zu schlussfolgern, dass hier etwas vertuscht werden sollte.

„Was verdammt noch mal geht hier vor?" Bill begann, die Steinplatten genauer zu untersuchen. Mal waren die feuchten Stellen kleiner, mal größer. Sie führten ihn seitlich an den Bankreihen vorbei. In der Mitte, exakt dem Nebeneingang gegenüber, schien Wayne mit Wischen aufgehört zu haben. Stück für Stück ließ Bill seinen Blick über den Boden entlang der Mauer gleiten. Plötzlich fuhr es ihm durch Mark und Bein. Ein kleiner roter Fleck, ungefähr zwei handbreit über dem Sockel. Stufenweise tastete sich nun sein Blick dem Gemäuer empor. Auf Schulterhöhe befand sich ein weiterer roter Fleck. Ungefähr die Größe einer Handfläche. Mit dem Fingernagel kratzte Bill daran.

„Blut", kam es flau über seine Lippen und er konnte den Zusammenhang mit seiner Frau nur erahnen. Ob es allerdings ihr Blut oder das eines anderen war – diese Frage wollte er sich nicht stellen.

Seine Pulsadern pochten, als er fieberhaft nach weiteren Spuren suchte. Dabei konzentrierte er sich auf etwaige Geschosseinschläge.

Nichts dergleichen konnte er feststellen.

Plötzlich hörte er, wie der Haupteingang geöffnet wurde. Hastig stürmte er zum Seiteneingang. Er wollte auf keinen Fall gesehen werden. Bevor er die Tür zum Seiteneingang schloss, vernahm er noch, wie jemand die Kirche betrat.

Gerade noch rechtzeitig gelang es ihm, den Nebeneingang zu erreichen, bevor dieser Jemand aus dem Dunkel des Vorraumes trat. Für das Erste hatte Bill genug gesehen. Lautlos machte er sich aus dem Staub und es kostete ihn einiges an Überwindungskraft, sich nicht von Gefühlen hinreißen zu lassen. Erst als er den Parkplatz erreicht hatte, verlangsamte er sein Tempo und betrat in gelassener Haltung das Hotel.

Seine Armbanduhr zeigte wenige Minuten nach sieben an. Um halb acht Uhr waren sie mit Dolph und Chrissie verabredet. An dem Gepäck, das neben dem Treppenaufgang stand, sah er, dass sie sich schon im Restaurant befinden mussten.

Über Chrissies Gesicht flog ein freudiger Strahl, als er das Restaurant betrat.

Mit einem freundlichen Gruß auf den Lippen setzte Bill sich zu ihnen. Chrissie sah den Kommissar mit fragendem Blick an.

„Hast du deine Frau gefunden?", fragte Dolph stirnrunzelnd.

„Wie lange seid ihr schon hier?", stellte Bill eine Gegenfrage und blickte verstohlen auf die Küchentür.

„Vielleicht ein zwei Minuten."

„Hat **sie** euch gesagt, dass ich nach Helen suche?" Bills Blick wanderte von Dolph auf Chrissie.

Chrissie sah sehr erholt aus. Sie hatte in dieser Nacht sehr gut geschlafen und nichts war da, was ihr Angst einflößte. Das Gefühl war einfach weg. Stumm nickte sie ihm zu.

„Bestimmt ist sie gerade Kaffee holen", sagte Bill darauf.

Chrissie nickte erneut.

„War sie auch so freundlich zu euch?"

„Sie waren sehr nett zu uns, als wir herunterkamen", antwortete Dolph schnell. „Ganz im Gegenteil zu gestern. Seltsam, das alles." Mehrmals strich Dolph sich über seinen Schnauzer und sah Bill nachdenklich an. „Stimmt was nicht?"

Das Aufstoßen der Küchentür hielt Bill von einer Antwort ab. Mit einer großen Kaffeekanne kam March auf sie zu gewackelt – und lachte ihnen schon von Weitem übers ganze Gesicht zu.

„Sooo", sagte sie gedehnt, als sie bei ihnen angelangt war. „Haben Sie ihre Frau denn angetroffen?" Langsam goss sie den Kaffee in die bereitstehenden Tassen. Allerdings stand Bills Gedeck noch am Nebentisch. March warf einen Blick darauf. „Möchten Sie lieber hier an diesem Tisch frühstücken?", bemerkte sie hinterlistig.

„Nein, nein", wehrte Bill ab. „Ich warte auf meine Frau. Weit kann sie ja nicht mehr sein."

„Vielleicht wenigstens ein Tässchen Kaffee?"

Bill sah misstrauisch auf die schwarze Brühe, die heiß aus den Tassen dampfte und appetitlich roch.

Chrissie setzte gerade zum Trinken an.

„Darf ich mal?" Bill nahm ihr einfach die Tasse weg.

Verständnislos sah sie ihn an.

Hörbar sog Bill den Kaffeeduft durch die Nase. „Hm...", brummte er. „Ich glaube, Sie machen wirklich den besten Kaffee der Welt."

Etwas zu schnell setzte er die Tasse zurück und traf dabei nur den Rand des Untertellers.

„Mist", entfuhr es ihm. „Wie ungeschickt von mir." Die braune Brühe ergoss sich über das Tischtuch. Chrissie konnte gerade noch zurückweichen, um ein Beschmutzen ihres Kleids zu verhindern.

Die Stirn von March legte sich zentimetertief in Falten.

„Nicht der Rede wert", machte sie schnell eine freundliche Miene zum bösen Spiel. „Setzen Sie sich doch einfach an den Nebentisch. Für dich mein Kind hole ich eine frische Tasse." Sie stellte die Kaffeekanne auf dem anderen Tisch ab. Eilig nahm sie Teller und

Tassen, um diese ebenfalls darauf abzustellen. Dies alles ging so schnell, dass ihnen gar nichts anderes übrig blieb, als sich an den Nebentisch zu setzen.

„Du kannst ja so lange das Gedeck seiner Frau nehmen, mein Kind", sagte sie triumphierend.

Fieberhaft suchte Bill Chrissies Blickkontakt, als sie ihr die Giftbrühe einschenkte. Leicht wackelte er mit seinem Kopf hin und her und Chrissie schien begriffen zu haben, was Bills Theatervorführung bezwecken sollte.

„Das ist die Kunst, eine gute Wirtin zu sein", bemerkte er beiläufig. „Immer sofort die geeignete Lösung."

Nun war es Dolph, der die Tasse an seinen Mund setzen wollte. Chrissie sah ihren Vater erschrocken an. Mit dem Fuß trat sie ihm derart gegen das Schienbein, dass die heiße Brühe beinahe über den Rand schwappte. Verwirrt stellte er die Tasse zurück.

„Habt ihr heute Nacht auch so gut geschlafen?", fragte Bill, um der angespannten Situation eine andere Richtung zu geben. Dabei sah er von Chrissie auf Dolph und kehrte dabei March demonstrativ den Rücken zu. Sie wollte einfach nicht gehen. Noch bevor Dolph etwas erwidern konnte, hatte sich Bill ihr zugewandt.

„Wollen Sie nicht eine Tasse mit uns trinken?" Lächelnd deutete er mit der Hand auf einen freien Stuhl. March zuckte kurz zusammen. Ihr Gehirn schien zu arbeiten. Damit hatte sie jetzt wohl nicht gerechnet!

„Nein, nein", schüttelte sie schnell ihren Kopf. „Auf mich wartet Arbeit in der Küche." Jäh machte sie kehrt. Es blieb ihr nichts anderes übrig, als zu gehen.

„Hört mir jetzt gut zu", raunte Bill, nachdem sie verschwunden war. Dass March sie durch den Türspalt beobachtete, konnte er sich nur denken. „Trinkt nichts und esst nichts. Ich befürchte, dass irgendetwas von diesen Sachen vergiftet ist."

„Vergiftet?", entfuhr es Chrissie und ihrem Vater wie aus einem Mund.

„Helen ist verschwunden", flüsterte er weiter, wobei er eine belanglose Körperhaltung einnahm, sodass es nicht danach aussah, als würde er heimliche Gespräche führen. Für einen Moment lachte Bill sogar auf, um den Anschein einer lustigen Unterhaltung zu erwecken.

„Verschwunden?" Chrissie sah ihn mit aufgerissenen Augen an.

„Ich vermute, sie ist heute Nacht allein in die Kirche gegangen", fuhr Bill grimmig fort. „Sie hatte meine Dienstwaffe dabei." Er griff zur Tasse und setzte sie sich an den Mund. „Ich tu nur so, als würde ich trinken." Langsam stellte er die Brühe wieder zurück. „Auf gar keinen Fall dürfen wir uns etwas anmerken lassen."

„Du meinst, deine Frau ist heute Nacht entführt worden?", versuchte Dolph zu schlussfolgern.

„Ich war vorhin in der Kirche." Seine Stimme klang schwer, fast traurig. „Jemand hatte zuvor Spuren eines Kampfes verwischt. Wahrscheinlich Wayne. Der ist mir im Foyer mit einem Putzeimer begegnet." Schweiß perlte sich auf seiner Stirn. „Vermutlich waren es Blutspuren, die er aufgewischt hat."

Chrissie konnte einen Ausruf gerade noch unterdrücken. Bilder des Vorabends tauchten in ihr auf.

Dolph fasste sich nervös mit dem Finger an den Schnauzer. „Bist du dir sicher?", fragte er zaghaft.

„Ich habe Blutspuren an der Wand entdeckt", erwiderte Bill. „Nur weiß ich nicht, um wessen Blut es sich handelt. Ich weiß nur, dass die Waynes mit der ganzen Sache etwas zu tun haben müssen. Irgendwo halten sie Helen gefangen – irgendwo, wenn sie noch am Leben ist."

„Du willst sagen, sie ist vielleicht –?" Dolph traute sich das Wort gar nicht auszusprechen. Chrissie sah den Kommissar entgeistert an.

„Was willst du nun tun?", fragte Dolph sichtlich erregt.

„Auf gar keinen Fall kann ich Harbourn jetzt verlassen", antwortete Bill langsam. „Besser, ihr ruft euch ein Taxi und verschwindet von hier. Je schneller, desto besser!"

„Du willst sie suchen, nicht wahr?" Chrissies Stimme vibrierte.

Die Angst in ihr kehrte plötzlich zurück.

„Und wenn ich das gesamte Dorf auf den Kopf stelle!", zischte Bill.

Im Empfangsraum hinter der Theke befand sich das Telefon, auf das Bill zuging. Verständnislos sahen Chrissie und ihr Vater sich gegenseitig an, als Bill den Hörer wütend in die Gabel zurückfallen ließ.

„Shit", fluchte er und folgte dem Telefonkabel, konnte jedoch keinen Schaden feststellen. „Die Leitung ist tot."

Von dem Notizblock, der neben dem Apparat lag, riss er ein Blatt herunter. Schnell schrieb er einige Zeilen darauf und reichte den Zettel Dolph entgegen.

„Nehmt mein Auto", sagte er, indem er ihm noch den Wagenschlüssel gab. „Fahrt ins Präsidium und gebt diesem Mann den Zettel." Mit dem Finger deutete er auf den Namen, den er auf die eine Seite des Blattes geschrieben hatte. „Geht gleich, jede Minute zählt."

Mit Erleichterung sah Dolph ihn an. Nicht, dass er ein Feigling war, nein, das Gegenteil hatte er bei der British-Army schon zu oft beweisen müssen. Dolph ging es um seine Tochter – sie wollte er in Sicherheit wissen!

„Ich bringe dir dein Auto zurück", sagte er mit Bestimmtheit. Bill wollte keine Zeit verlieren. Er nahm einfach das Gepäck von den Beiden und verließ, ohne ein Wort zu sagen, das Hotel. Von Weitem schon fiel ihm auf, dass der Knopf der Fahrertür oben war. Parker setzte sich sofort hinter das Steuer, während Bill die Gepäckstücke auf die Rücksitzbank warf. Chrissie wollte die Beifahrertür öffnen, da stieg ihr Vater kopfschüttelnd wieder aus.

„Er springt nicht an", rief er Bill entsetzt entgegen, der seinen Blick automatisch auf die Motorhaube lenkte.

Sie war nur aufgelegt und nicht eingerastet. Ruckartig riss er sie hoch.

„Shit", entfuhr es ihm. Jemand hatte die Zündkabel herausgerissen. „Jetzt sitzen wir fest", kam es kaum hörbar über seine Lippen.

Wütend warf er einen Blick auf das Hotel. Der alte Wayne stand an seinem Beobachtungsposten. Ein hässliches Grinsen entstellte sein karges Gesicht.

Chrissie wurde aschfahl.

Sie sind wieder da. Diese toten Augen – sie sind hier… Erschöpft stützte sie sich an Bills Wagen ab. Gerade noch rechtzeitig konnte er Chrissie in seinen Armen auffangen.

„Auch das noch", entfuhr es Dolph. „Was jetzt?" Fragend sah er Bill an, der Chrissie sanft auf den Boden setzte. Ihr Atem ging flach, ihre Haut fühlte sich kalt an.

„Bringen wir sie ins Zimmer zurück", schlug Bill vor. „Das ist alles zu viel für sie."

„Da – rein?" Dolphs Stirn bekam tiefe Falten, als er auf das Hotel blickte.

Zusammen trugen sie Chrissie ins Zimmer zurück und legten sie auf das Bett. Liebevoll umsorgte Dolph seine Tochter, während Bill mit versteinerter Miene aus dem Fenster sah. Immer wieder griff er nach seinem Revolverhalfter – und mit jedem Griff ins Leere vertieften sich seine Stirnfalten.

„Bill", sprach Dolph ihn nach geraumer Zeit des Schweigens leise an. Sehr langsam drehte Bill sich um.

„Was – willst du jetzt tun?", stellte Dolph seine Frage.

Lange ließ Bill seinen Blick auf Chrissie ruhen. Helen hatte ihm von ihrer Angst erzählt.

„Helen ist in Gefahr", sagte er leise. „Ich weiß nicht, mit wem wir es zu tun haben. Ich kenne unseren Feind nicht, Dolph. Und ich kenne ihr Motiv nicht."

„Ich wollte, dass wir hier herkommen", erwiderte Dolph. Sanft strich er über Chrissies kalte Stirn. „Ich wollte es, weil ihre Mom sehr gerne hier herkam."

„Alles, was ich jetzt unternehme, kann falsch sein", sagte Bill darauf. „Sie halten Helen irgendwo gefangen. Sie hat wahrscheinlich etwas entdeckt und wurde dabei erwischt. – Es muss etwas mit dieser schwarzen Messe zu tun haben. Wenn Chrissie wieder zu sich gekommen ist, muss ich mit ihr darüber reden."

„Das heißt, du unternimmst jetzt nichts?"

„Solange sie Helen in ihrer Gewalt haben, muss ich jeden Schritt dreimal überdenken." Bill trat an das Bett heran. „Ich kenne mich mit Verbrechern aus, Dolph. Verbrecher haben Systeme. Verbrecher werden oft vom selben Motiv angetrieben. Aber hier, hier haben wir es nicht mit nur einem Verbrecher zu tun. Hier scheint eine Organisation am Werke zu sein. Und ich weiß nicht, was die vorhaben."

„Ich muss dich bewundern, Bill", sagte Dolph zu ihm mit feuchten Augen. „Deine Ruhe ist bemerkenswert."

Bill setze sich auf die Bettkante. „Ich bin nicht ruhig. Ich bin alles andere als ruhig. Ich bin schockiert! Ich bin wütend, aber ich muss Ruhe bewahren. Wenn ich Helen nicht zusätzlich in Gefahr bringen möchte, muss ich gelassen sein. Es fällt mir schwer – verdammt schwer." Auf einmal verspürte Bill eine Hand auf der Seinigen. Chrissie war aufgewacht.

„Sie lebt", flüsterte sie ihm zu. „Ich weiß, dass sie lebt. Ich fühle das, Bill."

Erstaunt sahen sie Chrissie an.

„Ich habe Angst vor dem Schlafen", sprach sie weiter. „Aber ich bin so sehr müde. So müde..." Ihre Augen schlossen sich wieder, gleichmäßige Atemzüge sagten ihnen, dass sie eingeschlafen war.

„Ich denke, wir müssen die Dunkelheit abwarten", flüsterte Bill und begab sich wieder ans Fenster.

3

An Händen und Füßen gefesselt, den Mund mittels Lumpen und Klebeband geknebelt: Helen lag auf einem feuchtkalten Steinboden. March hatte ihr einfach den Inhalt einer Flasche Whisky über die Verletzung geschüttet und sie danach im Dunkeln liegen lassen. Helen wusste nicht ob es Tag oder Nacht war. Auch wusste sie nicht, wie lange sie schon hier war. Die modrige Luft sagte ihr, dass man sie in einem Keller eingesperrt hielt. Zweimal war March nun schon bei ihr gewesen und hatte ihr Essen gebracht. Irgendetwas, das kaum zu genießen war. Wollte sie jedoch einigermaßen bei Kräften bleiben, musste sie es essen. Kein Wort durfte sie dabei sprechen. Die Alte hatte ihr gedroht. Gedroht damit, sie sofort zu töten, sollte sie auch nur einen Ton von sich geben. Helen zog es vor, Folge zu leisten. Sie wusste, dass Bill alles daran setzen wird, sie zu finden. Früher oder später wird dies der Fall sein – und dann Gnade ihr Gott!

Wieder erwachte sie aus einem tauben Schlaf, in den sie ständig verfiel. Versuche, sich von den Fesseln zu befreien, hatte sie längst aufgegeben. Der dünne Draht schnitt ihr nur noch tiefere Wunden in das Fleisch.

Ein Geräusch war es, das sie aufhorchen ließ.

Jemand öffnete die Kellertür, schloss sie jedoch gleich wieder zu, was bisher noch nicht der Fall gewesen war. Die Holztritte knarrten unter den Tritten des Eindringlings, der nur langsam die Stufen hinab stieg. Helen befand sich von der Treppe aus gesehen im linken hinteren Eck des gewölbten Kellers. Fahles Laternenlicht schimmerte ihr entgegen. Elektrischen Strom schien es da unten nicht zu geben. Gespannt sah sie in die Richtung des Treppenaufganges. Es dauerte lange, sehr lange, bis sie die Person in dem schwachen Licht zu Gesicht bekam. Hang Wayne. Hämisch grinste er sie an, als er

Helens enttäuschtes Gesicht im Lichtkegel erblickte.

Unweit von Helen stellte er die Lampe auf den Boden. Ängstlich beobachtete sie, wie er sie anstarrte, sie mit gierigen Blicken durchbohrte. Helen versuchte, zurückzuweichen. Sie konnte nur erahnen, was der Alte mit ihr vorhatte. Langsam näherte sich seine Hand ihren Füßen, die Helen angewidert so weit zurückzog, wie die Fesseln es zuließen. Seine Hand folgte ihr, sowie sein lüsterner Blick, die vor Verlangen aufflackerten. Flach legte er seine Hand auf ihre Waden und ließ sie Stück für Stück auf der Jogginghose an ihren Beinen entlang gleiten. Helen hatte nicht die geringste Chance sich zu wehren. Tränen trieben es ihr aus den Augen. Tränen der Wut, Tränen der Verzweiflung.

Seine Finger hatten nun ihre Hüften erreicht. Gehässig leckte er sich die Lippen, während er sich neben sie kniete. Mit der einen Hand fummelte er an seinem Hosenladen herum, mit der anderen Hand versuchte er, Helen den Reißverschluss des Jogginganzuges herunter zu ziehen.

Helen raffte all ihre Kraft zusammen. Blitzartig schnellte sie mit ihrem Oberkörper nach vorn und traf wuchtig mit ihrer Stirn den Alten am Kinn. Schreiend fuhr Hang nach oben, fasste sich an den Mund, aus dem das Blut regelrecht hervorsprudelte. Entsetzt sah er auf den Boden. Ein Stück seiner Zunge lag neben Helens Beinen. Wankend machte er mehrere Schritte zurück, stolperte, fing sich wieder, stolperte nochmals. Er versuchte zu reden, brachte aber nur ein lallendes Gejammer hervor. Die Hände fest auf sein Gesicht gedrückt, taumelte er Richtung Treppe. Die Lampe ließ er stehen.

Fürs Erste atmete Helen auf dachte aber gleichzeitig mit Schaudern an die Folgen.

Strauchelnd schleppte Hang sich die Holzstufen hinauf. March hatte ihm verboten, in den Keller zu gehen. Ausdrücklich hatte sie es ihm verboten!

Wütend stieß er die Kellertür von sich und trat in die dunkle Küche. Plötzlich ging das Licht an. Und wenn er hätte schreien können, dann hätte er jetzt geschrien; March stand im Nachthemd vor ihm, den Revolver im Anschlag.

„Hab ich dir nicht gesagt, du sollst deine dreckigen Pfoten von dieser Schlampe lassen?", giftete sie ihn an.

Hang nahm seine Hände aus dem Gesicht und deutete auf seine Zunge beziehungsweise den Stummel, der noch übrig geblieben war.

March würgte es. Entsetzt legte sie den Revolver auf den Küchentisch, riss eine Schublade auf, holte ein sauberes Tuch hervor, das sie in Kräuterschnaps tränkte, und stopfte es ihm in den Mund. Der Schmerz war zu groß. Ohnmächtig brach Hang zusammen.

Schnell zog sie ihn beiseite und verriegelte die Kellertür. Danach schleifte sie den Schwerverletzten durch die Tür neben dem Kellerabgang in den Flur, der bereits zu ihren Wohnräumen zählte. Das letzte Zimmer war das Schlafzimmer, in dem sie ihn auf das Bett hievte.

Ungewöhnlich sachte zog sie das verblutete Tuch aus seinem Mund und legte seinen Kopf auf die Seite, damit er nicht an seinem eigenen Blut ersticken konnte. Anschließend stülpte sie sich ihren Mantel über das Nachthemd und verließ keine Minute später das Hotel.

Sie selbst hatte die Telefonleitung von Harbourn gekappt. Da sämtliche Anschlüsse über einen Verteiler im Hotel liefen war, das eine leichte Sache gewesen. Nun verfluchte sie es, dadurch gezwungen zu sein, Doc Wesley zu Fuß aufsuchen zu müssen.

Längst schon war die Dunkelheit hereingebrochen. Genauso lange hing Bills Geduld an einem seidenen Faden. Der Gedanke an Helens Schicksal machte mürbe. Nichts tun zu können – Bill hasste solche Situationen.

Plötzlich sah er March über den Parkplatz hetzen. Sie hatte es eilig. Sehr eilig!

„Die Luft scheint rein zu sein", sagte er und begab sich zur Tür. „Schließ hinter mir zu", forderte er noch auf und ging. Alles war besprochen! Jede Situation waren sie durchgegangen. Auch die, falls er nicht mehr zurückkommen würde.

Chrissie saß zusammengekauert auf dem Bett. Sie hatte Angst! Sehr viel Angst! Chrissie ahnte etwas, jedoch fiel es ihr schwer, diese Ahnung zu beschreiben. Sie bekam das Gefühl nicht los, dass alles mit ihr zusammenhing. **Sie** hatte diesen Traum! **Sie** spürte dieses Etwas oder diesen Jemand, der sie ständig zu beobachten schien. Stumm und verborgen.

Ihr Dad wusste gar nicht, was in seiner Tochter vorging. Noch hatte sie sich ihm nicht anvertraut.

Bill wusste, dass er nicht viel Zeit haben wird. Dennoch vermied er verräterische Geräusche, so gut es eben ging.

Sein erstes Ziel war das Restaurant. Bewaffnet mit einer Taschenlampe, die er hin und wieder anknipste, hielt er wenige Schritte vor der Küchentür inne. Sie war nur angelehnt.

Angestrengt horchte er. Niemand schien sich darin zu befinden. Langsam, sehr langsam drückte er sie auf. Gegenüber war eine weitere Tür, die bis zum Anschlag geöffnet stand. Ein langer Flur, der in völliger Dunkelheit lag. Bill trat in die Küche ein und zog die Tür hinter sich leise zu. Nochmals hielt er inne, stockte sogar seinen Atem, um noch besser horchen zu können. Nicht das geringste Geräusch. Er ließ die Taschenlampe angeknipst.

Der Lichtkegel wanderte über die Gegenstände und hielt direkt neben der offen stehenden Tür inne. Dort war ein weiterer Zugang. Bill vermutete die Kellertür. Sie war zu.

Stückweise ließ er den Lichtkegel am Türblatt hinab gleiten. Ein rötliches Schimmern ließ seinen Atem stocken.

Blut!

Zentimeter für Zentimeter folgte er mit dem Lichtkegel der Spur. Das Blut war frisch! Doch woher die Spur kam, konnte er nicht bestimmen. Führte sie in die Tür hinein oder aus ihr heraus?

Sachte drückte er die Klinke. Auch sie war mit Blut verschmiert.

Verschlossen! Ein Schlüssel war nicht in der Nähe. Fieberhaft begann er nun, systematisch die Küche zu durchsuchen. Hierbei entdeckte er seinen Revolver! March hatte ihn in der Aufregung liegen gelassen.

Ein Handgriff genügte, um festzustellen, dass kein Schuss abgefeuert worden war. Seine Schlussfolgerung daraus war eindeutig: Es musste sich in der Kirche um das Blut seiner Frau handeln!

„Ruhig bleiben!", mahnte er sich selbst, entsicherte die Waffe und richtete seine Aufmerksamkeit der vermeintlichen Kellertür und der Blutspur zu. Sie führte in den Flur, verlor sich aber nach einigen Schritten. Bill ahnte seine Helen hinter dieser Tür.

„Verdammt", fluchte er, als er an sein Mäppchen mit seinem Einbruchwerkzeug dachte. Dietriche, einige Schlüssel und Draht.

Systematisch begann er, eine Schublade nach der anderen aufzureißen. In der dritten Lade fand er dann einen geeigneten Gegenstand.

Eine auf beiden Seiten gespitzte Stricknadel. Mit ihr prüfte March die Festigkeit des Teigs beim Backen.

Geschickt bog er sich die Nadel zu einem Dietrich zurecht und nach wenigen Versuchen schon gelang es ihm, das Schloss damit zu öffnen.

Erleichtert atmete Bill auf. Es war die Kellertür. Stufe für Stufe ließ er den Schein der Taschenlampe die steil abfallende Holztreppe hinabwandern.

Vorsichtig setzte er seinen Fuß auf die oberste Stufe.

Plötzlich schlug ein stumpfer Gegenstand auf seinen Rücken. Entsetzt wollte er sich umdrehen, ein zweiter Hieb brachte ihn ins Wanken. Unmittelbar folgte ein dritter Hieb, der ihn erbarmungslos die Stufen hinab stieß. Kopfüber prallte er gegen das Geländer, überschlug sich, kam hart mit dem Rücken auf den Stufen auf, rutschte weiter und blieb regungslos auf dem kalten Kellerboden liegen.

Vor der obersten Stufe stand Sally. Eine Binde verdeckte ihr rechtes Auge, die rechte Hand steckte in einer Schlinge.

Einige Zeit lang starrte sie in das dunkle Kellerloch, bevor sie langsam die Tür zudrückte, den Schlüssel aus ihrer Rocktasche herausnahm, um ihn in derselben wieder verschwinden zu lassen, nachdem sie das Schloss zweimal herumgedreht hatte. Anschließend eilte sie auf direktem Weg in das Schlafzimmer ihrer Eltern.

Vor ihrem blutenden Vater blieb sie stehen. Ihre Brauen zogen sich zusammen. Sie nahm das blutgetränkte Tuch und stopfte es kaltblütig wieder zwischen seine Lippen. Danach verschwand sie so leise, wie sie gekommen war.

Nicht viel Zeit verstrich, da tauchte March mit Doc Wesley auf.

Entsetzt starrte sie auf ihren Mann, als sie sein blau angelaufenes Gesicht erblickte. Wesley drückte sich an ihr vorbei und riss wütend das Tuch aus seinem Mund.

„Das muss ihm wieder jemand hineingesteckt haben", stammelte sie fassungslos.

Wesley sagte nichts. Erst zog er das eine, dann das andere Lid hinauf, fühlte darauf den Puls, ließ aber nach einer Weile wieder ab und schüttelte langsam den Kopf. „Ich kann nichts mehr für ihn tun", flüsterte er.

Blanke Wut verfärbte das Gesicht von March Wayne. Schnaubend drehte sie sich um und stürzte aus dem Zimmer. Wesley blickte ihr noch einige Augenblicke nach, legte dem Toten dann die Arme auf den Bauch und faltete ihm die Hände zusammen. Darauf nahm er seine Tasche und ging.

Vom oberen Fenster aus beobachtete Sally, wie Wesley langsamen Schrittes über den Parkplatz ging. Aber nicht nur sie verfolgte den Arzt mit den Blicken. Im Schutz der Dunkelheit kauerte jemand unweit des Hotels neben einem Gebüsch. Ein zufriedenes Lächeln verzog die Mundwinkel des Beobachters, als er Wesley nach kurzer Zeit schon wieder das Hotel verlassen sah.

Arnold und Ron befanden sich zu jenem Zeitpunkt in Doc Wesleys Praxis. Ron war wie umgedreht. Er musste nachts vom Friedhof durch den Wald zu Larsens Residenz – und das zu Fuß.

Jemand hatte ihm die Autoreifen zerstochen.

Jemand hatte aber auch Arnolds Autoreifen zerstochen! Arnold war stinksauer.

Während Ron schweigend da saß schimpfte Arnold über den unbekannten Übeltäter.

Ron war nicht wütend, nicht zornig – sondern komisch. In sich gekehrt, als würde er etwas verheimlichen – und Arnold gelang es bisher nicht, den Grund hierfür herauszubekommen.

„Du gefällst mir nicht", sprach er ihn zum x-ten Male an und spielte mit dem Revolver seines Vaters. Den hatte er mitgenommen, um denjenigen zur Strecke zu bringen, der ihm die Reifen zerstochen hatte.

Ron sah ihn nur an, sagte nichts. Den ganzen Tag über hatte er nicht viel gesprochen. Schweigend war er seinem Freund behilflich, die Spuren der Party – und der *Geisterbeschwörung* zu beseitigen.

„Verdammt noch mal, Ron!" Arnold sah ihn auffordern und gereizt zugleich an. „Was ist denn los mit dir? Du sprichst nicht, du reagierst nicht. Gibt es etwas, das ich wissen muss?" Er stand von Wesleys Lesersessel auf und trat auf ihn zu. „Joseph macht sich auch schon Gedanken über dich."

Ron sah seinem Freund mit verengten Augen an. „Henriece hatte recht", sagte er mit tonloser Stimme.

„Du spinnst", entfuhr es Arnold spontan. Rons Augen formten sich zu Schlitzen.

„Deine Reifen sind nicht von alleine aufgeschlitzt worden."

„Ich finde diesen Mistkerl. Sobald Joseph meine Wunde angeschaut hat, werde ich mich auf die Suche nach ihm begeben."

„Nach wem?" Die Augenschlitze formten sich kirschgroß. „Hast du einen Verdacht?"

„Ein Irrer. Das war ein Irrer." Arnolds Backenmuskeln zuckten gefährlich. „Ich kenne jeden Schlupfwinkel von Harbourn. Lange kann er sich nicht vor mir verstecken!"

„Theodor", flüsterte Ron nur. „Es war Theodor – dieser Geist."

Arnold zuckte zurück – und lachte. „Ein – Geist soll die Reifen aufgeschlitzt haben?" Er sah ihn an, als hätte er nicht richtig gehört. „Was sagte denn der Pater dazu? Du warst doch bei ihm. Du hattest ihn doch angetroffen – oder?" Prüfend sah er seinen Freund an. Bis jetzt hatte Ron nämlich nichts darüber erzählt.

„Pater Athelwolds war nicht da", antwortete Ron. „Er war nicht hier, verstehst du?"

„Du hast ihn also gar nicht angetroffen?" Arnold sah ihn noch verwirrter an.

„Gestern. Ich meine gestern!"

„Wie – gestern?"

„Er war mit Doc Wesley in der Stadt. Nicht hier. Nicht in seiner Kirche. Er hatte keinen Gottesdienst abgehalten."

„Wie – bitte?"

„Frag ihn. Frag Doc Wesley, wenn er zurückkommt."

„Dann hast du mit ihm gesprochen?"

„Natürlich, man." Ron biss sich die Zähne zusammen. Arnold wusste noch nicht alles. Nur, dass auch ihm die Reifen zerstochen wurden.

„Und was hast du mit ihm gesprochen?"

„Wärst du mitgekommen, wüsstest du es", erwiderte Ron grimmig. „Dir war dein Schnaps ja wichtiger!"

„Ach, das ist es?" Arnold grinste breit. „Weil ich nicht mit bin, zickst du jetzt so rum?"

„Das nehme ich dir übel – verdammt übel!"

„Man o man!" Arnold fasste sich an die Stirn. „Du verhältst dich wie deine Sandra. Ich glaub's nicht. Man o man, bin ich denn im falschen Film? Was ist bloß los mit dir? Hat dich der Spanier denn total verdreht?"

Ron bewegte seinen Kopf langsam hin und her. Danach fixierte er ihn mit seinem Blick. „Ich weiß, wer die Reifen zerstochen hat", sagte er zu ihm todernst.

„Was?!" Nun waren es Arnolds Augen, die sich kirchgroß weiteten. „Wer?"

„Ich bin wirklich sauer auf dich", sagte Ron. „Ich dachte, du bist mein Freund. Ich glaubte es zumindest."

„Verdammt noch mal, Ron! Ich bin dein Freund! Ich hatte nur keine Lust, mit dem Pfaffen zu reden. Nicht über – über einen Geist!"

„Du nimmst mich nicht für ernst. Du lachst mich aus."

„Jetzt hab dich nicht so. Sag mir lieber, wer es war. Aber bitte – sag jetzt nicht, es war ein Geist."

„In meinem ganzen Leben habe ich mich noch nicht so erschrocken, wie gestern." Ron wischte sich Schweiß von der Stirn. „Noch nie habe ich so einen verwahrlosten, heruntergekommenen und ekelhaften Menschen gesehen, wie gestern", fuhr Ron fort. „Noch nie habe ich einen derartig ekelhaften Gestank gerochen. Und noch nie habe ich in solche finsteren Augen geblickt. Wie dunkle schwarze Löcher. – Verdammt, verdammt, verdammt. Ich hatte solch eine Scheißangst! Ich dachte wirklich, der Typ bringt mich um. – Für immer!"

Arnold traute seinen Ohren nicht. Entgeistert starrte er auf seinen Freund. Das Lachen war ihm augenblicklich vergangen.

„Wie – sah er aus?" Arnold Stimme versagte beinah.

„Wie der Tod. Er sah aus, wie der leibhaftige Tod." Ron schauderte. Ein Frösteln nach dem anderen überkam ihn. „Dreckige fettige Haare bis zur Schulter. Unrasiertes, verwahrlostes Gesicht. Zentimeterlange verdreckte Fingernägel. Alles an ihm war dreckig. Stofffetzen hingen an ihm herab. – Einfach schauderhaft."

„Ein – Landstreicher?" Arnold schnaubte. „Und – was wollte er?"

„Wie, was wollte er?" Ron sah ihn stirnrunzelnd an. „Kennst du ihn etwa?"

„Bist du irre?" Arnold machte einen Schritt zurück. „Was hat er gewollt?"

„Zigaretten. Er wollte Zigaretten..."

Die Haustür wurde geöffnet. Kurz darauf betrat Doc Wesley das Behandlungszimmer. Wortlos stellte er seinen Arztkoffer in die Ecke und setze sich in seinen Sessel. Mit gesenktem Kopf starrte er vor sich hin.

„Joseph?", sprach Arnold ihn vorsichtig an. Wesley schaute auf.

„Hang ist tot", sagte er.

„Hang – tot?" Mit offenem Mund starrte er auf ihn. „Deswegen war March so außer sich", bemerkte er noch.

Ron räusperte sich. „Mich wundert nichts mehr", sagte er zu Wesley gewandt. Die Todesnachricht schien ihn nicht sehr zu berühren. Wesley sah ihn prüfend an.

„Muss ich etwas wissen?", fragte er ihn geradeheraus.

„Sag es ihm", forderte Ron seinen Freund auf. „Sag ihm, was vor zwei Tagen passiert ist. Sag ihm, woher du – du diese Verletzung hast."

Arnold schnaubte. Zornig funkelte er seinen Freund an. „Tsss", zischelte er darauf abschätzig und grinste hämisch. „Jetzt drehst du ganz durch."

„Was sollst du mir sagen, Arnold", hakte Doc Wesley sofort ein. „Was muss ich wissen?"

„Och...", Arnold versuchte gelassen zu wirken. Doch es blieb nur bei einem Versuch, denn innerlich brodelte es in ihm. „Ron ist etwas verwirrt. Ich nehme das Ganze nicht so ernst." Er lehnte sich lässig gegen die Fensterbank und verschränkte die Arme. „Soll er es selbst erzählen", sagte er dann. „Ich glaube den Mist nicht."

Doc Wesley wandte sich zu Ron. Dem perlte der Schweiß auf der Stirn. „Wir haben Gläserrücken gespielt. Und dabei ist etwas passiert", begann er vorsichtig.

„Gläserrücken??" Doc Wesleys Augenbrauen zogen sich zusammen. Seine Miene verfinsterte sich, als er auf Arnold blickte.

„Spaß", sagte Arnold. „Das war nur Spaß. Und Ron glaubt an den Mist. Man, das war nur Show. Der Spanier hatte eine Show abgezogen. War gut – verdammt gut, das muss ich ihm lassen. Und er ist darauf reingefallen. Tsss..."

„Show?" Wesley musterte wieder Ron. „Erzähle!"

„Henriece", begann Ron. „Der Spanier heißt Henriece. Er hat einen Buchstabenkreis –"

„Ich weiß, wie Gläserrücken geht", unterbrach Wesley ihn. „Hattet ihr Kontakt?" Sein Gesicht war wie versteinert, als er ihn das fragte.

„Ja, wir hatten Kontakt." Ron wischte sich wieder den Schweiß von der Stirn. „Der Geist heißt Theodor. Und er war da. Er war unter uns. Es war kalt, eiskalt. Der Vorhang wehte, die Fensterläden klapperten. – Es war schauderhaft." Ron fröstelte es. Als sei es erst vor wenigen Minuten gewesen.

Wesley sagte nichts. Regungslos starrte er auf Ron, dem die Angst ins Gesicht geschrieben stand.

Auch Arnold sagte nichts. Der nagte nervös auf seiner Unterlippe.

„Seitdem ist alles anders", sagte Ron. „Arnold will es aber nicht sehen. Er will nicht sehen, dass die Leute von Harbourn total anders sind. Er blickt nicht, dass das mit seinen und meinen Reifen damit zusammenhängt." Ein tiefer Seufzer entfuhr ihm. „Ich hab es ja am Anfang auch nicht geglaubt. Aber jetzt – jetzt ist es doch offensichtlich." Nochmals entfuhr ihm ein Seufzer. Seine Hände zitterten leicht. „Ich habe mit Pater Athelwolds darüber sprechen wollen", fuhr er fort. „Ich wollte wissen, warum die Leute gestern so komisch waren, als sie aus der Kirche kamen."

„Gestern?!" Wesley horchte auf. „Wann gestern?"

„In der Früh. So gegen zehn Uhr." Erwartungsvoll sah er ihn an.

„Gestern." Wesley sah von Ron auf Arnold. „Gestern war ich mit Pater Athelwolds um diese Zeit in der Stadt. Er bat mich, ihn zu fahren. Gestern konnte kein Gottesdienst gewesen sein."

„Da hörst du es", sprach Ron seinen Freund an. „Da stimmt was nicht – und den ersten Toten gibt es auch schon."

„Der Landstreicher", erwiderte Arnold. „Erzähl ihm auch von dem Landstreicher. Der war es, der die Reifen zerstochen hat. Der – nicht dieser Geist."

„Landstreicher?" Fragende Blicke von Wesley.

„Es war gestern Abend", begann Ron. „Es war schon dunkel, als ich den Pater aufgesucht hatte. Ich parkte meinen Wagen unten am

Friedhof. Als ich zurückkam, waren meinen Reifen zerstochen. Und da – da begegnete ich jemanden, der – der war so schauderhaft. Ich hatte Angst! Eine Scheißangst! Dieser Typ – ich habe noch nie in meinem Leben so einen verwahrlosten Menschen gesehen. Mehr Tier als Mensch."

Nun perlten sich auf Wesleys Stirn die Schweißtropfen. „Ein – Menschtier?", fragte er ihn fast lautlos.

„Nein, nein. Ein Penner. Ein – ein Landstreicher. Er wollte Zigaretten. Ich gab ihm welche, dann verschwand er wieder."

„Ein Landstreicher." Wesleys Atem ging schwer. „Hier – in Harbourn?" Sein Blick wanderte zu Arnold. Fragend sah er ihn an.

„Ich finde ihn", zischte Arnold und zog den Revolver hervor. „Hang, wie starb Hang?"

„Vermutlich ein Unfall." Wesley fuhr sich mit dem Handrücken über die klatschnasse Stirn. „Auch bei meinem Auto wurden die Reifen aufgestochen. Und das, was Ron vorhin gesagt hatte, Arnold. Das war der Grund, warum Pater Athelwolds in die Stadt wollte."

„Was – meinst du?"

„Die Menschen hier haben sich verändert", sagte er. „Aber nicht erst seit zwei Tagen." Nun lag sein Augenmerk auf Ron. „Schon seit einigen Wochen bemerke ich – und auch der Pater – diese Veränderung."

„Seit – Wochen?" Ron sah ihn verwundert an. „Mir war nichts aufgefallen. In der ganzen Woche nicht, als wir hier feierten."

„Vereinzelt. Es trat vereinzelt auf."

„Und – die Ursache?"

Wesley schwieg. Als würd er nachdenken.

„Setz dich, Arnold", forderte er ihn auf und zeigte auf den Lehnstuhl neben dem Schreibtisch. „Und steck den Revolver weg. Du wirst ihn heute nicht brauchen."

„Oh doch", kam es spontan zurück. Arnold kam der Aufforderung nach und streckte ihm seine verletzte Hand entgegen. „Ich werde diesen Landstreicher jagen. Niemand kann es wagen, hier in Harbourn sein Unwesen zu treiben."

Doc Wesley begann, den Verband zu lösen. Eingehend betrachtete er sich die Schnittwunde. Drei Stiche waren nötig, um die klaffende Wunde zu schließen.

„Wie ist das genau passiert?", fragte er ihn. „Und habe keine Sorge – ich erzähle deinem Vater nichts davon."

„Hm", brummte Arnold. „Ich habe ein Glas festgehalten, dabei zersprang es in meiner Hand."

„Beim Gläserrücken?"

Arnold rümpfte die Nase. „Ja – bei dieser spanischen Hokuspokus-Show."

„Und – dann?" Wesley ließ ihn nicht aus den Augen. Keine Sekunde lang.

„Von diesem Fenstergeklapper weiß ich nichts", sagte er. „Und dass ein Vorhang wackelte, kann ich auch nicht bezeugen."

„Eine Sinnestäuschung?"

„Nein", sagte Ron mit fester Stimme. „Das war niemals nie eine Sinnestäuschung. Schön wär's. Wirklich, schön wäre es. Sie können ja seine Cousine fragen. Sie war dabei."

„Betty?"

„Ja, Betty war dabei. Ich glaub aber nicht, dass sie so etwas gesehen oder gehört hat." Arnold rümpfte schon wieder seine Nase. „Was hast du für eine Vermutung? Was ist los in Harbourn? Warum sind die Leute komisch? Und was hat ein Landstreicher auf einmal hier zu suchen?"

„Viele Fragen auf einmal", kam es zurück. Er schaute auf Ron, als er sagte: „Bestimmt habt ihr einmal etwas von einem PSI-Prozess gehört – oder?"

Beide schüttelten sie den Kopf.

„Ein PSI-Prozess ist ein Prozess, der sich auf die Psyche des einzelnen Menschen auswirkt. Parapsychologische Veränderungen." Wesley hielt inne und sah zwischen ihnen hin und her. „Ein Verhaltensphänomen, dessen Erklärungen über die Kenntnisse der heutigen Wissenschaft hinausgehen", zitierte er dann die Worte seines damaligen Professors. „Bisher sind solche Fälle nur bei einzelnen Personen vorgekommen", setzte er seine Erklärung fort. „Und nicht gleichzeitig bei mehreren. Schon gar nicht bei einer gesamten Dorfgemeinschaft."

„Er war da", beharrte Ron energisch. „Auch wenn du es nicht wahrhaben willst, Arnold. Theodor war da. Ich fühlte seine Anwesenheit. Ich spürte ihn. Überall!"

Wesley verband Arnolds Wunde wieder und sah ihm daraufhin ins Gesicht. „Wir sollten mit Pater Athelwolds darüber reden", sagte er zu ihm. „Hangs Tod gibt mir zu denken."

„Aber doch nicht über einen Geist", wehrte Arnold sich. „Das ist doch Quatsch. Völliger Quatsch."

„Gott spricht seltsam mit den Menschen", erwiderte Wesley. „Der Gottesdienst – Arnold, das ist ungewöhnlich. Das ist nicht normal und wir sollten mit ihm offen sprechen."

„Hm", tat Arnold. „Wenn du es für unbedingt notwendig hältst. Schade, dass mein Vater nicht da ist. Er würde diesen Landstreicher so lange jagen, bis er ihn hat!"

„Auch das ist etwas Seltsames", sagte Wesley nachdenklich. „Ja, schade, dass Christoph nicht hier ist. Die Nachricht über Hangs Tod wird ihm nicht gerade gefallen."

„Dass Hang vielleicht er – ermordet wurde?"

Wesley schüttelte seinen Kopf. „Hang hatte einen Unfall. Vielleicht ist March gerade bei Pater Athelwolds. Komm – lass uns gehen. Wir müssen mit ihm reden."

Arnold musterte seinen Revolver. „Meinetwegen", stimmte er dann zu. „Vielleicht treffen wir ja diesen Landstreicher."

Wenige Minuten später befanden sie auf dem Weg zur Kirche.

Von Wesleys Praxis bis zum Park waren es zu Fuß ungefähr fünf Minuten. Sie mussten an mehreren Häusern vorbei, dann den Hillway überqueren, um über die Daly-Street in den kleinen Park zu gelangen. Kein Licht in den Wohnungen brannte, kein Mensch befand sich auf der Straße – nicht die geringsten Anzeichen von Leben.

Tot – alles schien irgendwie tot zu sein.

Genau diesen Eindruck hinterließ das sonst so liebenswerte Bergdorf, das sich allmählich zu einem Geisterdorf verwandelte.

Arnold blieb für einen Augenblick stehen, als sie den Park erreichten. Er musste sich nochmals davon überzeugt, dass sein Revolver auch wirklich geladen war. Dicht gefolgt von Ron und Doc Wesley betrat er die Rasenfläche.

Tunlichst vermieden sie es, ihre Anwesenheit durch verräterische Tritte auf dem steinigen Weg zu verraten. Im Schein des Mondes lag dieser wie eine silberne Silhouette vor ihnen, an dessen Ende sich das Gotteshaus ehrfürchtig emporreckte.

Die Hälfte des Parks befand sich noch vor ihnen.

Etwas Längliches lag unweit entfernt auf dem Kiesweg. Gleichzeitig hielten sie mitten im Schritt inne. Das Mondlicht reichte nicht aus, um Näheres erkennen zu lassen.

„Was ist das?", fragte Ron leise. Seine Stimme zitterte auffällig. Schützend stellte er sich hinter Arnold, der die Waffe schussbereit vor sich hielt.

„Keine Ahnung", flüsterte Arnold zurück. „Vielleicht ein dicker Ast." Prüfend sah er nach oben. An dieser Stelle ragten keine Äste über den Kirchweg. „Bleibt hier", forderte er die beiden auf.

Mutig näherte er sich Schritt für Schritt dem Gegenstand, jederzeit bereit, seine Waffe auch zu gebrauchen.

Wesley folgte ihm dennoch. Ron wollte nicht alleine sein, daher hielt er sich dicht hinter ihm.

Nach wenigen Schritten schon erkannten sie, dass es sich bei dem Gegenstand um eine Person handelte. Gekrümmt lag sie auf dem Rücken. Die Beine angewinkelt, die Finger krampfhaft in das Erdreich gekrallt, die Augen aufgerissen, starr der Blick. Aus einer klaffenden Wunde, einem Loch im Halsbereich quoll Blut heraus und tränkte die Kieselsteine rot.

Der Unterkiefer war herausgerissen. Eine Identifizierung auf den ersten Blick unmöglich. Der Tote hinterließ den Eindruck eines grauenhaften Kampfes.

„Mein Gott", entfuhr es Ron, der von einer tierischen Angst ergriffen wurde. Es gelang ihm nicht, wegzusehen, obwohl er nahe daran war, sich zu übergeben.

„Mir kommt's gleich hoch", stammelte er. Der Geruch von Blut mischte sich mit einer lauen Brise Wind.

Mit gesenktem Revolver stand Arnold vor der Leiche und starrte auf das fleischige Loch. Wesley musste sich beherrschen, als er sich neben den Toten kniete; vieles hatte er in seinem Leben schon gesehen, doch eine derart brutale Verletzung brachte auch ihn aus dem Gleichgewicht. So etwas war in Harbourn noch nie vorgekommen.

„Der Körper ist noch sehr warm", flüsterte er. „Es kann nicht länger als eine halbe Stunde her sein." Er erhob sich wieder und blickte seine Begleiter nacheinander an. „Der Mörder muss noch in der Nähe sein", setzte er mit versteinerter Miene hinzu.

Arnolds Finger umschlossen noch fester den Griff des Revolvers, sodass seine Knöchel weiß hervortraten. Angst spürte er nicht. Aber eine Unmenge von Wut beherrschte seine Gefühle. Zornerfüllt spähte er um sich, musterte jeden Baum, jeden Strauch, ließ seine Blicke am Kirchengemäuer entlang gleiten – aber nicht der leiseste Anschein, dass sich jemand in ihrer Nähe befand.

„Meine Heimat", hauchte er. „Was geschieht mit meiner Heimat?"

„Was – jetzt?" Ron zitterte überall. So viel Wut in Arnold steckte, so viel Angst steckte in ihm.

Er wollte den Toten nicht mehr ansehen, er wollte sich den Anblick ersparen, und doch wurde sein Blick magnetisch davon angezogen. „Es ist Pater Athelwolds", stammelte er nur noch.

„Ja, es ist Pater Athelwolds", bestätigte Wesley trocken. „Wir müssen ihn wegschaffen", fügte er hinzu. Wesley sah von dem Toten auf die Kirche, dann daran vorbei in Richtung Pfarrhaus, das sich der Kirche gegenüber befand. Zweihundert Meter vermutete er. „Zu dritt schaffen wir es", sagte er laut und musterte auffordernd die beiden Freunde. Bereitwillig steckte Arnold den Revolver in die Jackentasche zurück und packte, ohne etwas zu erwidern, den Toten mit der unver-

92

letzten Hand an einem Bein. Ron kostete es viel Überwindungskraft, seine Hand am anderen Bein anzulegen.

„Ins Pfarrhaus", flüsterte Wesley und ergriff die Handgelenke.

Während sie den toten Pater forttrugen, schweifte Arnolds Blick von einer Richtung in die andere; jederzeit bereit, den Leichnam fallen zu lassen, und nach seiner Waffe zu greifen.

Für Ron wurden die Minuten zu Ewigkeit. Immer wieder spiegelte sich ihm die Begegnung mit dem Pater wider – und jetzt war er tot! Auf bestialische Weise ermordet. Seine Entscheidung hier her zu kommen bereute er zutiefst. Immer öfters waren seine Gedanken bei Henriece. So fies er zu dem Spanier auch gewesen war, so sehr wünschte er ihn nun herbei.

Unruhig, nervös und verdammt ängstlich sah er um sich; irgendwo könnte er lauern, der Mörder – oder der Landstreicher.

Der Weg zum Pfarrhaus war derselbe, der auch zum Nebeneingang der Kirche führte. Wenige Meter hinter dem seitlichen Eingang erstreckte sich das Gemäuer des Kirchturmes in die Höhe. An diesem vorbei führte der Weg durch das angrenzende Buschwerk hindurch direkt auf das Pfarrhaus zu. Sie gingen unter der Tanne hindurch.

„Noch mehr Menschen werden sterben", sprach Ron mit Überzeugung zu sich und betrachtete sich den Schuh des toten Paters. „Ich – will – nicht – sterben."

„Hast du was gesagt?" Arnold starrte auf ihn. „Angst?"

„In mir steckt eine Scheißangst!", gestand Ron ihm ein. „Verdammt! Du hättest Henriece nicht gehen lassen dürfen", machte er ihm einen Vorwurf.

„Bin ich etwas schuld?" Arnolds Backenmuskeln zuckten nervös. „Du glaubst die Scheiße immer noch?" Er versuchte, zu grinsen. Mehr wie ein klägliches Verziehen seiner Mundwinkel brachte er jedoch nicht zustande.

Endlich erreichten sie das Pfarrhaus. Wesleys Kräfte waren erschöpft. Sie legten den Toten auf der Veranda ab, da fiel Ron ein

Zettel ins Auge der an der Tür angeheftet war. Seine Hände zitterten, als er ihn an sich nahm.

Bin für mehrere Tage verreist. Habe Todesfall in der Familie, der mich zu einer längeren Reise zwingt. Komme, sobald es mir möglich ist, wieder.

Euer Pater Athelwolds

Wesley stand unmittelbar hinter ihm. Er blickte von dem Zettel auf den Toten, dann auf Arnold, der eben im Begriff war die Eingangstür zu öffnen. Sie war unverschlossen und der Schlüssel steckte.

An den Armen zerrten sie die Leiche durch die Tür hindurch.

Ron betrat als Erster wieder das Freie; im selben Moment bemerkte er einen Schatten. Unweit, auf der gegenüberliegenden Seite unterhalb des Kirchturms. Der Schatten bewegte sich. Langsam – dann war er weg!

„Ihr könnt diese Nacht bei mir verbringen", flüsterte Wesley ihm ins Ohr, der neben ihn getreten war. „Besser, wir warten den Morgen erst einmal ab."

„Ja, Mr. Wesley", flüsterte Ron zurück. „Wäre ich nur zuhause geblieben. Verdammte Kacke hier..." Angestrengt schaute er in die Richtung des vermeintlichen Schattens. Nichts Auffälliges. Erleichtert atmete er auf, denn in diese Richtung mussten sie gehen.

Nachdem Arnold die Tür hinter sich zugezogen hatte, drehte er den Schlüssel um und steckte ihn in seine Jackentasche. Schweigend schritt er an den beiden einfach vorbei.

„Hey!", rief Ron seinen Freund an. „Bleib bei uns!"

Arnold hielt inne und drehte sich um. Seinen Revolver hielt er demonstrativ vor sich. „Diese Drecksau!", zischte er. „Mein Vater würde ihn jetzt zur Strecke bringen."

„Arnold!", fuhr Doc Wesley ihn scharf an. „Morgen. Lass uns morgen nach ihm suchen. Jetzt hat er zu viele Vorteile."

„Dann kommt mit mir!", erwiderte er, drehte sich um und schritt einfach davon.

„Verdammter Dickschädel", zischte Wesley und folgte ihm.

„Scheiße!", entfuhr es Ron, der vor Angst fast keinen Ton hervorbrachte. Um nicht den Anschluss zu verlieren, folgte er Wesley. Im selben Moment sah er den Schatten wieder. An derselben Stelle, unweit des Nebeneingangs der Kirche.

„Mr. Wesley", rief er unterdrückt. Doc Wesley hörte ihn nicht. Arnold war schon weit von ihnen weg und Wesley wollte ihn von seinem Vorhaben abhalten.

„Mr. Wesley!", rief Ron lauter. Doc Wesley ließ soeben den Nebeneingang hinter sich, Ron hatte ihn wenige Meter vor sich.

Da trat jemand aus dem Dunkel hervor und stellte sich ihm in den Weg. Ron blieb das Herz stehen. Erstarrt stierte er in die dunklen Augen des Landstreichers, der seine Hände auf seine Schulter und dann um seinen Hals legte. Ein penetranter Geruch raubte ihm den Atem, eine arktische Kälte durchfloss ihn – gleichzeitig schwanden seine Sinne. Ohnmächtig sackte Ron in sich zusammen...

„Arnold!", rief Wesley erregt und packte ihn an der Schulter, als er ihn erreicht hatte. Abrupt blieb Arnold stehen. Das war nicht weit von der Stelle entfernt, an der sie den Toten gefunden hatten.

„Was ist in dich gefahren, Arnold!" Zornig sah er ihn an.

„Der Landstreicher, Joseph", schnaubte Arnold. „Ich will wissen, wer er ist!"

„Arnold", sprach Doc Wesley ihn nun mit ruhiger Stimme an. „Der, den du meinst, der ist nicht hier. Der ist weit weg von hier. Ron muss sich geirrt haben. Einfach geirrt."

„Wo ist Ron?" Erschrocken schaute er um sich. „Verdammt! Wo ist Ron?"

Wesley schreckte zusammen. Aschfahl drehte er sich um. Ron war weg! „Gerade noch war er hier", hauchte er. „Vor wenigen Augenblicken noch."

„RON", rief Arnold in die Nacht hinein. Stille. Bis auf das Rauschen des Waldes – Stille. „Ron ist weg – verdammt noch mal. Mein Freund! Ron ist mein Freund! Diese Drecksau, ich bring ihn um, wenn er meinem Freund auch nur ein Haar krümmt."

Wesleys Atem ging schwer. „Suchen wir ihn", sagte er nur.

Arnolds Finger umklammerten die Waffe. Ein Funkeln in seinen Augen blitzte gefährlich auf. „Okay", presste er hervor. „Gehen wir denselben Weg zurück."

Arnold hatte keine Angst! Nur Wut! Wut und Zorn beherrschte sein Innenleben.

Sie kontrollierten jeden Baum, hinter jedem Strauch erahnten sie Rons Leiche. Von ihm war jedoch nicht die geringste Spur.

„Gehen wir in die Kirche", sagte Arnold und ging zu dem Nebeneingang, den sie nun vor sich hatten.

„Verdammt, die Tür ist zu."

„Meine Schuld", machte Wesley sich Vorwürfe. Er wartete, bis Arnold bei ihm war. Die Gier in Arnolds Augen entsetzte ihn.

Mordlust! Doc Wesley erkannte in den Augen von Arnold Larsen Mordlust.

„Versuchen wir es vorne", sagte Arnold und hetzte auch schon mit ausgreifenden Schritten voran. Wesley blieb ihm dicht auf den Fersen.

„Zu!", zischte Arnold wütend, als er die Stufen wieder hinabstieg. „Normalerweise ist die Kirche nie zu."

Fiebrig musterte Arnold das Umfeld.

Der Park, das Hotel und einige Häuser lagen vor ihnen. Kein Licht. Keine Laute. Nichts!

„Verdammt Ron, wo bist du?"

Wesleys Aufmerksamkeit war auf die Fundstelle des Toten gerichtet. Er wollte nicht, dass die Leiche gefunden werden konnte. Auch wenn er sich hierbei strafbar gemacht hatte; es wäre nicht gut gewesen für Harbourn!

„Verdammt!", entfuhr es Arnold plötzlich. „Sein Wagen. Ron ist vielleicht zu seinem Wagen."

„Allein?" Wesley schüttelte den Kopf. „Ron hatte Angst! Viel Angst."

„Ron war schon immer ein Angsthase", erwiderte Arnold. „Trotzdem! Ich will nachsehen. Irgendwo muss er ja sein."

„Wenn er nicht schon –"

„Ron ist nicht tot!", schnitt Arnold ihm das Wort ab.

„Gut, gehen wir zu seinem Wagen", sagte Wesley. „Zuvor muss ich aber noch etwas tun", fügte er hinzu und eilte zu der Stelle, an der sie die Leiche entdeckt hatten. Sie war nur wenige Schritte vor ihnen. Sorgfältig verwische er die Blutspuren im Kies. „Es ist besser so", sagte er zu Arnold. „Es würde nur zu viele Fragen aufwerfen."

„Gehen wir!", drängte Arnold.

Zielstrebig eilten sie zu Rons Wagen; aber auch dort war sein Freund nicht anzutreffen. Wo sie auch suchten, von Ron war nirgends eine Spur!

Eine Stunde lang suchten sie rund um die Kirche – und gaben letztendlich völlig entnervt auf.

„Ron ist tot", faselte Arnold. „Scheiße, Scheiße, Scheiße..."

Doc Wesley ging es nicht viel besser. Selbstvorwürfe zermürbten ihn. „Lass uns zu mir gehen", sagte er zu Arnold. „Morgen, wenn es hell ist, suchen wir weiter. Er kann nicht tot sein."

„Ron..." In Arnolds Augen schimmerten Tränen. „Er war mein bester, mein einziger Freund. Ich bring ihn um, Joseph."

Wesley legte ihm väterlich seinen Arm um die Schulter. „Wir haben ihn nirgends entdeckt", sagte er zu ihm. „Solange wir seine Leiche nicht haben, lebt er für mich."

„Du machst mir Mut", erwiderte Arnold, der sich mindesten genauso viel Vorwürfe machte, wie Doc Wesley.

Niedergeschlagen begaben sie sich zu Wesleys Praxis, die sie nach wenigen Minuten erreicht hatten. Mit hängenden Köpfen schritten sie den schmalen Weg entlang dem Eingang entgegen – und sahen nicht die Person, die im Dunkeln auf der Eingangsstufe saß und sie beobachtete.

„Man o man", vernahmen sie auf einmal Rons Stimme. Wie angewurzelt blieben sie stehen und starrten auf Ron, der sich langsam erhob und auf sie zugeschritten kam. „Wo wart ihr denn – he?"

Arnold starrte auf ihn. „Du verdammter Kerl", giftete er ihn wütend an. „Wo bist **du** gewesen?"

„Dasselbe kann ich **euch** fragen", erwiderte er. „Ich habe euch gesucht, bis es mir zu blöde wurde."

„Gesucht?", kam es wie aus einem Munde.

„Ja verdammt! Ihr ward auf einmal weg!"

„Man Ron", schnaubte Arnold erleichtert. „Ich habe schon gedacht –"

„Ich auch, Arnold", unterbrach er ihn. „Ich hatte auch gedacht, er hat euch abgemurkst."

Arnold legte seinem Freund eine Hand auf die Schulter. „Mach – so etwas – nie – wieder!", sagte er zu ihm.

„Du Idiot!", kam es zurück. „Du bist doch davongerannt. Nicht ich! Du –"

„Ist schon gut", mischte sich Doc Wesley ein, dem ein Stein vom Herzen gefallen war. „Gehen wir rein. Wir müssen uns heute Nacht noch ausruhen. Wenn es uns nicht gelingt, Kontakt in die Stadt zu bekommen, wird uns nichts anderes übrig bleiben, als den Pater morgen zu beerdigen."

„Beerdigen?", entfuhr es Arnold. Kopfschüttelnd sah er Wesley an.

„Ich glaube, dass wir ihm das schuldig sind", erwiderte Wesley in vollem Ernst.

Nun legte Ron seinem Freund eine Hand auf die Schulter. „Er hat recht", gab er sich gleicher Meinung. „Der Pater hat es verdient, in seiner geweihten Erde die letzte Ruhe zu erhalten."

Wesley schloss auf. Ron kam ihm suspekt vor. Nicht die Spur von Angst konnte er noch an ihm feststellen. Wesley nahm sich vor, ihn nicht aus den Augen zu lassen. Er wusste um die Gefahr, die Harbourn seit Langem schon heimsuchte.

Wahrhaben wollte er sie aber nicht...

Es ist finster. Eine junge Frau läuft über den gepflegten Rasen. Sie ist jung, sie ist nackt, sie flieht. Immer wieder dreht sie sich um, wirft einen Blick zurück. Sie hat Angst. Sehr viel Angst! Sie flieht, sie weint, sie fleht. Der Verfolger ist nicht zu sehen, aber er ist da. Er kommt näher, er greift nach ihr – sie kann entkommen.

Plötzlich entfacht ein Feuer. In rasender Geschwindigkeit züngeln sich Flammen empor. Sie stockt, bleibt stehen. Der Verfolger ist weg. Das Feuer lodert. Jemand verbrennt darin. Jemand, den sie kennt, den sie liebt, und fürchtet zugleich.

Auf einmal teilt sich das Feuer. Die Gestalt darin ist ein Kapuzenmann. Er tritt aus dem Flammenmeer heraus – er zeigt auf sie.

‚Ich komme wieder‘, spricht eine kräftige Stimme zu ihr.

Erschrocken fuhr Chrissie nach oben – und schaut in die Augen ihres Vaters. Die ersten Sonnenstrahlen erhellten das Zimmer.

„Dad", sprach sie ihn leise an. Sanft strich ihr Dolph über die klatschnasse Stirn. Es kostete ihr einiges an Kraft, sich aufzurichten. Verwirrt sah sie um sich.

„Wo ist Bill?"

Dolph konnte seine Gefühle nicht verbergen. Bill war noch nicht wieder zurückgekommen – er ahnte, dass etwas Schlimmes passiert war.

„Jetzt musst du stark sein, Liebes", flüsterte er. Seine Stimme vibrierte stark.

Schweigend sah Chrissie ihren Vater an. Sie wollte nicht weinen. Auf gar keinen Fall wollte sie vor ihrem Vater weinen, dennoch füllten sich ihre Augen mit Tränen.

„Lass mich bitte nicht allein, Dad", schluchzte sie. „Bitte versprich mir, mich nicht allein zu lassen." Sanft strich ihr Dolph durch das blonde Haar. Der Drang, etwas zu unternehmen, war unüberwindbar!

Ein halbes Leben lang war er Soldat gewesen. Grausames und Unmenschliches erlebte er im letzten und im vorletzten Krieg. Unzählige Kameraden starben vor seinen Augen, einige sogar in seinen Armen.

Jedoch, der plötzliche Tod seiner geliebten Frau hatte ein tiefes Loch in sein Leben gerissen. Dolph wird alles dafür tun, dass nichts geschehen wird, was dieses Loch noch tiefer werden lassen könnte.

„Niemals", flüsterte er ihr zu. Chrissie wischte sich schnell die Tränen aus dem Gesicht; dankbar sah sie ihrem Dad in die Augen.

„Es wird alles wieder gut werden", versuchte er Chrissie Mut zu-zusprechen. Sein Tonfall jedoch traf die Worte nicht.

„Was passiert da?", fragte sie vorsichtig.

Ich möchte ihn doch nicht noch mehr belasten, dachte sie sich. Ich kann ihm nicht von den Träumen erzählen...

Dolph atmete tief durch. „Vielleicht sollten wir gar nicht hier sein", flüsterte er mehr zu sich. „Deine Mutter ist sehr gern in dieses Dorf gegangen. Sie fühlte sich von Harbourn angezogen."

„Bitte, Dad. Bitte reden wir nicht von Mom." Schnell wischte sie sich eine weitere Träne aus dem Gesicht. „Was passiert da?", wieder-holte sie ihre Frage.

„Ich – weiß es nicht", antwortete Dolph. Nervös fasste er sich an seinen Schnauzer. „Gehen wir", setzte er hinzu und stand auf.

„Wohin?"

„Wir müssen uns auf die Suche nach ihnen machen", sagte er mit traurigen Augen. „Wir müssen nun stark sein. Sehr stark!"

„Ich – bin stark", erwiderte Chrissie. Sie atmete tief durch und stand langsam auf. „Habe ich – die ganze Nacht geschlafen?"

„Ja. Die ganze Nacht", kam es tonlos zurück.

Chrissie wollte noch in den Spiegel schauen, doch ihr Vater hatte die Tür schon geöffnet. Gemeinsam betraten sie den Flur.

Totenstille beherrschte das Hotel.

So leise wie möglich schlichen sie dem Treppenabgang entgegen. Das Knarren der Stufen jedoch verhinderte ein lautloses Anschlei-chen. Es gab aber auch keine Anzeichen dafür, dass sich jemand hier befand. Keine Geräusche, einfach nichts, das auf Leben hinwies.

Es war still. Unheimlich und still!

Oder doch nicht? Plötzlich vernahmen sie ein leises Poltern. Weit entfernt, doch innerhalb des Hotels.

Gleichzeitig hielten sie inne, schauten sich an und horchten.

Da war es wieder. Ein leises, kaum wahrnehmbares Poltern.

Die Hälfte der Treppe lag noch vor ihnen und sie wollten weitergehen, da wurde die Tür zum Restaurant aufgestoßen. March betrat das Foyer. Erschrocken starrten sie auf die Wirtin, die ein sonderbares Bild abgab. In Latzhose und Gummistiefel gekleidet wirkte sie geradezu lächerlich; ihr Gesichtsausdruck dagegen teuflisch!

Zielstrebig eilte sie zum Ausgang. Abrupt blieb sie stehen, als sie die beiden in ihrem Blickwinkel bemerkte. Blitzartig drehte sie sich nach ihnen um.

Demonstrativ ließ Dolph seinen Blick an ihr hinab gleiten. Er blieb cool. Ganz cool.

„Ich muss ihn beerdigen", sagte sie auf einmal ungewöhnlich leise und drehte sich weg, um das Hotel eiligen zu verlassen.

„Beerdigen?!" Dolph schluckte. Chrissie stockte der Atem. Entsetzt starrten sie auf die Eingangstür, die sich langsam wieder schloss.

Plötzlich wieder das Poltern. Jäh riss es sie aus ihrer Erstarrung.

„Weiter!", drängte Dolph, der zielstrebig in das Restaurant eilte.

Wieder das Geräusch! Diesmal um vieles lauter. Die Küchentür stand weit offen und zog ihre Aufmerksamkeit auf sich.

Erneut klangen dumpfe Schläge zu ihnen.

„Es kommt von unten", flüsterte Dolph und ging auf die Küchentür zu. Kaum hatte er die Küche betreten, blieb er erschrocken stehen. Das vertrocknete Blut, das an der Kellertür und auf dem Küchenboden klebte, schockierte ihn.

„Blut!", entfuhr es Chrissie, als sie die roten Flecken bemerkte. Dolph hastete zu der Tür und versuchte sie zu öffnen.

„Verschlossen", stieß er hervor und begann fieberhaft nach dem Schlüssel zu suchen. Dabei fiel sein Blick auf einen dünnen Gegenstand, der zur Hälfte unter einem Schrank lag.

Die Stricknadel, die sich Bill zu einem Dietrich zurechtgebogen hatte.

Ohne Zögern versuchte Dolph damit das Schloss zu öffnen. Plötzlich vernahm er hinter sich ein ihm allzu bekanntes Geräusch. Entsetzen fuhr ihm durch Mark und Bein. Blitzartig wirbelte er herum.

Sally stand in der Tür zum Restaurant. In der einen Hand hielt sie eine abgesägte Schrotflinte. Mit der anderen Hand warf sie Dolph einen Schlüssel zu, der vor seinen Knien auf dem Boden zum Liegen kam. Dolph starrte auf den Gewehrlauf, den Sally auf seine Tochter gerichtet hielt.

„Öffne sie!", befahl Sally schroff. Nur stockend nahm er den Schlüssel an sich, ohne aber den Dietrich aus den Fingern gleiten zu lassen. Vorsichtig drehte er seine Hand so, dass Sally die gebogene Nadel nicht sehen konnte. Langsam, sehr langsam wandte er sich der Tür zu. Vergeblich versuchte er, den Schlüssel in das Schloss zu stecken. Ein Gegenstand steckte darin.

„Es geht nicht", sagte Dolph ganz ruhig.

„Lüg mich nicht an!", zeterte Sally. Sie machte zwei Schritte vorwärts, um besser sehen zu können. Dolph machte einen kleinen Schritt beiseite, damit Sally auf das Schloss blicken konnte. Mit nur zwei Fingern versuchte er, den Schlüssel in das Schloss zu stecken.

„Etwas steckt im Schloss", sagte er.

Sally sah noch genauer hin. Mit nur einem Auge fiel es ihr schwer, Dinge von Weitem zu erkennen. Dolphs Finger umklammerten die Stricknadel.

„Dieser verdammte Hurensohn", zischte Sally. Noch einen Schritt kam sie ihm näher, den Lauf der Waffe hielt sie nun auf seine Brust gerichtet – den Finger am Abzug. Nur noch eine Armlänge trennte sie voneinander. Sachte drehte Dolph die Nadel, sodass er sie wie eine Stichwaffe in der Hand halten konnte. Der Winkel, den Bill gebogen hatte, war von Vorteil.

Sally ließ ihn nicht aus den Augen.

„Versuch es rauszuholen", forderte sie ihn nach einer Weile auf.

Dolph sah von Sally auf Chrissie. Regungslos stand sie da und traute sich nicht, sich zu bewegen.

„Mach schon!", giftete Sally nervös. Zur Bekräftigung kam sie noch etwas näher. Darauf hatte Dolph nur gewartet. Ehe Sally sich versah, schnellte sein Arm nach vorn und drückte den Lauf zur Seite. Das Krachen des Schusses vermischte sich mit Chrissies Aufschrei.

Gleichzeitig, als Dolph die Schrotflinte beiseite gedrückt hatte, sprang er an Sally heran und rammte ihr mit voller Wucht die Stricknadel in den Handrücken. Schmerzverzerrt ließ sie die abgesägte Flinte fallen und hob sich die Hand vor das Gesicht, die von der Nadel bis zum gewinkelten Anschlag durchbohrt worden war.

Sally wankte. Der Schmerz war groß, beinahe raubte es ihr die Sinne. Dolph bückte sich, um die Flinte an sich zu nehmen, ließ Sally jedoch nicht aus dem Auge. Plötzlich, völlig unerwartet, stürzte die sich auf ihn.

Chrissie konnte nur noch zusehen, wie sich die Nadel bis zur Handfläche in die Schulter ihres Vaters versenkte. Mindestens acht Zentimeter tief. Ruckartig zog Sally den runden lackierten Stahl wieder heraus und hob die Hand zum nächsten Stich empor. Ein heftiger Fußtritt, den Chrissie mit einem gellenden Aufschrei gegen ihre Schläfe versetzte, hinderte sie daran, ein weiteres Mal zuzustechen. Ihr Kopf wurde regelrecht beiseite geschleudert, wobei die Augenbinde verrutschte. Mit einem lauten Stöhnen brach Sally zusammen.

Chrissies Atem ging kurz. Wut, unendliche Wut ließ sie erzittern. Mit Genugtuung sah sie zu, wie Sally auf dem Rücken zum Liegen kam. Der Anblick des fehlenden Auges war ekelhaft, grauenvoll.

Das leise Stöhnen ihres Vaters riss sie aus dieser Fassungslosigkeit. Etwas entkräftet zog er sich am Küchentisch hoch und konnte sich nur vage an der Kante festhalten.

„Ich glaube, du hast mir das Leben gerettet", kam es kaum hörbar über seine Lippen. Verbissen drückte er seine Handfläche auf die blutende Wunde.

„Mein Gott", entfuhr es Chrissie, als sie das Blut zwischen seinen Fingern hervor rinnen sah. Hilfe suchend sah sie sich um. Mehrere zusammengelegte Tücher lagen auf einer Ablage. Eines davon nahm sie, faltete es so weit zusammen, bis es nicht weiter ging, und presste es auf die Wunde.

„Drück es fest drauf", forderte Chrissie ihn auf. Ihre Stimme vibrierte, ihre Hände zitterten.

Dolph versuchte zu lächeln. „Such nach einer Flasche Whiskey", verlangte er leise.

Chrissie zögerte nicht lange. Nacheinander riss sie sämtliche Schränke und Schubladen auf. Kein Whiskey, kein Schnaps – nicht ein Tropfen Alkohol, den sie zum Desinfizieren hätte nehmen können. Kurz entschlossen eilte sie ins Restaurant, da wurde gleichzeitig die Hoteltür geöffnet. Ihr erster Gedanke galt der Wirtin. Geistesgegenwärtig wollte sie zurückweichen, da betrat Doc Wesley das Restaurant. Erleichtert atmete Chrissie auf, als sie den Arzt erkannte.

„Ich habe einen Schuss gehört!", sagte Wesley, während er auf Chrissie zu geeilt kam. Über ihre Schulter hinweg sah er Sally regungslos auf dem Küchenboden liegen. Sein erster Eindruck war, dass Sally nicht mehr unter den Lebenden weilte. Ein kurzes, fast unmerkliches Zucken verzog seine Mundwinkel. Ihren Vater allerdings konnte er noch nicht erblicken.

„Was ist passiert?", fragte Wesley ungewöhnlich ruhig und legte sanft eine Hand auf ihre Schulter. Die Berührung schien sie ein wenig zu beruhigen.

„Mein Vater", erwiderte sie und drehte sich gleichzeitig um. Im selben Augenblick trat Dolph hervor. Krampfhaft versuchte er, sich am Türrahmen festzuhalten.

„Sie kommen wie gerufen", versuchte er trotz höllischer Schmerzen zu scherzen. Schnell ergriff Wesley einen Stuhl, auf den Dolph sich gerade noch setzen konnte. Sachte nahm er den provisorischen Verband von der Wunde. Für einen Moment warf er einen Blick auf

Sally und es fiel ihm nicht schwer zu schlussfolgern, was Dolph diese Wunde zugefügt hatte.

„Besser wir gehen zu mir in die Praxis", sagte Wesley, indem er das blutende Provisorium wieder auf die Wunde drückte.

„Im Keller", flüsterte Dolph. „Jemand befindet sich im Keller. Wir müssen die Tür aufschlagen."

„Im Keller?" Wesley sah ihn an, als hätte er nicht richtig verstanden.

„Bill und Helen Tanner", sagte Chrissie erregt. Zitternd hielt sie sich an der Stuhllehne fest und musterte Wesley von der Seite. Für einen Augenblick wurde es still. So still, dass sie die leisen Klopfzeichen deutlich vernehmen konnten.

Unverkennbar: Es wollte sich jemand bemerkbar machen.

Dolph versuchte aufzustehen.

„Was wollen Sie tun?", fragte Wesley und drückte ihn sanft in den Stuhl zurück.

„Geben Sie mir dieses verdammte Gewehr", zischte Dolph.

Wesley begriff sofort. Er löste sich von ihm und griff nach der Schrotflinte, die nicht weit von Dolphs Füßen entfernt neben Sally lag. Als hätte er es schon tausend Mal gemacht, lud er den Karabiner durch.

„Auf das Schloss", flüsterte er und drückte ab. Die Schrotkugeln zerfetzten das Holz, der Druck öffnete die Tür und ein dunkles hochkantiges Loch gähnte ihnen entgegen.

Für mehrere Augenblicke herrschte Totenstille.

„Wir müssen uns beeilen!", drängte Dolph ungeduldig. „Irgendwo ist die Wirtin. Oder der Wirt! Der ist bestimmt genauso gefährlich."

„Hang ist tot", erwiderte Wesley trocken. „March habe ich vorhin Richtung Kirche gehen sehen. Sie hatte eine Schaufel bei sich."

„Und wenn sie zurückkommt?"

„Sie wird erst zurückkommen, wenn sie das Grab für Hang ausgehoben hat." Wesley hielt Dolph die Schrotflinte entgegen. Noch ehe er etwas sagen konnte, war er in der dunklen Öffnung verschwunden. Ein kleiner Lichtschimmer drang von unten herauf. Vorsichtig tastete Wesley sich die Stufen hinab. Etwas abseits der letzten Stufe stand auf dem Boden eine Öllampe. Der Schein reichte nur aus, um einen Umkreis von ungefähr zwei Metern gerade noch zu beleuchten.

„Ich bin ein Freund", rief Wesley mit unterdrückter Stimme. Ein leises Brummen kam zurück. Es klang, als würde jemand mit zugehaltenem Mund: ,Ich bin hier' schreien. Wesley hielt direkt darauf zu. Zwei Schritte später sah er Bill und Helen auf dem Boden liegen. Mit viel Mühe war es Helen gelungen, sich auf dem Steinboden entlang zu robben, wobei sie die Lampe vor sich hergeschoben hatte.

Bill war nach seinem Sturz in Bewusstlosigkeit gefallen, nach wenigen Stunden aber wieder erwacht. Stückweise hatte er sich darauf auf die Seite geschleppt, bis er wieder in Ohnmacht fiel, wo ihn Helen dann aufgefunden hatte.

Wesley nahm Helen das Klebeband vom Mund und zog ihr vorsichtig den alten Lumpen heraus.

„Gott sei Dank", atmete Helen auf. Mehr sagte sie nicht. Wesley drillte den Draht auseinander, der schon tiefe Wunden in ihr Fleisch geritzt hatte. Sofort beugte sie sich über Bill.

„Schatz", rief sie ängstlich und rüttelte an seinem Körper.

Wesley prüfte den Puls. „Er ist sehr schwach", stellte er fest. „Wie steht es mit Ihnen? Wie lange sind Sie schon hier?"

„Ich weiß nicht wie lange", erwiderte Helen. „Welchen Tag haben wir?" Jedes Wort verlangte sehr viel Kraft von ihr ab.

„Mittwoch", antwortete Wesley und griff Bill unter die Arme. Nachdem er ihn auf die Beine gestellt hatte, hievte er ihn über die Schulter. Diese Kraft war dem Arzt gar nicht zuzumuten!

Helen benötigte mehrere Anläufe, bis sie sich auf den Beinen halten konnte. Als sie sich bückte, um die Lampe aufzunehmen, bemerkte sie Bills Revolver, der unweit vor ihm lag. Vorsichtig steckte sie ihn in den Bund ihres Jogginganzuges.

„Mittwoch", flüsterte sie. „Das sind zwei Tage, die ich hier bin."

$\mathcal{R}$on horchte auf, als ein Schuss die Stille zerriss. Einen fragenden und zugleich erwartungsvollen Blick warf er seinem Freund entgegen, der den Revolver schon das dritte Mal überprüfte.

Noch befanden sie sich in Wesleys Praxis, waren aber soeben dabei, sie zu verlassen, um den Landstreicher zu suchen.

„Ein Schuss", sagte Ron tonlos.

„Ja, ein Schuss", erwiderte Arnold, dem sein bester Freund fremd vorkam. „Gehen wir!", drängte er verbissen. „Ich will ihn noch vor Mittag!"

Ron rührte sich nicht. Mit leblosen Augen sah er ihn nur an.

„Du kommst doch mit, Ron. Oder?" Arnold musterte ihn mit zusammengekniffenen Augen. „Verdammt noch mal Ron", zischte er. „Was ist los mit dir? Was verdammt noch mal ist in dich gefahren?"

„Was in mich gefahren ist?", kam es verbissen zurück. „Das kann ich dich genauso fragen, Arnold! Du scheinst nicht begriffen zu haben, dass Henriece recht gehabt hat. Du denkst, wenn du diesen Landstreicher abgeknallt hast, ist es vorbei!"

„Ach daher weht der Wind", erwiderte Arnold. Er drückte die Klinke und zog die Tür langsam auf. „Gehen wir ins Hotel", sagte er. „Doc Wesley braucht vielleicht unsere Hilfe."

„Hilfe", murmelte Ron, fasste sich an die linke Brusthälfte, als würde sie schmerzen und folgte ihm. „Nicht nur Doc Wesley wird sie benötigen. Wir alle brauchen Hilfe. Wir alle sind ihm ausgeliefert."

Die letzten Worte konnte Arnold noch verstehen. Abrupt drehte er sich nach ihm um. „Was redest du da?" Zorn spiegelte sich in seinen Augen wider.

„Theodor", flüsterte Ron. „Ich rede von Theodor."

„Vergiss ihn!", schnaubte Arnold nur und schritt wütend voran.

Weder er noch Ron bemerkte die heimlichen Blicke, die aus dem Verborgenen auf sie geworfen wurden. Sie wurden beobachtet.

Wesleys Haushälterin, die im Haus nebenan wohnte, beobachtete sie. Justin Rees, ein zwölfjähriger Junge, lugte hinter einem Vorhang hervor, Rosemarie, die Frau mit den hellsichtigen Fähigkeiten, starrte ihnen geradezu nach. Alle waren sie irgendwo, versteckten sich und beobachteten.

Auch der Landstreicher, dem Ron begegnet war und der ihn festgehalten hatte.

Vom Glockenturm herab spähte er über das Dorf und ließ die beiden Freunde nicht aus den Augen.

Wesley war eben dabei, Bill auf dem Küchenboden abzulegen, als sie das Restaurant betraten. Erschrocken drehten sich Dolph und Chrissie nach ihnen um.

Arnold stockte der Atem, als er in das schöne Gesicht Chrissies blickte.

„Wir haben einen Schuss gehört", rechtfertigte Ron ihr plötzliches Erscheinen. Dolph sah sie nur misstrauisch an. Im selben Moment betrat Doc Wesley den Raum. Ein freudiger Schimmer flog über sein Gesicht.

„Gott sei Dank, dass ihr hier seid", empfing er sie aufrichtig. „Wir müssen Chrissies Vater und ihn –", Wesley zeigte auf Bill, den die beiden nicht sehen konnten, „zu mir in die Praxis schaffen."

Ron musterte Dolphs verletzte Schulter, danach warf er einen Blick in die Küche. Ein grausiger Anblick, der sich da bot. Der Raum glich einem Schlachtfeld. Helen beugte sich gerade über Bill, den Ron erst auf den zweiten Blick identifizieren konnte. Zwischen ihnen und Wesley lag Sally regungslos auf dem Rücken. Auf ihr blieb sein Blick länger haften.

„Ganz schön übel zugerichtet", murmelte er in sich hinein.

„Um sie kümmern wir uns später", sagte Wesley, der Rons Blicken folgte. „Wir dürfen keine Zeit verlieren. Jede Minute zählt."

„Na dann los", erwiderte Ron mehr zu sich, rieb sich die linke Brusthälfte und nahm sich gemeinsam mit Wesley des Kommissars an. Sie legten sich jeder einen Arm von Bill um die Schulter und schleiften ihn an Sally vorbei zum Restaurant hinaus.

Für einen Fußweg von drei Minuten benötigten sie die dreifache

Zeit. Auf halber Strecke erwachte Bill aus seiner Ohnmacht; Wesley wusste Bills spontane Fragen geschickt zu unterbinden. In seiner Praxis angelangt verband er erst einmal Dolphs verletzte Schulter und gab ihm eine schmerzstillende Spritze.

„Er wird jetzt schlafen", sagte er darauf und wandte sich erst dann den anderen zu. „In zwei, drei Stunden wird es ihm besser gehen."

„Danke", erwiderte Chrissie kaum hörbar, die sich erschöpft auf dem Schemel niedergelassen hatte, um Wesley zu helfen.

Bill hatte es sich unterdessen auf dem Ledersessel bequem gemacht. Mit wachsender Aufmerksamkeit folgte er Helens Schilderungen über den Überfall in der Kirche und was darauf folgte. Zorn, Wut, Aufregung spiegelte sich in seinen Augen wider; die Beherrschung fiel ihm äußerst schwer.

„Haben Sie Schmerzen?", lenkte Wesley seine Aufmerksamkeit auf sich, wobei seine Augen zwischen Helen und Bill hin und her schweiften. In seinem Blickwinkel bemerkte er, wie Arnold ununterbrochen auf Chrissie starrte. Sein Freund dagegen stand am Fenster und schien von all dem keine Notiz nehmen zu wollen.

„Sie sind Arzt", erwiderte Bill, ohne die Frage zu beantworten. „Haben Sie meinen besten Dank für ihre Hilfe."

„Danken Sie ihm", wehrte Wesley ab und zeigte auf Chrissies Vater.

„Können Sie mir verdammt noch mal sagen, was hier gespielt wird?" Auffordernd sah er Wesley dabei an. Mit beiden Händen stützte dieser sich an der Schreibtischkante ab, wobei sein Blick zwischen Bill, Arnold und Ron hin und her wanderte.

„Tut mir leid", kam es kopfschüttelnd zurück. „Ich kann Ihnen nichts Genaues sagen. Nur das eine –", wieder blickte er auf Arnold und dann auf Ron.

„Und das wäre?", wollte Bill wissen, nachdem Wesley eine Weile nichts mehr sagte.

Doc Wesley atmete tief durch. „Wir sind vermutlich die Einzigen, die es nicht haben", gab er zur Antwort.

Helen horchte auf, Bill sah ihn verständnislos an. „Was – nicht – haben?", fragte er langsam.

Wesley versuchte ruhig zu bleiben, einen gelassenen Eindruck von sich zu geben. Was sollte er nur sagen? Seine Virus-Theorie? Oder Rons Geistergeschichte? Die Ursache einem Virus zuzuschreiben war vielleicht verständlicher, als es überirdischen Machenschaften anzuhängen. Abermals atmete er tief durch.

Bill griff in die Innentasche seiner Jacke. „Sie können mir vertrauen", sagte er und schaute Wesley dabei mit kirschgroßen Augen an. „Ich bin Kriminalbeamter." Bill streckte ihm seinen Ausweis entgegen. „Meine Frau ist stellvertretende Staatsanwältin. Eigentlich wollten wir hier unsere Flitterwochen verbringen – nur unsere Flitterwochen, mehr nicht!"

Kurz warf Wesley einen Blick auf den Ausweis. Es schien ihn zu beruhigen, dass Bill bei der Kripo arbeitete, aber auch das änderte nun mal nichts an der Tatsache.

Rons Aufmerksamkeit erwachte schlagartig. Jetzt fiel ihm wieder ein, wo er Bill schon einmal gesehen hatte. Auf einem Zeitungsbild, das vor nicht allzu langer Zeit auf dem Titelblatt der *Melbourn-Message* erschienen war. Sein Vater erwähnte noch, dass er ein entfernter Bekannter von Bill Tanner sei.

„Sagen Sie es ihm", forderte Ron ihn plötzlich auf. Seine Stimme klang rau. „Sagen Sie ihm, was in Harbourn tatsächlich geschehen ist!", verlangte er hartnäckig.

Nervös rieb er sich mit dem Handrücken die linke Brusthälfte.

Arnold starrte ihn mit aufgerissenen Augen an. Wesley schüttelte langsam seinen Kopf. „Deine Theorie ist nicht beweisbar", versuchte er abzulenken. „Ich glaube nach wie vor, dass es sich um einen Virus handelt. Ein Virus, der die Psyche des Menschen verändert. Ein Virus, der langsam, aber beständig die Persönlichkeit des Menschen zerstört, ihn isoliert. Das momentane Stadium ist, dass jeder sich angegriffen fühlt. Jeder sieht in seinem Gegenüber einen Feind, den er zu vernichten trachtet." Wesley sah von einem zum anderen. „Ein

Virus", sprach er weiter, „der uns entweder noch nicht befallen hat, oder gegen den wir glücklicherweise Abwehrstoffe besitzen."

„Ein Virus", erwiderte Ron verächtlich. „Ich hätte sogar den richtigen Namen für Ihren Virus." Mit zusammengekniffenen Augen musterte er Doc Wesley. „Nennen Sie ihn Theodor", sagte er leise. „Einfach nur Theodor."

Helen ließ ihren Blick auf Ron ruhen. Sie hatte Schmerzen in der Schulter und sie kämpfte gegen das traumatische Erlebnis. Aber sie war stark, sehr stark!

„Theodor", sprach sie den Namen aus, ohne Ron dabei aus den Augen zu lassen. „Wer oder was ist Theodor?" Alle blickten sie auf Ron. Wesley wäre es lieber gewesen, Ron hätte nichts darüber erwähnt. Ebenso Arnold, der sich wütend Helen zuwandte.

„Das ist Quatsch", stieß er hervor. „Absoluter Quatsch! Ron meint, dass irgendein Geist was damit zu tun hat. Ein Geist – verstehen Sie?"

Trotz der ernsten Lage konnte sich Bill ein Lächeln nicht verkneifen. „Ich glaube, dass die Theorie von Dr. Wesley eher zutrifft."

„Es ist nur eine Theorie", sagte Doc Wesley nachdenklich. „Bei einzelnen Menschen wäre es durchaus denkbar, dass ein nervlicher Zusammenbruch diese Auswirkungen hervorrufen kann. Bei einer gesamten Dorfgemeinschaft bin ich jedoch skeptisch."

„Was alles ist schon passiert?", wollte Bill darauf wissen.

Wesley sah sich um. Auf Chrissie blieb sein Blick haften. Sie war eingeschlafen. Erleichtert drehte er sich wieder seinem Gesprächspartner zu. „Vergangene Nacht haben wir Pater Athelwolds –", wieder warf er einen Blick auf Chrissie. Er wollte sich noch einmal vergewissern, dass sie auch wirklich schlief, „wir haben ihn –", Wesley stockte. Ein Schauer lief ihm über den Rücken. Deutlich schwebte ihm der grausige Anblick vor Augen „Pater Athelwolds wurde auf bestialische Weise ermordet."

Helen entfuhr ein unterdrückter Aufschrei. Wie ein gewaltiger Fausthieb traf Bill diese Nachricht. „Der Pater…tot!"

„Wir haben ihn in das Pfarrhaus gebracht", setzte Wesley noch hinzu. „Kannten Sie ihn denn?", sprach er darauf seine Verwunderung über die Betroffenheit aus.

„Einen Tag nach unserer Ankunft haben wir ihn kennengelernt." Bill sah seine Frau dabei an. „Meine Frau hatte etwas sehr Merkwürdiges in der Kirche entdeckt", sprach er nachdenklich weiter. „Leider habe ich es nicht zu Gesicht bekommen."

„In der Kirche?"

„Das zeremonielle Schaubild einer Schwarzen Messe", sagte Helen. „Wissen Sie, was das ist?"

„Eine schwarze Messe?" Arnold hatte bisher aufmerksam der Unterredung zugehört. Erschrocken kam er dem Schreibpult nun einen Schritt näher. „Sagten Sie, eine schwarze Messe?"

„Wissen Sie denn etwas davon?", hakte Helen sofort ein, wobei sie Arnold direkt ins Visier nahm. Unweigerlich musste dieser zur Seite sehen.

„Ich kann mir nur nicht vorstellen, dass –", Arnold hielt für einen Moment inne. Kurz schaute er auf seinen Freund, der ebenfalls dem Schreibtisch näher gekommen war. „Das würde ja bedeuten, dass sich", wieder stockte Arnold, um sich nach seinem Freund umzusehen, „dass sich in Harbourn eine – wie soll ich sagen, dass sich eine Sekte in Harbourn eingenistet hat?"

„Ein Satanskult", verbesserte Helen. „Sie haben recht. Es könnte sich um solch eine Sekte handeln."

Abwehrend bewegte Doc Wesley seinen Kopf hin und her. „Kaum vorstellbar, dass sich innerhalb weniger Tage ein ganzes Dorf einer Sekte unterwerfen würde."

„Da bin ich ganz Ihrer Meinung", bekräftigte Bill seine Aussage. „Dennoch sollten wir der Sache nachgehen. Es könnte ja auch sein", er sah Wesley eindringlich an, „dass der Virus von einem Wahnsinnigen unter den Leuten verbreitet wurde. Wäre das möglich?"

„Trinkwasser", entfuhr es Wesley. „Wenn, dann nur über die Trinkwasserversorgung."

Ron zuckte merklich zusammen. Helen entging diese spontane Reaktion nicht. Obwohl sie sehr geschwächt war, sie war mit allen Sinnen bei der Unterhaltung.

„Ich habe kein Trinkwasser getrunken", stellte Wesley nach kurzem Überlegen erleichtert fest. „Vielleicht war es auch nur an einem einzigen Tag verseucht. An jenem Tag, als ich mit Pater Athelwolds in der Stadt war."

„Welcher Tag ist das gewesen?", wollte Bill sofort wissen.

„Vor genau zwei Tagen", erinnerte sich Wesley.

„Und wann sind Sie zurückgekommen?"

„Am Nachmittag aber –" Wesley überlegte, „es war schon zuvor. Ich habe schon vor meiner Abwesenheit Veränderungen festgestellt."

„Trinken Sie nur abgekochtes Wasser?"

„Niemals anders", konnte Wesley mit Bestimmtheit sagen.

„Gut", meinte Bill darauf. Vorsichtig erhob er sich aus dem Sessel. Seine Glieder schmerzten höllisch. Langsam bewegte er sich hinter dem Schreibtisch hervor, begab sich zum Fenster und lehnte sich mit dem Rücken gegen die Wand, sodass er von diesem Standpunkt aus jeden ins Visier nehmen konnte.

„Tatsache ist", begann er daraufhin zu reden, „dass wir hier so gut wie eingeschlossen sind. Mein Auto wurde unbrauchbar gemacht. Vermutlich wird es sich mit den anderen Fahrzeugen genauso verhalten." Wesley und Arnold bestätigten dies, indem sie Bill zunickten. Ron dagegen sah nur kurz auf. „Des Weiteren ist es unmöglich, irgendwelche Nachrichten nach außen zu übermitteln." Wieder nickten sie ihm zu. Diesmal hielt Ron seinen Kopf aufgerichtet. Erwartungsvoll musterte er auf einmal den Kommissar. „Auch brauchen wir nicht darauf zu hoffen, Hilfe von außerhalb zu erhalten. Genauso würden sie augenblicklich eingeschlossen sein, bevor sie überhaupt bemerken, was in Harbourn vor sich geht. Ich denke, dass wir es mit mehreren zu tun haben. Vielleicht sogar mit einer Organisation, die vor nichts zurückschreckt." Bill machte eine Pause. Einen nach dem anderen blickte er ins Gesicht. Bei Ron hielt er inne. „Es tut mir leid, vorhin über Sie ein wenig gelacht zu haben", entschuldigte er sich. „Wenn Sie möchten, höre ich mir nachher auch gerne Ihre Version an."

Ron sah ihn lange an, bevor er sagte: „Nein. Ich habe es Doc Wesley schon erzählt. Zwischenzeitlich bin ich aber auch davon überzeugt, dass es sich um irgendeine Krankheit handeln muss. Ist ja auch irgendwie logischer zu erklären – oder?" Fragend sah er auf Wesley, dann auf Arnold, die sich einander verwunderte Blicke zuwarfen.

„Was wollen Sie jetzt unternehmen?", fragte Wesley. „Wie denken Sie, sollen wir jetzt vorgehen?"

„Wir müssen damit rechnen, dass es mehrere Tage dauern wird, bis wir einen entscheidenden Hinweis gefunden haben", erwiderte Bill. „Unsere Gegner sind sehr gerissen. Sie schrecken vor nichts zurück!" Bill fuhr sich mit der Hand über sein schmerzendes Genick. „Vermutlich spielen das Hotel und die Kirche eine zentrale Rolle. Dort werde ich mit der Suche beginnen. Auch befinden sich unsere Sachen noch im Hotel. Sind Sie einverstanden, wenn wir uns bei Ihnen einquartieren?"

„Platz habe ich genug", erklärte sich Wesley dazu bereit. „Aber hier sitzen wir mittendrin."

„Wir können zu mir", schlug Arnold spontan vor. „Ich wohne etwas abseits und oberhalb. Dort sind wir auf jeden Fall sicherer."

„Wie ist ihr Nachname noch mal?", fragte Bill.

„Ich habe ihn noch nicht erwähnt", erwiderte Arnold. Über seine Mundwinkel flog ein flüchtiges Grinsen. „Larsen", nannte er darauf seinen Namen. „Arnold Larsen."

„Larsen", wiederholte Bill, als würde er im Innersten seines Gedächtnisses grübeln. „Ich kenne einen Christoph Larsen. Ist das etwa Ihr Vater?"

„Sie kennen meinen Vater?", staunte Arnold.

„Nur flüchtig", entgegnete Bill. „Dann ist Ihr Zuhause Larsens Residenz?", schlussfolgerte er. „Gut ein paar Hundert Meter im Wald?"

Arnold nickte. „Von den oberen Räumen aus kann man gut über Harbourn blicken. Ist zwar ein gutes Stück zu gehen, aber immer noch sicherer als hier."

„Einverstanden", nahm Bill die Einladung an. „Ich hoffe, dass Sie an unserer Seite bleiben werden, Dr. Wesley."

„Wann sollen wir aufbrechen?", fragte Doc Wesley, seinen Blick von Bill auf Chrissie lenkend. Ihr Kopf lag immer noch in ihren Armen versenkt auf der Bahre.

„Ich muss unbedingt zurück ins Hotel", erwiderte Bill langsam und musterte seinen Revolver, den Helen ihm vor einer Weile schon gegeben hatte. „Alleine jedoch kann ich unser Gepäck und das der Parkers nicht transportieren. Jemand muss mir dabei helfen." Bill blickte dabei auf Ron. Er war der Einzige, der dafür infrage kam.

„Ich wusste, dass man auf Sie zählen kann." Bill klopfte freundschaftlich Rons Schulter, als dieser bereitwillig dem Kommissar zugenickt hatte. „Machen wir uns gleich auf den Weg. Jede Minute ist eine kostbare Minute."

Einsam, verlassen, weit entfernt vom Leben, das sich sonst mitteilte durch das Geschrei spielender Kinder, dem Hämmern des Schmiedes oder dem Sägen der Waldarbeiter und des Schreiners, dem Umherlaufen geschäftiger Leute und auch der Wanderer, die an manchen Tagen scharenweise durch das Dorf pilgerten, lag Harbourn wie ausgestorben vor ihnen und nicht einmal das Rauschen des Waldes war zu hören.

Und doch waren sie da! Heimlich aus dem Verborgenen spähten sie auf sie, beobachteten mit leblosen Blicken.

Bill sah sie. Er versuchte sie zu ignorieren, einfach nicht hinzusehen. Doch so einfach war das nicht. Sie zogen seine Aufmerksamkeit magnetisch an und eigentlich hätte er zu ihnen gehen müssen, sie befragen, um der Verhaltensveränderung auf den Grund zu gehen. Aber Bill tat es nicht. Bill Tanner war kein ängstlicher Typ. Das ließ sein Job gar nicht zu. Aber er fühlte sich unwohl. Verdammt unwohl!

Bill kannte March, Hang und Sally Wayne aus Berichten heraus als liebenswerte Menschen, die keiner Fliege ein Leid zufügen konnten. Diese abgrundtiefe Mordlust, die in ihnen herrschte, beängstigte ihn zunehmend. So schnell wie möglich wollte er seine Frau, sich und die anderen in Sicherheit wissen, um daraus mit Überlegung zu handeln.

Ron dagegen musterte heimlich und gleichfalls verborgen die Gegend. Immer wieder rieb er sich die linke Brusthälfte – als würde es ihn jucken.

„Alles klar?", fragte Bill ihn daraufhin. Ihm war das Kratzen längst schon aufgefallen.

„Nervös", sagte Ron. „Es passiert zu viel."

„Angst?"

„Nein – die ist überwunden." Ron sah ihn prüfend an. „Sind Sie schon lange bei der Kripo?", fragte er ihn unvermittelt.

„Hm... Schon seit fünfzehn Jahren. Warum fragst du?"

„Och, nur so. Ich hab Sie, glaub ich mal, in der Zeitung gesehen."

„Das kann schon sein", erwiderte Bill lächelnd. „Dich aber kenne ich nicht. Du musst ein anständiger sein..."

„Mit dem Gesetz habe ich noch nie etwas zu tun gehabt." Ron lächelte ebenfalls. „Soll auch so bleiben."

„Das vorhin, Ron – ich darf doch Ron zu dir sagen – oder?"

„Aber immer doch."

„Bill – ich bin Bill." Er streckte Ron seine Rechte entgegen. „Das vorhin, das tut mir wirklich leid. Willst du mir darüber erzählen?"

„Hm", tat Ron. „Eigentlich ist es Blödsinn. Wenn ich so darüber nachdenke, hat Mr. Wesley sicherlich recht."

„Trotzdem", ließ Bill nicht locker. „Alles kann eine Spur sein."

„Na gut. Schaden kann's nicht, wenn du es weißt."

„Ich bin gespannt."

„Wir haben hier in Harbourn unser Abschlussfest gefeiert", begann Ron. „Am letzten Abend – wir waren zu fünft – machte einer mit uns Gläserrücken. Dabei haben wir Kontakt zu einem Geist aufgenommen. Daher hat Arnold seine Verletzung an der linken Hand."

„Ihr habt was?" Bill musste lächeln.

„Na, Kontakt mit einem Geist." Ron sah in mit zusammengezogenen Augenbrauen an. „Seither ist das so – dachte ich zumindest."

„Ein – Geist", wiederholte Bill. „Du dachtest, ein Geist hat diese Menschen hier verhext?"

„Lach nicht", entfuhr es Ron. „Es war einer da! Es war eiskalt. Die Fensterläden klapperten, der Vorhang wehte hin und her. Ich hab es mit meinen eigenen Augen gesehen."

„Und Arnold? Wie kam er zu der Wunde? Hat er mit ihm –"

„Das Glas hat sich gedreht. Ganz von allein. Als Arnold es festhalten wollte, zersprang es in seiner Hand."

„Und das ist wirklich passiert? Hattet ihr Alkohol?"

„Ja, hatten wir. Bis auf den Spanier. Der trinkt nicht so viel."

„Der – Spanier." Bill sah ihn merkwürdig an.

„Ich wusste es doch", kam es prompt zurück. „Du glaubst mir nicht. Ist ja auch nicht zu glauben. Daher ist Mr. Wesleys Vermutung mit Sicherheit die richtigere."

„Ja, ich gebe zu, es fällt mir schwer das zu glauben", erwiderte Bill. „Ich habe schon so vieles erlebt. Mir ist schon so vieles erzählt worden. Die unglaublichsten Geschichten stellten sich am Ende immer als raffiniertes Spiel heraus."

„Vielleicht hat Arnold ja recht", murmelte Ron.

„Wobei?"

„Indem er sagt, dass der Spanier eine Show abgezogen hat."

„Der Spanier – wie heißt er denn?"

„Henriece Sancés."

„Sancés", wiederholte Bill leise, als hätte er den Namen schon einmal irgendwo gehört.

Das Hotel war nicht mehr weit. Schon sahen sie es zwischen den Häusern hindurchschimmern, da vernahmen sie auf einmal ein scharrendes Geräusch. Etwa wie das Scharren einer Schaufel.

Es ertönte wieder und wieder.

„Es kommt von da", bemerkte Bill. Unauffällig zeigte er in die

Richtung des Friedhofes. „Sehen wir nach." Bill lenkte seine Schritte auf die Parkanlage zu.

„Sollen wir nicht außen herumgehen?", schlug Ron vor. „Im Park könnten wir von der Kirche aus gesehen werden."

„Ist der Weg viel länger?" Bill ließ seinen Blick an dem Buschwerk entlang schweifen, das den Park umrandete.

„Nur ein wenig", antwortete Ron gelassen.

„Dann beeilen wir uns eben", meinte Bill darauf.

Zielstrebig nahmen sie den Weg, den Ron vorgeschlagen hatte, und erreichten den Friedhofseingang nach wenigen Minuten. Rons Wagen stand immer noch, wie er ihn verlassen hatte.

Aufmerksam musterte Bill den VW-Käfer und die abgestochenen Reifen. Das Auto war ihm in halsbrecherischem Fahrstil nach Harbourn gefolgt.

„Kennen Sie den Wagen?", fragte Bill.

Ron antwortete einfach nicht.

Bill wollte seine Frage wiederholen, doch das laute Scharren aus dem Friedhof hielt ihn davon ab.

Nur noch ein paar Schritte und sie hatten den Friedhofseingang vor sich. Das Eisentor war nur angelehnt. Vorsichtig schlichen sie sich heran und stellten sich daneben.

Das Scharren wurde noch deutlicher. Stückweise schob Bill seinen Kopf nach vorn, bis ihm die Sicht durch das Tor gewährt wurde und er March erblicken konnte, die gerade dabei war, ein Grab auszuheben. Dem Erdhäufchen nach arbeitete sie noch nicht sehr lange daran.

Bill zog sich wieder zurück. „Die alte Wayne", flüsterte er. „Sieht aus, als würde sie ein Grab ausheben."

„Hang Wayne", murmelte Ron vor sich hin. Bill sah ihn fragend an.

„Sie schaufelt wohl ein Grab für Hang", sagte Ron auf Bills fragenden Blick hin. „Er ist tot."

„Tot?", entfuhr es Bill unterdrückt. Kurz warf er nochmals einen

Blick in den Friedhof. Schaufelhieb um Schaufelhieb warf sie die Erde beiseite.

„Gehen wir!", stieß Bill zwischen den Zähnen hervor. Leise entfernten sie sich wieder. Verstohlen spähte Ron von einer Seite auf die andere – und immer wieder fasste er sich an die linke Brust.

Extrem schnell hastete Bill zurück. Ron wurde von einer plötzlichen Unruhe ergriffen. Nervös biss er sich auf die Unterlippe und durchforschte regelrecht die Gegend. Hierbei entging ihm die Erdmulde, in die er hineintrat. Augenblicklich verbreitete sich ein bleierner Geschmack in seinem Mund; Blut verteilte sich zwischen den Zähnen und seine Unterlippe begann fürchterlich zu brennen.

„Verdammt!" Er blieb stehen und spuckte eine Ladung Blut auf die Erde. Vorsichtig tastete er nach seiner Unterlippe.

„Ich hab mir in die Lippe gebissen", rief er zu Bill, der abrupt stehen geblieben war und sich ihm zuwandte.

„Lass mal sehen!", forderte Bill ihn auf und stellte sich direkt vor ihn. Mit zwei Fingern zog Ron seine Lippe etwas nach vorn. Im selben Augenblick bemerkte er über Bills Schulter hinweg einen Schatten. Sekunden darauf tauchte der Landstreicher vor seinen Augen auf. Lautlos, praktisch aus dem Nichts erschien er, sah Ron an, und verschwand wieder.

„Nicht sehr schlimm", sagte Bill nach einer Weile. „Wird zwar schmerzhaft sein, aber das vergeht wieder."

Ron hatte Bills Worte gar nicht wahrgenommen. Das plötzliche Auftauchen des Landstreichers wirkte in ihm wie das Erscheinen eines Geistes! Ein furchtbarer Schreck steckte in seinen Knochen. Ein Schreck, den Bill völlig anders interpretierte.

Bill setzte den Weg schweigend fort und drängte fieberhaft dem Hotel entgegen, das unscheinbar vor ihnen auftauchte.

Nichts Besonderes, das ihn veranlasst hätte, das Hotel nicht zu betreten. Rasch überquerten sie den Parkplatz. Langsam öffnete Bill die Tür und ließ Ron an sich vorbei gehen, um dadurch zu verhindern, dass er die Tür einfach zufallen ließ.

„Nach oben", hielt er Ron zurück, der direkt auf das Restaurant zuhielt.

„Sally", flüsterte Ron. „Bevor wir dich hier herausgeholt haben, lag sie auf dem Küchenboden." Jedes Wort schmerzte ihn.

Bill sagte nichts mehr. Er zog seinen Revolver und betrat das Restaurant. Ohne Zögern würde er Sally niederschießen.

Ron fasste sich schon wieder an die linke Brust, rieb heftig daran und bückte sich, um auch an seiner linken Wade zu reiben. Bill konnte dies nicht mehr sehen – ihm wäre der fürchterliche Ausdruck in Rons Gesicht mit Sicherheit nicht entgangen.

Langsam, nur Schritt für Schritt, folgte ihm Ron.

Die Küchentür stand offen, sehen konnten sie jedoch nichts.

Ron spähte an Bill vorbei.

„Sie ist weg", flüsterte er und Bill trat in die Küche. Wohin er auch sah, überall Blutspuren. Sally war verschwunden. Mit ihr auch die abgesägte Schrotflinte! Aufmerksam musterte Bill die Einschusslöcher in der Kellertür.

„Das sind typische Einschusslöcher, wie sie nur ein Schrotgewehr verursachen kann", sagte er zu Ron.

Ron zuckte nur mit den Schultern.

„Wir müssen davon ausgehen, dass sie sich irgendwo hier verborgen hält", flüsterte Bill eindringlich. „Das heißt für uns, allerhöchste Achtsamkeit. Wir gehen jetzt nur nach oben und holen das Gepäck, mehr nicht. Erst wenn ich die anderen bei Arnold Larsen in Sicherheit weiß, fange ich an, hier ein wenig herumzuschnüffeln."

Schweigend nickte Ron ihm zu.

„Beeilen wir uns", drängte Bill. Nichts ließ er unbemerkt. Jeden Winkel suchte er ab, den Finger am Abzug seines Revolvers. Das Foyer betrat er erst, nachdem er es Millimeter für Millimeter mit den Blicken abgetastet hatte. Ron gab er die Instruktion, seine Aufmerksamkeit hinter sich zu richten. Die Treppe nicht aus den Augen lassend schlichen sie sich dem Aufgang entgegen. Nicht das geringste Geräusch, nicht einmal das Ticken einer Uhr war zu vernehmen.

„Verdammt!", fluchte Bill, als er seinen Fuß auf die zweite Stufe setzte. Er konnte auch noch so vorsichtig auftreten, das verräterische Knarren des Holzes war nicht zu vermeiden. Zwei Stufen auslassend, versuchte er daher, die Treppe so schnell wie möglich hinter sich zu bringen. Ron folgte seinem Beispiel. Oben angelangt deutete Bill ihm an, sich nicht zu bewegen. Angestrengt lauschte er. Diese Stille, diese ungewöhnliche Stille kam ihm sehr eigenartig vor.

Vor ihnen lag ein langer Flur. Ihr Gepäck hatten sie ja schon in Parkers Zimmer geschafft. Dieses war ungefähr in der Mitte des Flurs. Mittels einer kurzen Kopfbewegung zeigte Bill an, dass er weitergehen wollte. Nur ihre leisen Tritte auf dem rotbraunen Teppich drangen, verursachten Geräusche. Das kaum hörbare Öffnen der ersten Tür, an der sie soeben vorbei schritten, vernahmen sie nicht. Nur einen spaltbreit wurde sie geöffnet – und wieder geschlossen, als sie vor Dolphs Zimmer standen.

Behutsam drückte Bill die Klinke. „Gott sei Dank", atmete er auf. Schnell schlüpften sie hintereinander durch den Türspalt. Bill bedurfte nur weniger Handgriffe, um seine Koffer zu packen. Nachdem Ron die anderen Gepäckstücke an sich genommen hatte, verließen sie das Zimmer wieder.

Kaum hatten sie die ersten Stufen hinter sich, wurde die vordere Tür erneut geöffnet. Der Landstreicher betrat den Flur. Gelassen bewegte er sich auf die Treppe zu und blieb unmittelbar davor stehen.

„Ihr könnt mir nicht entkommen", sprach er zu sich selbst, nachdem sie das Hotel fluchtartig verlassen hatten. „Niemand kann mir, Scarliet Ebestan, entkommen. Alle seid ihr mir ausgeliefert. Früher oder später! Es liegt an euch, wie hart eure Strafe ausfallen wird. Nur an euch ganz allein."

Einige Minuten verstrichen, in denen er regungslos verharrte. Selbst als Geräusche von unten herauf zu ihm drangen, regte er sich nicht.

Sally betrat das Foyer. Die Miene des Landstreichers verfinsterte sich. Langsam kam sie die Stufen zu ihm empor geschritten; die

Schrotflinte hing ihr quer über dem Rücken, eine Stoffklappe verdeckte das fehlende Auge. Anstelle der Stricknadel, die ihr Dolph durch die Hand gejagt hatte, schimmerte ein kleines nässendes Loch. Schmerz schien Sally nicht zu kennen. Wenige Stufen vor ihm blieb sie stehen.

„Komm näher!", befahl er ihr. Stumm kam sie seiner Aufforderung nach. Direkt vor ihm blieb sie stehen und sah erwartungsvoll zu ihm auf.

„Du hast versagt!", zischte er. Jäh schnellte seine Hand hervor, eisern klammerten sich seine Finger um ihre Kehle. „Ich habe dir aufgetragen, mir das Mädchen zu bringen!", fauchte er und begann Sally einfach emporzuheben. Der Landstreicher musste über außergewöhnliche Kräfte verfügen, um die achtzig Kilogramm einfach aus dem Stegreif stemmen zu können. Seine Fingernägel bohrten sich in ihr Fleisch, Blut rann an seinen Fingern hinab.

„Versager müssen sterben!", kam es kaum hörbar über seine Lippen. Mit einem gewaltigen Ruck schleuderte er sie einfach über das Geländer hinweg von sich. Dumpf schlug ihr Körper auf dem Boden auf und das Geräusch brechender Gliedmaße drang zu ihm.

Mühsam schleppten sie das Gepäck den steilen Weg durch den Wald hinauf. Links ging es bergab, rechts bergauf. Der schmale Pfad war beschwerlich, und oft mussten sie hintereinander gehen.

Wie ein kleines mittelalterliches Schloss lag Larsens Residenz inmitten der Wälder von Harbourn. Ein herrlicher Baustil mit einer unschönen Einfriedung. Die Holzpalisaden kamen einem Fort näher, als einem Schloss.

In treibender Schweißarbeit hatte Arnolds Vater diese Einfriedung nach dem plötzlichen Tod seiner Frau im vergangenen Jahr von seinen Arbeitern erbauen lassen. Niemand verstand es – und Arnold sprach nicht darüber.

Chrissie war von dem Anwesen auf den ersten Blick hin fasziniert. Es bot Platz und Schutz. Sie dankte Arnold innig für die Aufnahme und zog prompt Rons Eifersucht auf Arnold. Auf dem Weg von Wesleys Praxis bis hier her hatte Ron sie nicht einmal aus den Augen gelassen.

Helen registrierte das sofort. Immer wieder hatte sie sich zurückfallen lassen, um Ron und Arnold beobachten zu können. Hierbei fiel ihr auch Rons ständiges Kratzen an der linken Brust auf.

Nun befanden sie sich in dem pompösen Wohnzimmer der Familie Larsen. Mehr ein Saal als ein Zimmer! Eichenparkett und Mahagonimöbel, wertvolle Gemälde und teure Wandteppiche verliehen dem grandiosen Raum einen nachhaltigen Eindruck. Ein riesiges Hirschgeweih thronte über dem Rundbogen zum Nebenzimmer. Eine schmucke Standuhr tickte gleichmäßig. Sie stand solitär zwischen zwei Fenstern, die Blick in den großen Garten gewährten.

Spuren der Party waren noch zu erkennen. Sogar zwei Partytische standen noch neben dem Billardtisch, der die Mitte des Saales bildete. Direkt darüber ein prachtvoller Kronleuchter; ein Vermögen!

„Du wohnst ganz alleine hier?", stellte Chrissie an Arnold eine Frage, nachdem sich jeder einen Platz ausgesucht hatte. Chrissie saß auf dem Sofa, Arnold lehnte am Billardtisch.

„Mit meinem Vater", antwortete Arnold. „Mein Vater befindet sich zurzeit auf Geschäftsreise. Meine Mutter starb letztes Jahr unerwartet."

Chrissie sah ihn mit großen Augen an. „Ich – weiß, wie schmerzhaft das ist", sagte sie zu ihm. „Meine Mom ist auch gestorben. Vor zwei Wochen – unerwartet."

„Oh, das tut mir sehr leid."

„Wir wollten hier eigentlich unseren Frieden finden", sprach sie offen weiter. „Meine Mom war öfters hier und hat die Gegend genossen."

„Und du? Dich habe ich noch nie gesehen. Weder hier noch in Melbourn."

„Ich war noch nie hier." Chrissie hielt kurz inne. „Warum sind die Menschen plötzlich so geworden?", fragte sie ihn unvermittelt.

„Weißt du denn, was passiert ist?"

„Eigentlich – nicht", antwortete Arnold stockend. „Es gibt zwar Theorien – aber wissen tun wir es nicht."

„Ich kann das alles gar nicht fassen", fuhr sie unbeirrt fort. „Die Wirtin war so nett zu uns. Der Pater, er hat uns so liebevoll empfangen. Und jetzt das! Wie kann das sein? Warum finden in eurer Kirche solche schreckliche Dinge statt? Warum?"

„Ich – weiß es nicht." Arnold konnte ihrem Blick nicht mehr standhalten. Unweigerlich sah er beiseite – und dann zu Ron. Scheinbar teilnahmslos lehnte Ron mit gesenktem Kopf an der Fensterbank.

„Warum haben wir eigentlich nicht den Pater aufgesucht?", fragte sie, wobei sie ihren Vater ansah. „Nach alldem, was passiert ist..."

Dolph saß neben ihr. Hilfe suchend warf er einen Blick auf Bill.

„Hast du einen Plan?", fragte er ihn leise; wohl um von Pater Athelwolds abzulenken.

„Einen Plan", murmelte Bill. Aufmerksam war er der Unterredung gefolgt. „Um einen Plan auszuhecken, sollten wir erst einmal herausbekommen, wo sich ihr Schlupfwinkel befindet."

„Da gibt es viele Möglichkeiten", meldete sich Wesley zu Wort, der unmittelbar neben Bill an einem Partytisch lehnte.

„Ich denke da entweder an die Kirche oder an das Hotel. In einem von diesen beiden Gebäuden vermute ich den Schlüssel zu dem Ganzen. Dort haben sich die Dinge zugetragen."

Chrissie lehnte sich zurück. Mit Arnold zu reden hatte ihr gut getan und sie nahm sich vor, ein Gespräch mit ihm zu beginnen, sobald die Situation es ergibt und sie wieder mehr bei Kräften ist. Die letzten Stunden und die Nächte mit den Albträumen zehrten an ihr ungemein.

„Ron erzählte etwas von einem Landstreicher, dem er begegnet sei", sagte Wesley darauf. „Etwas ungewöhnlich für Harbourn", fügte er schnell hinzu.

„Ein Landstreicher?", entrüstet warf Bill einen Blick auf Ron. „Du hast mir nichts davon gesagt", machte er ihm einen Vorwurf.

Ron reagierte nicht darauf. Seine Augen verschlossen tat er, als würde er im Stehen schlafen.

„Ron ist der Einzige, der den Landstreicher gesehen hat." Wesley sah Ron nun ebenfalls an. „Etwas ist mit ihm", flüsterte er Bill zu. „Der Virus..."

„Hm", brummte Bill. „Wir befinden uns alle in einer Ausnahmesituation."

„Der Pater", flüsterte Wesley weiter. „Wir können ihn nicht dort liegen lassen, wo wir ihn hingebracht haben."

„Wo ist er noch mal?"

„Im Pfarrhaus. Wir müssen ihn zumindest in das Leichenhaus bringen. Und dort kann er auch höchstens zwei Tage liegen."

„Zwei – Tage?" Bills Mundwinkel verzogen sich zu einem Lächeln. „In zwei Tagen will ich nicht mehr hier sein." Er wurde wieder ernst. „Aber versorgen müssen wir ihn. Da hast du recht."

„Du meinst, wir finden einen Weg hier raus?"

„Und wenn ich zu Fuß nach Melbourn gehe." Bill schaute auf Chrissie, die sich soeben auf das Sofa legte und die Augen schloss. „Einer wird den Weg auf sich nehmen müssen, um Hilfe herbeizuholen."

„Ich werde gehen", schoss es aus Wesley hervor. „Ich bin gut konditioniert. In zwei bis drei Stunden könnte ich es geschafft haben."

„Hm", brummte Bill wieder. „Du bist der einzige Arzt."

„Und der Einzige, der nicht verletzt ist. Bis auf Ron, wenn man seine Unterlippe nicht mit einbezieht."

„Du traust Ron nicht."

„Du? Traust du ihm?"

„Dafür kenne ich ihn zu wenig."

„Du kannst auch nicht gehen. Du bist der einzig erfahrene mit Kriminellen."

Wieder folgte ein „Hm". „Waffen", sagte er darauf und wandte sich zu Arnold. „Waffen. Gibt es in diesem Haus Waffen?"

Arnold zog seinen Revolver hervor. „Bis auf diese hier nicht."

„Und in Harbourn? Es gibt doch einen Laden hier."

„Bansly's Laden", antwortete Arnold.

Bill schaute wieder auf Chrissie. Gleichmäßige Atemzüge sagten ihm, dass sie schlief.

„Kommt mal mit an den Billardtisch", forderte er auf. „Wir haben, denke ich, einiges zu bereden."

Chrissie schlief tief und fest. Bill stellte sich so, dass er sie im Auge behalten konnte.

„Ich möchte mich jetzt nicht wichtig machen", sprach er mit unterdrückter, aber fester Stimme, „doch will ich von hier so schnell wie möglich wieder weg. Und ich denke, dass jeder von euch dasselbe will."

Stummes Nicken – auch von Ron, der sich als Letzter dazugesellt hatte – war die Antwort darauf.

„Seid ihr einverstanden, wenn ich ein wenig die Führung übernehme?", fragte er gerade heraus und sah jeden dabei nacheinander an.

Wieder folgte ein stummes Nicken als Antwort. Helen schaute ihn mit bewundernden Blicken an.

„Dann – bedanke ich mich für das Vertrauen." Er sog die Luft tief in sich ein und ließ seinen Blick durch die Runde wandern. „Um mich kurz zu fassen – jeder Einzelne von uns sollte eine bestimmte Aufgabe übernehmen." Bill hielt inne, um seinen Worten mehr Wirkung zu verleihen. „Fakt ist, dass wir unseren Gegner nicht kennen", fuhr er fort. „Uns ist nicht bekannt, mit wie vielen wir es überhaupt zu tun haben. Somit wird unsere erste Aufgabe sein, das heraus zu bekommen. Und das wird die Aufgabe von einem Einzelnen sein. Ein Anderer wird sich auf die Suche nach etwas Fahrbarem begeben. Und dann sollten noch mindestens zwei von uns den Leichnam des Paters in das Leichenhaus schaffen."

Bill schwieg. Für geraume Zeit war wieder nur das Ticken der Standuhr im Vordergrund. Jeder hegte seinen Gedanken nach.

„Wem soll welche Aufgabe zugeteilt werden?", fragte Arnold nach geraumer Zeit mit runzliger Stirn.

„Mein – Vorschlag ist folgender", begann Bill zögernd. „Joseph kümmert sich um das Fahrzeug. Ich übernehme die Aufgabe, den Schlupfwinkel unserer Gegner ausfindig zu machen. Ihr beide", Bill blickte von Arnold auf Ron, „ihr beide werdet den Pater in das Leichenhaus tragen, vorausgesetzt…", Bills Blick wanderte wieder auf Arnold, „... du traust es dir mit deiner verletzten Hand zu."

Arnold sah zu seinem Freund, der ihm aufmunternd zunickte. „Ich denke schon", meinte er darauf.

„Und ich?", meldete sich Dolph entrüstet.

„Du hältst hier die Stellung", gab Bill zur Antwort und nahm seinen Revolver heraus. „Ich habe nur die wenigen Patronen", sagte er mit nachdenklicher Miene. „Wir gehen gemeinsam!" Er schaute von Wesley auf Ron und dann auf Arnold. „In Bansly's Laden. Danach trennen sich unsere Wege. – Hat jeder von euch eine Uhr?"

Es hatte jeder eine Uhr! Gleichzeitig warfen sie einen Blick darauf.

„Bei mir ist es jetzt genau elf Uhr dreiundvierzig", sagte Bill die Zeit an. „Spätestens um sechs Uhr heute Abend treffen wir beide uns bei dir an der Praxis. Ron und Arnold begeben sich unverzüglich wieder hier her, nachdem sie den Pater ins Leichenhaus geschafft haben. Seid ihr mit meinem Vorschlag einverstanden?"

Stummes Nicken.

„Chrissie und ich empfangen euch mit einem guten Essen", meldete sich nun Helen zu Wort. „Es ist doch bestimmt genügend zum Essen da – oder?"

„Der Vorratskeller ist bis oben hin voll", erwiderte Arnold. „Am besten ihr seht euch hier einfach um, solange wir weg sind."

„Du kannst dich auf uns verlassen", kam es anerkennend zurück. „Dürfen wir auch das Bad benützen?"

„Fühlt euch wie zu Hause", meinte Arnold darauf.

Wenige Minuten später waren sie weg.

4

Jearsy-Street 21, Melbourn.

Unruhig lief Henriece auf und ab, stockte, warf zum x-ten Mal einen Blick in den alten beschlagenen Spiegel, der über der Kommode hing. Falten, viele Falten durchzogen sein Gesicht. Nicht einmal die Bartstoppeln konnten die Furchen verbergen.

„Ich muss gehen", sprach er immer wieder zu sich. „Noch so eine Nacht, und ich bin am Ende!"

Er versuchte ruhig zu bleiben. Wie oft schon hatte er auf sein Amulett gestarrt. Drei silberne Anhänger an einer silbernen Kette. Wie oft schon hatte er das silberne Dreieck, das silberne Kreuz und das silberne Rad auf jene Weise berührt, wie es ihm einst ein weiser Mönch gezeigt hatte, der es ihm vor Jahren vermachte.

Sollte je die Kraft dieser drei Symbole, die des Feuers, der Ewigkeit und des Geistes dir versagen, so siehe der Zukunft mit allem Möglichen ins Auge. Zweifle doch niemals an ihrer Wirkung, denn das wird der Untergang sein, vor dem dich diese drei kleinen Anhänger zu schützen wissen.

Mit diesen Worten hatte ihm der Mönch diese Symbole überreicht. Alles würde Henriece dafür geben, um nur eine Minute lang diesem Mönch gegenüberstehen zu dürfen, dessen Namen er niemals erfahren hatte.

„Ich muss es alleine schaffen!", holte er sich selbst in die Realität zurück. Ein ungewisser Blick spiegelte sich ihm wider. Entschlossen nahm er den Schlüsselbund, der neben dem Telefon lag. Dabei fiel sein Blick auf das kleine eingerahmte Foto, das ihn, seine Mutter und seinen verstorbenen Vater zeigte.

Mein Junge..., hatte sein Vater einmal zu ihm gesagt, *...auch ich* *werde eines Tages nicht mehr sein. Viele Menschen wünschen mir den Tod. Sie wissen nicht, dass sie mein Leben dadurch nur vervollständigen.* Wenige Monate darauf wurde er von einer Polizeikugel in einem anderen Land niedergestreckt. Er war nicht der beste Mensch, das wusste Henriece schon von Kindesalter an. Doch es war sein Vater gewesen, der seinen Weg mit dem des Mönchs kreuzte. Ein Mensch, der eine tiefe spirituelle Erfahrung in ihm ausgelöst hatte.

Einen Moment lang betrachtete er seine Mutter. Damals hatte sie noch langes Haar, meistens zu einem langen Zopf zusammen geflochten. Nachdem sie die Todesnachricht erhalten hatte, schnitt sie sich noch in derselben Nacht die Haare kurz.

Du bist das Einzige, das ich noch habe, hatte sie ihm immer wieder gesagt. Und es waren immer ihre letzten Worte gewesen.

„Tut mir leid, mamá", flüsterte er, als würde seine Mutter direkt vor ihm stehen. „Es muss sein – auch wenn ich nicht wiederkomme." Ein tiefer Seufzer drang aus ihm hervor, als er seine Hand auf die Türklinke legte. Im selben Moment klingelte das Telefon. Henriece ignorierte es. Um diese Zeit, es war Mittag, pflegte seine *mamá* von der Arbeit aus immer anzurufen. Leise drückte er die Tür hinter sich wieder zu.

Die Harbournstreet war wie immer dicht befahren. Nach einigen Anläufen gelang es ihm, seinen Ford in den Verkehr einzureihen. Nach wenigen Metern schon musste er seinen Wagen vor der rot werdenden Ampel stoppen. Weder achtete er auf die Fußgänger, welche die gegenüberliegende Seite zu erreichen trachteten, noch interessierte er sich für die entgegen kommenden Autos.

Am Ende der Straße bog er abermals ab. Eine kleine Seitenstraße, in der sich nur wenige Häuser befanden.

Steel-way 4 war Rons Adresse.

Direkt vor dem Haus hielt er an. Ein paar Mal schon war er bei ihm gewesen, ohne dass jemand aufgemacht hatte. Telefonisch hatte er ebenso wenig Erfolg. Ein letztes Mal wollte Henriece es noch versuchen, bevor er sich auf den Weg nach Harbourn begab.

Von Weitem schon sah er, wie ihn jemand vom Fenster aus beobachtete. Mit gesenktem Kopf drückte er das kleine weiße Gartentürchen auf und schritt, ohne seinen Kopf wesentlich zu erheben, den schmalen Weg auf die Haustür zu. Einige Male musste er die Klingel betätigen, bevor er Geräusche aus dem Inneren des Hauses vernahm. Rons Mutter öffnete ihm. Jetzt erst richtete er seinen Blick nach oben. Sie war völlig in Schwarz gekleidet. Henrieces erster Gedanke galt Ron, als er in ihre verweinten Augen sah.

„Bestimmt möchtest du zu Ronald", brachte sie nur mühsam über die Lippen, einem Tränenausbruch nahe. „Ronald ist bei seinem Freund Arnold."

Unmerklich zuckte Henriece zusammen. „Ich, ich kann ihn einfach nicht erreichen", sprach sie weiter. „Niemand geht dort ans Telefon."

„Wie – lange schon?" Henriece musste sich zur Ruhe zwingen.

„Er ist nur eine Nacht hier gewesen." Sie wischte sich eine Träne aus den Augen. „Es ist – es ist so furchtbar." Ihr fiel es schwer, ruhig zu sein. „Sein Vater", schluchzend schnäuzte sie in das Taschentuch. „Er hatte einen tödlichen Unfall."

Schockiert machte Henriece einen Schritt zurück und sah sie fassungslos an.

„Ronald", flüsterte sie nur noch. „Er weiß es noch nicht."

„Ich – fahre zu ihm." Henriece fühlte sich gezwungen, es ihr zu sagen, auch auf die Gefahr hin, dass sie mitkommen wolle.

Ein wenig hellte sich ihr Gesicht auf. „Bitte sag ihm, dass er zurückkommen soll. Ich brauche ihn!"

Hoffentlich lebt Ron noch, ging es Henriece durch den Kopf. Betroffen senkte er seinen Blick. Er fand nicht die richtigen Worte.

„Ich warte auf ihn", sagte sie noch und schloss die Tür langsam zu. Ein lautes Schluchzen drang durch die Tür.

„Theodor mordet!", entfuhr es ihm.

Eine tonnenschwere Last drückte gewaltig auf ihn nieder. Wut auf sich selbst vermischte sich mit Ratlosigkeit.

Vielleicht sollte ich die anderen mitnehmen, dachte er sich, womit er den spiritistischen Kreis meinte, dem er angehörte. *Aber sie werden mich ausschließen. Sie werden mir verbieten, weiter zu machen. Ich muss alleine gegen ihn kämpfen. Alleine...*

Apathisch steuerte er seinen Mustang zurück in die Harbournstreet.

Die Einkaufsläden, der kleine Kiosk, von dem er sich immer seine Zeitung geholt hatte – Sam, der Besitzer winkte ihm zu, als er gerade vorbeifuhr – das Kino an der Straßenecke, einige warteten schon davor, um sich die Mittagsvorstellung anzusehen, alles ging an ihm vorüber wie ein Film. Ein Film, den er vielleicht nie wieder sehen wird!

Stadtauswärts war seine Richtung. Stadtauswärts der Harbournstreet entlang, die doch sein Zuhause war. Mit jedem Meter, den er sich dem Ende der Stadt näherte, wurde es leerer in ihm. Schon konnte er den Horizont erblicken, den mächtigen Vallis, unterhalb dem sich das einsame Bergdorf verbarg.

Die letzte Kreuzung lag wenige Meter vor ihm. Als er die Kreuzung überqueren wollte, riss er plötzlich das Lenkrad herum. Beinahe hätte es einen Zusammenstoß mit dem entgegenkommenden Kleinlaster gegeben. Kopfschüttelnd starrte der Fahrer seinem Ford hinterher.

Maynes-Street, las Henriece das Straßenschild. Eigentlich hatte er nicht das kleine, abgelegene Haus am Rande der Stadt anfahren wollen. Es lag auch nicht in seiner Natur, Dinge zu tun, die er eigentlich vermeiden wollte. Trotzdem entschied er sich im letzten Moment anders.

Sandra stand im Vorgarten. Aufgeregt kam sie auf ihn zugelaufen, als er seinen Wagen am Straßenrand parkte. Mehrmals fasste Henriece sich in sein unrasiertes faltiges Gesicht.

Schreckliches widerfuhr ihm in den vergangenen Tagen. Albträume, rätselhafte Erscheinungen und fremde Stimmen beherrschten die Nächte.

Am Tag darauf dann die Falten! Er konnte zusehen, wie sein Gesicht zunehmend alterte.

„Hast du das mit Rons Vater mitbekommen?", rief sie ihm beunruhigt von Weitem zu.

Henrieces Augenbraue zog sich nach oben.

„Seine Mutter hat heute Morgen bei uns angerufen – entsetzlich." Sandra war der Schock anzusehen. Als sie sein Gesicht erblickte, zuckte sie erschrocken zurück.

„Mein Gott! Was ist mit dir passiert?"

„Ich habe es soeben erfahren." Ihre Frage ignorierte er einfach.

„Dein Gesicht. Was ist mit deinem Gesicht?" Sie war fassungslos.

Warum kam ich nur hier her? Nervös fasste er sich an die Wange.

„Fährst du nach Harbourn?" Nun schaute sie ihn erwartungsvoll an. Henriece sagte wieder nichts.

„Warum sagst du denn nichts? Warum bist du hier hergekommen?"

„Wenn ich das nur wüsste", sagte er, aber mehr zu sich selbst. „Theodor", flüsterte er darauf. „Ich – ich kämpfe gegen ihn. Jede Nacht kämpfe ich gegen ihn."

Sandra stockte der Atem. „Der – Geist?"

„Ich muss zu Arnold", fuhr er fort. „Nur mit ihm kann ich ihn zurückschicken. Nur mit ihm kann es gelingen. Alleine schaffe ich es nicht." Mit festem Blick sah er Sandra in die Augen. „Er weiß nicht, mit welchen Mächten er es zu tun hat. Er weiß es nicht im Geringsten."

„Ron ist bei ihm", erwiderte sie tonlos. „Ist – Ron in Gefahr?" Angsterfüllt sah sie ihn an.

„Alle sind in Gefahr!" Henriece atmete tief durch. „Es ist schrecklicher, als du dir je vorstellen kannst."

„Ich komme mit!", entfuhr es ihr spontan.

Nein, bloß nicht! Henriece schüttelte seinen Kopf. „Es ist besser, du bleibst hier", sagte er.

„Mein Vater ist bei der Arbeit", erwiderte Sandra darauf. „Sobald er da ist, fahren wir nach Harbourn."

Auch das noch! Henriece sog die Luft tief in sich ein. *Dann muss ich sie mitnehmen. Wer weiß, was sie ihm erzählen wird!*

„Hast du ihm davon erzählt?", fragte er vorsichtig.

„Niemandem habe ich davon erzählt", antwortete sie mit gesenktem Blick. „Ich traute mich nicht."

„Okay", stimmte er schweren Herzens zu. „Dann geh mit!"

„Ich werde dir auch bestimmt nicht im Weg stehen", versprach sie ihm, während sie sich umdrehte. Augenblicke später verschwand sie im Haus.

Vielleicht doch gut, dass ich hier hergefahren bin. Erschöpft lehnte er sich gegen seinen Wagen. *Ich werde Arnold zwingen, es zu tun!*

Eine große Ungewissheit plagte ihn. Sein Gesicht schien von Stunde zu Stunde weitere Falten zu bekommen. Sorgenvoll tastete er es ab – qualvoll erinnerte er sich an die vergangenen Nächte. Sie kratzten an seinem Verstand!

Eine undurchdringbare Finsternis beherrschten seine Nächte: grauenhaft und unheimlich. Sie kam aus dem Nichts. Eine kraftvolle Stimme sprach zu ihm.

Eine gewaltige Explosion verwandelte die Finsternis in eine höllische Feuerbrunst. Ihm wurde dann glühend heiß. Als würde er brennen. Aus dem Flammenmeer sah er eine Gestalt auf sich zukommen. Sie zeigte auf ihn. Sie rief ihm etwas zu. Worte, die er nicht verstehen konnte.

Henriece betete jede Nacht. Er flehte zu Gott! Er versuchte damit, den Geist zu vertreiben.

Tagsüber quälte er sich mit Vorwürfen. Versuchte zu schlafen – doch mit dem Schließen seiner Augen drang momentan das machtvolle Wesen in ihn ein. Henriece musste sich wach halten. Es kostete ihn so viel Kraft! Kraft, die er bald nicht mehr aufbringen konnte...

Schritte holten ihn zurück. Sandra kam zu ihm: bereit, mit ins Ungewisse zu fahren.

Bansly's Laden, las Bill auf dem großen, von Wind und Regen verwittertem Holzschild. Mit verengten Augen ließ er seinen Blick an dem Gebäude entlang schweifen. Niemand, der hinter einem Vorhang stand, oder zwischen einem Türspalt hindurch spähte. Überhaupt war nirgends mehr jemand zu sehen. Harbourn glich einem ausgestorbenen Dorf, auf das die Sonne mit aller Kraft niederprallte.

Bansly's Laden befand sich am Marktplatz in diesem Dorf. Unweit des Hotels und der Kirche, direkt an dem holprigen Weg, der Daly-Street, der den Park umrandete, konnte der kleine Laden von allen Seiten aus erreicht werden. Auch unweit der Stelle, an der Ron den Landstreicher gesehen hatte, als Bill dessen wunde Unterlippe betrachtete.

„Über dem Geschäft hat Bansly seine Wohnräume", sagte Wesley zu Bill. „Er teilt sie nur noch mit seinem Sohn. Bansly's Frau starb vor einem halben Jahr eines unerklärlichen Todes. Harry, sein Sohn, leidet seit seiner Geburt an einer unheilbaren Krankheit. Psycholepsie, eine Art Schizophrenie, die bisweilen zur vollkommenen Bewusstseinsunterbrechung führt. Immer wieder muss er in eine spezielle Klinik, in das Winches-Store-Sanatorium, eingeliefert werden."

„Winches-Store-Sanatorium? Das ist eine Nervenklinik."

„Harry ist geistig verwirrt. Schizophrenie. Vor vier Wochen hatte er einen schweren Anfall, worauf wir ihn ins Sanatorium bringen mussten. Er hatte sich selbst den ganzen Körper mit den Fingernägeln aufgekratzt."

„Sieht aus, als sei gar niemand zu Hause", bemerkte Bill. Eine Klingel gab es nicht, daher klopfte er mehrmals hintereinander an der Tür. Angestrengt lauschte er.

Nichts rührte sich. Vorsichtig drückte er die Klinke. Zu seiner Überraschung ließ die Tür sich öffnen. Mit einem Wink forderte er auf, ihm zu folgen.

Ron ging als Letzter hinein, warf aber noch einen heimlichen Blick zurück an jene Stelle, an der er den Landstreicher zuletzt gesehen hatte.

„Bewache du die Tür", forderte Bill Arnold auf. „Sollten wir in einer viertel Stunde nicht wieder bei dir sein, dann heißt das für dich allerhöchste Vorsicht. Wenn du schießen musst, ziele nur auf die Beine."

Mit ernster Miene nahm Arnold seine Waffe heraus und gab Bill unmissverständlich zu verstehen, dass er gut verstanden hatte.

Außer einer kleinen Ladentheke, einer alten Registrierkasse und mit Lebensmittel vollgestopften Regalen gab es nichts, das sie hätten gebrauchen können. Linker Hand der Ladentheke befand sich die Tür zum Treppenaufgang. Bill gab Ron den Vortritt.

„Behalte ihn im Auge", flüsterte Bill zu Wesley, als der an ihm vorbeischritt. Wesley nickte unmerklich.

Direkt nach der Tür führte eine Treppe den Keller hinab und eine zu den Wohnräumen hinauf. Die Wahrscheinlichkeit, dass das etwaige Waffenlager sich im Untergeschoss befand, war größer. Den Revolver schussbereit, stieg Bill die Stufen hinab, dicht gefolgt von Ron und dann von Doc Wesley.

Unmittelbar nach der letzten Stufe versperrte ihnen eine Tür den Weg. Sie war aber nur angelehnt. Lautlos ließ sie sich öffnen. Bill knipste den Lichtschalter. Ein einziger Raum, ebenfalls gefüllt mit Lebensmitteln und Getränken. Von Waffen war da nichts zu sehen. Auch gab es keine weitere Tür. Der Raum schien das Einzige an Keller zu sein, das dieses Haus besaß. Bill knipste das Licht wieder aus.

„Nach oben", flüsterte er den beiden zu. Wesley nickte. Schon oft war er die Treppe zu Bansly's Wohnung hinaufgestiegen. Wesley wusste, dass die Wohnungstür immer verschlossen war. Aber er wusste auch, dass Bansly den Schlüssel immer unter der Fußmatte hatte.

So war es auch jetzt. Demnach dürfte sich wirklich niemand im Haus befinden. Wesley steckte den Schlüssel in das Schloss, drehte ihn leise und drückte die Tür vorsichtig auf.

Er ließ Bill und Ron den Vortritt.

„Verlieren wir keine Zeit", drängte Bill. „Durchsucht ihr diesen Bereich." Er zeigte nach rechts auf eine offen stehende Tür, durch die das Wohnzimmer zu erkennen war. Selbst wandte er sich nach links. Sein Blick schweifte die kleine Diele entlang. Neben einem Durchgangsbogen stand eine Kommode mit mehreren Schubladen – Bill zählte fünf große und zwei kleine. Fieberhaft zog er eine Schublade nach der anderen auf. Handtücher, Telefonbücher und sonst noch Dinge für den alltäglichen Gebrauch, aber nicht das Gesuchte. Zielstrebig durchschritt er den Durchgang.

Zwei Türen. Eine verschlossen, die andere angelehnt.

Vorsichtig drückte er die Klinke der verschlossenen Tür. Das Schlafzimmer. Es dauerte keine drei Minuten, bis er die Nachttischkästchen, den Kleiderschrank und die braunschwarze Truhe unterhalb der Fensterbank durchsucht hatte.

Ohne Erfolg!

Leise schloss er die Tür hinter sich wieder zu und begab sich in das Zimmer nebenan.

Das musste Harrys Zimmer sein. Ein altes durchgelegenes Bett, ein Tisch, der mindestens schon so alt war wie das Haus selbst und ein Stuhl, dessen Lehne mehrmals schon zusammengeflickt worden war. Einen Schrank gab es nicht. Eigentlich gab es in diesem Zimmer gar nichts, das man hätte durchsuchen können. Und doch wurde Bills Aufmerksamkeit auf den Tisch gezogen.

Eine Fotografie.

Das einzige Bild, das er bisher in diesem Haus zu sehen bekam. Es zeigte einen klein gewachsenen alten Mann in Anzug und Krawatte, eine nicht viel größere alte Frau und einen Mitte dreißig Jahre jungen, gut aussehenden Typen, der zwei Kopf größer war als der Mann. Im Hintergrund das Haus; Bansly's Laden, in dem sie sich soeben befanden.

„Charles Bansly mit Frau und ihrem Sohn Harry", vernahm Bill plötzlich Wesleys Stimme hinter sich. Erschrocken wandte er sich nach ihm um. Doc Wesleys Augen leuchteten, als er ihm einen Revolver entgegenstreckte.

„Patronen?" Bill musterte den Revolver.

„Ron", erwiderte Wesley nur. „Das Bild wurde vor ungefähr einem Jahr gemacht", bemerkte er darauf.

„Und das ist Harry?" Der Kommissar zeigte auf den gut aussehenden Typ. Wesley nickte.

„Wenn man ihn so sieht", sprach Bill mehr zu sich selbst, „kaum zu glauben, dass er unter Schizophrenie leidet."

„Schade um den Jungen", meinte Wesley. „Eigentlich ist er sehr intelligent. Wenn er diese Anfälle nicht ständig hätte, bestimmt wäre aus Harry etwas geworden."

Bill legte das Bild an denselben Platz zurück. Weder er noch Wesley hatten bemerkt, dass Ron fassungslos auf das Bild geradezu gestarrt hatte.

„Sehen wir zu, dass wir wieder verschwinden", sagte Bill und nahm den Revolver an sich. „Eine Python 375", erkannte er schon auf den ersten Blick. „Nur diese eine Waffe?"

Wesleys Mundwinkel verzogen sich flüchtig zu einem Grinsen. Er nahm zwei weitere Revolver hervor.

„Das hat sich gelohnt." Bill zeigte sich sehr zufrieden. Mittels eines leichten Drucks ließ er die Trommel an der Seite herausspringen. „Patronen", sagte Bill nur das eine Wort, worauf Ron ihm stumm eine Packung entgegenstreckte. Die Patronen passten. Eilig begann er die Trommel zu laden. Anschließend drückte er sie wieder zu und hielt den geladenen Revolver Wesley entgegen. Ebenfalls das Päckchen mit den Patronenhülsen.

Danach nahm Bill die nächste Waffe an sich. Unaufgefordert gab Ron ihm ein weiteres Päckchen, das er ohne aufzublicken entgegennahm.

Ron folgte jeder seiner Handbewegungen. Als Bill die letzte Hülse in die Bohrung stecken wollte, glitt sie ihm aus den Fingern. Im Affekt bückte er sich danach. Ron konnte nicht sehen, dass er die fallengelassene Hülse nicht in die Kammer steckte. Stattdessen hielt er sie in der hohlen Hand. Die Trommel drehte er so, dass der Revolverhahn beim ersten Betätigen auf die leere Kammer treffen musste.

„Jetzt aber nichts wie raus hier", drängte Bill, indem er Ron den Revolver gab und gleichzeitig voran schritt.

Eine viertel Stunde war verstrichen, als sie den Laden wieder betraten. Arnold hatte sich so gestellt, dass er die Tür, sowie auch das Fenster beobachten konnte, ohne jedoch selbst gesehen zu werden.

„War was?", fragte Bill kurz.

Arnold schüttelte den Kopf. „Ich sehe, dass ihr fündig geworden seid", bemerkte Arnold, der von Wesley auf Ron schaute.

„Bevor wir uns nun trennen", erwiderte Bill leise, „möchte ich, dass wir uns die Patronen teilen." Auffordernd sah er dabei auf Ron, der vier Päckchen zum Vorschein brachte.

„Wie besprochen", sprach Bill weiter. „Ihr zwei kümmert euch um den Pater. Joseph sucht eine Fluchtmöglichkeit." Eindringlich blickte er von Ron auf Arnold. „Ich erwarte, dass ihr euch unverzüglich zurückzieht, sobald ihr den Pater in das Leichenhaus geschafft habt. Ich will nicht, dass ihr euch unnötig in Gefahr begebt. Ich hoffe, ich habe mich deutlich genug ausgedrückt."

„Und wenn einer von uns geschnappt wird?" Ron sah ihn fragend an.

„Nur im äußersten Notfall dreimal hintereinander schießen. Wir müssen uns aufeinander verlassen können. Nur dann haben wir eine Chance."

Ron nickte ihm zu und ging.

Arnold erwartete ihn grimmig vor der Tür.

Schweigend folgte Bill ihnen mit den Blicken, bis er sie nicht mehr sehen konnte.

„Okay", sagte er dann. „Ich folge den beiden. Wir treffen uns um sechs Uhr vor deiner Praxis. Sollte einer von uns nicht eintreffen, begibt sich der andere unmittelbar zu Larsens Residenz." Bill trat auf die Ladentür zu. „Mach es gut, Joseph. Ich hoffe, wir sehen uns heute Abend wieder."

Bill war schneller weg, als Wesley etwas darauf erwidern konnte.

Lange musterte Wesley seinen Revolver und ließ ihn in seiner Jackentasche verschwinden. In der einen Tasche hatte er nun die geladene, in der anderen die ungeladene Waffe.

Zögernd verließ er Bansly's Laden, wobei er wie gewohnt einen Blick auf die Kirchturmuhr warf. Die Zeiger standen übereinander auf zwölf Uhr.

„Mittag", flüsterte er zu sich. Seinem Gefühl nach konnte das schon sein, dennoch sah er auf seine Armbanduhr.

Die Zeit stimmte, doch war der Kirchturm stumm. Eigentlich müssten jetzt viermal die hellen und zwölfmal die dunklen Glocken läuten.

„Hat es denn überhaupt schon geläutet?", fragte sich Wesley. So sehr er sich auch zurückzuerinnern versuchte, mit Gewissheit konnte er sich diese Frage nicht beantworten.

Aufmerksam musterte er das Umfeld. Bill war nicht mehr zu sehen. Weit und breit keine Menschenseele! Harbourn zeigte sich von einer Seite, wie er das Bergdorf nicht kannte!

Keine Geräusche, kein Laut. Nicht ein einziges Anzeichen auf Leben. Auch das Gezwitscher der Vögel, es war weg.

Als sein Blick auf den Park fiel, schauderte ihn.

„Irgendwo bist du", flüsterte er und griff unwillkürlich in seine Jackentasche. Seine Hand umklammerte den Schaft des Revolvers. Lange Zeit stand Wesley nur da und tat nichts.

Auf einmal war da doch ein Geräusch! Es kam aus der Richtung des Hotels.

Ohne zu zögern, eilte er dem Laut entgegen. Bäume und Sträucher dienten ihm dabei als Schutz.

Verborgen hinter einem Fliederbusch sah er dann, was das Geräusch verursacht hatte.

March.

Sie hievte gerade ihren toten Mann in eine Schubkarre. Daraufhin verschwand sie wieder in ihrem Hotel.

Wesley fröstelte. Zu Hang und March pflegte er eine freundschaftliche Beziehung. Nun war Hang tot. Einfach tot!

Wie angewurzelt starrte er auf Hangs Leiche, da wurde die Tür des Hotels erneut aufgestoßen. Nun schleifte sie ihre Tochter zu der Karre.

Auch sie war tot!

Wesley zuckte zusammen. Ein dicker Kloß bildete sich in seinem Hals.

Ungeahnte Kräfte ließen March die beiden Toten in der Schubkarre in Richtung des Friedhofs kutschieren.

Wesley musste sich beherrschen. Zu gerne wäre er ihr gefolgt. Seine Aufgabe ließ das aber nicht zu!

„Es muss eine Möglichkeit geben, Harbourn zu verlassen", sagte er zu sich." Wenigstens für so lange, bis normales Leben wieder möglich ist."

Atemlos starrte er ihr nach. Auf einmal war ihm, als vernehme er das entfernte Aufheulen eines Motors.

Nicht in der Nähe, nicht in Harbourn.

Das Geräusch kam aber näher!

Wesleys Puls schlug schneller. Ein Auto, das dem Bergdorf entgegenkam. Mit jedem Augenblick wurde das Motorengeräusch lauter, deutlicher.

Wesley atmete durch. Mit wenigen Schritten hatte er den Parkplatz erreicht und überquerte ihn, ohne Rücksicht darauf, ob er nun gesehen werden konnte, oder nicht.

Hals über Kopf rannte er auf die kurvenreiche Straße und dann dem vermeintlichen Motorengeräusch entgegen. Seine Schritte hallten weit.

Er rannte, als würde sein Leben an jedem einzelnen Schritt hängen.

Das Auto kam schnell näher.

Nur noch eine Kurve, dann – abrupt hielt Wesley inne.

Vor ihm tauchte Henrieces Ford Mustang auf. Wild schwenkte er seine Arme hin und her, sodass Henriece anhalten musste.

Erschöpft trat er an die Fahrertür heran.

„Fahrt nicht weiter!!!", keuchte er, nachdem Henriece die Scheibe zur Hälfte herunter gedreht hatte. Er kannte Wesley nicht.

„Dr. Wesley", rief Sandra aus.

Wesley beugte sich tiefer und musterte ihre verängstigten Gesichtszüge. Nur vage konnte er sich an Sandra und auch an Henriece erinnern.

Henriece stellte den Motor ab und kurbelte die Scheibe vollends hinab.

„Wie weit ist er schon vorgedrungen?", fragte er und sah Wesley dabei kühl an.

„Wie meinen Sie?" Wesley hatte nicht begriffen, was er damit ausdrücken wollte.

„Haben Sie Ron gesehen?", fragte Sandra einfach dazwischen. „Und Arnold, warum geht bei ihm niemand ans Telefon?"

„Alle Leitungen sind tot", erwiderte Wesley. Immer noch musste er nach Atem ringen. „Jemand hat die Autos manipuliert. Grauenvolles passiert in Harbourn. Ihr seid unsere Rettung. Bitte fahrt mit mir zu Larsens Residenz!"

„Steigen Sie ein", sagte Henriece nur und ließ Wesley in den hinteren Wagenteil steigen.

„Ich bin Rons Freundin", sprach Sandra ihn mit gesenktem Blick an. „Haben Sie ihn gesehen?"

„Ich kenne Ron", antwortete Wesley nur. „Es geht ihm gut." Im Rückspiegel versuchte er Henrieces Blick zu treffen. „Warum seid ihr zurückgekommen?", fragte er darauf.

Henriece startete den Wagen, fuhr langsam los, antwortete aber nicht.

„Sie müssen Henriece sein", bemerkte Wesley darauf. Henriece drehte den Rückspiegel so, dass er Wesley darin sehen konnte – und Wesley ihn.

„Sie wissen, was geschehen ist?", fragte er.

„Ron hat davon erzählt", entgegnete Wesley nachdenklich. „Ich glaube aber nicht, dass das die Ursache ist."

Schweigend musterte er ihn im Rückspiegel. „Was denken Sie?", fragte er nach einer Weile.

„Ein Virus", antwortete Wesley kurz. Seine Aufmerksamkeit hielt er nach draußen gerichtete, in der Hoffnung, die anderen irgendwo zu sichten.

„Sie suchen jemanden", bemerkte Henriece, als er die Kopfbewegungen registrierte.

„Bill, Arnold und Ron sind unterwegs." Aufmerksam untersuchte Wesley die Fassade des Hotels, darauf den Park und die Häuser, an denen sie vorbeifuhren. Allmählich näherten sie sich dem Wald.

Wesley drehte sich zur Heckscheibe. Kein Lebenszeichen! Er hatte erwartet, wenigstens einen von ihnen zu sehen. Aber niemanden konnte er sehen – gar niemanden vom Dorf!

„Wo sind denn all die Leute?", fragte Sandra irritiert.

„Sie verstecken sich", antwortete Wesley nur.

„Vor wem?" Gespannt auf die Antwort musterte er Doc Wesley im Rückspiegel.

„Das wissen wir noch nicht", sagte Wesley. Die letzten Häuser entschwanden seinen Blicken. Unruhig drehte er sich nach einer Weile wieder nach vorn. „Bill ist eben dabei, es herauszufinden."

„Wer ist Bill?" Henriece fuhr langsamer. Larsens Residenz tauchte vor ihren Augen auf. Dolph stand an einem der oberen Fenster und beobachtete, wie er seinen Wagen neben Arnolds Sportwagen abstellte. Als er Wesley aus dem Auto aussteigen sah, verschwand er vom Fenster, um Sekunden später die Tür zu öffnen.

„Ich hätte nicht gedacht, dass du es schaffst." Dolphs Mundwinkel zuckten erfreut.

„Darf ich vorstellen." Wesley zeigte auf Sandra, dann auf ihn. „Das ist Rons Freundin Sandra und das ist Henriece."

„Wo sind die anderen?", fragte er verwundert.

„Wir sollten uns schnellstens auf die Suche nach ihnen machen", antwortete Wesley. „Je schneller wir von hier wegkommen, desto besser!"

Helen war gerade dabei, in der Küche eine Suppe zuzubereiten, als sie das Wohnzimmer betraten.

Chrissie schlief immer noch.

Henrieces Aufmerksamkeit wurde regelrecht von ihrer Anwesenheit angezogen. Er erschrak, als er sie sah!

Ich kenne dich!, schoss es ihm durch den Kopf, obwohl er Chrissie noch nie zuvor in seinem Leben gesehen hatte.

„Gäste?", ertönte Helens Stimme im Hintergrund und riss ihn aus seinen Gedanken. Vier Augenpaare wandten sich zu Helen, die mit einem Tablett in den Händen stehen geblieben war.

„Unser Doc hat es geschafft!", sagte Dolph erfreut. „Wir können dieses Nest endlich verlassen." Über sein Gesicht flog ein breites Grinsen. Seine Tochter in Sicherheit zu wissen war ihm das Wichtigste!

„Wir sollten keine Zeit verlieren!", drängte Wesley zum Gehen.

„Was habt ihr vor?" Helen sah ihn fragend an.

„Wir müssen Bill, Ron und Arnold suchen", entgegnete Wesley ungeduldig.

Helens Blick schweifte von Wesley auf Henriece, der einen sehr besorgten Eindruck vermittelte. „Helfen Sie uns, sie zu finden?", fragte sie ihn erwartungsvoll.

Bis jetzt hatte Henriece noch kein Wort gesprochen. Langsam bewegte er seinen Kopf hin und her.

„Kein Virus, Dr. Wesley", sagte er bestimmt. „Ron hat die Wahrheit gesagt."

Wie eine Bombe schlugen diese Worte ein. Verständnislose Blicke wurden einander ausgetauscht.

Hörbar sog Wesley den Atem tief in sich hinein. „Bist du deshalb zurückgekommen?"

Wortlos nickte er ihm zu.

„Wegen – ihm?" Wesley konnte nicht anders, sein Blick richtete sich unmissverständlich nach oben.

„Theodor", kam der Name flüsternd über seine Lippen.

„Du bist dir ganz sicher?"

„Es gibt keine Zweifel", nickte er.

„Warum tust du das?"

Nun waren es Henrieces Augenbrauen, die sich zusammenzogen.

Mit ernster Miene sah er Doc Wesley an. „Ich – fühle mich verantwortlich", sagte er nur.

„Ver–antwortlich?"

„Ja, verantwortlich."

„Dann wirst du uns nicht helfen, von hier wegzukommen?" Helens Stimme bebte. Das Tablett immer noch in der Hand kam sie ihm mehrere Schritte näher. Ihre Verletzungen mussten starke Schmerzen verursachen. Henriece sah ihr die Schmerzen an.

„Ihr könnt es versuchen", sagte er, nahm seinen Autoschlüssel hervor und überreichte ihn Wesley. „Für mich gibt es vorerst kein Zurück."

Schweißperlen bildeten sich auf Wesleys Stirn, als er nach dem Schlüssel griff.

„Ein Geist", flüsterte er ihm entgegen. „Das ist – unmöglich!"

Dolph räusperte sich. „Sollen wir nicht doch lieber warten, bis sie zurückkommen?", äußerte er sich skeptisch. „Eigentlich würden wir uns gegen Bills Anweisung stellen, wenn wir jetzt das Haus verlassen."

Wesley sah auf seine Uhr. „Kurz vor zwei", sagte er mehr zu sich. „Das sind noch vier Stunden. Um sechs Uhr haben wir uns vor meiner Praxis verabredet. Arnold und Ron sollten unverzüglich wieder hier eintreffen, wenn sie Pater Athelwolds Leichnam ins Leichenhaus geschafft haben." Wesley blickte wieder auf. „Mich beunruhigt es, dass sie nicht reagierten, als wir vorhin durch Harbourn fuhren."

„Pater Athelwolds?", entfuhr es Henriece.

„Pater Athelwolds ist tot", entgegnete Wesley leise. „Ebenso Hang und Sally Wayne."

„Tot?" Sandra starrte Doc Wesley mit aufgerissenen Augen an. „Sagten Sie eben, dass sie tot sind?"

„Ja", antwortete Wesley nur.

„Wie sind sie –?" Henrieces Stimme erstarb. *Sieh der Zukunft mit allem Möglichen ins Auge*, kamen ihm die Worte des Mönchs in den Sinn.

„Wir haben den Pater im Park gefunden", versuchte Wesley ruhig zu bleiben. Die Fassungslosigkeit konnte er jedoch nicht verbergen. „Er wurde ermordet. Hang verblutete, nachdem er sich die Zunge abgebissen hatte. Sallys Leiche habe ich vorhin gesehen. March beerdigt sie vermutlich gerade."

„Wie – wurde Pater Athelwolds ermordet?", hakte Henriece nach.

Wesley sah auf Sandra, die ihm jedes Wort von den Lippen ablas. „Er muss einen Kampf gehabt haben", versuchte Wesley zu schlussfolgern. „Einen fürchterlichen Kampf."

„Wo ist er jetzt?"

„Wir schafften ihn in das Pfarrhaus. Arnold und Ron sollten ihn ins Leichenhaus bringen. Wenn nichts dazwischen gekommen ist, müssten sie es der Zeit nach schon getan haben."

„Und dieser Bill? Sie sagten mir immer noch nicht, wer er ist."

„Bill Tanner. Er ist Helens Ehemann." Wesley zeigte auf Helen. „Er ist Kripobeamter. Eigentlich wollten sie in Harbourn ihre Flitterwochen verbringen. Bill sieht sich im Dorf um. Ron erzählte etwas von einem Landstreicher, den er gesehen haben will."

„Einen Landstreicher?!" Henriece horchte auf.

„Ja, ein Landstreicher, den aber nur Ron bisher gesehen hat."

Ein Schauer nach dem anderen lief über seinen Rücken. *Theodor hat um ein Vielfaches mehr Macht, als ich je angenommen habe!*, durchfuhr es ihn. *Sieh der Zukunft mit allem Möglichen ins Auge*, rief er sich die Worte des namenlosen Mönchs zurück. *Allem Möglichen! – Nur Ron hat ihn gesehen. Rons Vater ist vergangene Nacht tödlich verunglückt. Wir müssen sie finden, Ron und den Landstreicher!* – „Ich gehe mit!", sagte er daraufhin entschlossen.

„Ich mag ihn nicht besonders", sagte Arnold zu seinem Freund. „Und dass er meinen Vater kennt, gibt ihm lange nicht das Recht, zu bestimmen."

„Ich finde ihn ganz nett", erwiderte Ron.

Sie verließen soeben die Kirche aus dem Nebeneingang. Arnold wollte es sich nicht nehmen lassen, nochmals zu prüfen, ob die Kirche verschlossen war oder nicht. Wären sie den direkten Weg gegangen, hätten sie Henrieces Wagen gehört. Somit ist ihnen das allerdings entgangen.

Unruhig schaute Ron um sich und fasste sich immer wieder an die linke Brust.

„Was ist los mit dir?", fragte Arnold. „Du bist – total anders." Prüfend sah er ihn an.

„Wie anders?"

„Ich kenne dich eigentlich als – als Angsthasen." Arnold lächelte kühl, als er das sagte.

„Wie – bitte?!" Mit aufgerissenen Augen starrte er auf seinen Freund. Unmittelbar vor der Veranda des Pfarrhauses blieben sie stehen.

„Etwas stimmt nicht mit dir", bohrte Arnold weiter. „Seitdem du verschwunden warst." Er fixierte Rons Augen, der seinem Blick keine Sekunde lang auswich. Wieder fasste er sich an die linke Brust und rieb daran.

„Was hast du denn da?", wollte Arnold wissen. „Warum fasst du dir immer wieder an die Brust?"

„Nichts habe ich", kam es spontan zurück. „Und wenn, dann geht's dich nichts an." Abrupt wandte er sich der Veranda zu. Arnold packte ihn an der Schulter.

„Verdammt Ron!", zischte er. „Irgendwas verbirgst du vor mir. Ich will wissen was! Hat es etwas mit dem Landstreicher zu tun?"

Ron legte ihm die Hand auf die seinige und drückte sie unsanft weg. „Ein Freund steht hinter einem", sagte er nur.

„Du Idiot!", entfuhr es Arnold. „Du verdammter Idiot! Denkst du, mir macht das Spaß? Denkst du das?"

Ron drehte sich ihm zu. Das erste Mal, dass Arnold so etwas wie Zorn in den Augen seines Freundes sah.

„Chrissie", sprach er sehr leise. „Sie mag vielleicht dein Geld, vielleicht gefällst du ihr auch – aber deinen Charakter, den wird sie nie mögen. Dein Charakter, Arnold, ist scheiße!"

Arnold verschlug es die Sprache. „Was – sagst – du – da?" Fassungslosigkeit vermischte sich mit Wut.

„Lass sie! Lass Chrissie in Ruhe. Lass deine dreckigen Finger von ihr. Sie ist viel zu anständig für dich!"

„Sag mal – spinnst du? Bist du jetzt total übergeschnappt?"

„Ich will's nur mal gesagt haben", erwiderte Ron. „Einfach mal gesagt. Und jetzt lass uns den Pater ins Leichenhaus schaffen. Ich möchte nämlich auch noch ein wenig mit Chrissie plaudern."

„Tsss", entfuhr es Arnold. „Ich glaub, du drehst durch." Kopfschüttelnd schritt er an ihm vorbei und steckte den Schlüssel in das Schloss. Abrupt wandte er sich ihm wieder zu und packte ihn mit beiden Händen am Kragen. Arnold war nicht nur der Schönere und der Reichere, er war auch der Stärkere. Nur noch ein Blatt Papier trennte ihre Gesichter voneinander. „Der Landstreicher", hauchte er ihm ins Gesicht, „was hat er wirklich von dir gewollt?"

„Warum ist dir das so wichtig?", fragte Ron, der sich nicht einmal ansatzweise wehrte. „Kennst du ihn denn?" Ein Grinsen flog über sein Gesicht.

Arnold schubste ihn von sich. „Der Virus. Ich glaube, du hast ihn in dir!" Er wandte sich wieder der Tür zu und öffnete sie. „Jetzt lass uns unseren Job erledigen", sagte er und drückte sie auf. Entsetzt machte er einen Schritt zurück.

„Er ist weg!" Fassungslos starrte er auf die Stelle, an der sie den Pater abgelegt hatten. Eine vertrocknete Blutlache auf dem Dielenboden wies noch darauf hin. „Jemand muss ihn geholt haben", flüsterte er. Sein Blick schweifte von dem Blutfleck zu seinem Freund, der eben dabei war, die Tür leise hinter sich zu schließen.

„Warum schließt du die Tür?", fragte Arnold misstrauisch.

„Wir könnten gesehen werden", erwiderte Ron kalt lächelnd, ohne ihn anzusehen.

Noch mit dem Rücken Arnold zugewandt richtete er seinen Revolver nach oben. „Jetzt!", zischte er gehässig.

Im selben Moment wurde die Tür aufgestoßen.

Ron ließ seinen Arm wieder sinken. Erschrocken blickte er in das grinsende Gesicht von Bill. Arnolds Augenbrauen zogen sich ärgerlich zusammen. Dass Bill ihm soeben das Leben gerettet hatte, ahnte er nicht einmal.

„Hallo Jungs." Bill gab sich sehr impulsiv. „Hab euch gerade eintreten sehen. Dachte, vielleicht könnte ich behilflich sein."

Ron sah ihn verwirrt an. Bills Blick fiel demonstrativ auf seinen Revolver.

„Er ist verschwunden", zischte Arnold und zeigte auf das trockene Blut.

„Verschwunden?" Bill musterte den dunkelroten Blutfleck, ohne Ron aus seinem Blickwinkel zu lassen.

„Fort!", setzte Arnold hinzu. „Jemand muss ihn geholt haben."

Über Arnold hinweg blickte Bill auf eine Tür, die am Ende des Vorraumes nur angelehnt war. Langsam ließ er dann seinen Blick an dem Türblatt abwärts auf den Boden gleiten, um ihn dann Stück für Stück an einer Garderobe vorbei zurückschweifen zu lassen. Weder eine Schleifspur, noch eine Blutspur, die Aufschluss hätte geben können.

Plötzlich riss Ron seinen Arm empor, zielte auf ihn und drückte ab. Klick! Der Revolverhahn schlug ins Leere.

Entsetzt zuckte er zusammen. Bevor er ein zweites Mal abdrücken konnte, verspürte er einen stechenden Schmerz in seinem Handgelenk. Mit voller Wucht hatte Bill ihm den Schaft seiner Dienstwaffe auf den Unterarm geschmettert. Sein Revolver fiel zu Boden. Geistesgegenwärtig schob Bill ihn mit dem Fuß beiseite, packte zugleich Rons schmerzenden Arm, drehte ihn und presste Ron mit dem Gesicht gegen die Wand.

Seinem Freund warf er einen warnenden Blick zu.

„Du kannst dich entscheiden", herrschte er Arnold an. „Er ist wohl einer von ihnen. Wie steht es mit dir?"

Arnold stutzte. Er sah von Bill zu Ron, dann wieder zu Bill. Verständnislos schüttelte er seinen Kopf.

„Verdammt", zischte Bill, seine Waffe auf Arnold richtend. „Vergiss deinen Freund. Er hätte dich genauso getötet, wie er mich töten wollte. Entscheide dich!"

„Er blufft nur", faselte Ron. „**Er** ist einer von ihnen. **Er** ist der Kopf der Bande. Sei nicht dumm!"

„Ron kenne ich seit Jahren", erwiderte Arnold langsam.

„Wenn ich es darauf angelegt hätte", entgegnete Bill erstaunlich ruhig, „hätte ich euch schon längst erledigen können. Verdammt, ich hab mich in dir getäuscht. Ich dachte, du wärst schlauer."

„Hör nicht auf ihn", zeterte Ron. „Er will – ah." Bill drückte den Arm ein wenig nach oben.

„Ich warte auf eine Antwort", drängte Bill energisch.

Fieberhaft schien Arnold nachzudenken, wobei sein Blick unentwegt auf Ron gerichtet war.

„Verdammte Scheiße", fluchte Arnold in sich hinein. „Verdammt, verdammt, verdammt." Sein starrer Blick wanderte zu Bill. „Tut mir leid, Ron", sagte er kaum hörbar.

Erleichtert atmete Bill auf. Gleichzeitig verfluchte er jenen Augenblick, in dem er seine Handschellen von seinem Revolverhalfter entfernt hatte. Verzweifelt suchte er nach etwas, mit dem er Ron fesseln konnte.

„DAS KANNST DU MIR NICHT ANTUN!", schrie Ron außer sich. „Ich bin doch dein Freund, verdammt, wir sind doch Freunde!"

Arnold brauchte nicht lange zu überlegen, wonach Bill suchte. Er schnallte sich seinen Gürtel ab und reichte ihm das Leder. Abschätzig sah er seinen Freund dabei an.

Mit geübten Griffen schnürte Bill seinem Gefangenen die Arme zusammen. Unsanft drückte er ihn darauf gegen die Wand.

Blanke Wut stand Ron ins Gesicht geschrieben. Arnold würdigte er keines Blickes. Widerstandslos ließ er sich von Bill die Taschen durchsuchen. Erst die Jackentaschen, dann die Hosentaschen.

Neben dem Schlüsselbund, einem Feuerzeug und den Patronen befand sich nichts darin.

Ruckartig riss Ron seinen Kopf empor. Hass verzerrte seine Gesichtszüge, Verachtung stand in seinen Augen geschrieben. Dieser Blick, das Flackern seiner Mundwinkel – schauderhaft.

Auf einmal klatschte Arnold etwas mitten ins Gesicht. Rons Kopf senkte sich wieder. Angewidert wischte Arnold sich mit dem Ärmel die Spucke von der Backe. Angewidert und enttäuscht zugleich wandte er sich ab.

Bill drückte ihn gegen die Wand. „Sperren wir ihn in den Keller", sagte er zu Arnold. „Such du die Tür. Ich denke, dass wir der Sache einen gewaltigen Schritt näher gekommen sind."

Arnolds Augenbrauen zogen sich merklich zusammen, als er sich abwandte.

Zielstrebig schritt er auf die Tür neben dem Hauseingang zu. Gleichzeitig, als er sie öffnete, drehte er einen Lichtschalter, der außerhalb angebracht war.

„Du kennst dich aus?", wunderte sich Bill darüber.

„War mir klar, dass dies die Kellertür sein muss", erwiderte Arnold, ohne sich dabei umzudrehen.

„Dafür hast du den Lichtschalter aber schnell gefunden", murmelte Bill in sich hinein. Nicht gerade sanft packte er Ron und stieß ihn vorwärts.

Wie in Bansly's Laden, befand sich auch hier unmittelbar nach der untersten Stufe eine weitere Tür. Arnold hatte sie schon geöffnet und war bereits in den kleinen Vorkeller eingetreten, der nur von gedämpftem Licht erhellt wurde. Von dort aus konnte in drei weitere Räume gelangt werden, allerdings war nur ein Raum mit einer Tür versehen. Er war direkt neben dem Treppenaufgang, mittels eines Riegels verschlossen. Arnold war gerade dabei, die Tür zu öffnen, als Bill die unterste Stufe erreicht hatte. Ein dunkler kalter Raum, aus dem modernde Luft zu ihnen drang. Bis auf ein paar wenige Weinfässer schien nichts darin zu sein.

„Wie für ihn geschaffen", bemerkte Bill und betrat den Weinkeller, indem er Ron vor sich herschob.

Ein Licht gab es darin nicht, daher musste er sich mit dem schwachen Schein begnügen, der durch die Türöffnung fiel. Spinnweben und Kerzenhalter an der Wand fielen ihm noch auf – der Raum schien nicht sonderlich gepflegt zu werden.

Dass Arnold sich einfach entfernt hatte, bemerkte er nicht. So gut es eben bei diesem spärlichen Licht ging, begann er den Raum zu untersuchen. Es blieb dabei; außer zwei großen und vier kleinen Weinfässern gab es wirklich nichts, was Ron hätte von Nutzen sein können. Rückwärts verließ er wieder den Raum, um sogleich die Tür zu schließen und den Riegel vorzuschieben.

Ein leises Geräusch erhöhte seine Aufmerksamkeit. Jetzt erst, als er sich umschaute, bemerkte er, dass Arnold gar nicht mehr in seiner Nähe war.

„Mist", entfuhr es ihm ärgerlich. Das Geräusch kam aus dem hinteren Teil des Kellers. Mit gezückter Waffe ging er auf einen der türlosen Räume zu. Schritte näherten sich. Sekunden darauf kam Arnold zum Vorschein.

„Da unten ist er nicht", sagte er zu Bill, der ihn zornig musterte.

„Verdammt", zischte Bill. „Wir müssen zusammenbleiben und zusehen, dass wir von hier wieder verschwinden. Den Keller nehmen wir uns später vor!"

„Sollten wir nicht nach der Leiche suchen?", fragte er trotzig.

„Habt ihr vorhin nicht das Motorengeräusch gehört?" Mit verengten Augen sah Bill ihn an.

„Motorengeräusch?" Arnolds Stirn legte sich in Falten.

„Ja verdammt! Ein Auto fuhr durch Harbourn. Kann sein, dass Joseph es geschafft hat."

„Nein, wir haben nichts gehört."

„Weil ihr nicht das getan habt, was ich euch aufgetragen habe", entgegnete Bill ärgerlich. „Ich habe euch verfolgt, Arnold. Ihr ward in der Kirche. Das war nicht unsere Abmachung!"

Arnold wurde rot wie eine Tomate. „Du hast uns nachspioniert?"

„Verflucht noch mal! Ich hab dir vorhin das Leben gerettet!"

„Du hast gewusst, dass Ron –?"

„Ron hatte etwas zu verbergen", unterbrach ihn Bill. „Gewusst habe ich es nicht."

„Und was nun?"

„Auf jeden Fall bleiben wir zusammen. Durchsuchen wir das Haus nach der Leiche. Danach gehen wir zurück."

„Und Ron?"

„Nehmen wir mit! Ron wird uns einiges zu erzählen haben."

„Verdammt noch mal! Warum Ron? Warum – Ron? Ich kapier das nicht. Ron ist der Letzte, dem ich so etwas zutrauen würde."

„Vielleicht hat er den Virus", meinte Bill darauf. „Ich suche jetzt aber auch nicht nach Erklärungen. Wir müssen zusehen, dass wir von hier weg kommen."

„Ich kann mir das alles nicht erklären", sagte Arnold und stieg die Stufen hinauf. „Und wenn der Spanier doch recht hat?"

„Dieser Henriece?" Bill ließ Arnold nicht eine Sekunde lang aus den Augen. Arnold blieb stehen und drehte sich um.

„Du – weißt von ihm?" Erstaunt sah er Bill dabei an.

„Ron erzählte mir davon."

„Was hat Ron erzählt?"

„Von eurer Geisteranrufung." Bill suchte seinen Blick. „Unwahrscheinlich, Arnold. Sehr unwahrscheinlich."

„Er hat dir alles gesagt?"

„So genau will ich das gar nicht wissen. Geister! Ich tu mir schon schwer, an einen Gott zu glauben."

„Dann ist Ron wirklich übergeschnappt", entfuhr es Arnold. „Das erklärt mir vieles."

„Was erklärt es dir?"

„Ron ist im Grunde genommen ein Feigling", sagte er gerade heraus. „Ein Angsthase, dem ein X für ein U verkauft werden kann. Ron ist naiv. Naiv, aber liebevoll."

„So habe ich ihn aber gar nicht kennengelernt." Bills Stirn faltete sich. „Von Angst war keine Spur zu sehen. Die hat er überwunden, sagte er zu mir."

„Das meine ich", kam es zurück. „Wie kann man eine Angst so schnell überwinden? Du hättest den toten Pater sehen sollen. Sein Gesicht war auseinandergerissen. Sein Kiefer", Arnold fasste sich an sein Kinn, „einfach weggerissen. Da war nur noch ein Loch, aus dem das Blut herausquoll. Und das war gestern. Erst gestern!"

„Josephs Vermutung kann schon zutreffen", meinte Bill darauf. „Ein Virus. Doch irgendjemand muss diesen Virus in Umlauf gebracht haben. Und diesen Jemand müssen wir finden."

„Du willst weg von hier", kam es spontan zurück.

„Um wieder zu kommen, Arnold. Ich will zurück, um mit Verstärkung wieder zu kommen. Und jetzt lass uns gehen! Mir brennt es auf einmal unter den Fingernägeln."

Es dauerte nicht sehr lange, dann hatten sie das Pfarrhaus durchsucht. Von der Leiche des Paters war nicht die Spur. Keine Schleifspuren, keine Blutspuren; Als hätte er sich in dem Vorraum in Luft aufgelöst.

„Du sagst, die Veränderung ist schon seit einigen Wochen?" Henriece sah Doc Wesley eindringlich durch den Rückspiegel an. Lautlos rollte sein Mustang den Berg hinab. Dolph saß neben ihm auf dem Beifahrersitz.

Unmittelbar vor den ersten Häusern bremste er seinen Wagen und brachte ihn am abschüssigen Straßenrand zum Stehen.

„Ich kann diese verdammte Geschichte einfach nicht glauben", wiederholte Wesley sich zum x-ten Mal. „Wie um alles in der Welt –?"

„Denken Sie nicht darüber nach", fiel ihm Henriece ins Wort. „Die Wissenschaft wird niemals begreifen, dass sie nur die Frucht aus dem Samen ist, den sie für den Ursprung des Lebens hält."

Wesley erwiderte nichts darauf. Schweigend stieg er aus, als Dolph ihm den Sitz vorklappte.

„Wie abgemacht, ich bleibe beim Wagen", sagte Dolph.

„Pass gut auf dich auf", machte Wesley eine Bemerkung. „Sobald wir die Anderen gefunden haben, kommen wir zurück."

„Ich pass schon auf mich auf", erwiderte Dolph, indem er seine Hand auf den Revolver legte, den ihm Wesley gegeben hatte.

Nebeneinander schritten Henriece und Doc Wesley den Berg in Richtung Park hinab. Das war derselbe Zeitpunkt, indem Bill und Arnold mit der Durchsuchung des Pfarrhauses fertig waren.

Dolph folgte ihnen so lange mit dem Blick, bis sie seinem Sichtfeld entschwunden waren. Ohne zu zögern hatte er sich dazu bereit erklärt, die Wache über das Fahrzeug zu übernehmen. Ihre einzige Fluchtmöglichkeit – Dolph schwor, es mit allen Mitteln zu verteidigen!

Glühend heiß brannte die Sonne auf ihn nieder. Die Hitze machte ihm schwer zu schaffen. Auch seine Verletzung schmerzte unaufhörlich. Die Wunde pochte, die Sonne brannte.

Den Revolver schussbereit setzte er sich vor das Auto in den Schatten des Wagens.

Nicht ein Laut drang zu ihm. Nicht einmal das Gezwitscher eines Vogels oder das Summen eines Insekts!

In kurzen Abständen stand er auf, um sich umzusehen. Nichts, das seinen Argwohn erregte. Es war einfach alles tot!

Das erste Haus war nur zwanzig Meter von ihm weg. Es war das Haus des Schuh- und Ledermachers von Harbourn. Kevin und Rosemarie Rees bewohnten es mit ihren beiden Kindern Justin und Jacqueline.

So sehr er das Haus auch betrachtete, er konnte niemanden sehen. Weder den kleinen schmächtigen Mann mit den wenigen Haaren und dem dicken Schnauzer, noch die Frau mit der dicken Hornbrille und dem knopfgroßen Leberfleck auf der linken Wange. Er stand am oberen Fenster und beobachtete ihn. Sie hatte die Haustür einen Spaltbreit geöffnet, durch den sie spähte.

Einige Minuten verstrichen, ohne nennenswerten Zwischenfall. Dolph wurde ungeduldig. Die Abstände wurden kürzer, sein Gesichtsausdruck finsterer.

Als er sich zum x-ten Male wieder in den Schatten gesetzt hatte, verschwand auf einmal das Gesicht des Schuhmachers und die Tür wurde schnell und lautlos geschlossen.

Charles Bansly, der Besitzer von Bansly's Laden tauchte auf.

Zorn blitzte in seinen Augen, seine faltigen Gesichtszüge wirkten eisern. In der einen Hand hielt er eine Zange, in der anderen Hand seine Schuhe. Behände schlich er sich unbemerkt hinter den Wagen und stellte dort seine Schuhe ab.

Daraufhin legte er sich auf die Straße, streckte die Zange unter das Auto und knipste das Bremsseil ab. Die Bremsbacken lösten sich.

Das Klicken schreckte Dolph auf. Er versuchte aufzuspringen, doch seine verletzte Schulter hinderte ihn daran, es schnell genug zu tun.

Henriece hatte nur den vierten Gang eingelegt. Eine Angewohnheit, die Dolph nun zum Verhängnis werden sollte.

So war es Bansly ein Leichtes, den geringen Widerstand zu überwinden. Der stand nämlich am Heck und drückte mit aller Kraft das Fahrzeug von sich.

Dolphs Hemdkragen verhakte sich an der Stoßstange. Ein Riss von einem leichten Aufprall klemmte den Stoff dazwischen.

Die Räder kamen ins Rollen. Noch konnte er mit der langsamen Geschwindigkeit mithalten, sich mit den Beinen davor retten, unter den Wagen zu gelangen.

Das Eigengewicht des Mustangs brachte die Räder mit jedem halben Meter mehr in Schwung. Dolph konnte sich nicht befreien!

Die Geschwindigkeit nahm zu. Der Berg war zu steil, um diese Masse aufhalten zu können. Henrieces Wagen schob Dolph einfach vor sich her.

Nach mehreren vergeblichen Versuchen gelang es ihm, wenigstens seine Beine zwischen die Vorderräder zu bekommen. Der Wagen vorwärts, Dolph rückwärts auf dem Asphalt schleifend wurde der Ford schneller.

Nach wenigen Metern machte die Straße eine scharfe Linksbiegung. Dolph versuchte, nach vorne zu blicken. Als er die Kurve sah, entfuhr ihm ein Schrei.

Sein Hemd riss. Im letzten Moment konnte er sich an der Stoßstange festklammern. Höllische Schmerzen quälten seine verletzte Schulter. Dolph biss die Zähne zusammen. Würde er jetzt loslassen, wäre er es um ihn geschehen! Unaufhaltsam hätten ihn die Hinterräder überrollt. Ließe er jedoch nicht los, würde er Sekunden später mit dem Kopf voran die Böschung hinab auf das Nachbarhaus des Schuhmachers zurasen.

Zwei Meter, ein Meter. „Jetzt!"

Dolph löste seinen Griff in dem Moment, als der Wagen die Böschung erreicht hatte. Eines der Hinterräder bekam sein Bein zu fassen. Ruckartig wurde er beiseite gerissen. Das andere Rad erwischte seinen Arm. Dolph hörte das Knacken und Reißen seiner Knochen. Das Auto schoss über ihn hinweg direkt auf die Hauswand zu, an die es mit voller Wucht dagegen prallte. Das einzige Geräusch in Harbourn: Der laute Knall brach sich wieder und wieder in den Wäldern.

Regungslos kam er, auf dem Rücken, unterhalb der Böschung zu liegen. Bansly hatte sich zwischenzeitlich in aller Ruhe seine Schuhe angezogen. Dolphs Revolver lag auf halbem Weg zwischen ihm und dem Auto am Straßenrand. Gemächlich steckte er ihn ein und richtete seine Aufmerksamkeit auf den Kirchturm, bevor er sich in eine Seitengasse entfernte.

Der Landstreicher stand auf dem Turm. Gehässig lachte er vor sich hin, als er Wesley und Henriece dabei zusah, wie sie aus dem Hotel stürmten und den Weg zurückrannten. Er konnte aber auch Bill und Arnold beobachten, die aus dem Pfarrhaus gestürmt kamen.

„Was war das?" Bill und Arnold sahen sich an. Der laute Knall hallte in den Wäldern immer noch nach.

„Arnold", sprach Bill ihn mit fester Stimme an. „Bleib du hier und halte Stellung. Ich sehe nach, was das war."

„Soll nicht lieber ich –?"

„Spätestens in zwanzig Minuten bin ich wieder zurück", fiel Bill ihm ins Wort. „Sollte sich jemand dem Haus nähern, dann tu, was du für richtig hältst."

Über Arnolds Mundwinkel flog ein Lächeln. „Wenn das so ist..."
Anerkennend klopfte Bill ihm auf die Schulter und machte sich auf
den Weg.

Eindeutig war es nicht, woher der laute Knall stammte. Daher
schlug er einfach die Richtung des Parks ein. Ob er nun gesehen
werden konnte oder nicht, war ihm gleichgültig. Im Laufschritt eilte
er über die Rasenfläche dem Hotel entgegen; gerade noch konnte er
sehen, wie jemand den Hillway hinaufrannte.

Bill schlug ebenfalls diese Richtung ein. Kurz darauf erkannte
er Doc Wesley, der einer ihm unbekannten Person hinterher eilte.
Bills Schritte griffen weiter aus. Ihr Abstand verringerte sich. Wesley
drehte sich um, als er Geräusche hinter sich vernahm. Abrupt blieb
er stehen, als er Bill erkannte.

„Was war das?", fragte er außer Atem, nachdem er ihn erreicht
hatte. Henriece verschwand gerade hinter der nächsten Kurve.

„Gott sei Dank", keuchte Wesley. „Wir waren dabei, euch zu suchen."

„Wer ist wir?" Bill blickte die Straße hinauf.

„Später, Bill", wehrte Wesley ab. „Lass uns erst nachsehen, was
geschehen ist." Bill nickte. Gleichzeitig rannten sie weiter.

Indessen hatte Henriece den Unglücksort erreicht. Sein Wagen
interessierte ihn nicht im Geringsten.

Als hätte er es schon viele Male getan, prüfte er mit Zeige- und
Mittelfinger Dolphs Halsschlagader.

„Er lebt", atmete er auf. Vorsichtig versuchte er, ihn zu bewegen.
Ein leises Stöhnen drang aus Dolph hervor.

Wesley traf es wie ein Fausthieb, als er den zerschellten Wagen
erblickte. Ihm war die Wut und Verzweiflung anzusehen.

„Er lebt noch", lenkte Henriece ihre Aufmerksamkeit auf sich.

Mit einem Ruck riss Wesley Dolphs Hemd auf. Die Wunde blutete unaufhörlich. Niedergeschlagen warf er einen Blick auf Bill, der
den Wagen etwas genauer betrachtete. Bill brauchte nicht lange, um
herauszufinden, was geschehen war.

„Ich kann es nicht mit Bestimmtheit sagen", rief Wesley ihm mit zitternder Stimme zu, „aber ich glaube nicht, dass er innere Verletzungen hat. Vermutlich ist sein Arm gebrochen. Das Bein ist ein wenig gequetscht. Die Wunde werde ich nähen müssen."

„Ist er transportfähig?" Bill kam auf sie zugeschritten.

„Ich muss in der Praxis eine Tragbahre holen."

„Ich hole sie. Sag mir nur, wo sie ist."

„Leicht zu finden." Wesley gab ihm seinen Schlüssel. „Das Zimmer, in dem wir waren. Dort im Schrank im untersten Fach. Sie ist in drei Teile zerlegt, das Spanntuch ist am Stück zusammengefaltet."

Bill warf einen Blick auf seine Uhr.

„Zu Wesleys Praxis sind es zwei Minuten", sprach er mit sich. „Weitere zwei Minuten für das Beschaffen der Bahre und zwei Minuten zurück. Vier zu Arnold – das reicht gerade noch."

Ohne noch etwas zu sagen, ging er geradewegs Richtung Wesleys Praxis. Dieselbe Richtung, in die auch Bansly verschwunden war.

Und Bansly beobachtete ihn! Unbemerkt nahm der alte Mann die Verfolgung auf.

Heimliche Blicke wurden aus den Häusern geworfen. Verängstigte Blicke, besorgte Blicke. Aus welchem Grund auch immer, es traute sich niemand aus dem Haus.

Bill entging das nicht! In seiner bisherigen Laufbahn war ihm das noch nicht vorgekommen. Überhaupt konnte er sich nicht an einen vergleichbaren Fall in der Kriminologie erinnern.

„Sie haben Angst", sagte er zu sich. „Aber vor was? Verdammt noch mal, vor was oder vor wem haben sie solch eine Angst?"

Als Bill sich der Praxis näherte, verbarg Bansly sich hinter einem Baum. Nachdem er die Eingangstür hinter sich zugezogen hatte, trat Bansly hervor und schritt gemächlich auf die Haustür zu. Dicht neben ihr stellte er sich mit dem Rücken an die Wand, sodass er nicht gleich gesehen werden konnte.

Keine zwei Minuten später öffnete Bill die Tür und wollte ins Freie treten. Bansly presste ihm brutal den Revolverlauf gegen die Brust.

„Zurück!", befahl Bansly.

Bill zögerte nicht lange. Rückwärts ließ er sich von Bansly ins Innere drängen. Gefasst wartete er, was nun geschehen werde. Bansly ging Bill gerade bis an die Schulter. Jede Falte, jede Furche in Bansly's Gesicht schien wie versteinert. Hass spiegelte sich in den geschlitzten Augen.

„Du bist in mein Haus eingedrungen", zischte Bansly ihn an. „Du hattest nicht das Recht, in mein Haus einzudringen."

„Sie sind Charles Bansly?", fragte Bill trocken.

„Halts Maul!", herrschte Bansly zurück. „Ich rede, du hörst zu!"

Bill versuchte, sich ruhig zu verhalten. Nicht das erste Mal befand er sich in einer derart brenzligen Situation.

„Mein Eigentum hast du gestohlen", fuhr Bansly fort. „Dafür werden du und deine Freunde bezahlen. Ihr hattet nicht das Recht, mein Eigentum zu stehlen."

„Wir hätten ja bezahlt", entgegnete Bill gelassen, „aber –"

„Du sollst dein verdammtes Maul halten!" Wütend drückte er Bill den Lauf unter den Kehlkopf.

Immer noch hielt Bill die Tragbahre in der Hand. Bansly musterte sie kurz.

„Dein Freund wird sie nicht mehr brauchen", sagte er boshaft. „Alle werdet ihr verrecken. Jeder Einzelne von euch. Jedem droht sein eigener Tod. Verstehst du? Jeder von euch wird hingerichtet. Die Stunde, in der ihr sterben werdet, steht schon fest. Hast du das kapiert?" Der Druck des Laufes wurde etwas stärker.

Bill sagte nichts.

„Du sollst mir verdammt noch mal antworten, wenn du gefragt wirst!"

„Wer – richtet – uns?", stellte Bill eine Gegenfrage.

„Das wirst du noch früh genug erfahren", kam es erstaunlich ruhig zurück. „Gegen **ihn** seid ihr nur kleine nichtsnutzige Würmer, die man mit dem Absatz einfach zertritt. Nur die Kleine, für sie ist etwas ganz Besonderes vorgesehen. Sie wird etwas länger als ihr am

Leben bleiben." Bansly leckte sich mit der Zunge die Lippen. „Etwas ganz Besonderes wird sie erleben. Etwas, das nur für sie vorgesehen ist. Nur für sie ganz allein."

„Du mieses Dreckschwein", giftete Bill, gleichzeitig sah er auffällig über Bansly's Schulter hinweg.

Schon des Öfteren hatte ihm diese List geholfen. So auch jetzt.

Für einen Moment richtete Bansly seinen Blick zurück. Dieser Moment genügte ihm. Während er die Tragbahre fallen ließ, schnellte sein Arm empor, fasste den Revolverlauf und drückte ihn von sich. Erstaunlich schnell reagierte Bansly auf diesen Angriff, doch war das Überraschungsmoment auf der Seite von Bill.

Weit verfehlte die Kugel ihr Ziel. Mit dem Ellenbogen verpasste Bill ihm einen gewaltigen Kinnhaken. Bansly taumelte. Nun war es für Bill eine Leichtigkeit, seinen Gegner zu entwaffnen, doch zu fassen bekam er ihn nicht. Kräfte steckten in dem alten Mann, die er ihm niemals zugetraut hatte. Als er nachgriff, bekam er nur das Hemd zwischen die Finger. Ruckartig riss Bansly sich los – für einen Augenblick konnte Bill ein merkwürdiges Zeichen an seiner linken Brust erkennen. Hals über Kopf stürzte er zur Tür hinaus und ergriff die Flucht.

Bill unterließ es, die Verfolgung aufzunehmen. Die Versorgung des Verletzten war wichtiger. Den Revolver steckte er sich in den Hosenbund, bevor er mit der Tragbahre die Praxis verließ. Gerade als er die Tür hinter sich wieder verriegelte, kam Henriece auf ihn zugelaufen. Bansly war in entgegengesetzter Richtung in den nahegelegenen Wald geflüchtet.

„Wir haben einen Schuss gehört", rief Henriece schon von Weitem.

„Sehen wir zu, dass wir Dolph in Sicherheit bringen", wollte Bill nicht darauf eingehen und schwieg zu dem Vorfall.

Nachdem sie Dolph wenig später auf die Tragbahre gelegt hatten, legte Bill seine Hand auf Doc Wesleys Schulter.

„Leider kann ich nicht mitkommen", sagte er. „Arnold wartet auf mich. Wir kommen sobald wie möglich nach. In Larsens Residenz können wir dann über alles reden."

Bill gab den Beiden nicht die Möglichkeit, etwas zu erwidern. Er löste sich von Wesley und hastete einfach davon.

Ich fühle seine Nähe, ging es Henriece durch den Kopf. *Ich weiß, dass er hier ist. Hier in Harbourn!* Er sah Bill hinterher. *Hoffentlich lebt Arnold noch...*

„Dann ist sechs Uhr hinfällig?", rief Wesley noch hinterher. Mittels eines Zeichens mit der Hand deutete Bill an, dass sich ihr Treffen um sechs Uhr erübrigt hatte. –

Mit wachsender Unruhe sah Arnold immer wieder aus dem Fenster. Bisher hatte er keine Auffälligkeiten festgestellt. Hin und hergerissen zwischen dem Drang, Ron zu befragen und sich auf die Suche nach dem Landstreicher zu begeben, harrte er aus. Endlich tauchte Bill auf.

„Was ist denn passiert?", fragte er ihn, noch während Bill an ihm vorbei in Richtung Kellertür eilte.

„Dolph ist schwer verletzt." Bills Atem ging schwer. „Es hat keinen Sinn mehr zu warten. Sehen wir zu, dass wir Ron zu dir schaffen. Bin mir sicher, dass er uns Einiges zu sagen hat."

„Jetzt gleich?"

„Jetzt gleich!"

Minuten später verließen sie das Pfarrhaus:

Ron in ihrer Mitte.

„*D*AD..." Chrissie, die bis jetzt geschlafen hatte, fuhr entsetzt nach oben. Erschrocken blickten Helen und Sandra auf.

„Mein Gott", stammelte Chrissie und sah ängstlich um sich. Helen setzte sich neben sie auf das Sofa und legte einen Arm um ihre Schulter.

Einer ihrer Alpträume hatte sie aufgeschreckt. Verstört blickte sie Helen an.

„Ich sehe immer wieder dieses Feuer", stammelte sie. „Jemand ist in diesem Feuer und ruft mir etwas zu. Auf einmal habe ich meinen Dad gesehen. Mitten in diesem Feuer..."

Helen sah sie nur an, sagte aber nichts. Auch nicht, als Chrissie sich nervös umblickte.

„Wo ist mein Dad", fragte sie, als sie ihn nirgends entdecken konnte.

„Wir können bald von hier weg", erwiderte Helen leise. „Wir haben einen Wagen. Dein Vater hat sich mit dem Fahrer und Joseph auf den Weg gemacht, um die anderen zu suchen. Bestimmt werden sie bald wieder da sein. Dann ist alles vorüber."

Chrissies Blick fiel auf Sandra, die sie unscheinbar beobachtete.

„Das ist Rons Freundin Sandra", stellte Helen sie vor, noch bevor Chrissie fragen konnte. „Sie ist mit einem Henriece Sancés gekommen."

„Hallo", wollte Chrissie nett sein, wandte sich aber gleich wieder Helen zu. „Wie lange sind sie schon weg?", fragte sie darauf.

„Noch nicht sehr lange."

Helen wollte sich das selbst einreden. Über zwei Stunden waren seither vergangen, in denen sie immer wieder ans Fenster getreten war, doch niemand war zu sehen.

„Ich bin so schrecklich müde", flüsterte Chrissie auf einmal, schloss die Augen und war nach wenigen Sekunden wieder eingeschlafen.

Sandra ging zu dem Fenster, von dem aus die Einfahrt zu sehen war. Augenblicke später kam sie zurück ins Wohnzimmer gestürmt. Helen war gerade dabei, sich ein Glas Mineralwasser einzuschenken.

„Sie bringen jemanden auf einer Trage", flüsterte Sandra völlig außer sich. „Es muss etwas passiert sein."

Helen sprang auf. Ihre Gedanken galten Bill, als sie zur Haustür rannte. Sie setzten den Verletzten gerade vor der Haustüre ab, als sie diese aufriss. Fassungslosigkeit stand in Wesleys Gesicht geschrieben.

„Wo ist Bill?", fragte sie entsetzt, als sie Dolph in dem Verletzten erkannte.

„Bill kommt noch", antwortete Wesley. „Schnell, ich brauche warmes Wasser und trockene Handtücher."

Sie brachten Dolph in das Gästezimmer. Dort hatte Sandra das Wasser und die Handtücher bereits hingebracht.

„Was ist geschehen?", wollte Helen wissen.

„Genaues wissen wir nicht", antwortete Wesley. „Irgendwie ist Dolph unter das Auto geraten. Wir haben keine Erklärung, wie das geschehen konnte."

„Ist der Wagen –?"

Henriece nickte ihr zu. Ihm war nicht nach Sprechen. Als er die prunkvolle Villa vor wenigen Minuten auftauchen sah, war er von einem starken drückenden Gefühl ergriffen worden.

Doc Wesley begann, Dolphs Hemd auszuziehen, nachdem sie ihn auf das Bett gelegt hatten. Helen und Sandra begaben sich wieder zu Chrissie ins Wohnzimmer.

Nachdem Wesley die Wunde desinfiziert hatte, nahm er Nadel und Faden aus seinem Arztkoffer, den Helen noch in das Zimmer gestellt hatte.

Mit wenigen Stichen war das Loch zugenäht. Einige Male stöhnte Dolph auf, ohne jedoch aus seiner Bewusstlosigkeit richtig zu erwachen. Sorgfältig legte er ihm anschließend wieder einen Verband an.

„Ich hätte es gleich zunähen sollen", flüsterte Doc Wesley mehr zu sich selbst und wandte sich dem gebrochenen Arm zu. „Es ist Gott sei Dank kein offener Bruch".

Henriece hatte unterdessen die Rohre aus dem Spanntuch der Trage genommen. Nachdem er sie auseinander geschraubt hatte, reichte er Wesley das kürzeste von den Rohren.

„Du kennst dich aus", bemerkte Wesley anerkennend.

„Ein wenig", meinte Henriece nur. Vorsichtig strich Wesley mit leichtem Druck über die Bruchstelle. Die Haut war an dieser Stelle blau gefärbt. Ein leises Stöhnen von Dolph deutete auf den Schmerz hin, den Wesley durch diese leichte Berührung verursacht hatte. Sorgsam begann er, den Bruch zu bandagieren.

„Das Bein ist nur leicht gequetscht", traute Henriece zu diagnostizieren. „Ich denke es genügt, wenn es ruhiggestellt ist."

Wesley war mit seiner Arbeit fertig. Eingehend untersuchte er darauf das gequetschte Bein. Zustimmend sah er ihn nach einer Weile an. „Du bist zu jung, um Arzt zu sein", bemerkte er.

Henriece fuhr sich mit der Hand über sein eingefallenes schlaffes Gesicht.

„Deine Augen, deine Hände", sagte Wesley darauf. „Ich weiß nicht, was mit deinem Gesicht passiert ist. Könnten leichte Lähmungserscheinungen sein. Aber deine Augen sind jung. Sowie deine Hände. Ich schätze dich auf höchstens zwanzig Jahre."

„Fast", erwiderte Henriece. „Medizin. Ich wollte Medizin studieren."

„Du wolltest?" Wesley zog seine Augenbrauen zusammen.

Henriece fixierte seinen Blick. „Machen wir uns nichts vor", sagte er leise, doch sehr deutlich. „Das war bestimmt kein Unfall. Wir müssen den Tatsachen ins Auge sehen."

„Es ist einfach zu – zu unglaublich", wollte Wesley immer noch zweifeln.

„Ich weiß nicht, was er will", sprach Henriece weiter. „Auch weiß ich nicht, was er für Absichten hat. Aber ich weiß, dass er hier ist, Joseph. Er ist hier, überall. Aber er kann uns nicht erreichen, noch nicht." Henriece atmete tief durch. „Etwas befindet sich hier, unter uns, das seine Macht in Bann hält und er wird alles daran setzen, dieses Etwas zu bekommen oder zu vernichten. Bei allen ist es ihm gelungen, sie taub zu machen. Das gesamte Dorf hat Angst vor etwas, das sie nicht – oder noch nicht – sehen können. Ihre Angst ist es, Joseph. Ihre Angst macht sie so schwach. Ihre Angst macht sie zu seinen Sklaven. Etwas muss hier sein, hier unter uns, unter euch, das **ihm** Angst einflößt. Solange wir nicht wissen, was oder – wer es ist, sind wir im Nachteil. Es wird ein Wettlauf werden zwischen ihm und uns."

„Du hast ihn schon einmal bezwungen", erwiderte Wesley. Vorsichtig deckte er Dolph mit der Tagesdecke zu.

„Nein", schüttelte Henriece seinen Kopf. „Nicht im Geringsten." Unweigerlich griff er an sein Amulett.

„Ron sagte es."

„Hätte ich ihn bezwungen, wäre es dann so weit gekommen?"

„In solchen Dingen habe ich zu wenig Ahnung. Für mich galt bisher das, was wissenschaftlich nicht widerlegt werden konnte."

„Kann ich schon verstehen." Henriece lächelte kurz. „Doch konnte die Wissenschaft noch nie alles widerlegen."

„Wie konnte es diesem **Geist** denn gelingen, überhaupt –?"

„Ich bin sogar im Zweifel, dass unsere Séance der Ursprung dafür gewesen war", unterbrach er ihn. „Er hat vielmehr eine Chance genutzt, auf die er vielleicht schon lange gewartet hatte."

„Du meinst, es wäre ohnehin geschehen?" Mit erstaunten Blicken musterte ihn Doc Wesley.

„Irgendwann", entgegnete Henriece bestimmt. „Du musst wissen, dass in – ich sage einmal ihrer Welt – weder Zeit noch Raum existiert. Sie sind alle einmal hier gewesen. Die einen des Öfteren, die anderen weniger oft. Alle haben sie den gleichen Ursprung, und dieser ist unzerstörbare Existenz. Seelen, die warten, um wieder auf die Erde zu gelangen. Es ist ein Kommen und ein Gehen. Nur sind nicht alle gleich. So wie es gute und böse Menschen gibt, so gibt es auch gute und böse Seelen. Selbst du, Joseph. Eines Tages wirst du selbst einmal wieder deinen Körper verlassen – und vielleicht auch wiederkommen."

„Seelenwanderung?"

„Es gibt Gesetze", fuhr Henriece unbeirrt fort. „Wie es auch bei uns Gesetze gibt, sind auch sie solchen Anordnungen unterstellt. Es sind Gottes Gesetze. Gott ist aber nur eine Bezeichnung, die vom Menschen stammt. Gott ist eins. Alles zusammen ist Gott und Gott ist alles zusammen. Aber dieses Vereinte in Frieden kann nur über alle Dinge stehen, solange das Böse nicht existiert. Böses ist wie Sand in einem Getriebe. Der reibungslose Ablauf ist gestört, ja sogar die Zahnräder werden durch diesen Sand langsam vernichtet." Henriece war zum Fenster gegangen. Nachdenklich sah er einige Zeit in den Garten.

Wesley sagte nichts. Seine Worte beschäftigten ihn.

„Theodor", lenkte er Wesleys Aufmerksamkeit wieder auf sich. „Er ist, als würdest du eine ganze Handvoll Sand in ein Getriebe werfen. In ein Getriebe, das ohnehin schon einige Zahnräder verloren hat."

„Was können wir dagegen unternehmen?" Wesley musste sich beherrschen.

„Ich hoffe, dass Ron ein wenig Aufschluss geben kann", erwiderte Henriece. „Den Grund, warum er hier her zurückgekommen ist, will ich wissen."

Henriece löste sich vom Fenster und kam langsam auf Wesley zugeschritten. Dicht vor ihm blieb er stehen.

„Über Nacht", sprach Henriece kaum hörbar. „Theodor dringt in ihre Träume. Dein Körper schläft, aber dein Geist und deine Seele sind wach. Die Seele verlässt deinen Körper, um sich mit anderen Seelen zu treffen. Nur ein unscheinbares Band verbindet dich dann mit deinem Körper. Dieses Band ist für Theodor wie ein Weg, den er versperrt, wenn deine Seele zurück will. Eines Tages wäre er auch zu dir gekommen, Joseph. Vielleicht war er auch schon bei dir. Vielleicht hat er es schon versucht. Vielleicht bist auch du es, vor dem Theodor sich beugt. Weißt du denn etwas über deine Seele? Sieh mich an, Joseph. Ich bin alt geworden. Ich habe gekämpft, doch nicht mehr lange, dann hätte er mich besessen. Er hätte mich besessen, wie er alle aus diesem Dorf besitzt und verblendet. Theodor hat alle unter seiner Kontrolle. Dieser eine aber, der ihm noch im Wege steht um seine Herrschaft zu verkörpern, dieser eine ist unter uns. Ihn müssen wir ausfindig machen. Und das kann ein langer, schwieriger Weg werden, den wir auf uns nehmen müssen. Der einzige Weg, die einzige Chance, die wir haben."

„Verdammt noch mal, wie?", entfuhr es Wesley beinahe zu laut. „Wie kann ich gegen etwas kämpfen, das ich nicht einmal sehen kann?"

Henriece wandte sich von Wesley wieder ab. Längere Zeit ließ er seinen Blick auf Dolph ruhen. Gleichmäßig vernahm er die Atemzüge des Verletzten. Wesley wartete auf eine Antwort. Minuten verstrichen, bis er sich ihm wieder zudrehte.

„Schlaf", sagte Henriece nur.

„Schlaf?!"

„Es gibt die –" Ein Klopfen an der Tür unterbrach ihn. Helen trat ein.

„Wie geht es ihm?", fragte sie besorgt.

„Er ist noch nicht bei Bewusstsein", antwortete Wesley. „Weiß es Chrissie schon?"

„Kurz bevor ihr gekommen seid, war sie für einige Momente wach. Danach ist sie wieder eingeschlafen."

„Bill müsste auch so langsam eintreffen", meinte Wesley nachdenklich. „Schlage vor, wir gehen ins Wohnzimmer."

„Vom oberen Stock aus kann man bis ins Dorf hinabsehen", sagte Henriece. „Vielleicht können wir etwas erkennen."

„Du kennst dich hier aus?", wunderte sich Wesley.

„Arnold und ich, wir waren zusammen in einer Klasse. Eine Zeit lang haben wir uns ganz gut miteinander verstanden." Henriece ging an Wesley und Helen vorbei in den Flur. Wesley warf noch einen prüfenden Blick auf Dolph, bevor er die Tür hinter sich schloss.

„Jetzt nicht mehr?", fragte Helen, indem sie ihm folgte.

Henriece blieb stehen. „Arnold wird mich hassen", gab er kaum hörbar zurück. Nur langsam wandte er sich den beiden zu. „Er wird mich für alles verantwortlich machen. Arnold hat noch nie begreifen wollen, dass es außer Geld noch Wichtigeres gibt. Sein Vater ist sehr reich. Arnold kennt nichts anderes. Er ist in die Welt der Reichen hineingeboren. Eigentlich habe ich Mitleid mit ihm. Seine Mutter ist letztes Jahr gestorben. Ihren Tod hat er bis heute nicht überwinden können. Arnold hat noch nicht begriffen, dass jeder einmal sterben wird. Er will es einfach nicht begreifen. Bis er eines Tages selbst aus dem Leben scheiden wird, dann aber ist es zu spät."

Helen horchte auf, als sie diese Worte vernahm. „Zu spät?"

„Auf den Tod sollte man sich ein Leben lang vorbereiten. Jeden Tag, denn er kann jeden Tag eintreffen. Schon viele Male habe ich versucht, es ihm beizubringen." Kurz unterbrach er sich. Aufmerksam ließen Helen und Doc Wesley ihre Blicke auf ihm ruhen.

„Ihr werdet sehen", sprach er weiter. „Sobald er mich sieht, wird er auf mich losgehen. Aber reden wir nicht mehr darüber."

Wesleys und Helens Blick trafen sich. Schweigend folgten sie ihm, plötzlich drang ein schriller Schrei durch das Haus.

„Chrissie", entfuhr es Helen.

Sie eilten in das Wohnzimmer. Chrissie lag auf dem Sofa und schlief.

„Sandra", durchfuhr es Helen. Sandra war nirgends zu sehen. Auf einmal vernahmen sie laute, schnelle Schritte. Sie kamen von oben. Für einen Augenblick verstummten sie. Danach kam jemand die Treppe heruntergerannt. Sekunden später erschien Sandra. Aschfahl, sie zitterte. „Mr. – Larsen", japste sie. „Auf dem Dachboden..."

Henriece und Wesley sahen einander an, gleichzeitig rannten sie dem Treppenaufgang zu. Zwei Stufen auf einmal nehmend hasteten sie die Stufen hinauf. Erst der erste Stock, dann der zweite Stock.

Die Tür zum Dachgeschoss war nur angelehnt. Wesley hielt sich dicht hinter ihm. Auf halber Höhe blieb er stehen. Ein scharfer Geruch drang ihm entgegen.

Der Dielenboden lag in Sichtweite vor ihm. Stück für Stück ließ er seinen Blick über den verstaubten Boden gleiten. Schwaches Tageslicht, das von einem runden Fenster herrührte, genügte ihm, um den leblosen Körper erkennen zu können.

Vor dem Toten blieben sie stehen. Die ersten Verwesungsprozesse hatten schon eingesetzt, dennoch erkannten sie sofort, wer vor ihnen lag.

„Christoph Larsen", flüsterte Doc Wesley. Henriece kniete nieder und betrachtete sich die weit aufgerissenen Augen des Toten.

„Angst", hauchte er.

„Zweieinhalb Wochen ist es her". Wesleys Stimme vibrierte. „Er bat mich noch um eine Impfung gegen Zeckenbisse."

„Die Leichenstarre ist schon abgebaut."

„Es muss kurz darauf geschehen sein." Zunehmend wurde Wesley nervöser. „Länger als dreihundert Stunden hält eine Leichenstarre nicht an." Er bückte sich und begann das kurzärmlige Hemd des Toten aufzuknüpfen.

„Keine äußere Gewalteinwirkung", stellte er fest.

„Was ist das?", rief Henriece unterdrückt. Mit dem Finger deutete er auf die linke Brusthälfte. Unterhalb davon waren Narben zu erkennen. Eine senkrechte, sowie zwei waagerechte Narben. Darunter eine quer liegende Acht. Zwar konnte durch die schwarzen und dunkelblauen Flecken nicht sehr viel erkannt werden, doch waren die Narben ziemlich tief in das Fleisch eingeritzt worden. „Hast du so etwas schon einmal gesehen?"

Wesley schüttelte wortlos seinen Kopf.

„Das ist das Zeichen eines Antichristen. Diese liegende Acht steht für Unendlichkeit. Das Kreuz mit den zwei Balken erklärt den Hass, der gegen alles Gute, gegen den Glauben Gottes gerichtet ist."

„Antichristen?", entfuhr es Wesley. „Pater Athelwolds hat mir vor wenigen Tagen einen Vortrag darüber gehalten. Ich konnte es aber nicht für ernst nehmen."

„Pater Athelwolds?" Henriece erhob sich. Eindringlich sah er Doc Wesley an. Seine Gesichtszüge verfinsterten sich. „Alle sprechen sie von Gott, die Wenigsten jedoch glauben an seine Existenz." Nun war es Henrieces Stimme, die vibrierte. „Alle haben sie schon einmal etwas von einem Antichristen gehört. Doch leugnen sie es ab." Er trat ganz dicht an Doc Wesley heran. „Sie tun, als wissen sie nicht, worüber geredet wird und das ermöglicht ihm, sich unter uns zu schleichen." Henrieces Augen funkelten. Er war in seinem Element. „Schon Johannes hat es in seiner Offenbarung vorausgesagt. Er wird kommen. Immer wieder und immer wieder. Das Böse, Joseph, das Böse kann nicht vernichtet werden!"

„Pater Athelwolds – jetzt verstehe ich, was er mir sagen wollte. Verdammt – er wollte mich warnen, und ich nahm ihn nicht ernst!" Schweißperlen bildeten sich auf Wesleys Stirn. „Er wusste, was geschehen wird. Er muss es gewusst haben!"

„Du allein kannst nichts dafür." Henriece legte ihm nun freundschaftlich eine Hand auf die Schulter. „Ich vermute, dass Pater Athelwolds etwas entdeckt hat, das er mit seinem Leben bezahlt hat." Er warf einen kurzen Blick auf den Toten. „Auf gar keinen Fall darf Arnold erfahren, dass wir vom Tod seines Vaters wissen. Besser, wir gehen hinunter, bevor sie eintreffen."

„Du willst damit sagen, dass Arnold weiß, dass sein Vater –?"

Henriece schüttelte seinen Kopf. „Reden wir nicht mehr darüber" wehrte er ab. „Warten wir, bis sie hier sind. Ich glaube, es gibt einiges, das uns noch überraschen wird." *Er war schon da! Vielleicht schon seit Wochen. Oder Monate...,* ging es Henriece durch den Kopf.

Helen wollte sich soeben auf den Weg nach oben begeben, als sie im Wohnzimmer erschienen.

Mit starrem Blick musterte Sandra sie wortlos. Henriece war innerlich sehr aufgewühlt. Er trat dicht an Sandra heran und legte ihr die Hände auf die Schultern.

„Arnold darf es nicht erfahren", raunte er ihr eindringlich zu. Kurz sah er auf Chrissie. Sie schlief. „Hast du ihr –?" Sein Blick fiel auf Helen, die ihn nicht aus den Augen ließ.

„Sie hat", kam Helen zuvor.

Geräusche an der Haustür, kurz darauf betraten Bill und Arnold mit Ron in ihrer Mitte das Wohnzimmer. Ron hielt seinen Kopf gesenkt. Sandras Anwesenheit nahm er nicht wahr.

Ron... ?!, durchzuckte es Henriece.

Sandra schrie auf. Henriece spürte das Zittern durch ihren Körper. Sie riss sich von ihm los und suchte Arnolds Blick. Der wich ihr aber aus und starrte hasserfüllt auf Henriece.

„Wie ist das zu verstehen?", fragte Doc Wesley, dem Arnolds Reaktion keineswegs entging.

„Möchtest du nun reden?", stellte Bill zum x-ten Male dieselbe Frage.

Ron reagierte nicht. Er hatte immer noch nicht bemerkt, dass Sandra nur wenige Schritte vor ihm stand.

Bill ergriff sein Kinn und drückte seinen Kopf nach oben. Eigentlich wollte er damit erreichen, dass sein Gesicht von den anderen besser gesehen werden konnte. Er wusste ja nicht, dass Sandra mit Ron befreundet war. Durch Rons Körper ging ein leichtes Beben. Er wollte zurückweichen, worauf sich Bills Griff festigte. Daraufhin zog er es vor, seine Augen wieder zu schließen.

„Wie du willst", hauchte Bill ihm direkt ins Ohr. „Dann nach unten mit dir!" Unsanft drückte er ihn beiseite. Arnold ging voraus.

Der Keller befand sich direkt neben Arnolds Wohnung. Ein Vorratsraum mit Gewölbekeller, ein Geräteraum und eine finnische Sauna mit Ruheraum. In diesen sperrten sie ihren Gefangenen ein.

„Er wird weich werden. Das verspreche ich dir." Bill ließ Arnold den Vortritt. Arnold schwieg. In seinen Augen funkelte Hass. Bill wunderte sich noch, warum er es so eilig hatte, nach oben zu kommen.

Sandra suchte Arnolds Blickkontakt, als er das Wohnzimmer betrat. „Was hat Ron getan?", fragte sie. Es hatte ihr sehr viel Mühe gekostet, das zu fragen.

Arnold ignorierte sie einfach.

„Umbringen sollte ich dich!", schrie er Henriece zu.

Damit hatte Henriece gerechnet. Aufrecht stellte er sich ihm entgegen. Arnold wollte sich auf ihn stürzen, da wurde er von zwei kräftigen Händen gepackt und gewaltsam zurückgezerrt.

„Das ist das Letzte, was wir jetzt gebrauchen können." Wesleys Stimme bebte.

„Er hat Schuld!", fauchte Arnold, riss sich los und wollte erneut auf Henriece zuspringen. Geschickt wich Henriece ihm aus, ohne seine Hand gegen Arnold zu erheben.

Das machte ihn noch wütender. Blitzschnell zog er seinen Revolver und richtete ihn auf Henrieces Stirn.

Durch diese lauten Geräusche war Chrissie aufgewacht. Ihr erster Blick fiel auf Arnold, ihr zweiter auf Henriece.

„NEIN", fuhr sie schreiend nach oben. Arnold zuckte zusammen. In diesem Moment betrat Bill den Raum.

Mit wenigen Schritten stand er bei ihm und packte seinen Arm. So schnell wie er ihn entwaffnet hatte, so schnell hatte er ihm auch den Arm auf den Rücken gedreht.

„Verdammt!", zischte er ihm ins Ohr. Mehr konnte er und wollte er augenblicklich nicht sagen.

Arnold schrie auf. Gegen Bill war er dann doch nicht kräftig genug. Henriece trat dicht an sie heran.

„Lass ihn los", forderte er Bill auf. „Arnold kann nichts dafür."

Bill sah ihn verwirrt an. „Er wollte dich umbringen."

„Arnold hätte nicht abgedrückt", erwiderte Henriece kühl. „Er ist kein Mörder. Bitte, lass ihn los."

Widerwillig kam Bill der Aufforderung nach. Arnold versuchte den Schmerz durch Reiben zu lindern, was ihm mit seiner verletzten Hand nicht gut gelang.

„Was hat er dir getan?", fragte Bill ihn gerade heraus in einer Ruhe, die Arnold leicht verwirrte. Seinen Revolver steckte er in seine Jackentasche.

Arnold schnaubte. „Er hat Schuld!" Seinen Blick hielt er auf den Boden gerichtet.

„Was hätte es geändert, wenn du abgedrückt hättest?"

„Genugtuung. Einfach nur Genugtuung." Seine Stimme war leise.

„Versuchter Mord", erwiderte Bill. „Verdammt – du kannst doch nicht einfach eine Waffe auf jemanden richten, von dem du nur Genugtuung verlangst..."

Arnold schwieg.

Dies nutzte Sandra, um an Bill heran zu treten. Der Schritt kostete ihr verdammt viel Überwindungskraft.

„Ron", sprach sie Bill an. „Was ist mit ihm?" Tränen füllten ihre Augen.

Bill war zwei Kopf größer als sie. Fragend sah er auf sie nieder.

„Ich bin Rons Freundin", sagte Sandra und schniefte. „Sein Vater ist vergangene Nacht tödlich verunglückt."

„Auch das noch", konnte Bill sich nicht zurückhalten. Stirnrunzelnd sah er durch die Runde.

„Ron wollte mich töten", sprach er dann einfach in den Raum. „Mich und Arnold."

„Ron?" Sandra machte einen Schritt zurück. Fassungslos starrte sie auf Bill und dann auf Arnold.

„Ja", sagte Arnold und sah sie an. „Ron ist einer von ihnen."

„Vermutlich", korrigierte Bill die Aussage schnell. „Nur eine Schlussfolgerung, mehr nicht. Ron wird so lange in Gewahrsam bleiben, bis er geredet hat. Dann werden wir über ihn entscheiden, nicht früher."

„Ron würde so etwas niemals tun", sagte sie tapfer. „Woher nehmen Sie das Recht, solche Entscheidungen zu treffen?"

Bill verkniff es sich, ihr seinen Dienstausweis unter die Nase zu halten. Stattdessen sah er Sandra nur an.

„So kommen wir nicht weiter", meldete sich Doc Wesley zu Wort. „Bill ist leitender Kommissar in der Stadt. Ich –"

„Wo ist mein Vater?", ertönte auf einmal Chrissies aufgeregte Stimme.

Doc Wesley zuckte zusammen. Darauf wartete er die ganze Zeit schon. Im Blickwinkel hatte er gesehen wie Chrissie suchend umherschaute.

„Wo ist er?"

„Ihm – geht es gut", versuchte Wesley vorsichtig zu beginnen.

„Ich möchte zu ihm", erwiderte Chrissie energisch. Sie fühlte, dass Schlimmes passiert war. Sie stand auf. Sie fühlte sich schwach. Ihre Beine zitterten.

„Dein Vater hatte einen Unfall", sprach Doc Wesley mit leiser Stimme weiter und sah sie eindringlich an. „Er liegt im Gästezimmer und schläft."

„Einen – Unfall?" Chrissie sah von Wesley auf Bill. „Ich möchte zu ihm – bitte!"

Bill nickte Wesley zu. Chrissie tat ihm unendlich leid. Erst verlor sie ihre Mutter, nun beinahe auch noch ihren Vater.

Mit besorgtem Blick verfolgte Henriece, wie sie Chrissie in das Gästezimmer begleiteten. Bill, Helen und Doc Wesley. Nun waren nur noch Sandra und Arnold in seiner Gegenwart.

„Was suchst du hier?" Arnold stellte sich direkt vor ihn. „Verdammt noch mal, warum bist du zurückgekommen?" Gelassen drehte Henriece ihm sein Gesicht zu. „Kannst du dir das nicht denken?", fragte er besonnen.

„Wegen dir –"

„Nicht wegen mir", wehrte Henriece ab. „Es spielt jetzt keine Rolle mehr, wer Schuld hat. Wir müssen zusammenhalten, Arnold. Auch wenn es dir schwerfällt. Nur vereint können wir gegen ihn etwas erreichen. Verstehst du? Nur vereint!"

Arnold schüttelte seinen Kopf. „Du hast nicht verstanden", entgegnete er scharf. „Ich will dich nicht in meinem Haus haben. Ist das klar?"

„Es ist das Haus deines Vaters", gab er zurück. „Er würde es mir nicht verwehren."

„Solange mein Vater nicht anwesend ist, ist das mein Haus. Ich bestimme, wer hier sein darf und wer nicht. Du nicht!"

„Warum ist Ron zurückgekommen?", ignorierte er Arnolds fuchtelnden Finger vor seinem Gesicht.

„Ron?" Verächtlicher hätte er den Namen seines Freundes nicht aussprechen können. „Ron steckt mit denen unter einer Decke."

„Denen?" Henriece tat unverständlich und sah ihm in die Augen.

„Was weiß ich?", erwiderte er. „Er ist übergeschnappt. Ich habe keine Ahnung, was mit ihm passiert ist. Um ein Haar hätte er mich umgelegt. Wäre Bill nicht gewesen, wäre ich jetzt wahrscheinlich tot."

„Und nun? Was soll nun geschehen?"

„Verdammt noch mal", fluchte Arnold lauthals. „Soll das vielleicht ein Verhör werden – he? Ich will, dass du sofort mein Haus verlässt. Hab ich mich klar genug ausgedrückt? **Mein Haus**!"

„Niemand verlässt dieses Haus", ertönte Bills Stimme, der sie bis dahin belauscht hatte. Arnold drehte sich um die eigene Achse. Bill stand unmittelbar hinter ihm. Für einen Moment wich Arnold die Farbe aus dem Gesicht.

„Wir haben eine Abmachung getroffen, Arnold", sprach Bill ihn scharf an. „Wenn wir aus dieser Sache lebend wieder herauskommen wollen, dann sollte sich jeder an diese Abmachung halten. Ich tue es auch."

„Seinetwegen haben wir ja den ganzen Dreck", entgegnete Arnold, der sein Temperament nur mit Mühe zügeln konnte. „Er, der elendige Spanier ist es doch, von dem Ron die ganze Zeit gesprochen hatte. Eigentlich müssten wir ihn in die Sauna stecken. Nicht Ron, sondern ihn." Mit ausgestrecktem Finger zeigte er auf Henriece.

„So langsam habe ich die Schnauze voll", zischte Bill wütend zurück. „Von jetzt an wird nur noch das gemacht, was ich will. Ist das klar?" Wütend starrte er Arnold ins Gesicht, der dennoch trotzig seinen Kopf schüttelte.

„Niemand sagt mir, was ich zu tun oder zu lassen habe."

Blitzschnell packte Bill ihn am Kragen. „Du bist ein verwöhntes Söhnchen, der eine Tracht Prügel verdient hätte", schnaubte er ihm ins Gesicht und ließ ihn wieder los.

Chrissie betrat den Raum. Wie zufällig traf sich ihr Blick mit dem von Arnold.

Arnold konnte es nicht verhindern: Er wurde rot!

Beschämt wandte er sich ab und begab sich an das Fenster.

„Nicht mit mir", murmelte er in sich hinein. „Nicht mit Arnold Larsen!"

5

„Wir lassen Ron heute Nacht in der Sauna schmoren", sagte Bill zu den anderen, die erwartungsvoll auf ihn sahen. Es war längst dunkel geworden und sie saßen an der ellenlangen Tafel im Nebenraum. Bill hatte noch keine Möglichkeit gehabt, sich die Leiche von Arnolds Vater anzusehen.

Chrissie schlief immer noch. Durch die offenstehenden Flügeltüren konnte Helen sie im Auge behalten. Sandra hatte es aufgegeben, um die Freilassung ihres Freundes zu betteln. Sie kämpfte viel mehr mit der Tatsache, dass Arnolds Vater tot auf dem Dachboden lag und sie in Gegenwart von Arnold nicht darüber reden durfte. Immer wieder vertraute sie sich Helen an und sagte ihr, wie viel Angst sie habe.

„Und morgen?", fragte Doc Wesley.

Bills Blick wanderte auf Henriece, der mehr oder weniger teilnahmslos neben Sandra saß und nachzusinnen schien.

„Einer von uns muss morgen nach Melbourn", antwortete er. „Dave Lindsay ist mein Stellvertreter. Ihn müssen wir informieren. Dave wird dann das Notwenige veranlassen."

„Und – wer?"

„Dich lasse ich ungerne gehen", sagte er darauf. „Sandra mute ich es nicht zu und ich werde hier gebraucht." Sein Blick lag immer noch auf Henriece, der langsam seinen Kopf hin und her bewegte.

„Ich werde erst dann von hier weggehen, wenn ich ihn mit Hilfe von Arnold zurückgeschickt habe." Henriece warf einen strengen Blick auf Arnold, der ihn einfach ignorierte.

„Deinem Glauben in aller Ehre, Henriece", erwiderte Bill darauf. „Der Geist, von dem du sprichst, ist mit Sicherheit aus Fleisch und Blut. Wir haben es hier mit einer gewieften Organisation zu tun, in die Ron irgendwie hineingeraten ist."

„Nein", entfuhr es Sandra. Mit ihren verheulten Augen sah sie auf Bill. „Es ist ein Geist. Ich habe es miterlebt. Er war hier. Hier in diesem Haus."

„Ihr hattet viel Alkohol", sagte Bill vorsichtig.

„Ich nicht", schüttelte Sandra mit dem Kopf. „Ich trinke nicht sehr viel Alkohol."

„Eine Täuschung", blieb Bill stur. „Geister gibt es nicht. Wo kommen wir denn da hin, wenn wir die Verbrechen nun den Geistern zuschreiben würden. Ich könnte meinen Job gleich an den Nagel hängen."

„Ich habe es gesehen", blieb Sandra hartnäckig. „Ron hatte es gesehen. Henriece und Arnold ebenfalls und Betty kann es auch bezeugen. Das Glas hat sich bewegt. Der Vorhang hat sich bewegt und die Fensterläden klapperten. Wir können nicht alle getäuscht worden sein."

„Show", presste Arnold hervor. „Sandra, das war nur Show. Bill hat recht. Es gibt keine Geister."

„Show?" Mit aufgerissenen Augen sah sie Arnold an. „Du hast dich am Glas verletzt. Und es war eiskalt. Wie soll Henriece das angestellt haben?"

„Er hatte den ganzen Abend Zeit dazu, den Humbug vorzubereiten. War gut – war verdammt gut. Das muss ich dir lassen, Henriece. Du könntest berühmt damit werden – und reich." Arnold grinste ihn gehässig an.

„Es ist zwecklos, Sandra", sagte er und fasste sich ins Gesicht. „Ich weiß es, du weißt es und Ron weiß es. Arnold verleumdet es und Bill wirst du nie überzeugen können. Bill ist Kriminalist. Er hat mit Verbrechern zu tun – nicht mit Geistern. Nur –", sein Blick schweifte zu Bill, „vergisst du, dass Geister Menschen besitzen und sie sogar lenken können."

„Dann wurde dieser Bansly von deinem Geist gelenkt?" Bill sah ihn verständnislos an.

„Er ist sein Werkzeug", kam es in vollem Ernst zurück.

„Das ist Irrsinn", wehrte Bill sich gegen diese These und warf einen Blick auf seine Armbanduhr. Es war schon kurz vor Mitternacht. „Ich schlage vor, wir gehen jetzt schlafen. Der morgige Tag wird anstrengend werden." Zu Arnold zugewandt fragte er: „Das Tor ist zu?"

„Niemand kann hier unbemerkt eindringen", antwortete er ihm nicht ohne Stolz. „Mein Vater hat dafür gesorgt, dass Fremde keine Chance haben, hier einzudringen."

„Theodor war hier", sagte Henriece darauf. „Ihn konnten die Palisaden nicht abhalten."

„Tsss", entfuhr es Arnold. „Theodor ist deine Erfindung. Mehr nicht, weniger nicht."

„Morgen werden wir mehr erfahren", sagte Bill und stand auf. „Ich habe Schlaf nötig. Und du Liebes doch auch." Auffordernd sah er auf Helen, die seiner Geste folgte.

„Nach alldem... ?"

„Kann ich euch alleine lassen?" Bill schaute auf Arnold, dann auf Henriece.

„Sei unbesorgt", versicherte Arnold. „Im Grunde genommen mag ich den Spanier ja", sagte er darauf zu seiner Überraschung. „Nur seine Ansichten... Wenn es nach ihm gehen sollte, sollte jeder am Hungertuch nagen."

„OK. Dann zeigst du ihm, wo er schlafen kann?"

„Schlafen?" Henriece sah Bill mit verengten Augenbrauen an. Mehr sagte er jedoch nicht.

Eine Stunde später löschte Arnold das Licht. Larsens Residenz lag im Dunkeln, Sandra bekam von Arnold eine Matratze in das Wohnzimmer gelegt, Doc Wesley und Henriece wurden von ihm in den Gästezimmern neben Dolph untergebracht.

Es war still – bis auf das gleichmäßige Ticken der Standuhr und Chrissies regelmäßige Atemzüge.

Nachdem Sandra sich in die Bettdecke eingekuschelt hatte, wartete sie eine Zeit lang und stand dann wieder auf. Der Weg nach unten war ihr vertraut. In Strumpfsocken schlich sie sich die Treppe hinab direkt zu Rons *Gefängnis*. Der Schlüssel steckte von außen. Vorsichtig drehte sie ihn, lauschte und drückte die Tür ganz langsam auf.

Wieder lauschte sie – und sie konnte nichts hören.

„Ron", flüsterte sie in den Raum hinein. „Ich bin es, Sandra." Sie tastete nach dem Lichtschalter, trat ein, verschloss die Tür und knipste das Licht an.

Ron saß auf einem Liegestuhl und sah sie mit verengten Augen an.

„Freust du dich nicht?", fragte sie ihn.

Langsam stand er auf. Die Sauna war, wie alles in diesem Haus, eine Augenweide. Zwei Saunen, ein Dampfbad, Fußbad, mehrere Liegestühle, die um einen runden Pool standen. Der Saunabereich war nach dem Geschmack von Arnolds Mutter eingerichtet worden. Der orientalische Stil zeugte von der Hingabe, mit der sie geplant und erschaffen wurde.

Noch langsamer kam Ron auf sie zugeschritten. Seine Hände befanden sich auf dem Rücken – Sandra sah aber den Gürtel, mit dem er gefesselt worden war, auf dem Fußboden liegen.

„Warum bist du hier?", fragte Ron sie trocken. Einen halben Meter vor ihr blieb er stehen. Die Hände hielt er immer noch hinter sich verborgen.

„Bitte sag mir, dass das nicht stimmt." Hoffnungsvoll schaute sie ihn an. Sandra war um einiges kleiner als er. Sie musste zu ihm aufsehen.

„Was – nicht – stimmt?"

„Dass du Arnold – und diesen Bill Tanner –"

„Umbringen wollte?", unterbrach er sie. „Haben sie dir das erzählt?"

„Ja." Sie trat einen Schritt auf ihn zu und legte ihre Hände auf seine Schultern. Ron zuckte kurz zusammen – wehrte sich aber nicht.

„Traust du mir das zu?", fragte er regungslos.

„Nein – niemals!" Sie reckte ihren Kopf und versuchte, ihm einen Kuss zu geben. Da wich Ron zurück.

„Warum bist du hier? Hat der Spanier dich dazu überredet?"

„Nein – Ron." Ihre Augen füllten sich mit Tränen. „Ich bin hier, weil – weil..." Die ersten Tränen kullerten ihr übers Gesicht.

„Weil was?"

„Dein Vater, Ron. Dein Vater ist – er ist..." Ein Schluchzer drang aus ihr hervor.

„Was ist mit meinem Vater?" Rons Mimik verfinsterte sich schlagartig.

„Er hatte – er hatte einen – einen Unfall", brachte sie nur mit viel Mühe über die Lippen.

„Einen – Unfall?" Entsetzt sah er sie an. „Ist er – tot?"

Sandra schwieg. Ihr Blick war auf seine linke Brust gerichtet. Ron hatte nur noch sein Hemd an. Blutflecken befanden sich an jener Stelle, an der er sich immer gekratzt hatte.

„Ist er tot?", fragte er noch mal.

„J-a", hauchte sie nur noch. Augenblicklich wich Ron die Farbe aus dem Gesicht. Er wankte, ging einige Schritte rückwärts und blieb wie erstarrt stehen. Seine Hände hielt er immer noch hinter dem Rücken verborgen.

„Wie?", fragte er nur.

„Er – stürzte eine Treppe hinunter."

„Dieses verdammte Schwein!", zischte er.

Verwirrt sah Sandra ihn an.

„Er war's", presste er zwischen den Zähnen hervor. „Diese miese Drecksau!"

„Wen meinst du denn?" Sandra erschrak über seinen furchtbaren Gesichtsausdruck.

Ron schnaubte vor Wut. Plötzlich riss er seine rechte Hand hervor und krallte sich in die linke Brust. Sandra starrte fassungslos auf ihn. Mit einem Ruck riss er an seinem Hemd, sodass sie seine Haut zu sehen bekam.

„Ron", entfuhr es Sandra. Mit starrem Blick schaute sie auf seine nackte Brust. Ein handgroßes Zeichen war darunter eingeritzt. Teilweise blutete es.

„Was – ist – das?"

Rons Atem ging schwer. Mit festem Blick fixierte er seine Freundin.

„Sandra", flüsterte er. „Es wäre besser gewesen, du wärst nicht hier hergekommen." Seine Stimme klang beängstigend ruhig. „Dieses Dorf ist die Hölle! Die Menschen hier sind verdammt. Und ich – ich" sein Kopf wackelte langsam hin und her, „ich bin ebenso verdammt."

„Was – sagst – du – da?" Sandras Stimme zitterte – alles an ihr zitterte.

„Theodor beherrscht sie", fuhr Ron fort. „Er beherrscht sie alle! Henriece hatte recht, verdammt recht!"

„Bitte – bitte sag mir, was das – was das ist?"

„Sein Zeichen, Sandra", antwortete Ron und kam langsam wieder auf sie zu. Seinen linken Arm hielt er immer noch verborgen. „Es ist das Zeichen Theodors. Es ist das Zeichen des Bösen."

Sandra schauderte. Sie bekam es mit der Angst zu tun.

„Sie zwingen mich, etwas zu tun, Sandra", fuhr er fort. „Sie verlangen von mir etwas, das ich nicht tun kann."

„Wer? Wer sind sie?"

Eine Armlänge vor ihr blieb er stehen. Ununterbrochen starrte sie auf das Zeichen. Ein Kreuz mit einem Doppelbalken und darunter eine liegende Acht. „Es passieren schreckliche Dinge hier in Harbourn", sprach er sehr leise weiter. „Ich weiß nicht, was sie bezwecken. Ich weiß nur, dass sie alle vor ihnen Angst haben. Alle – ausnahmslos alle!"

„Wer – wer hat dir – das angetan?"

„Scarliet", hauchte er ihr ins Gesicht. „Scarliet ist direkt mit ihm verbunden. Scarliet ist der Gefährlichste unter ihnen. Er hat Macht, Sandra. Scarliet hat viel Macht. Das Böse wohnt in ihm. Gegen ihn haben sie nicht die geringste Chance."

„Was – wollen sie von – von dir?" Sandra trat dicht an ihn heran. „Lass uns fliehen, Ron."

„Fliehen?" Ein breites Grinsen verzog sein Gesicht. „Vor Theodor kannst du nicht fliehen. Theodor ist überall." Seine Hand legte sich schwer auf ihre Schulter. „Theodor ist für den Tod meines Vaters verantwortlich. Pa musste sterben, weil ich feige bin, Sandra." Rons Augen füllten sich mit Tränen. „Ma wird ebenfalls sterben müssen, wenn ich es nicht tue."

„Was, Ron? Was sollst du tun?"

„Arnold! Sie wollen, dass ich Arnold – töte!"

„Nein..." Sandra schreckte zurück.

Ron hielt sie fest. Tränen kullerten über seine Wangen. „Dieses verdammte Dorf", heulte er. „Warum bin ich nur wieder hier her gekommen? Warum nur?"

„Ron." Sandra flüsterte seinen Namen, wie sie ihn schon so oft geflüstert hatte. Vorsichtig strich sie mit dem Finger über das Zeichen. Es fühlte sich nass an. „Lass uns fliehen..."

„Kapierst du denn nicht?", schniefte er. „Theodor ist hier." Er drückte seinen Zeigfinger gegen ihre Brust. „Hier drin. Er beherrscht uns. Wir tun, was er will. Tun wir es nicht, geschieht Grausames. Ich will nicht – sterben. Ich will – leben."

„Dann – ist es also doch wahr?"

„Ja, verdammt! Es ist wahr! Ich wollte Arnold töten. Aber ich will es nicht tun. Er ist doch mein Freund. Mein bester Freund!"

„Sprich mit Bill Tanner", sagte sie ernsthaft. „Lass uns zu ihm gehen und mit ihm sprechen."

„Ich glaube, du willst nicht verstehen." Energisch machte er einen Schritt zurück. „Wenn ich das tue, dann ist Ma morgen tot."

„Dann – willst du Arnold töten?"

„Ich muss!"

„Bitte, Ron. Du bist dann ein Mörder. Du kommst ins Gefängnis. Willst du das?"

„Und Ma? Pa ist schon tot. Soll Ma auch noch sterben? Wegen mir?"

Sandras Blick senkte sich. „Ich kann das nicht zulassen, Ron. Ich kann doch nicht zulassen, dass du zum Mörder wirst."

„Ich will das doch auch nicht, verdammt noch mal." Langsam nahm er nun auch seinen anderen Arm hervor. Ein Dolch blitzte in seiner Hand. Ein besonderer Dolch. Reichlich verziert, die Klinge glitzerte in dem Licht. „Das hat er mir gegeben, Sandra", sagte er zu ihr. „Mit diesem Dolch hat er mir das Zeichen eingeritzt. Und damit soll ich ihn umbringen."

Mit aufgerissenen Augen starrte Sandra auf den blitzenden Stahl. Rasierklingenscharf war er auf beiden Seiten geschliffen. In der offenen Handfläche hielt er ihr den Dolch entgegen.

„Ich habe so etwas zuvor noch nie gesehen", hauchte er. „Ich muss ihm den Dolch wiederbringen. – Mit Arnolds Blut daran."

Sandra wollte nach dem Dolch greifen, Ron zog seinen Arm zurück. „Er hat mich in die Kirche geschleift", sagte er und wischte sich mit dem Ärmel die Tränen aus dem Gesicht. „Er spricht mit ihm, Sandra. Er spricht mit Theodor."

„In – der Kirche?"

„Er hat Pater Athelwolds umgebracht", fuhr Ron fort. Seine Stimme klang fest. „Der Pater wollte ihm nicht dienen – deshalb musste er sterben."

„Wem – dienen?"

„Theodor. Es geht nur um Theodor. Scarliet ist sein – sein Diener. Scarliet tut das, was er ihm aufträgt." Ron atmete tief durch. „Wer sich ihm widersetzt, stirbt durch die Hand Scarliets."

„Das Zeichen", flüsterte Sandra. Sie traute sich nicht, es nochmals zu berühren. „Ich habe es – schon einmal gesehen."

„Du hast was?" Ron sah sie verständnislos an.

„Oben – oben auf dem Dachboden liegt – liegt Arnolds Vater. Er ist tot."

„Arnolds Vater? Tot?" Ron machte einen Schritt zurück. Mit aufgerissenen Augen starrte er sie an.

„Ich habe ihn dort entdeckt", sprach sie weiter und es fiel ihr schwer, darüber zu sprechen. „Er hat dasselbe Zeichen. Auch hier." Sie zeigte auf seine Brust.

„Weißt du – wie lange schon?"

„Mr. Wesley meint, seit ungefähr zehn Tagen."

„Das war kurz, bevor wir hier ankamen um zu feiern." Ron betrachtete sich den Dolch. „Weißt du wie?"

„Nein."

„Weißt du, was ich glaube?" Seine Stirn legte sich in Falten. „Ich glaube, dass Arnold mit in dieser Sache steckt!" Seine Finger umklammerten den Griff, sodass das Weiße seiner Knöchel hervortrat. „Jetzt wird mir auch klar, warum er die Sache so herunterspielt. Jetzt wird mir einiges klar!" Abrupt machte er einen Schritt nach vorn.

„Was hast du vor?", entfuhr es Sandra. Sie stellte sich ihm in den Weg.

„Arnold hat mir einiges zu erzählen – ich gehe jetzt zu ihm!"

„Nein, tu das nicht!" Sie wollte nach Ron greifen, der wich ihr aber geschickt aus.

„Mein Pa ist tot", giftete er sie an. „Meine Ma ist in Lebensgefahr. Ich muss es tun – aber vorher wird er reden!" Ron wollte an ihr vorbei, da packte sie seinen Arm.

„Ich muss zu ihm!" Wütend wollte er sich losreisen, Sandra hielt ihn jedoch mit aller Kraft fest.

„Bitte, Ron. Bitte tu es nicht. Sprich wenigstens mit Henriece darüber. Ich werde ihn holen." Tränen rannen ihr übers Gesicht. Tränen, die Ron eiskalt ließen. Mit einem Ruck riss er sich los, dabei stolperte er und fiel auf sie. Der rasierklingenscharfe Stahl bohrte sich in Sandras Unterleib. Ein Zucken durchfuhr ihren Körper. Mit aufgerissenen Augen starrte sie auf den Schaft, der bis zum Anschlag in ihrem Bauch steckte.

„Ron", hauchte sie. „Was hast du getan?" Kraftlos sackte sie zusammen und kam vor seinen Füßen zu liegen.

„Nein", entfuhr es Ron. Entsetzt sah er auf sie nieder. „Sandra – Liebes – bitte – bitte nicht. Bitte sterbe nicht. Bitte..." Er kniete sich zu ihr nieder und legte seine Hand flach auf ihre Stirn. Ihre tränenden Augen schauten ihn an. „Ron. Was – hast – du – getan?"

„Scheiße!", fluchte er. „Du gottverdammte Scheiße!"

Ein Poltern war von oben zu hören. Wie vom Blitz getroffen zuckte er zusammen.

„Sandra", flüsterte er ihr zu. „Bitte – bitte verzeih mir." Seine Hand fasste nach dem Griff des Dolches. „Bitte verzeih mir doch." Langsam zog er die Klinge heraus. Sandra stöhnte auf. „Ich hole Hilfe", sagte er spontan, sprang auf und eilte zur Tür.

Vorsichtig öffnete er sie. Geräusche – Ron vernahm Geräusche, die sich näherten.

„Scheiße noch mal", japste er. „Warum nur? – Sandra. Verdammt noch mal ich liebe sie doch! – Hilfe – HILFE!", schrie er lauthals. Das Flurlicht wurde angeknipst. Sekunden darauf tauchte Arnold auf. Entsetzt starrte er auf ihn. Auf den Dolch, an dem Sandras Blut herabtropfte und auf seine nackte Brust.

„Ron", hauchte Arnold verstört. In sicherem Abstand blieb er vor ihm stehen und versperrte ihm den Weg.

„Du Arsch, du!", geiferte Ron. „Du weißt alles! Gib es zu!" Drohend kam er ihm näher. Arnolds Blick schweifte zwischen dem Zeichen und dem Dolch hin und her. Im Hintergrund hörte er die jammernde Stimme Sandras.

„Was ist mit Sandra?", fragte Arnold und wich zurück.

„Es war ein Unfall. Ein furchtbarer Unfall." Ron kam ihm noch näher. Arnold hatte die Treppe nun direkt neben sich. Schritte kamen von oben herab.

„Er will, dass ich dich töte", zischte er seinem Freund zu. „Wen ich es nicht tue, bringt er meine Mutter um. Meinen Vater hat er schon umgebracht."

„Du bist irre!", erwiderte Arnold und warf einen schnellen Blick die Treppe hinauf. Henriece tauchte auf. Durch Ron ging ein Zucken. Jäh riss er den Dolch empor und stürzte sich auf Arnold. Um Haaresbreite verfehlte er ihn. Henriece hatte ihn gepackt und zurückgerissen. Ron wollte nachsetzen, da verspürte er einen starken Schmerz im Arm. Henriece hatte ihm einen Fußtritt verpasst, der

Dolch fiel zu Boden. Noch bevor er Ron packen konnte, sprang dieser in Arnolds Wohnung. Augenblicke später klirrte eine Fensterscheibe. Ron hatte sich einfach dagegen geworfen und verschwand im Schutze der Dunkelheit.

„Ron", vernahm Henriece die kraftlose Stimme Sandras. Er fand sie gekrümmt auf den Fliesen in einer großen Blutlache liegen.

„Hol Doc Wesley!", befahl er Arnold, der ihm gefolgt war.

„Halte still", sprach er Sandra an. „Joseph ist gleich bei dir."

„Ron", hauchte Sandra. „Wo ist Ron?"

„Geflohen." Henriece versuchte, die Blutung zu stillen, indem er seine Hände fest darauf presste.

„Er wollte es nicht", flüsterte sie. „Ron wollte mich nicht verletzen."

„Es wird wieder gut werden", versuchte er ihr Mut zu machen. „Gleich ist Hilfe da."

„Das Zeichen." Sandra versuchte, ihn anzusehen. Schon die leichteste Bewegung verursachte ihr starke Schmerzen. „Er hat das Zeichen. Dasselbe – Zeichen – wie – wie Arnolds – Vater." Unter starken Schmerzen streckte sie ihren Arm aus. Mit dem blutigen Finger begann sie, das Symbol auf die Fliese zu malen. „Sie zwangen ihn dazu", sprach sie weiter. „Sie zwangen – ihn dazu – das – zu tun."

„Wer sind sie?" Henriece schauderte, als er das Zeichen betrachtete.

„Er – er nannte ihn – Scarliet."

Schritte näherten sich. Doc Wesley, gefolgt von Bill und Helen betraten die Sauna.

„Auch das noch", konnte Bill sich nicht zurückhalten. Mit Entsetzen musterte er das Zeichen, an dem Sandras Finger noch lag.

Doc Wesley legte sie vorsichtig auf den Rücken. In diesem Moment ging ein Zucken durch ihren Körper. Sandra schaute auf Henriece, der dicht neben ihr kniete.

„Pass auf Chrissie auf", flüsterte sie ihm zu. „Sie ist – sehr wertvoll." Ihr Blick richtete sich darauf auf Bill und auf Helen, die sich neben Henriece niedergekniet hatten. „Theodor", sprach sie zu Bill. „Es – gibt ihn. Er – er ist – ist hier." Ihr Finger zeigte auf ihre Brust. „Er – er besitzt sie – er – er befielt sie." Wieder ging ein Zucken durch ihren Körper, ihre Augen schlossen sich.

Sandra war tot.

„Mein Gott", stöhnte Helen auf. „Sie war noch so jung – und so unschuldig."

Doc Wesley wandte sich zu Arnold, der wie regungslos dastand und nur vor sich hin starrte. „Bitte bring eine Decke." Doc Wesleys Stimme klang gequält – den Tränen war er sehr nahe. Arnold ging.

„Es ist meine Schuld", warf Bill sich vor. „Ich hätte mir denken müssen, dass Sandra versuchen wird, mit ihm zu reden."

„Vorwürfe bringen uns jetzt nicht weiter", erwiderte Doc Wesley. „Ich frage mich, wer von uns der Nächste sein wird. „Wer von uns wird ihm nun begegnen? Wen von uns wird er als nächsten unter seine Kontrolle bekommen?"

Bill blickte ihn verständnislos an.

„Haben wir denn überhaupt eine Chance?", sprach Wesley weiter. „Haben wir das?" Er warf verzweifelte Blicke von Bill zu dem Spanier. „Haben wir sie?", fragte er ihn so, dass alle ihn verstehen konnten.

Henriece blickte ihn längere Zeit an.

„Wir haben sie", sagte er nach einer Weile bestimmt.

Stimmen. Überall Stimmen. Dazwischen Schreie; jammernde, klagende und befehlende. Ein mittelalterliches Dorf liegt in einem abendlichen Rot. Das Knistern und Barsten von brennendem Holz ist weit zu hören, eine Menschenmenge hat sich vor der kleinen Kirche versammelt. Unweit davon brennt ein mächtiges Feuer. Ein Scheiterhaufen. Um das Feuer herum im Kreis stehen Menschen und gaffen in die züngelnden Flammen. Ein Mädchen liegt darin. Es schreit fürchterlich. Plötzlich reißen die Schreie ab. Das Mädchen ist tot. Auf einmal wird das Feuer auseinandergerissen. Ein Kapuzenmann kommt herausgeschritten. Er

trägt das verbrannte Mädchen auf seinen Armen. Er legt es auf die Erde,
da verwandelt es sich in das Mädchen zurück, das es einmal war. Sie
war bildhübsch.

‚Die Zeit, Rhodes! Die Zeit spielt keine Rolle. Ich komme wieder!
Vergiss nicht, die Vergangenheit wird dich einholen!'

‚Ich bin die Macht', donnert eine gewaltige Stimme von allen Seiten
zurück.

Chrissie schreckte auf. Der Morgen dämmerte, sie lag immer noch auf dem Sofa. Leise Stimmen drangen zu ihr. Aufgeregte Stimmen, die nichts Gutes verhießen. Langsam schob sie die Bettdecke zurück, die Arnold über sie gelegt hatte, und erhob sich. Angestrengt lauschte sie den Worten. Bruchstückhaft konnte sie immer wieder Sandras und Rons Namen vernehmen. Einen Reim daraus konnte sie sich jedoch nicht machen.

Ihre Knie zitterten, als sie aufstand. Mit jedem Schritt, den sie dem Saal nebenan näher kam, verstand sie mehr von dem Gespräch. Es war Bill und Doc Wesley, die sich angeregt unterhielten. Sie befanden sich allein in dem großen Raum, das der Familie Larsen als Esszimmer gedient hatte.

„Wir müssen systematisch vorgehen", hörte sie Bill sagen. „Christoph Larsen liegt tot auf dem Dachboden. Das Zeichen auf seiner linken Brust ist ein antichristliches Symbol. Es ist dasselbe Zeichen, das Sandra gemalt hatte, bevor sie starb."

Chrissie zuckte zusammen. Unwillkürlich musste sie nach Atem ringen, sie bekam keine Luft mehr. Ihre Augen waren weit aufgerissen. *Sandra...*

„Henriece will auf Rons Brust ebenfalls ein Zeichen gesehen haben", fuhr Bill fort. „Sicher ist er sich nicht, Arnold will dagegen nichts gesehen haben. Wir haben es hier mit etwas äußerst Gefährlichem zu tun Joseph. Unberechenbar! Und ein gewisser Scarliet ist wohl der Kopf der Bande. Sagt dir der Name etwas?"

„Noch nie gehört", vernahm sie nun Wesley. „Ich neige manchmal dazu, die Geschichte mit diesem Theodor ernst zu nehmen."

„Ein Geist?" Bills sagte dies sehr abfällig. „Pater Athelwolds wurde nicht von einem Geist ermordet", sprach er weiter. „Auch wurde seine Leiche nicht von einem Geist weggetragen. Menschen, Joseph! Das ist das Werk von Menschen!"

Ein weiterer Schock schlug wie eine Bombe in Chrissie ein. Sie stand an der angelehnten Tür und konnte sich nur mit viel Mühe am Türrahmen festhalten.

„Ein Geist, der Menschen beeinflusst", erwiderte Doc Wesley vorsichtig. „Ich tu mir mit diesem Gedanken auch schwer. Aber er erklärt das absonderliche Verhalten der Menschen hier."

„Also kein Virus?"

Schritte näherten sich im Wohnzimmer von der anderen Seite. Chrissie drehte sich um. Helen kam auf sie zu.

„Schon wach?" Helen trat dicht an sie heran und legte ihr mütterlich die Hände auf die Schultern. „Du bist eiskalt!", erschrak sie.

Chrissie schaute ihr ins Gesicht. „Ich habe es soeben gehört", sagte sie zu ihr.

„Was – gehört?"

„Sandra ist etwas zugestoßen. Pater Athelwolds wurde ermordet und Arnolds Vater liegt tot auf dem Dachboden."

Helen atmete hörbar tief durch. „Es ist so grausam. Sie wollte mit Ron sprechen. Dabei ist es zu einem Desaster gekommen. Ron befindet sich auf der Flucht."

„Helen", flüsterte Chrissie. „Es hat mit mir zu tun. Das Ganze hat mit mir zu tun."

„Mit – dir?" Verwirrt sah Helen sie an.

„Es ist nur ein Gefühl. – Wie ist das mit Sandra passiert?"

„Ron hatte ein Messer. Bill macht sich große Vorwürfe. Er sieht sich mitschuldig an ihrem Tod."

„Und – Pater Athelwolds? Was geschah mit ihm?"

„Das wissen wir nicht genau. Joseph, Ron und Arnold fanden ihn tot im Park."

„Wie geht es meinem Vater?"

„Gut. Erstaunlich gut. Ich komme gerade von ihm. Er schläft."

„Wie geht es jetzt weiter? Wie kommen wir hier bloß weg?" Chrissie fasste sich mit beiden Händen ins Gesicht. „Diese Träume, Helen. Sie werden immer genauer. Ich sehe darin dieses Dorf. Ich sehe es, wie es früher einmal war. Es muss mit mir zu tun haben."

„Wir werden alles daran setzen, dass wir von hier wegkommen", sagte Helen mit fester Stimme. „Unsere Sicherheit hat oberste Priorität."

„Wo ist Henriece?" Chrissie wirkte gefasst. Die Nachricht über Sandras Schicksal und dem Tod des Paters zermürbten sie zwar, dennoch kam eine eigenartige Ruhe in ihr auf. Chrisse wusste, dass es unmöglich sein wird, Harbourn zu verlassen. Sie spürte aber auch, dass sie nicht in unmittelbarer Todesgefahr schwebte. Warum sie dieses Gefühl hatte, konnte sie sich allerdings nicht erklären.

„Mit Arnold zusammen kümmert er sich um Sandra", antwortete Helen. Sie wunderte sich über die plötzliche Ruhe, die von Chrissie ausging.

„Dieses Zeichen?", fragte Chrissie mit festem Blick. „Was ist das für ein Zeichen? Was hat es zu bedeuten?"

„Was meinst du?"

„Bill sagte etwas von einem Zeichen auf der Brust von Arnolds Vater. Und Ron soll ein Ähnliches gehabt haben. Hat es etwas mit den Symbolen zu tun, die wir gesehen haben?"

„Das wissen wir noch nicht", erwiderte Helen. „Es ist ein Zeichen, das in einer bestimmten gesellschaftlichen Gruppe verwendet wird. Es bedeutet nichts Gutes."

„Wenn Arnolds Vater es hatte, und Ron es vielleicht hatte, hat es Arnold dann vielleicht auch?"

„Das wissen wir noch nicht." Helen sah sie mit staunenden Augen an. „Du machst dir viele Gedanken, Chrissie."

„Vielleicht haben noch mehr von diesem Dorf das Zeichen", fuhr Chrissie unbeirrt fort. „Hatte Sandra das Zeichen auch?"

„Nein." Helens Stirn legte sich leicht in Falten.

„Ich habe noch nie von solch einem Zeichen geträumt", sagte Chrissie. Sie wurde zunehmend ruhiger. „Seitdem wir hier sind, fühle ich mich nicht mehr beobachtet", fügte sie nachdenklich hinzu. „Dieses Haus hat so etwas Sicheres, Geborgenes. Ganz anders als im Hotel. Dort fühlte ich mich ständig beobachtet und ich hatte schreckliche Angst." Sie stockte, hielt inne, als würde sie nachdenken. „Dieses Zeichen, Helen, das ist bestimmt das Symbol eines Bundes."

„Nicht schlecht." Das war nicht Helen, die das sagte, sondern Bill, der durch ihre Stimme aufmerksam wurde. Bill und Doc Wesley traten durch die Tür. „Denselben Gedanken hatte ich auch schon. Es wird uns vielleicht behilflich sein, die Hintermänner zu finden."

Chrissie blickte zu Bill auf. „Ich habe euer Gespräch gehört", sagte sie zu ihm. „Ich weiß das von Sandra, von Pater Athelwolds und das von Arnolds Vater."

„Arnold darf nichts davon erfahren", erwiderte Bill darauf. „Wir wissen noch nicht, wo er hingehört."

Doc Wesley setze an, um etwas zu sagen. Arnolds und Henrieces Erscheinen hielt ihn davon ab. Henriece fixierte Chrissie und ließ sie nicht mehr aus den Augen. Bisher hatte er mit ihr noch nicht sprechen können.

„Hallo", grüßte er sie zurückhaltend und streckte ihr seine offene Hand entgegen. Chrissie drückte sie sanft, dabei trafen sich ihre Blicke. Für den Bruchteil einer Sekunde war Chrissie, als würde sie in ihr eigenes Spiegelbild sehen. Sie erschrak. Henriece erlebte dasselbe – nur dass er es sich nicht anmerken ließ.

„Ich bin Henriece", stellte er sich vor. Das Zittern seiner Stimme konnte er nur mit viel Mühe unterdrücken.

„Chrissie", flüsterte sie. „Kannst du helfen?", fragte sie darauf, womit sich Bills Stirn in Falten legte.

„Erzählst du mir von deinen Träumen?"

„Ja."

Bill räusperte sich.

„Hast du Angst?", fuhr Henriece unbeirrt fort. Immer noch hielten sie ihre Hände zusammen.

„Hier nicht."

„Und in deinen Träumen?"

„Viel."

Bill räusperte sich nochmals. Die Falten seiner Stirn vertieften sich.

„Hattest du eine Begegnung?"

„Ich glaube ja."

Bills Räuspern wurde lauter, die Falten seiner Stirn tiefer. „Es ist früher Morgen", unterbrach er sie nun. „Die Nacht war nicht sehr angenehm. Ich schlage vor, wir wenden uns den sichtbaren Dingen zu."

Henriece schaute ihn an. „Was willst du tun?"

„Ron hat Sandra ermordet", erwiderte er trocken. „Ob es ein Unfall war oder nicht – er war bewaffnet mit einem nicht gerade alltäglichen Dolch. Wir werden ihn suchen und festnehmen."

Henriece musste Ruhe bewahren. „Einfach – so?"

Bill nahm den Dolch hervor, den er als Beweisstück an sich genommen hatte. In einer Plastikfolie eingewickelt zeigte er ihn ihm. Bisher hatte Henriece die Waffe nicht zu Gesicht bekommen.

„Ein Athamé...", rief er aus und wollte danach greifen. Schnell zog Bill die Waffe zurück.

„Ein was?"

„Ein Zeremonienmesser. Es bündelt und schneidet Energie. Es wird für Anrufungen höherer Wesenheiten benutzt. Ron hatte diesen Dolch?"

„Damit hat er Sandra getötet. Wie es scheint, kennst du dich sehr gut in diesen Dingen aus." Bills Blick wurde prüfend. „So langsam wird mir diese Angelegenheit suspekt."

„Ich kenne mich aus", bestätigte Henriece ernst. „Ich praktiziere die weiße Magie", gestand er ihm ein. „Ich gehöre einem Kreis spiritueller Praktiker an und kommuniziere regelmäßig mit Geistern. Ich weiß, wovon ich spreche."

„Interessant." Bill streckte ihm das Athamé entgegen. „War Ron ebenfalls einer von diesem Kreis?"

„Ron?" Henriece schüttelte seinen Kopf. „Ich bezweifle, dass Ron überhaupt wusste, was das ist."

„Und wie kam er deiner Meinung nach zu diesem okkulten Dolch?"

„Von diesem Scarliet", antwortete Henriece und nahm die Waffe an sich. „Ron ist da in etwas hineingezogen worden. Er wusste nicht, wie ihm geschah. Ron ist einfach zu beeinflussen. Sehr – einfach." Eingehend betrachtete er sich den Dolch. Das vertrocknete Blut verdeckte das meiste der Symbole. „Es muss ihm gegeben worden sein."

„Und wann soll das der Fall gewesen sein?"

Henriece schaute auf Doc Wesley. „War er nicht einmal plötzlich verschwunden, als ihr die Leiche des Paters fortgeschafft hattet? Du erzähltest mir davon."

„In der Tat", bestätigte Wesley und sah kurz auf Arnold. „Ron war in der Tat für vielleicht einer Stunde weg."

„Sandra sprach noch zu mir, bevor sie ihrer Verletzung erlag. Sie sagte, sie zwingen ihn, das zu tun. Sie malte noch das Zeichen auf die Fliese, das sie bei ihm gesehen hat." Diesmal blickte er auf Arnold. „Ich meine, es auch gesehen zu haben. Unter seiner linken Brust. Es war frisch."

„Es ging alles sehr schnell", erwiderte Arnold. „Kann schon sein, dass er etwas gehabt hat. Ich kann es aber nicht bezeugen."

Zu Bill gewandt sagte Henriece: „Ron wurde erpresst. Sein Vater starb an einem Unfall. Dieser Unfall war gewollt, Bill. Genau genommen wurde Rons Vater ermordet."

„Ermordet? Von wem? Etwa von diesem Geist?"

„Im Grunde genommen ja. Du musst wissen, Geister haben viele Möglichkeiten. Mit dem wir es zu tun haben, der hat dazu noch Macht. Viel Macht."

„Ich kann diesen Irrsinn nicht mehr hören." Bills Backenmuskeln zuckten. „Diese Symbole – sagen die dir etwas?"

„Ich kann nicht viel erkennen", meinte Henriece. „Mach ihn sauber, dann kann ich sie vielleicht entschlüsseln."

„Das ist ein Beweisstück. Da sind Rons Fingerabdrücke darauf und Sandras Blut klebt daran."

„Demnach willst du Ron verhaften und vor das Gericht bringen?" Henriece sah ihn mit geschlitzten Augen an. „Er wird sagen, dass er dazu gezwungen wurde und er wird sagen, dass es ein Unfall war. Und er wird sagen, dass du ihn ja durchsucht hast."

Mit der letzten Bemerkung traf er Bill hart.

„Verdammt", zischte er. „Musst du mich daran erinnern?"

„Überlass mir das Athamé", sprach Henriece weiter. „Es kann mir dazu dienen, den Besitzer zu orten."

„Es kann dir was?!" Verständnislos sah Bill ihn an.

„Ein Athamé hat nur einen Besitzer", sagte Henriece und gab es ihm zurück. „Die Energie des Dolches und die Energie des Besitzers sind auf unsichtbarer Ebene miteinander verbunden. Ich kann versuchen, diese Energie anzuzapfen."

„Energie – anzapfen?" Bills Augen weiteten sich, als würde ein Geist vor ihm stehen.

„Dazu muss es aber rein sein. Frei von fremder Energie. Ich muss es dazu reinigen."

„Willst du mich eigentlich auf den Arm nehmen?" Bill sah ihn mit strenger Mimik an.

„Ich schätze, du glaubst nicht einmal an Gott", kam es von Henriece mitleidserregend zurück.

„Ich gebe zu, ich tu mir schwer damit", bestätigte Bill.

„Das macht es natürlich schwer, dir das begreiflich zu machen. Arnold wäre der bessere Gesprächspartner für dich."

Bill nahm das Athamé wieder an sich und steckte es in seine Jackentasche. „Arnold und ich werden die Verfolgung aufnehmen", sagte er. „Du Joseph bleibst auf jeden Fall mit Helen hier. Und du –", er schaute auf Henriece, „du kannst mit uns kommen oder hier bleiben."

Henriece warf einen Blick auf Chrissie – als wolle er sie fragen, was er tun solle.

„Ich fühle mich hier sicher", sagte sie zu ihm.

Daraufhin schaute er zu Doc Wesley.

„Wir werden klarkommen. Etwas müssen wir ja unternehmen. Ich würde zwar gerne mitgehen, doch verstehe ich auch, wenn ich hier bleiben soll."

Henriece blickte nun auf Helen. Ein flüchtiges Lächeln flog über ihr Gesicht.

„Bill ist Realist", sagte sie zu ihm. „Für ihn zählt, was er sieht und was er hört."

Nun schaute Henriece auf Bill. „Bitte, gib mir das Athamé. Du wirst Rons Schuld auch ohne diese Spuren beweisen können."

Bills Augenbrauen zogen sich bis zur Nasenwurzel zusammen. Langsam nahm er es wieder aus der Tasche und betrachtete es sich. „Du bleibst hier?", fragte er ihn nach einer Weile.

„Nein, ich werde mich auch auf die Suche begeben."

„Allein?"

„Ja, allein. Ich brauche hierfür Ruhe."

„Du verlangst viel von mir."

„Nichts Unmögliches."

„Du wirst es reinigen?"

„Ja."

„Dann warten wir, bis du es gesäubert hast. Ich will etwas über die Symbole erfahren." Bill gab ihm das Athamé. Henriece verschwand damit im Badezimmer und schloss sich darin ein.

Vorsichtig nahm er es aus der Plastiktüte und legte es auf den Boden. Daraufhin nahm er sein Amulett vom Hals, fädelte die Kette heraus und legte die Symbole daneben. Das Rad an die Spitze, das Dreieck an den Knauf und das Kreuz neben die Klinge. Seine Augen verschlossen hielt er nun seine Hände darüber.

„Ich rufe euch, ihr Geister der Natur", flüsterte er. „Ich rufe dich, heiliger Michael. Ich rufe deinen Schutz." Henrieces Atem ging schwer. Auf einmal war ihm, als spüre er etwas Kaltes im Nacken. Ein Schauer lief ihm über den Rücken.

„Vertreibe die boshaften Energien", sprach er unbeirrt weiter. „Nimm sie fort und führe mich zu dem Besitzer dieses Athamés. Eliminiere die fremde Energien und zeige mir den wahren Besitzer."

Der Hauch wurde kälter, plötzlich klapperte der Fensterladen des Bades. Henriece richtete sich auf. Seine Hände falteten sich zum Gebet. „Ich bin ein Sohn Gottes", zischte er dem Fenster entgegen. „Ich stehe unter dem Schutz Gottes! Ich befehle dir – geh! Geh zurück in deine Welt! Geh fort!"

Das Klappern wurde lauter, die Luft um ihn eisiger. Henriece ergriff das Athamé und streckte es von sich. „Geh – du Satan. Geh fort! Im Namen Gottes, im Namen seines Sohnes, im Namen des heiligen Michael – geh fort!"

Die Kälte schlängelte sich um seine Hände, als wäre sie eine unsichtbare Hand, Schweißtropfen perlten sich auf seiner Stirn. Das Klappern wurde noch lauter – so laut, wie er es vor wenigen Tagen gehört hatte – als Sandra noch lebte.

Mein, vernahm er plötzlich eine Stimme in seinem Inneren. *Es ist mein.* Eine Gestalt zeichnete sich vor seinem geistigen Auge ab. Unklar, verschwommen. Auf einmal explodierte etwas und ein Flammenmeer verschlang die Gestalt in sich. Das Klappern verstummte, die Kälte verschwand.

Henriece atmete tief durch. Einmal, zweimal, dreimal.

Sein Hemd war nass geschwitzt, seine Hände zitterten. Das Aufstehen fiel ihm sehr schwer. Das Rauschen des Wasserhahns hörte er aus weiter Ferne. Sorgfältig wischte er das Blut ab. Als er das Athamé abgetrocknet hatte, betrachtete er sich im Spiegel. Seine Falten schienen tiefer geworden zu sein.

„Ron", flüsterte er vor sich hin. „Wo bist du?"

Die Begegnung mit diesem fremdartigen Wesen war nicht das erste Mal! Das Klappern der Fensterläden, die eisige Kälte, die Stimme

– alles fand nur in seinem Inneren statt. Henriece wusste, dass sonst niemand diese Geräusche hören konnte.

Eingehend betrachtete er sich nun die Symbole. Die Klinge war voll davon. Schriftzeichen, die er noch nie gesehen hatte und doch deuten konnte.

„Leben, Tod, Macht, Not", flüsterte er, während er mit dem Finger über die Symbole strich. Er wendete die Klinge und las: „Gewalt, Herrschaft, Untertan, Gefangenschaft."

Nun richtete er sein Augenmerk auf den Griff. Auch dort war auf jeder Seite ein Zeichen eingraviert. „Liebe...", er drehte es um, „Illusion."

„Seltsam." Henriece legte das Athamé beiseite und nahm sein Amulett wieder an sich, um es sich um den Hals zu legen. In diesem Moment klopfte es an der Tür.

„Alles klar?", hörte er Bill fragen.

Henriece schloss auf, Bill musterte ihn eingehend. „Wir dachten schon, es ist etwas passiert", sagte er zu ihm.

„Warum?" Henriece setze ein erstauntes Gesicht auf. „War ich denn sehr laut?"

„Nein, eben nicht", meinte Bill. „Es war eher zu leise." Bill schaute auf den Dolch. „Und?"

„Ein sonderbares Exemplar", antwortete Henriece. Das soeben erlebte hatte ihn nicht all zu sehr aus der Fassung gebracht.

„Sagen die Symbole etwas aus?" Bill nahm das Athamé an sich und betrachtete die Zeichen. Für ihn waren es nur Striche und Bögen, mehr nicht.

„Nichts, mit dem ich momentan etwas anfangen kann."

„Kannst du sie lesen?"

„Ich kenne diese Schriftzeichen nicht. Ich habe sie zuvor noch nie gesehen." Henriece wollte nicht darüber sprechen. Zumal er sich selbst nicht erklären konnte, warum er sie lesen konnte.

„Dann wirst du nun dein Ritual beginnen, um den Besitzer zu orten?"

„Ich warte den richtigen Zeitpunkt ab."

Bill gab ihm den Dolch zurück. „Dann können wir gehen?"

„Wegen mir ja."

„Wo trennen sich unsere Wege?"

„Ich werde durch den Wald ins Dorf gehen." Henriece steckte das Athamé vorsichtig in seine Jackentasche. „Ich kenne mich hier sehr gut aus", fügte er noch hinzu. „Harbourn ist mir vertraut."

„Ach ja?" Bill sah ihn verwundert an.

„Harbourn ist etwas Besonderes. Es ist ein magischer Ort. Seit es diesen Ort gibt, hat er sich nie verändert."

„Du weißt sehr viel. Hat es etwas mit deinem Kreis zu tun?"

„Wir waren sehr oft hier und haben hier praktiziert. Arnold weiß aber nichts davon."

„Klingt geheimnisvoll. Ich schätze, wir müssen uns einmal sehr intensiv unterhalten."

„Wenn du offen dafür bist?"

„Ich höre mir gerne alles an. Ob ich es jedoch glaube, das steht auf einem anderen Papier."

Die ersten Sonnenstrahlen blitzten durch die Bäume, als sie das Haus verließen. Demonstrativ schaute Bill auf die Palisaden. Zweimeterfünfzig hoch, spitz zugeschlagen erschienen sie unüberwindbar.

„Hermetisch abgeriegelt", sagte er zu Arnold. Bill hatte ihm den Revolver wiedergegeben. Arnold trug ihn lässig in der unverletzten Hand. Von der Seite sah er ihn nur an.

„Gibt es noch einen Ausgang außer das Tor?", fragte Bill, ohne ihn anzusehen. „Vielleicht einen geheimen?"

Arnold sagte immer noch nichts. Nun war sein Blick nämlich auf das Tor gerichtet, das leicht offen stand.

„Ich sollte es schon wissen", setze Bill nach.

„Nein", antwortete Arnold karg.

Nun sah Bill auch, was Arnold beschäftigte. „Verdammt!", entfuhr es ihm. „Das Tor!"

„Wir haben es vergessen." Arnold war der Schreck anzusehen. Henriece ließ ihn nicht aus den Augen.

„Das Fenster, das Ron zertrümmert hat", sagte Bill zu Arnold gewandt, „ist der Fensterladen sicher?"

„Ja, ich denke schon", meinte Arnold. „Hast du Angst, dass jemand –?"

„Natürlich habe ich das", entgegnete Bill und blieb an dem Tor stehen. Selbstverständlich hatte er den Scherbenhaufen schon untersucht und dabei festgestellt, dass Ron sich bei seiner Flucht nicht verletzt hatte. Auch erschien ihm der Fensterladen vorerst als sicher. Auch mit sehr viel Kraft hatte er ihn nicht ausheben können.

„Dieser Charles Bansly – was ist das für ein Mann?", fragte er ihn und sah ihn eindringlich dabei an. Bisher wusste Arnold noch nichts von der Begegnung, die Bill mit Bansly gehabt hatte.

„Charles?" Erstaunt über die Frage sah er ihn an. „Warum fragst du das?"

„Stell mir jetzt keine Gegenfragen", wurde Bill ärgerlich. „Ist er ein Freund deiner Familie?"

„Charles ist jedem sein Freund." Arnold öffnete das Tor und ließ sie an ihm vorbeitreten. „Immerhin ist ja jeder sein Kunde."

„Das Zeichen, das Sandra auf die Fließe gemalt hat – kennst du es?", stellte Bill die nächste Frage.

„Nein. Ich habe so etwas zuvor noch nie gesehen." Arnold schloss das Tor hinter sich zu und verriegelte es mit seinem Schlüssel. Henriece ließ seinen Blick an den Palisaden emporgleiten.

Unüberwindbar ist das aber nicht, dachte er sich und tat, was er gesagt hatte: er drang ohne noch etwas zu sagen in den dichten Wald ein und war nach wenigen Augenblicken im Unterholz verschwunden. Bill schaute ihm kopfschüttelnd hinterher, Arnold zuckte nur mit den Schultern.

Ron, dachte Henriece ununterbrochen. *Ich hoffe, du lebst noch, Ron. Ich hoffe es sehr!*

Je weiter sich Henriece von Larsens Residenz entfernte, desto unruhiger wurde Chrissie! Immer wieder begab sie sich an eines der Fenster und warf einen verängstigten Blick hinaus. Sie sah die schmächtige Gestalt zwischen den Büschen nicht. Charles Bansly spähte daraus hervor. Ein hässliches Grinsen lag auf seinem Gesicht, als er die Drei das Grundstück verlassen sah.

Sein Blick fixierte die Scherben, die zerstreut auf dem Boden lagen. Behände huschte er im Schutz der Morgendämmerung zu dem zerbrochenen Fenster. Geschickt hebelte er den Fensterladen mit ungeahnter Kraft aus und verschwand Sekunden später in Arnolds Wohnung...

Chrissies Herz pochte. Sie fühlte etwas, das ihr sehr viel Unbehagen bereitete. Helen bemerkte die Veränderung an ihr.

„Du bist sehr unruhig geworden", sprach sie Chrissie an.

„Seitdem sie weg sind, fühle ich mich unwohl", sagte sie. „Etwas stimmt nicht."

Helen legte einen Arm um ihre Schulter. „Angst?"

„Ja. Angst." Ihre Stimme zitterte wieder. „Ich möchte zu Pa", sagte sie darauf, löste sich von ihr und begab sich in das Gästezimmer. Gleichmäßige Atemzüge deuteten darauf hin, dass er schlief. Chrissie setzte sich auf die Bettkante und legte ihre Hand auf seine Stirn. Ein leichtes Husten folgte, dann wieder regelmäßiges Atmen.

„Ich liebe dich, Pa", flüsterte sie zu ihm. „Bitte, bitte werde wieder gesund." Sie beugte sich zu ihm nieder und gab ihm einen sanften Kuss auf die Stirn.

Zum selben Zeitpunkt schlich sich Bansly nach oben. Bansly schien sich sehr gut auszukennen. Flink wie ein Wiesel huschte er über den Flur in die dunkel gelegene Diele.

Dolph hustete ein weiteres Mal. Bansly konnte die Tür des Gästezimmers sehen, die lautlos geöffnet wurde. Chrissie begab sich wieder in das Wohnzimmer, über Bansly's Gesicht flog abermals ein hässliches Grinsen.

Kurz hielt er vor der Tür inne, horchte, drückte langsam die Klinke hinunter, um sie einen Spaltbreit zu öffnen. Regelmäßige Atemzüge sagten ihm, dass jemand darin schlief. Kurzerhand trat er ein und drückte die Tür lautlos hinter sich wieder zu. Ohne Umschweife trat er dicht an Dolph heran, legte zwei Finger an seine Halsschlagader und drückte ihm die Arterie ab.

Das Blut begann sich zu stauen, die Adern schwollen an. Immer fester musste Bansly darauf drücken. Schon begann Dolph unruhig zu werden, Bansly ließ nicht los. Sein Blick haftete auf seinen Augenlidern.

Jäh riss Dolph plötzlich seine Augen auf, für Bansly der Moment, dem gestauten Blut freien Lauf zu lassen. Das Blut schoss förmlich in Dolphs Gehirn, ließ Adern platzen, bahnte sich den Weg zwischen Hirnrinde und Schädelinnendecke, begann sich zu verteilen, um dann aus den Naselöchern und den Ohren heraus zu rinnen. Die Augäpfel färbten sich rot, die Atmung lahmte, kam zum Stillstand – Dolph Parker war tot.

Kaltblütig wandte Bansly sich ab, öffnete leise die Tür, horchte und schlich sich darauf in das obere Stockwerk. Das Schlafzimmerfenster von Christoph Larsen bot direkten Blick in den Garten und auf das Eingangstor. Unmittelbar neben dem Fenster postierte er sich...

„Er schläft", sagte Chrissie zu Doc Wesley, der mit Helen am Billardtisch lehnte.

„Dolph ist hart im Nehmen", erwiderte Wesley. „British Army hat ihm wohl das Leben gerettet. Jeder andere wäre längst schon umgekommen."

Chrissies Atem ging schwer. Sie wurde nervös und zunehmend unruhig. „Ich habe so ein ungutes Gefühl", sagte sie. „Sandras Tod ist so schrecklich. Der tote Mr. Larsen auf dem Dachboden – bitte Joseph. Bitte sag mir, was hier geschieht. Du kennst doch die Menschen hier. Du bist doch ihr Arzt. Du musst doch wissen, was geschehen ist. Kann Henriece denn recht haben? Ist das möglich?"

Zitternd stand sie vor ihm und schaute ihm in die Augen. Wesley verzog keine Miene.

„Ich bin ihr Arzt", sagte er dann nach einer Weile. „Ich bin genauso entsetzt, wie du es bist und ich tu mir genauso schwer wie Bill, daran zu glauben."

„Das mit Pa war kein Unfall", sagte Chrissie darauf. „Mein Vater ist ein sehr vorsichtiger und gewissenhafter Mensch. Ihm wäre das niemals passiert. Ich versteh das nicht. Ich habe das Gefühl, jemand wollte ihn umbringen."

Wesley atmete tief durch. „Wir müssen es wohl mit in Anbetracht ziehen", meinte er dann.

„Er sollte etwas essen und trinken." Hilfesuchend schaute sie auf Helen. „Vielleicht sollten wir ihn wecken. Vielleicht kann er uns ja etwas sagen."

„Hm", tat Wesley. „Die Spritze müsste allmählich nachlassen. Möchtest du, dass ich ihn mir ansehe?"

„Ich weiß nicht. Ich weiß nicht, was das Richtige ist."

„Lassen wir ihn noch ein wenig schlafen", meinte Wesley dann. „Vielleicht sollten wir uns einmal das Haus etwas näher anschauen. Ich kenne es zwar, doch so genau dann auch wieder nicht."

„Da bin ich ganz bei dir", sagte Helen. „Arnolds Vater steckte in dieser Angelegenheit tief drin. Es wäre ja möglich, wir finden irgendwelche Anhaltspunkte, die uns weiterbringen."

„Was meinst du, Chrissie?", fragte Wesley. „Wir möchten dich nicht alleine lassen."

„Ich würde gerne etwas frühstücken", erwiderte sie. „Ich habe Hunger und Durst."

„Komm mit", forderte Helen sie auf und führte Chrissie in die Küche.

Unterdessen drang Henriece zielstrebig durch den Wald. Er wollte ins Hotel! Henriece wollte dort mit seiner Suche nach Ron beginnen. Oft schon war er durch die Wälder von Harbourn gestreunt, hatte die Natur genossen und konnte in sich kehren. Nun quälten ihn die Ereignisse und die eigenartige Stille machte ihn mürbe. Bis auf das Rauschen des Waldes hörte er nichts! Kein Vogel sang, kein Hund kläffte keine Hahn krähte. Wie ausgestorben.

Eine viertel Stunde später tauchte March's Hotel zwischen den Bäumen auf und Henriece blieb am Waldrand zum Parkplatz stehen.

March verließ soeben das Hotel. Sie trug ein großes Holzkreuz auf der Schulter. Geradewegs hielt sie auf den Park zu, ohne nach links oder nach rechts zu sehen.

„Da komme ich ja gerade rechtzeitig", flüsterte er, wartete, bis sie hinter den ersten Büschen verschwunden war, und nahm die Verfolgung auf. Henriece wusste sehr geschickt, Bäume und Sträucher als Deckung zu nutzen. March sah er in Richtung Pfarrhaus verschwinden, als sich das Kirchenportal langsam öffnete und seine Aufmerksamkeit darauf zog. Schnell versteckte er sich hinter der mächtigen Tanne, die ihre Äste weit zum Boden neigte. Auch dem Landstreicher dienten sie schon viel Male als Versteck.

Zwischen den Ästen hindurch beobachtete er eine Gestalt, die zum Vorschein kam. Sie wankte, stolperte, drehte sich um, stolperte nochmals und fiel dann rückwärts die Stufen hinab.

Henriece erkannte Ron!

Blutüberströmt blieb er vor den Stufen auf dem Rücken liegen. Etwas hielt er in der Hand. Etwas, das Henriece nicht erkennen konnte.

Im selben Moment gellte ein furchtbarer Schrei durch die Wälder. Markdurchdringend hallte er von allen Seiten und Henriece schoss es regelrecht durch den Kopf: *Chrissie!*

Er zwang sich zur Ruhe. Niemand sonst verließ die Kirche. Er wartete noch einige Minuten und huschte daraufhin zu Ron.

Sein Gesicht war übel zugerichtet. Blut quoll aus einer klaffenden Wunde, ähnlich zugerichtet wie beim Pater Athelwolds. In der Hand hielt er eine Fotografie. Das Bild, welches das Ehepaar Bansly mit ihrem Sohn in der Mitte zeigte. Seine Hosen waren voll mit Wachstropfen. Henriece betrachtete sie sich näher.

Ruckartig riss er darauf sein Hemd auseinander und betrachtete das Zeichen unter der linken Brust.

„Möge Gott deine Seele beschützen", sagte er dann auf Spanisch, nahm das Bild an sich und setze zum Rückweg an.

Er war schockiert!

Schockiert war auch Helen, die auf Dolph Parker starrte. Wesley untersuchte ihn, Chrissie kniete vor ihm und weinte bitterlich.

„Diagnose?", fragte Helen mit rauer, gequälter Stimme.

„Hirnblutung", antwortete Doc Wesley. „Eine Embolie. Kann von seinem Unfall sein."

Helen kniete sich neben Chrissie und nahm sie in die Arme.

„Komm", flüsterte sie ihr zu. „Wir können nichts mehr für ihn tun."

„Er lebte noch", hauchte sie. „Als ich bei ihm war, lebte er noch."

Geräusche an der Haustür. Sekunden später tauchten Bill und Arnold auf.

Völlig außer Atem starrten sie auf Dolph.

„Was – ist passiert?" Bill musste nach Atem ringen.

„Dolph hatte eine starke Gehirnblutung", flüsterte Doc Wesley und ließ Bill an das Bett herantreten. Ein dunkler Fleck an der Halsschlagader fiel ihm sofort ins Auge. Von einem Moment auf den anderen wich ihm die Farbe aus dem Gesicht. Aschfahl sah er auf Wesley.

„Mord", hauchte er ihm entgegen. „Joseph, das war Mord!"

„Mord?!" Fassungslos starrte er ihn an.

Bill zeigte auf den dunklen Fleck. „Die Halsschlagader. Sie wurde ihm zugedrückt."

„W-er?"

Bill nahm seinen Revolver heraus. Ohne etwas zu erwidern, verließ er den Raum und begab sich auf direktem Weg in Arnolds Wohnung. Arnold folgte ihm auf den Tritt.

„Verdammt!", fluchte Bill, als er den Fensterladen sah. Er war nur an die Terrassentür angelehnt. „Jemand ist hier. Hier in deinem Haus!" Bill entsicherte seine Waffe. „Und wir wissen nicht, wie viele es sind", sagte er zu Arnold gewandt, der ihn entgeistert anschaute.

„Ist das Tor zu?", fragte Bill dann. „Hast du es hinter dir verschlossen?"

„Ja, ganz sicher", antwortete Arnold und entsicherte seinen Revolver ebenfalls.

„Kann sich Henriece bemerkbar machen?"

„Er weiß, wo die Klingel ist", meinte Arnold nur. „Wo beginnen wir?", fragte er und wandte sich der Tür zu.

„Sie müssen mindestens zu zweit sein", sagte Bill. „Einer allein kann diesen Fensterladen nicht herausheben."

„Dann mal los..." Arnolds Augen funkelten. Bill sah nicht, was Doc Wesley in den Augen des jungen Larsen gesehen hatte: Mordlust!

Arnold hetzte regelrecht voran, riss die Kellertüren mit schussbereiter Waffe auf, bereit, sofort zu schießen. Bill hielt ihn auf, als er die Treppe hinaufhetzen wollte.

„So geht das nicht", sagte er zu ihm. „Wenn das alles vorbei ist, kannst du gerne eine Ausbildung im Präsidium beginnen. Doch jetzt musst du dich unbedingt zurückhalten."

„Warum?" Arnold sah ihn verwundert und verärgert zugleich an. „Ich leg diese Kerle um, wen sie mir vor den Lauf kommen."

„So verscheuchst du sie vielmehr", erwiderte Bill grimmig. „Und wir brauchen sie lebend!"

„Lebend?"

„Ja man! Das sind vielleicht deine Bekannten oder deine Freunde. Vielleicht ist an Josephs Virusversion was dran und man kann sie behandeln. Vielleicht ist auch Ron dabei. Willst du ihn etwa abknallen?"

„Er hat Sandra umgebracht. Und er wollte mich umbringen. Und dich haben sie auch nicht gerade freundschaftlich behandelt. Du willst sie wirklich leben lassen?"

Bill schnaubte. „Tot kann ich sie nicht verhören."

„Wie soll ich das machen?" Arnold setzte ein fragwürdiges Gesicht auf. „Soll ich sagen: Hände hoch, du bist verhaftet?"

„Verdammt noch mal, Arnold! Mach mich hier nicht zum Affen! Wir gehen jetzt nach oben zu den anderen. Dort besprechen wir weiteres Vorgehen!"

„Meinetwegen", sagte Arnold. „Danach aber jagen **wir** sie..."

„Das werden wir dann sehen. Los jetzt!"

Chrissie lag im Wohnzimmer auf dem Sofa und weinte in das Kissen, Helen saß bei ihr und versuchte sie zu trösten. Doc Wesley lehnte am Billardtisch, den Revolver in der Hand.

„Wir sind nicht allein", sagte Bill, als sie den Saal betraten.

Erschrocken sah Helen auf. Doc Wesley verzog keine Miene. Auf einmal vernahmen sie ein Poltern, das vom oberen Stockwerk herrührte.

Arnold fragte nicht lange: Er rannte einfach los.

„Verdammter Bengel!", fluchte Bill und rannte ihm hinterher.

Arnold schien das Geräusch sehr gut orten zu können, denn gezielt hielt er auf das Schlafzimmer seines Vaters zu. Fast gleichzeitig betraten Bill und er den Raum. Das Fenster war leicht geöffnet, ein lauer Wind wehte den Vorhang hin und her.

Bill drängte sich an Arnold vorbei zum Fenster. Der Stamm einer Tanne ragte nur eine Armlänge entfernt neben dem Fenster in die Höhe. Geeignet, daran hinabsteigen zu können.

„Verflucht", zischte Bill, als er seinen Blick daran hinabschweifen ließ. Angestrengt durchsuchte er das Umfeld. Ein Teil des Tores und einen Teil des Gartens konnte er sehen. Eine Person oder den Schatten davon jedoch nicht.

„Entwischt", flüsterte er. „Sie sind uns entwischt." Enttäuscht verschloss er das Fenster und verließ mit gesenktem Kopf den Raum.

Weder Bill noch Arnold ahnten Banslys List. Der nämlich krallte sich unter dem Bett am Rost fest, sodass er nicht gesehen werden konnte, sollte jemand einen flüchtigen Blick darunter werfen.

Als sie wieder das Wohnzimmer betraten, klingelte es.

„Henriece", meinte Doc Wesley und sah fragend auf die beiden.

„Wir gehen gemeinsam", sagte Bill zu Arnold. Wenig später kehrten sie mit Henriece zurück. Von irgendwelchen Personen war natürlich nicht die Spur.

„Dolph – tot?" Mit erschrockenem Blick schaute Henriece auf Chrissie. Sie schien nun zu schlafen.

„Ermordet", fuhr Bill fort, womit er Henriece erneut einen Schock versetzte.

„Er-mor-det?" Ungläubig sah er Bill an.

„Es war leichtsinnig von mir, das zerbrochene Fenster außer Acht zu lassen", sagte Bill darauf. „Sie sind durch Arnolds Wohnung eingedrungen, haben Dolphs Halsschlagader zugedrückt und das angestaute Blut in seinen Kopf schießen lassen."

Henriece sah ihn nur an. Er sagte nichts und er ließ sich nicht anmerken, was in ihm vorging.

„Ich will, dass sämtliche unteren Fenster zugenagelt werden", schnaubte Bill wütend. „Und ich will, dass wir abwechselnd Wache schieben. Vom oberen Fenster aus kann man über das gesamte Dorf blicken." Als er das sagte, ließ er Arnold nicht eine Sekunde lang aus den Augen. „Sogar einen Teil der Straße kann man beobachten."

Henrieces Kopf bewegte sich langsam hin und her. „Tagsüber ist eine Wache ja sehr sinnvoll", erwiderte er. „Aber in der Nacht?"

„Auch in der Nacht", beharrte Bill. „Wenn sie uns haben wollen, müssen sie kommen. Und daraus sollten wir unseren Vorteil ziehen."

„Wir können uns hier verschanzen, ja. Wir können es ihnen unmöglich machen, an uns heranzukommen. Auch das geht. Aber vergiss nicht ihn. Vergiss nicht Theodor. Vor ihm kannst du keine Mauer errichten. Da wo du bist, Bill, da kann auch er sein."

„Theodor..." Bills sagte dies sehr verbissen.

„Wir müssen herausbekommen, wer von uns es ist, dem Theodor weicht", fuhr Henriece unbeirrt fort. „Einer von uns, Bill. Einer von uns wenigen hat Macht über ihn." Henriece zeigte in Richtung Dorf. „Errichte du unseren Schutz gegen sie, ich stelle mich ihm."

Bill atmete mehrmals tief durch. „Dolph wurde von Menschenhand ermordet", versuchte er dagegen zu halten. „Sandra wurde von Menschenhand ermordet. Mit Sicherheit auch Pater Athelwolds. Es waren Menschen, die das getan haben. Diese verdammten Menschen." Bill streckte seinen Arm aus. Sein Finger deutete in dieselbe Richtung, in die Henriece gezeigt hatte. Demonstrativ hielt er ihm darauf seine Waffe vor das Gesicht. „Ich kämpfe damit. Ich scheue mich nicht davor, jedem von ihnen, der sich uns nähert, eine Kugel in den Kopf zu jagen. Und wenn ich das gesamte Dorf dabei auslösche. Ich werde mich verteidigen bis zum letzten Atemzug. Kämpfe du auf deine Weise. Ich kämpfe hiermit. Meine Geduld ist am Ende!" Wütend wandte er sich von Henriece ab. „Nachdem ich die Fenster im Keller zugenagelt habe, werde ich mir den Garten vornehmen. So ganz glaube ich noch nicht, dass das Haus unerreichbar ist." Wieder sah er Arnold dabei eingehend an.

„In einem muss ich Bill recht geben", sagte nun Doc Wesley. „Die größte Gefahr droht aus dem Dorf. Die Menschen haben sich innerhalb weniger Stunden verändert. Sie sind zu Mördern geworden und unberechenbar dazu. Ron ist das beste Beispiel."

„Von Ron wird keine Gefahr mehr ausgehen", sagte Henriece darauf. Mit eisernem Blick sah er auf Arnold. „Dein Freund hat dasselbe Schicksal erlitten wie Pater Athelwolds."

Nicht nur Arnold zuckte zusammen. Auch Bill musste mehrmals schlucken. Wesley entwich die Farbe aus dem Gesicht, Helen starrte ihn mit offenem Mund an.

Zu Bill gewandt sagte Henriece dann: „Wenn ich herausbekommen habe, wer von uns es ist, lasse ich es dich wissen."

„Beeilen wir uns!", hauchte Bill. „Ich will diese verdammten Fenster zugenagelt sehen." Eilig verließ er den Raum. Wesley und Arnold folgten ihm und auch Helen ging nach dieser Schocknachricht, um ein Glas Wasser aus der Küche zu holen.

Unruhig wälzte sich Chrissie auf einmal hin und her, schreckte auf, ohne jedoch zu erwachen.

Bis auf die Hammerschläge, die dumpf vom Keller herauf in das Wohnzimmer drangen, waren die einzigen Geräusche das Ticken der Standuhr und die schreckhaften Regungen Chrissies. Auf ihr hafteten nun die Augen des Spaniers, als würde er jederzeit etwas Unvorhergesehenes erwarten.

„Nein, nicht, nein, bitte, bitte", mischten sich Chrissies Ausrufe dazwischen. Jäh fuhr sie nach oben, starrte mit ausdruckslosen Augen vor sich.

Henriece setzte sich zu ihr nieder und legte eine Hand auf ihre Schulter.

„Dad", hauchte Chrissie ihm zu. Tränen füllten ihre Augen. „Ich sah meinen Vater", sagte sie leise. „Ich sah, wie er einem großen Mann mit schwarzem Umhang und schwarzen langen Haaren gegenüberstand. Sie standen sich gegenüber und sahen mich an." Ihr Atem ging schwer, Henriece schaute ihr tief in die Augen.

„Dann war da noch ein Junge, mein Bruder – in dem Traum war er mein Bruder. Er hatte merkwürdige Rollen in der Hand. Auf einmal kam mein Vater dem Fremden näher, plötzlich war er verschwunden. Ich suchte ihn, konnte ihn aber nirgends finden. Der Fremde drehte sich um, er hatte auf einmal die Gesichtszüge meines Vaters." In Chrissies Stimme lag etwas Unheimliches. Immer wieder schloss sie dabei ihre Augen, um sich noch besser an den Traum erinnern zu können. „Mein Bruder war um einiges älter als ich", sprach sie weiter. „Er sollte die Rollen studieren, ich glaube es waren Schriftstücke. Auf einmal ist die Tür aufgegangen. Ein kleiner buckliger Mann hat den Raum betreten. Mein Bruder war plötzlich verschwunden. Mir kam es vor, als hätte ich den Buckligen schon einmal gesehen. Vor meinem Vater blieb er stehen. Sie redeten miteinander, aber ich konnte nichts verstehen. Ich sah noch, wie sich die Augen meines Vaters verengten. Dann nannte er den Buckligen Rhodes, der sich plötzlich umdrehte und mich ansah. Aber es war nicht mehr derselbe, er hatte ein anderes Gesicht. Er grinste mich an. Sein Mund wurde so groß, dass ich dachte, er wolle mich verschlingen. Ich sah nach meinem Vater, aber es war wieder der Fremde – dann bin ich aufgewacht."

Aufmerksam hatte Henriece zugehört, wobei er Chrissie kein einziges Mal aus den Augen gelassen hatte. Dennoch war ihm nicht entgangen, dass Arnold wie gelangweilt den Raum betrat, gefolgt von Helen, die sich mit dem Glas Wasser schweigend in einen der Sessel setzte. Nervös warf Chrissie einen längeren Blick auf Arnold.

„Du magst ihn nicht", bemerkte Henriece so leise, dass Arnold ihn nicht hören konnte.

„Nicht mehr", erwiderte Chrissie kaum hörbar. „Warum tust du das?", fragte sie darauf.

„Warum ich zurückgekommen bin?", erwiderte er zögernd und sah Chrissie eine lange Zeit an, ohne etwas zu sagen. „Mir – blieb keine andere Wahl", gab er dann als Antwort. Ihn fröstelte! Chrissie erzählte von derselben Person, der auch er in seinem Inneren begegnete.

Einige Minuten verstrichen, in denen Chrissie ihn leer und teilnahmslos anschaute. Der Schmerz über den Verlust ihres Vaters saß tief und trieb immer wieder neue Tränen aus ihr hervor. „War – es Ron?", brachte sie nur mit viel Mühe über die Lippen.

„Nein", antwortete Henriece kopfschüttelnd. Dabei sah er in seinem Blickwinkel Arnold, wie dieser mit gesenktem Kopf gegen den Billardtisch lehnte und von niemandem Notiz nahm. Nur seine verletzte Hand, die rieb er sich sehr vorsichtig.

Mit einem Male verstummten die Hammerschläge und nur noch das Ticken der Standuhr war zu vernehmen.

Plötzlich riss Arnold den Kopf hoch und drehte sich zu ihnen. Henriece lenkte seinen Blick auf ihn.

„Du wusstest es", sprach Henriece ihn unvermittelt an.

Obwohl Arnold sich gut zu verstellen wusste, erkannte er das leichte Zusammenzucken in dessen Augen.

„Wovon redest du?", kam es ohne jegliche Gefühlsregung zurück.

„Du weißt genau, wovon ich rede", erwiderte Henriece in scharfem

Ton. „Vielleicht ist dir einiges nur nicht bewusst gewesen, aber dass du von nichts eine Ahnung gehabt hast, das nehme ich dir nicht ab."

Arnolds Blick wanderte zwischen ihm und Chrissie hin und her.

„Ich wollte doch nur herausfinden, ob es wahr ist", lispelte er unerwartet kleinlaut. „Ich dachte wirklich, dass sie nur Spaß machen."

„Wen meinst du mit **sie?**", hakte Henriece sofort ein. Er spürte, dass Arnold Angst hatte.

„Ich glaubte es einfach nicht", wiederholte sich Arnold, als hätte er die Frage nicht gehört. „Ich wollte es wissen, ich wollte wissen, ob es wahr ist." Mit der verletzten Hand fuhr er über sein Gesicht, das bleich und eingefallen wirkte.

Henriece konnte sich gut erinnern. Ja! Es war Arnold. Arnold war es gewesen, der dieses Thema angeschnitten hatte. Arnold war es auch gewesen, der ihn so lange gereizt hatte, bis er es ihm beweisen wollte. Von Anfang an war es Arnold, der die Dinge, wenn auch vielleicht unbewusst, in die Wege leitete, aber als er die Gefahr dann erkannte, war es längst schon zu spät.

„Wie lange schon?", wollte Henriece nur noch wissen. Arnold machte einen Schritt nach vorn. Seine Hände zitterten. Alles an ihm begann zu zittern. Krampfhaft versuchte er ruhig zu bleiben, sich mit beiden Händen an einem der Partytische festzuhalten. Helen ließ ihn nicht aus den Augen. Ihre Hand lag an ihrem Revolver, den sie verborgen hielt.

Hammerschläge vermischten sich wieder mit dem Ticken der Standuhr. Arnold stand so, dass er in seinem Blickwinkel den Eingang sehen konnte. Plötzlich war sein Gesichtsausdruck wie erstarrt. Weder Helen noch Henriece sahen, was auch Chrissie erschreckte.

„Nein", kam es fast lautlos über Arnolds Lippen. Er wankte, wollte zurückweichen. Zu spät. Zu spät erkannte auch Henriece die Gefahr. Jäh fuhr er herum, als sich ein lautes Geräusch näherte. Im selben Moment sah er Bansly direkt auf Arnold zuspringen. Noch bevor Arnold reagieren konnte, bohrte sich ein spitziger Gegenstand in dessen Kehle.

Chrissie schrie. Sie schrie, als sie sah, wie sich ein Stilett in Arnolds Hals bohrte, noch ehe Helen ihren Revolver auf Bansly richten konnte. Mehrmals hintereinander rammte er die Klinge zentimetertief in Arnolds Hals. Geschickt drehte sich Bansly dabei so, dass er den regungslosen Arnold wie ein Schutzschild vor sich halten konnte. Sein Blick fixierte Helen, die mit ihrem Revolver seinen Kopf anvisierte.

„Verräter", hörten sie ihn zischen. „Hier habt ihr ihn", rief er darauf aus und stieß mit voller Wucht Arnolds blutenden Körper von sich direkt auf Helen zu und wollte die Flucht ergreifen.

Ein Schuss krachte. Helen war eine ausgezeichnete Schützin. Getroffen wurde Charles Bansly zurückgeworfen. Ein zweiter Schuss traf ihn in den Bauch. Mit aufgerissenen Augen starrte er sie an.

„Du gottverdammte Hure", röchelte er. „Alle wird er euch holen. Alle –", der dritte Schuss traf ihn mitten in die Stirn und warf seinen Körper wuchtig zurück. Vor Bills und Wesleys Füßen kam er zu liegen.

Wütend starrte Bill auf Arnold, der blutüberströmt vor den Füßen seiner Frau lag. Henriece beugte sich soeben über ihn. Der Blutverlust war zu groß. Mit flackernden Augen sah er Henriece an.

„Du – du hast – recht", stammelte er kaum hörbar. Ein Zucken durchfuhr seinen Körper – Arnold starb mit einer Träne in den Augen.

Henriece knöpfte sein Hemd auf.

Arnold hatte dasselbe Zeichen unter der Brust wie sein Vater. Das Zeichen war lange schon vernarbt.

„Also doch", hörte er Bill hinter sich flüstern. „Dieses ganze Dorf ist gottverdammt!" Mit geschlitzten Augen wandte er sich Wesley zu, der Banslys Brust ebenfalls entblößt hatte.

„Bei ihm auch", sagte Doc Wesley mit gepresster Stimme. „Was geht hier vor?" Fragend schaute er auf Bill, der regungslos auf ihn niederstarrte.

Henriece sah es an der Zeit, die Fotografie hervor zu nehmen, die Ron in der Hand gehalten hatte. Er legte sie vor Bill auf den Partytisch.

„Ron hatte sie in der Hand", klärte er Bill auf. „Das ist Charles –"

„Ich kenne die Fotografie", schnitte ihm Bill das Wort ab und nahm das Foto an sich. „Sie ist aus Bansly's Laden."

„Das", sagte Henriece und zeigte auf den jungen Mann. „Das ist Scarliet."

„Scarliet? Von dem Sandra gesprochen hatte? Woher weißt du –?"

„Niemals!", unterbrach Wesley ihn heftig. „Harry Bansly ist im Winches-Store. Wie kommst du darauf, dass das dieser Scarliet ist?"

„Eingebung", sagte Henriece. „Warum sonst soll Ron dieses Foto bei sich haben? Er wollte damit etwas mitteilen."

„Wo hast du Ron gefunden?", fragte Helen ihn, die sich die Fotografie genau betrachtete.

„Ron kam aus der Kirche", antwortete Henriece und musste mit Schaudern daran denken, wie er die Stufen hinabgefallen war und er ihn grausam zugerichtet aufgefunden hatte. „Sein Gesicht war verstümmelt. Es muss kurz zuvor passiert sein, denn er stolperte aus der Tür und fiel dann die Stufen hinab."

„Und die Fotografie?"

„Hielt er in der Hand."

Helen wandte sich zu Doc Wesley, der mit schwitzender Stirn unentwegt auf das Foto starrte. „Nur noch du bist von hier", sprach sie ihn an. „Und du weißt nichts von diesem Zeichen?"

„Für mich ist das alles sehr rätselhaft", erwiderte Wesley. „Ich kann aber mit Bestimmtheit sagen, dass Harry Bansly nicht dieser Scarliet sein kann. Harry Bansly befindet sich in der geschlossenen Anstalt von Winches-Store. Ich selbst habe ihn dort eingewiesen."

„Erzähle mir von ihm", forderte Helen ihn auf. „Was für eine Krankheit hat er? Was ist er für ein Mensch?"

„Harry leidet an Schizophrenie", antwortete Wesley und wischte sich den Schweiß von der Stirn. „Zwei Persönlichkeiten leben in ihm. Ein zaghafter, schüchterner, dazu hochintelligenter und ein jähzorniger aggressiver Charakter. Letzterer brachte ihn dort hin, wo er sich jetzt befindet. Harry wird niemals wieder das Sanatorium verlassen können. Er ist für die Allgemeinheit zur Gefahr geworden."

„Und wenn er ausgebrochen ist?"

„Unmöglich. Er wird medikamentös ruhiggestellt. Und wenn du darauf spekulierst, dass dieser Landstreicher, den Ron gesehen haben will Harry ist, dann muss ich dagegen halten, dass seine Beschreibung überhaupt nicht auf ihn passt. Harry hat kurzes Haar, der Landstreicher wurde von ihm langhaarig beschrieben."

„Das Foto lag in Harrys Zimmer", sagte nun Bill. „Warum hat Ron es geholt? Oder wie ist er sonst zu diesem Foto gekommen? Ron hatte das Foto ebenfalls gesehen, als wir sein Haus durchsucht hatten. Vielleicht hatte er diesen Scarliet in dem Foto wiedererkannt. Das ist doch möglich – oder?"

Wesley wollte darauf antworten, das entfernte Läuten der Kirchenglocken hielt ihn davon ab. Das Schaudern, das seinen Körper ergriff, konnte er nicht verbergen.

Chrissie schreckte auf. „Was hat das zu bedeuten?" Erwartungsvoll schaute sie auf Henriece. Ihre Blicke trafen sich – abrupt wandte er sich dann ab und rannte in das oberste Stockwerk an das Fenster im Flur, das Blick in das Dorf gewährte.

„Sie gehen in die Kirche", flüsterte er. Bill und Helen waren ihm gefolgt. Zwar undeutlich, doch unverwechselbar konnten sie sehen, wie viele Menschen über den Park in Richtung Kirche schritten.

„Ich habe ein verdammt ungutes Gefühl", sagte Bill. Er ließ Helen vorbei an das Fenster, die das Ereignis mit Schaudern betrachtete.

„Sie versammeln sich", flüsterte sie.

Henriece nahm das Athamé heraus und hielt es vor sich hin. In diesem Moment betraten Wesley und Chrissie den Flur.

„Was geschieht?", fragte Doc Wesley.

Seine Nervosität nahm sichtbar zu.

„Sie versammeln sich", antwortete ihm Henriece, der langsam auf Chrissie zutrat und sie etwas beiseite nahm.

„Ist das das Messer, mit dem –?"

„Ja", unterbrach er sie mit leiser Stimme. „Ron lebt nicht mehr ", setzte er hinzu. „Es geschehen Dinge, die nicht geschehen dürfen. Und ich vermute, es hat mit uns beiden zu tun, Chrissie. Mit dir und mit mir."

Chrissie sah ihn mit knopfgroßen Augen an. „Wie kommst du darauf?"

„Ich träumte Ähnliches wie du", flüsterte er. „Ich habe dieselben Begegnungen und ich kämpfe gegen etwas, das sehr viel Macht besitzt."

„Du auch?" Ihre Augen weiteten sich noch mehr. „Was willst du tun?" Immer wieder musste sie auf das Athamé schauen, das eine eigenartige Wirkung auf sie hatte.

„Etwas findet in der Kirche statt", sagte er. „Ich werde hingehen."

„Das ist gefährlich..."

„Ich muss herausfinden, was sie in der Kirche tun. Halte dich an Bill und Helen, meide Doc Wesley – ich traue ihm nicht."

Noch bevor sie etwas erwidern konnte, verschwand er, ohne sich um die anderen gekümmert zu haben.

„Wo geht er hin?", fragte Bill erregt.

„In die Kirche." Chrissie atmete hörbar tief durch. „Ich habe Angst um ihn."

„In die Kirche? Verdammt, das ist viel zu gefährlich!"

Bill trat ans Fenster. Er sah, wie Henriece den Fahrweg entlangeilte, das Tor öffnete und hinter sich wieder verschloss. Den Schlüssel hatte er Arnolds Hosentasche entnommen.

Mit großen Schritten rannte Henriece durch den Wald. Sein Ziel war das Pfarrhaus, das er von der anderen Seite aus erreichen wollte. Das bedeutete, er musste Harbourn umkreisen.

Er kannte die Schleichwege und Pfade wie seine Westentasche. Unbeobachtet gelang es ihm, zwanzig Minuten später das Pfarrhaus zu erreichen, an das er sich langsam anschlich. Sein Ziel war, unter die Tanne zu gelangen und sie dann zu erklettern, um von dort aus den Haupteingang und den Seiteneingang zu beobachten.

Nachdem er sich davon überzeugt hatte, dass niemand mehr unterwegs war, schlich er sich behände zur Kirche hinüber. Als er die Höhe des Seiteneinganges erreicht hatte, vernahm er eine dumpfe kraftvolle Stimme durch die Tür dringen. Mit wenigen Schritten befand er sich an der Tür und lauschte.

Leider konnte er die Stimme nur undeutlich vernehmen. Zu gerne wäre er jetzt unter den Harbournern und könnte miterleben, was sich da soeben abspielte.

„Sie haben Schuld! VERURTEILT SIE! TÖTET SIE!", hörte er plötzlich die Worte sehr genau. Der Redner hatte seine Stimme angehoben. „SOLANGE SIE NOCH AM LEBEN SIND", brüllte der Sprecher, „SOLANGE WERDEN SIE EUCH DAS EURIGE ZU NEHMEN TRACHTEN. SIE SIND DIE EINZIGEN, DIE SICH **IHM** ENTGEGENSTELLEN!"

Es wurde ruhig. Der Sprecher schien eine Redepause eingelegt zu haben. Henriece spähte an dem Gemäuer entlang. Die bunten Fenster reichten bis an seinen Kopf. Vorsichtig stellte er sich unter das erste bunte Glas und betrachtete sich die unzähligen Glaselemente. Auch wenn er sich an dem Sims hätte emporziehen können, durch das farbige Glas etwas zu erkennen hielt er für ausgeschlossen. Und das Risiko, entdeckt zu werden, war ihm zu groß.

Lautlos schlich er sich zu der Tanne. Rons Leichnam lag immer noch, wie er ihn verlassen hatte.

Gewandt kletterte er auf den untersten Ast und machte es sich dort einigermaßen bequem. Er konnte nun den Haupteingang, den Seiteneingang und bruchstückhaft das Pfarrhaus beobachten.

Eine viertel Stunde verstrich, in der nichts passierte. Plötzlich wurde der Haupteingang geöffnet.

Nacheinander verließen fünf Harbourner die Kirche. Fünf Männer, die Henriece schon öfters gesehen hatte und auch namentlich kannte. Einer von ihnen war noch sehr jung. Henriece kannte ihn als Frank Garden, der die Tür hinter sich verschloss. Vor Rons Leiche blieben sie stehen und schauten ihn an.

„Was jetzt?", fragte Neil Stanley. Er war der Lehrer von Harbourn.

„Was schon?", erwiderte der Älteste unter ihnen. Auch ihn kannte Henriece, hatte sogar mit ihm schon gesprochen. John Baker, Larsens erster Holzfäller. Der Jüngere neben ihm war sein Sohn Paul. „Wir gehen in Larsens Residenz und legen sie einfach um. Was bleibt uns denn anderes übrig?"

Auf einmal drehte sich Stanley ab und übergab sich. Das Erbrochene traf beinah Frank Gardens Freund Stephen Border, der gerade noch zurückweichen konnte. Hierbei öffnete sich die Jacke ein wenig und Henriece konnte Blutspuren unter der linken Brusthälfte erkennen.

„Wie kann ein Mensch so bestialisch sein?", fragte Baker trocken.

„Achtundvierzig Stunden", sagte Paul, sein Sohn. Der Anblick des Toten schien ihm weniger unter die Haut zu gehen. Eher prüfend betrachtete er sich das zerschundene Gesicht.

„Ich verstehe nicht, was Doc Wesley bei denen will." Frank sah fragend um sich. „Irgendwie habe ich das Gefühl, dass er ihnen den Toten in die Schuhe schiebt."

„Gib Acht, was du sagst", wies Baker ihn scharf zurecht. „Von uns ist es keiner gewesen. Ich will auch gar nicht wissen, wer es wirklich war. Schlage vor, wir gehen jetzt zu mir. Dort können wir reden."

„Geht es dir auch so?", fragte Frank darauf.

„Was meinst du?"

„Irgendwie fühle ich mich total befreit. Die ganze Zeit über steckte eine scheiß Angst in mir. Nächtelang konnte ich nicht schlafen. Seitdem uns March dieses komische Zeichen unter die Brust geritzt hat, ist es wie weggeblasen. Geht es dir auch so?"

„Mach dir darüber besser keine Gedanken, Frank", erwiderte Baker. „Wir sitzen alle im selben Boot. Wenn wir nicht enden wollen wie der hier, oder wie Hang und Sally, dann sollten wir tun, was er von uns verlangt."

„Es stört mich, dass Doc Wesley bei ihnen ist", entgegnete Frank. „Und Arnold. Wir sind doch zusammen bei dir –", er schaute auf Neil Stanley, „in die Schule gegangen. Ich kann mir nicht vorstellen, dass sie sich gegen ihn stellen. Ich kann es einfach nicht. Oder was meinst du, Neil? Ist schon okay, wenn ich Neil zu dir sage – oder?"

Mehr konnte Henriece nicht mehr vernehmen, da sie sich langsam von der Kirche entfernten. Doch das, was er gehört hatte, war sehr aufschlussreich!

6

Sollte je die Kraft dieser drei Symbole, die des Feuers, der Ewigkeit und des Geistes dir versagen, so sehe der Zukunft mit allem Möglichen ins Auge. Zweifle doch niemals an ihrer Wirkung, denn das wird der Untergang sein, vor dem dich diese drei kleinen Amulette zu schützen wissen.

Wieder und wieder musste Henriece an die letzten Worte des Mönches denken, als dieser ihm die drei Symbole zum Abschied überreicht hatte.

So schnell er konnte, war er zu Larsens Residenz zurückgerannt, um vor der drohenden Gefahr zu warnen. Über das, was er belauscht hatte, sprach er nicht. Dafür war nicht die Zeit. Für Bill war das wichtigste, das Haus zu verbarrikadieren und jegliche Art von Waffen zu finden, mit denen er sich verteidigen und töten konnte. Daran wollte Henriece sich jedoch nicht beteiligen. Er saß im Esszimmer Chrissie gegenüber, die ihn mit ängstlichem Blick musterte.

„Sie haben versagt", flüsterte er vor sich hin. Das Kettchen mit den silbernen Anhängern ließ er ununterbrochen zwischen seinen Fingern hindurchgleiten.

„Was ist das?", fragte Chrissie nach langem Schweigen. Helen betrat den Raum und setzte sich schweigend neben sie.

„Ich zweifle nicht an ihrer Wirkung", sprach Henriece weiter, als hätte er die Frage nicht vernommen. „Zweifel – sind es die Zweifel?"

„Was ist das?", wiederholte Chrissie ihre Frage und fasste nach seiner Hand. Henriece schaute auf. In seinen Augen war nicht die Spur von Angst.

„Ein Amulett", sagte er ruhig. „Es wird uns beschützen. Was auch passiert, Chrissie, es wird uns beschützen."

„Das?!" Chrissie war verwirrt.

„Chrissie", sprach er sie mit fester Stimme an. „Es gibt einen Weg, um herauszufinden, was in uns passiert."

„Wie meinst du das?" Chrissie schaute ihn an. Sie vertraute ihm.

Helen ließ ihn nicht aus den Augen. Sie beobachtete jede seiner Bewegungen.

„Wir beide haben dieselben Begegnungen", sprach er weiter. „Wir beide haben in unserer seelischen Vergangenheit etwas erlebt, das sehr von Bedeutung sein muss. Wir beide werden von demselben Wesen heimgesucht, das uns etwas mitteilen möchte oder das uns sogar besitzen will."

„Theodor?" Chrissie fröstelte.

„Mit deiner Hilfe kann ich versuchen, in die Vergangenheit zurückzugehen", sagte er und legte eine Hand auf die ihrige. „Unsere Seele ist unsere Erinnerung. Sie speichert Erlebtes und Vergangenes. Ich kann versuchen, die Vergangenheit zu erforschen und Erlebtes herauszufinden. Es kann uns helfen zu verstehen und es kann vielleicht auch ihm helfen, Ruhe zu finden."

„Wie"?

„Hypnose. Ich versetze dich in einen schläfrigen Zustand und kann dadurch zu deiner Seele finden."

„Das ist gefährlich", sagte sie spontan.

„Ja, es ist gefährlich. Aber es ist ein Weg. Ein möglicher Weg."

„Kann er dadurch in uns dringen?"

„Theodor kann jederzeit in uns dringen. Warum er es nicht macht, weiß ich noch nicht."

„Ich tu es!", erklärte sie sich bereit. „Ich bin bereit, mit dir diesen Schritt zu gehen. Wenn es uns hilft, mach ich es auf jeden Fall."

Bill betrat den Raum.

Zusammen mit Doc Wesley hatte er Arnold und Bansly in die Sauna geschafft und dann abwechselnd am Flurfenster Posten bezogen.

„Sie sind nun auf dem Weg hierher", sagte Bill, als würde er über etwas völlig Gewöhnliches berichten. „Joseph und ich machen uns bereit, sie zu empfangen", setzte er noch hinzu, wobei sein Blick auf Henriece fiel.

Über dessen Gesicht flog nämlich ein mehr oder weniger gezwungenes Lächeln. Er beachtete ihn aber nicht.

„Es wird zwar gefährlich sein", sagte er leise zu Chrissie, „aber es ist der einzige Weg, gegen Theodor anzukämpfen."

Jetzt sah Bill ihn fragend an.

„Hypnose", klärte Henriece Bill dann auf. „Ihre Träume sind Botschaften. Ich werde Chrissie hypnotisieren und versuchen, etwas über ihre seelische Vergangenheit herauszufinden."

„Hypnose...", wiederholte Bill in unmissverständlich zweifelnd.

„Ich lasse mich nicht belehren", erwiderte er fast beleidigt. „Ich sehe Chrissies Träume als eine Art Schlüsselfunktion. Sorge du dafür, dass wir nicht gestört werden. Ich vermute nicht nur, sondern ich weiß, dass wir Theodor nur auf diesem Wege verdrängen können."

„Theodor", entfuhr es Bill verächtlich. „Du redest immer nur von diesem Theodor. Ich kann mich einfach nicht mit dem Gedanken anfreunden, dass ein Geist – ach, lassen wir das! Nimm du deinen Weg, ich nehme meinen. Ich kämpfe hiermit!" Bill deutete demonstrativ auf seinen Revolver, drehte sich um und wollte gehen, da stellte sich ihm Helen in den Weg.

„Wenn es Chrissie hilft", sprach sie ihn leise an, „allein dann haben sich seine Bemühungen schon gelohnt. Das Mädchen ist am Boden zerstört. Sie redet sich andauernd ein, dass sie etwas mit diesen Vorfällen zu tun hat. Wegen ihrer Träume – verstehst du?"

Bill legte seinen Arm um ihre Schulter, drückte sie leicht an sich und sagte: „Bleib du bei ihnen. Das mit denen da draußen, das regeln wir schon." Sanft drückte er ihr einen Kuss auf die Stirn, löste sich von ihr und ging wieder hinaus.

Als sie sich zu den beiden umdrehte, begaben sie sich soeben auf das schmucke Sofa, das am Ende des Esssaales den Raum zierte.

Chrissie legte sich darauf und Henriece begann ohne Umschweife mit seiner Zeremonie.

Gleichmäßig schwenkte er dicht vor ihren Augen sein Amulett hin und her, indem er in regelmäßigen kurzen Abständen immer dieselben monotonen Sätze sagte: „Du wirst in einen tiefen Schlaf verfallen, Chrissie. Nichts um dich herum ist wichtig. Nur dein Schlaf, Chrissie. Schlaf... Du wirst in...“

Es dauerte keine zwei Minuten, da wurden Chrissies Lider schwerer und schwerer. Eine Minute später schon war sie in einen tiefen traumlosen Schlaf gefallen, den nur Henriece – durch ein Schnippen – beenden konnte.

Völlige Leere herrschte in ihr – als würde sie ganz woanders sein. Nicht mehr hier, nicht mehr bei Henriece, nicht mehr bei Helen. Weit weg, in einer ganz anderen Welt! Eine Welt, die ihr sonst verschlossen blieb. Es war nicht die Welt, die ihr vertraut war. Es war die Welt, die ihr Angst bereitete.

Angst! Chrissie bekam Angst...

Nicht vor dieser Welt, nein, es war der Mann, den sie deutlich vor sich sah. Sie konnte ihn erkennen, sie kannte ihn. Sie kannte ihn schon seit Langem. Groß und kräftig, gekleidet in einer schwarzen Robe glich er einem Richter, oder auch einem Wahrsager, wie Chrissie sie auf Jahrmärkten schon gesehen hatte.

Er sah sie an. Er sah sie nur an. Sein Haar wellte sich über seine Schulter. Seine Augen, selbst so schwarz wie das Haar, starrten in sie hinein.

„Dein Traum, Chrissie“, vernahm sie Henrieces Stimme wie durch Watte.

Sie war weit, weit weg. Sie konnte die Stimme kaum verstehen. Chrissie fühlte sich schwach, kraftlos. Es war der Fremde, der ihr so vertraut vorkam. Der Fremde war es aber, der sie zu beherrschen begann.

„Du kannst dich an ihn erinnern, Chrissie“, vernahm sie wieder seine Stimme, die noch weiter entfernt zu sein schien und noch weiter schien sie sich selbst von ihm zu entfernen.

Sie schwebte, sie flog, doch immer hatte sie diesen Mann vor Augen. Sein Blick! Er starrte sie an, er blockierte, er beherrschte!

Plötzlich bewegten sich seine Lippen. Er sprach zu ihr, doch konnte sie nichts verstehen. Es war zu leise, zu schwach.

Chrissie versuchte, sich zu nähern. Sie wollte verstehen, sie wollte wissen, was der Fremde zu sagen hatte. Ganz leise nun drangen seine Worte zu ihr. Je näher sie ihm kam, desto deutlicher konnte sie seine Stimme vernehmen. Auf einmal war ihr, als würde sich ein Teil, ein materieloses Wesen, von dem Fremden lösen. Durch sie hindurch schien dieses Wesen zu dringen, in die Richtung, aus der sie gekommen war.

Sieh nicht zurück!, warnten die Worte des Fremden. *Sieh nicht zurück...*

Chrissie tat es doch! Chrissie blickte zurück. Für einige Sekunden fühlte sie sich wie gelähmt, als sie sah, wie dieses Wesen, diese bläuliche Substanz, sich in ihren Körper zwängte.

Und sie sah noch etwas, das sie geradezu schockierte: Ihre Hände klammerten sich um Henrieces Hals, der verzweifelt versuchte, sich von ihrem eisernen Griff zu lösen.

Sie konnte Helen erkennen, die ihm dabei zu Hilfe kam. Doch war ihr Griff zu fest. Unüberwindbare Kraft, die ihre Hände fester und fester zusammendrücken ließen. Es war dieses Wesen, das sich von dem Fremden gelöst hatte. Es hatte sich ihres Körpers bemächtigt.

Schreiend eilte Chrissie zurück, zurück in diese Welt, in ihre vertraute Welt. Aus vollem Hals schrie sie dieses Wesen an. Schrie es an und versuchte es wegzureißen. Sie versuchte, es aus ihrem Körper zu stoßen. Sie zerrte an ihm, sie schlug darauf ein, doch half es nicht. Sie drehte sich um, nach dem Fremden, der nur dastand und sie anblickte; sie und dieses Wesen. Erbarmungslos waren seine Blicke, erbarmungslos sein Wille. Auf einmal jedoch zuckte er zusammen. Chrissie wandte sich wieder um. Panisch schrie sie auf. Jemand stand neben ihr, neben ihrem Körper.

Es war Bill, der ihr die Mündung des Revolvers gegen die Schläfe hielt. Im selben Moment hielt dieses Wesen inne. Es löste sich, es schwebte zurück. Gleichzeitig löste sich auch ihr Griff um Henrieces

Hals. Chrissie wollte dem Wesen hinterher blicken, sie wollte sehen, was es tat, wo es hinging. Niemand mehr befand sich in ihrer Nähe. Er, der Fremde war weg, verschwunden...

Helen half Henriece beim Aufstehen. Höllische Schmerzen pochten in seinem Hals. Nicht mehr lange, dann hätte Chrissie ihn erwürgt. Schlafend, völlig entspannt, als sei nichts geschehen, saß sie einfach da.

Bill steckte seinen Revolver in den Halfter zurück.

„Verdammt", fluchte er wütend. Röchelnd schnappte Henriece nach Luft.

„Sie hätte dich fast umgebracht!" Bill war außer sich. Instinktiv hatte er Chrissie seinen Revolver gegen die Schläfe gesetzt, die sich wie ein wildes Tier auf Henriece gestürzt hatte, um ihn zu würgen. Aus vollem Hals hatte sie dabei geschrien, weshalb Bill in das Wohnzimmer gestürzt kam.

„Verdammter Humbug", versuchte er sich nun Luft zu verschaffen. Sein Blick wanderte zwischen Chrissie und dem Spanier hin und her, der immer noch nach Luft ringen musste.

„Theo – dor", stammelte Henriece. Sein Blick fiel auf Chrissie. Es kostete ihm einiges an Kraft, mit den Fingern zu schnippen. Fast gleichzeitig öffneten sich ihre Augen.

„Was – was ist passiert?" Fragend und erschrocken zugleich blickte sie auf ihn. Sie konnte sich an nichts mehr erinnern.

„Du hättest Henriece beinahe umgebracht", versuchte Bill – so ruhig es ihm eben möglich war – zu antworten.

„Um-ge-bracht?" Mit aufgerissenen Augen starrte sie auf ihn.

„Theodor", hechelte Henriece. „Er wollte mich – beinahe wäre es ihm gelungen."

„Hättest du abgedrückt?", fragte Helen mit zitternder Stimme.

Bill schüttelte langsam den Kopf. Sein Blick suchte den von Henriece. Lange sah er ihn an, ohne etwas zu sagen.

„Ich muss es allein versuchen", flüsterte Henriece ihm zu.

„SIE SIND DA!" Wesleys Stimme donnerte. „UND SIE SIND BEWAFFNET!"

Bill griff zu seinem Revolver. Für einen Moment bohrte sich sein Blick in seinen. Henriece wusste, was nun geschehen würde. Blut wird fließen. Unschuldiges Blut. Traurig senkte er seinen Kopf. Diese Partie hatte er verloren, die ihm beinahe das eigene Leben gekostet hätte.

„Mach dich bereit", sagte Bill zu Helen am Vorbeigehen. Immer noch schockiert stand sie da und musterte Henriece mit verengten Augen.

„Was – war – das?", fragte sie ihn fassungslos.

„Theodor." Henriece rieb sich immer noch den Hals. Chrissie hatte mit einer Kraft zugedrückt, die sie eigentlich gar nicht hatte.

„Der – Geist?"

„Er hatte sich Chrissies Körper bemächtigt."

„Der Geist ist hier?" Helens Augen weiteten sich.

„Theodor ist gegenwärtig." Henrieces Stimme klang sehr traurig. „Die Menschen, die hier herkommen, stehen unter seinem Willen. Wenn Bill sie tötet, dann tötet er unschuldige Menschen."

„Sie sind seine – Marionetten?"

„Ich habe sie beobachtet, als sie die Kirche verlassen haben. Sie wissen nicht, was sie tun. Sie wollen es auch nicht tun. Sie tun es aus Angst."

„Sie sind bewaffnet. Sie wollen uns töten..."

„Sie haben den Auftrag, es zu tun. So wie Ron den Auftrag hatte, Arnold zu ermorden."

„Und das –", Helen zeigte ungläubig nach oben, „bewirkt dieser Geist?"

„Du hast es soeben erlebt und ich weiß nun auch, wer von uns es ist, vor dem er sich beugt." Henriece schaute auf Chrissie, die aufgestanden war. „Du bist es, Chrissie."

„Hast du etwas herausgefunden?" Chrissie trat dicht an ihn heran. Seine Nähe gab ihr Kraft. „Bill sagte, ich wollte dich – umbringen?"

„Theodor war in dir, Chrissie. Er hat versucht, mich durch dich zu töten. Als Bill dir dann seinen Revolver an die Schläfe gesetzt hatte, ließ er von dir ab – und somit du von mir."

„Ich wusste es", sagte sie. „Ich wusste es die ganze Zeit schon. Dann musste mein Vater wegen mir sterben..." Ihre Augen füllten sich mit Tränen. „Warum ich? Warum nur ich?"

Henriece nahm sie in seinen Arm. „Wir werden es herausfinden", flüsterte er ihr zu. „Auf jeden Fall wird er dein Leben nicht aufs Spiel setzen."

„Und jetzt?", fragte Helen. „Was jetzt?" Immer wieder warf sie einen Blick in den Garten. „Wir sollten nach oben gehen. Dort sind wir auf jeden Fall sicherer", fügte sie hinzu.

„Wir dürfen sie nicht töten", sagte Henriece. „Wir müssen versuchen, sie gefangen zu nehmen. Nicht töten. Kein Blut, Helen. Blut ist Lebenskraft. Mit jedem Tropfen Blut nähren wir seine Macht."

„Das zu verstehen fällt mir schwer", erwiderte Helen. „Und schwer wird es sein, Bill davon abzuhalten. Bill ist ein noch besserer Schütze als ich. Er wird gnadenlos, wenn es um sein Leben geht. Du wirst ihn nicht umstimmen können."

„Dann werde ich es alleine versuchen", erwiderte Henriece todernst.

„Nein", entfuhr es Chrissie. „Das ist gefährlich!"

Henriece schaute sie an. „Ich kann nicht anders, Chrissie. Es wäre Mord, wenn er das tut und ich würde mich mit schuldig machen."

„Sie wollen vielleicht nur mich", schoss es aus ihr hervor. „Wenn Theodor mich verschont, dann will er doch mich!"

Henriece drückte sie fest an sich. „Vertrau mir, Chrissie. Ich weiß sehr genau, was ich tu."

„Sicher?" Bill war das, der das sagte. Die letzten Worte hatte er gerade noch hören können. „Wir müssen die Fensterläden schließen – alle!", fügte er scharf hinzu.

Henriece wandte sich ihm zu. „Lass uns versuchen, sie gefangen zu nehmen", sprach er ihn mit fester Stimme an.

„Gefangen – nehmen?" Bill lachte. „Du machst wohl einen Scherz?"

„Sie stehen unter Theodors Kontrolle. Sie können nichts dafür, Bill. Sie wollen uns nicht töten – sie wollen es nur tun, weil sie Angst haben."

„Angst", hauchte Bill. „Ja, Angst. Glaube mir, die habe ich auch. Und ich werde einen Teufel tun, sie zu schonen. Kein Gesetz kann sie schützen und mich verurteilen. Kein Gesetz! Weder das englische, noch sonst eines. – Und jetzt wird das gemacht, was ich sage!"

Henriece atmete hörbar tief durch. „Gut – schließen wir die Fensterläden."

„Na endlich", konnte Bill sich nicht zurückhalten. „Wie ich gesehen habe, können sie von innen herangezogen werden."

Henriece ließ Bill machen. Es dauerte nicht sehr lange, dann waren sämtliche Fensterläden verschlossen und sie begaben sich in die oberen Räume. Henriece hatte keine Lust, sich mit ihm anzulegen. Er wollte Chrissie in Sicherheit wissen und dann seinen eigenen Weg gehen.

„Oben bist du sicher", flüsterte er Chrissie zu. „Halte dich an Bill und an Helen. Sie werden dich beschützen."

„Was hast du vor?", flüsterte sie zurück. Sie hatten den Flur erreicht, auf dem sich Doc Wesley aufhielt und den Fahrweg beobachtete.

„Ich kenne sie. Ich kenne sie alle, Chrissie. Ich kenne Harbourn sehr gut. Diese Menschen sind nicht böse. Sie haben Angst. Wir müssen ihre Angst bekämpfen, nicht sie selbst. Ihre Angst ist es, das sie zu dem macht, was sie sind. Die Angst treibt sie. Die Angst, und die wird von jemand geschürt. Ihn gilt es, zu bekommen. Diesen Scarliet. Ihn müssen wir finden."

„Du willst gehen?"

„Nein, ich gehe nicht von hier fort. Ich werde versuchen, einen von ihnen in das Haus zu locken."

„Das ist gefährlich!" Chrissie sah ihn mit festem Blick an. „Ich habe Angst – um dich", flüsterte sie ihm ins Ohr.

„Ich weiß, was ich tu", sagte er, wartete, bis Helen und Bill am Fenster standen, und schlich sich zurück.

Sie dürfen nicht sterben, ging es ihm durch den Kopf, während er das Athamé aus der Tasche nahm. *Mit jedem Tod gewinnt er an Macht...*

Henriece war es egal, was Bill dachte. Ob er ihm nun folgte oder nicht, war ihm völlig gleichgültig!

Auf direktem Weg begab er sich in Arnolds Wohnung.

„Die Scherben werden sie anlocken", sprach er mit sich selbst. Ein seltsames Gefühl überkam ihn, als er den Wohnzimmertisch betrachtete. Immer noch befanden sich leichte Kreidespuren darauf.

Direkt neben dem zerbrochenen Fenster kauerte er sich an das Mauerwerk und lauschte. Einige Minuten verstrichen, da näherten sich leise Schritte hinter ihm. Doc Wesley betrat den Raum.

„Du kennst dich in Harbourn aus?", sprach Wesley ihn leise an und hockte sich neben ihn.

„Ich habe schon sehr viel Zeit hier verbracht."

„Ich habe dich noch nie gesehen – wie kommt das?"

„Die Wälder interessierten mich", sagte Henriece, ohne ihn dabei anzusehen. „Und die Geschichten von Harbourn."

„Die Geschichten?" Doc Wesley tat erstaunt.

„Die, die erzählt werden." Nun schweifte sein Blick auf ihn. „Kennst du sie denn nicht?"

„Welche Geschichten meinst du denn?"

Nun zogen sich Henrieces Augenbrauen zusammen. „Die vom Teufel, Joseph. Ich meine die Geschichten vom Teufel."

„Vom – Teufel?" Wesley sah ihn verwirrt an. „Deswegen kamst du hier her?" Ein flüchtiges Lächeln verzog seine Mundwinkel. „Einige von hier glauben daran, die meisten aber nicht."

„Jede Geschichte hat einen wahren Kern", entgegnete Henriece. „Für mich ist Harbourn ein besonderes Dorf. Es ist mystisch – und es hat eine seltsame Vergangenheit."

„Wie – meinst du das?"

„Harbourn verändert sich nicht. Nichts in diesem Dorf verändert sich. Es ist noch genau so, wie vor einhundert, zweihundert oder auch fünfhundert Jahren."

„Ja, das stimmt." Doc Wesley sah ihn ganz genau an. Die Spuren an seinem Hals waren nicht zu übersehen. „Bill hat mich darum gebeten, nach dir zu sehen", sagte er dann. „Er schilderte mir, was vorhin passiert ist."

„Bill ist ein korrekter Mensch", entgegnete Henriece. „In seinem Job ist er mit Sicherheit einer der besten. Doch das hier, das ist eine ganz andere Welt. Das hier ist tiefgründig. Das, was hier passiert, hat seinen Anfang schon zu einer Zeit genommen, als das Dorf noch mittelalterlich war – oder auch schon früher."

„Was weißt du noch?" Wesley zeigte sich erstaunt.

Henriece sah ihm direkt in die Augen. „Ich weiß nichts", sagte er. „Ich ahne nur, wissen tu ich es nicht."

„Und was ahnst du noch?"

„Dass wir es mit diesem Teufel zu tun haben, von dem die Alten erzählen."

„Wer – erzählt?" Nun starrte Wesley auf ihn. „Mit wem – hast du dich unterhalten?"

„Mit dem Dorfältesten –"

„Mit Charles?"

„Ich weiß nicht, wie er heißt." Henriece spielte mit dem Athamé, „Ich traf ihn beim Spazierengehen. Er dachte, mir damit Angst machen zu können. Ich hatte so den Eindruck, er wolle erreichen, dass ich nicht mehr hier herkomme."

„Charles Dean", flüsterte Wesley. „Ein verrückter alter Mann. Er hält sich für einen Wächter. Er meint, irgendetwas bewachen zu müssen, was es in Harbourn nicht gibt."

„Was – nicht gibt?" Henriece betrachtete die Zeichen auf dem Athamé. Sie waren sonderbar und sie drückten Sonderbares aus.

„Charles leidet unter Wahnvorstellungen", fuhr Wesley fort. „Er ist fast hundert Jahre alt. Da kann so etwas schon vorkommen. Was genau hat er denn gesagt?"

„Dass der Leibhaftige hier beheimatet ist und jeden Fremden in sein Erdloch schleifen wird."

„Ja, das ist typisch." Wesley musste grinsen. „Charles macht mit seinen Schauergeschichten jedem Angst. Hat er noch mehr erzählt?"

„Dass er diesem Wesen schon einmal begegnet ist", sagte Henriece und begann nun, mit der Dolchspitze vorsichtig seine Fingernägel zu reinigen. „Allerdings hat er bei mir nur das Gegenteil erzeugt." Henriece gab sich so, als würde er sich beiläufig mit dem Doc unterhalten, doch ließ er ihn nicht eine Sekunde lang aus den Augen.

„Charles hat viel durchgemacht", erwiderte Wesley. „Seine Söhne arbeiteten für Christoph Larsen. Sie sind alle nacheinander tragisch ums Leben gekommen."

Henriece hielt inne. Nun betrachtete er auffällig die Symbole auf dem Dolch. Doc Wesley folgte seinem Blick.

„Hast du so etwas schon einmal gesehen?", fragte er ihn.

Wesley schüttelte seinen Kopf. Für Henriece ein bisschen zu schnell, denn er hatte noch nicht einmal richtig hingeschaut.

„Ich bin überzeugt davon, dass es in Harbourn noch mehr Utensilien gibt, die solche Symbole haben", meinte er und horchte plötzlich auf. Schritte waren von außerhalb zu hören. Das Knistern der Scherben drang zu ihnen. Henriece legte seinen Finger an den Mund, schob seinen Kopf an den Fensterladen und spickte zwischen den Schlitzen hindurch. Ein Schatten, kurz darauf eine Person.

Paul Baker.

Gebückt schlich er an dem zerbrochenen Fenster vorbei, das Bill mit Wesley zugenagelt hatte. Es befand sich unmittelbar neben dem Eingang, an den sich Henriece nun zu Wesleys Entsetzen stellte. Das Athamé in der rechten, den Türgriff in der linken Hand, lauschte er.

Wesley hielt sich weiterhin verborgen – plötzlich öffnete Henriece die Tür, ein dumpfer Schlag folgte, Sekunden darauf zerrte er Paul Baker an den Armen in das Innere. Paul Baker hatte ein Gewehr bei sich, das Wesley in Eile an sich nahm und die Tür wieder verschloss.

Sprachlos starrte er auf Henriece, der dem bewusstlosen Paul Baker das Hemd aufknöpfte.

„Das Zeichen des Bösen", flüsterte er und schaute auf Wesley, der sein Entsetzen nicht verbergen konnte.

Bill traute seinen Augen nicht, als er Paul Baker liegen sah. Als sie gesehen hatten, wie zwei von ihnen die Palisaden überwanden, war er nach unten gestürmt: in der Absicht, die Eindringlinge zu erschießen.

„Verdammt!", entfuhr es ihm. Ein breites Grinsen verzog sein Gesicht. „Verdammt, verdammt, verdammt..."

Bill trat an Paul Baker heran und musterte ihn. „Das Zeichen blutet noch", sagte er leise und schaute auf Wesley, der das Gewehr in den Händen hielt. „Ausgezeichnet! Er hat uns eine Waffe mitgebracht." Daraufhin wandte er sich zu Henriece, der begonnen hatte, den Gefangenen zu untersuchen.

„Bringen wir ihn nach oben", sagte er zu ihm. „Bestimmt wird er uns einiges erzählen können."

„Kein Blutvergießen", erwiderte Henriece. „Versprich es mir."

„Sein Blut wurde schon vergossen", erwiderte Bill und zeigte auf das Zeichen.

Nachdem sie ihm die Arme auf den Rücken gebunden hatten, zerrten sie ihn in ihrer Mitte nach oben ins Wohnzimmer. Dort setzten sie ihn in den Sessel – unmittelbar neben der Blutlache, in der Arnold Larsen sein Leben verloren hatte.

Paul Baker war vielleicht Mitte zwanzig, groß und schlank gewachsen, dunkelblondes schulterlanges Haar, er hatte lange Koteletten und einen Schnauzbart.

Bill lehnte am Billardtisch und beobachtete ihn schweigend, Henriece saß mit Chrissie auf dem Sofa und Helen beobachtete zwischen die Schlitze der Fensterläden hindurch den Garten. Doc Wesley hatte sich wieder am Flurfenster postiert.

Geraume Zeit verging, da begann Paul Baker unruhig zu werden.

„Nein, geh nicht!", kam es auf einmal aus ihm hervor, ohne dass sich seine Augen öffneten. „Lass mich nicht im Stich! Nicht jetzt, bitte, bitte nicht jetzt."

Bill machte einen Schritt nach vorn, Henriece horchte auf und Chrissie schreckte zusammen. „Theodor", flüsterte sie. „Ich fühle seine Nähe. Ich fühle ihn, Henriece. "

„KOMM ZURÜCK...", schrie Paul Baker plötzlich und riss seine Augen auf. Entsetzt zuckte er zusammen, denn Bill beugte sich soeben zu ihm nieder und grinste ihn an. Sie waren gerade mal eine Handbreit voneinander entfernt.

„Ahhhhrghhh...!", entfuhr es Baker.

Bill entfernte sich langsam und fixierte die Augen seines Gefangenen.

„Ah!", schrie Baker noch mal und drückte sich in den Sessel.

„Wen meinst du denn?", fragte Bill mit ruhiger Stimme.

„Wer bist du?" Paul Baker schien noch gar nicht registriert zu haben, dass er ein Gefangener war. Erst als er versuchte, seine Arme zu bewegen, schien es in ihm zu klingeln.

„Wen meinst du denn?", wiederholte sich Bill. Paul Baker wackelte mit dem Kopf.

„Nun mal raus mit der Sprache", fuhr Bill ihn plötzlich scharf an. „Wer ist euer Anführer?"

Keine Antwort.

„Also auf diese Art", zischte Bill und wurde gespielt wütend. Jäh trat er an ihn heran, fasste sein Hemd und riss es einfach auseinander.

Chrissie entfuhr ein Aufschrei, Helen trat dicht an ihn heran. Ihre Augen funkelten.

„Leugnen hat keinen Sinn", sagte sie.

„Wir wissen, dass du einer von ihnen bist", fügte Bill hinzu.

Immer noch Schweigen.

„Wer – verdammt noch mal – ist euer Anführer!" Bill beugte sich wieder zu ihm nieder. Er konnte Bakers Atem riechen.

„Es gibt Mittel und Wege, es aus dir herauszubekommen. Zwinge mich nicht dazu, sie anzuwenden", hauchte er ihm ins Gesicht.

Keine Reaktion.

„Ich wiederhole mich ungern", presste Bill zwischen seinen Lippen hervor. „Ich warte!"

Demonstrativ drehte Paul Baker seinen Kopf beiseite.

„Wie du willst", sagte Bill nach einer Weile und wandte sich ab. „Ich gebe dir fünf Minuten Zeit. Genug Zeit für dich, um es dir zu überlegen."

Henriece hatte Paul Baker nicht eine Sekunde lang aus den Augen gelassen. Langsam stand er nun auf und trat dicht an ihn heran.

Ohne etwas zu sagen, ohne mit der Wimper zu zucken, schaute er ihm in die Augen.

Unaufhörlich.

Immer wieder versuchte Paul Baker wegzusehen, seinem Blick auszuweichen.

Jedoch vergeblich.

Wie ein Magnet wurde sein Blick von den dunklen Augen Henrieces angezogen.

Henriece stand vor ihm, wie erstarrt und keiner der anderen versuchte, diese Stille, die entstanden war, zu unterbrechen.

Paul Baker wurde unruhig. Schweiß perlte sich auf seiner Stirn, sein Atem ging schnell und flach.

„Was glotzt du mich so an?", entfuhr es ihm plötzlich.

Henriece reagierte nicht. Noch tiefer schien sein Blick in ihn zu dringen.

Ich weiß, dass du hier bist, sprach er innerlich mit sich selbst. Was willst du von uns?

„VERDAMMT NOCH MAL!", schrie Paul ihn an. „Was glotzt du mich so an?"

„D-i-e-s-e-s Z-e-i-c-h-e-n." Henrieces Lippen bewegten sich sehr langsam. Jedem einzelnen Buchstaben verlieh er einen besonderen Ausdruck. Sein Blick blieb dabei starr auf ihn gerichtet.

Paul Baker wollte aufspringen – kraftlos sackte er jedoch zurück.

„Dieses Zeichen", wiederholte Henriece, diesmal um vieles lauter.

„WAS IST DAMIT?", schrie Paul zurück.

„Woher hast du es?"

Schweigen.

„Woher hast du es?", wiederholte Henriece seine Worte. „W-O-H-E-R?"

Der Schweiß rann Baker über das Gesicht. Es war ihm anzusehen, dass er sich beherrschen musste.

„WOHER?", wieder holte sich Henriece. Bisher hatte er seine Augen nicht einmal zugedrückt. So nass, wie Paul Bakers Gesicht war, so trocken mussten seine Augen sein.

„H – Scarliet", entfuhr es Paul.

„Wer ist Scarliet?"

„VERDAMMT NOCH MAL, HÖR AUF DAMIT", schrie er ihn an. „HÖR AUF, MICH STÄNDIG ANZUSEHEN. ICH HALTE DAS NICHT MEHR AUS!"

„Scarliet", wiederholte sich Henriece. „Wer ist Scarliet?"

Schweigen.

„SCARLIET", wurde nun Henriece laut. „WER IST ER?"

Baker hechelte nur noch. Henriece hatte ihn voll ihm Griff!

„Gott", brachte er mit viel Mühe hervor. „Scarliet ist Gott."

„Gott? Welcher Gott?"

Jetzt lehnte Baker sich zurück!

Er war auf einmal ruhig geworden und wirkte äußerst gelassen. Niemanden war diese Wandlung entgangen. Auch Doc Wesley nicht, der im Hintergrund dastand und auf Baker starrte.

Der grinste jetzt auch noch. „Dein Gott", sagte er dann.

Er kontrolliert ihn, ging es Henriece durch den Kopf.

Langsam nahm er das Athamé hervor. Noch langsamer näherte er sich ihm. Schlagartig schnellte seinen Arm nach vorn und setzte ihm die Dolchspitze an das Zeichen.

„Ich verachte ihn." Henrieces Stimme klang ruhig – ohne jegliche Gefühlsregung. „Ich verachte **deinen** Gott."

Paul Baker grinste immer noch – das sich schlagartig in ein schmerzverzerrtes Gesicht verwandelte.

Entsetzt senkte er seinen Blick. Henriece drückte ihm die Dolchspitze in die Haut.

„Verdammt", entfuhr es Baker. Er wollte sich aufbäumen. Dadurch erreichte er aber nur, dass sich die Spitze noch tiefer hineinbohrte. „Dein Gott ist falsch", sprach Henriece zu ihm. „Dein Gott lügt! Dein Gott benutzt dich nur. Wo ist dein Gott? Wo?"

Bakers Blick schweifte zwischen ihm und dem Dolch hin und her. Ein klägliches Grinsen verzog seine Mundwinkel.

„Dein Gott?", wiederholte sich Henriece. „Wo ist er? Wo?"

„Lass mich!", kam es wütend zurück.

Augenblicklich drückte Henriece fester zu. Fassungslos starrte er auf die Klinge. Die Spitze war schon nicht mehr zu sehen.

„Verdammt, das tut weh!", hauchte er nur noch.

„Dein Gott? Wo ist er?", wiederholte Henriece sich.

Schweigen. Baker schien mit sich und dem Schmerz zu kämpfen – Henriece wusste aber, dass er mit etwas ganz anderes zu kämpfen hatte. Er fühlte die unmittelbare Nähe des Geistes, der den Gefangenen unter seiner Kontrolle hatte.

„LASS MICH NICHT IM STICH!", schrie Paul Baker plötzlich. „KOMM ZURÜCK!"

Bill und Helen schauten sich verwundert an. Chrissie wusste sehr genau, wen er meinte.

„Er hat dich verlassen", sprach Henriece zu ihm. „Dein Gott hat dich im Stich gelassen. An ihn willst du deinen Glauben verschenken? An einen Gott, der dir nicht beistehen kann?"

„Was weißt du?" zischte Paul zurück.

„Ich weiß viel", erwiderte Henriece ruhig. „Mehr als du nur erahnen kannst. Aber wie steht es mit dir?" Langsam reduzierte er den Druck des Dolches.

„Nichts weißt du!"

„Scarliet ist nicht dein Gott", sagte Henriece darauf. „Wer ist er wirklich? Ist er der Landstreicher?"

„Land-streicher?" Mit großen Augen sah er ihn an.

Henriece nahm die Klinge gänzlich weg. Langsam machte er einen Schritt zurück. Mit der Handfläche fuhr er sich über die Augen. Das Starre darin war darauf wie weggeblasen.

„Ich sage nichts", wurde Baker trotzig. „Du kannst mich umbringen, meinetwegen. Aber von mir –", Paul bewegte seinen Kopf unmissverständlich hin und her.

„Wie du meinst", erwiderte Henriece und machte gleichzeitig einen Schritt nach vorn. Niemand konnte so richtig verfolgen, was nun geschah. Plötzlich quoll aus Paul Bakers linker Brust Blut heraus. Entsetzt starrte er auf ihn – alle starrten sie entsetzt auf ihn, auch Chrissie.

Er wollte sich an die Brust fassen, aber seine Hände waren ja zusammengeschnürt.

Tränen nässten seine Augen. Henriece hatte ihm mit einem Hieb das Zeichen herausgeschnitten. Der Hautfetzen klebte noch an der Klinge.

„Enopidra dele quala, uquantana, pesta dila; Gott vergib uns, Jesus Christus hilf uns, Jahwe beschütze uns, Ahim vergelte uns. De Sagis et earum, Operibus"

Mit verachtendem Blick wischte er die Klinge an seinem Hosenbein ab. Der Hautfetzen blieb daran haften.

„Dein Gott ist ein Teufel", sagte er zu ihm in einem Ton, als wäre überhaupt nichts geschehen. „Dein Gott hat dir das Zeichen des Antichristen unter das Herz gesetzt. Dein Gott hat dir nicht helfen können, als ich es dir herausgeschnitten habe. Bist nun bereit? Beantwortest du nun unsere Fragen?"

Paul sah von der blutenden Wunde auf ihn, dann wieder auf die Wunde und abermals auf ihn. „Verdammt, ich verblute", entfuhr es ihm ängstlich.

Henriece wandte sich zu Bill.

„In der Speisekammer habe ich einen kleinen Gasbrenner stehen sehen. Würdest du ihn holen?"

Bill schluckte – und ging. Zwei Minuten später kehrte er mit dem Gasbrenner zurück. Zwei Minuten, in denen der Verletzte Höllenqualen erleiden musste. Die Steigerung sollte jedoch noch kommen!

Henriece nahm den Brenner entgegen.

„Das Zeichen ist die Verbindung zu einem Wesen, das böse ist", sagte er, indem er den Brenner mit einem Feuerzeug entfachte. Paul starrte auf die kleine blaue Flamme. Noch unternahm Henriece nichts. „Ich habe diese Verbindung durchtrennt", fügte er hinzu.

Baker schluckte. Ein Zittern erschütterte seinen Körper.

„Wenn du nicht verbluten willst", sprach Henriece weiter und schaute demonstrativ auf die angetrocknete Blutlache vor ihm. „Dann beantworte mir nur diese eine Frage – Scarliet, wo finde ich ihn?"

„Das kannst du doch nicht tun?", schrie Paul entsetzt und wollte zurückweichen. „Er hat recht", zischte er darauf. „Er hat verdammt recht. Ihr seid es, die sich ihm in den Weg stellen. Seitdem ihr hier seid, ist unser Dorf die reinste Hölle. Ihr habt Schuld –"

„Wo finde ich ihn?", wiederholte sich Henriece. „Du hast nicht mehr viel Zeit."

„Verdammt – in der Kirche. Du findest ihn in der Kirche. Ahhh-hh –", ein gellender Schrei.

Henriece hielt ihm die bläuliche Flamme auf die blutende Wunde. Geruch von verbranntem Fleisch stieg empor und begann sich zu verteilen. Ohnmächtig brach Paul Baker zusammen.

7

„Scarliet", sprach der Spanier den Namen leise aus. Sein Blick fixierte Doc Wesley, der damit beschäftigt war, Paul Bakers Brandwunde zu verarzten. Bill stand daneben. Sein Blick wanderte zwischen Henriece und Wesley hin und her.

„Warum hast du das getan?", fragte er ihn fassungslos zum wiederholten Mal.

Henriece blickte auf ihn. „Wir müssen diesen Scarliet finden", ignorierte er seine Frage, ebenfalls zum wiederholten Mal.

„Wir können das Haus nicht verlassen", schüttelte Bill seinen Kopf. „Da draußen sind noch vier weitere, die nur darauf warten, uns in den Pelz zu brennen." Bill warf einen Blick auf seine Frau, die neben einem Fenster stand, von dem aus sie den Garten überschauen konnte.

„Wenn es dunkel ist", beharrte Henriece auf sein Vorhaben. „Es hat mich sehr viel Mühe gekostet, ihn so weit zu bringen, dass er überhaupt redete. Wir müssen diesen Landstreicher finden. Nur er kann Scarliet sein. Er hat direkte Verbindung zu Theodor."

„Theodor..." Bills Augenbrauen zogen sich zusammen. „Für mich sind es immer noch Menschen, die diese Verbrechen begehen."

„Du willst es nicht verstehen!", erwiderte Henriece. „Du verschließt deine Augen, wie sie sie vielleicht verschlossen haben."

„Was willst du tun, wenn du ihn hast? Ihn etwa verhören?"

„Theodor hat versucht, mich durch Chrissie zu bezwingen." Henriece schaute auf Chrissie, die an einem anderen Fensterladen stand. „Ist dir nicht aufgefallen, dass im selben Moment, als du ihr den Revolver an die Schläfe gesetzt hast, sie von mir abließ?"

„Natürlich ist mir das aufgefallen."

„Hast du dich noch nicht gefragt, warum gerade in diesem Moment?"

„Angst..." Bills Stirn bekam so tiefe Falten wie Henrieces Gesicht.

„Theodor wäre es ein Leichtes gewesen, noch mehr anzurichten als nur das", sprach Henriece weiter. „Ja, Theodor hatte Angst! Angst davor, dass du abdrücken würdest. Verstehst du Bill? Er hatte Angst davor. Angst –"

„Du willst doch nicht etwa damit sagen, dass ich –?" Verständnislos sah er ihn an.

„Nein, nein", wehrte Henriece ab. „Ich will damit sagen, dass er Chrissies Körper benutzt hat."

„So!" Hörbar tief atmete Bill durch. „Vielleicht war es so. Etwas hat sie kontrolliert – aber du hattest sie auch hypnotisiert. Vergiss das nicht!"

„Theodor hatte Chrissie kontrolliert." Henriece schaute ihm ins Gesicht. „So kontrolliert er auch diesen Scarliet."

„Aha. Jetzt verstehe ich, auf was du hinaus willst. Du vermutest, dass dieser Scarliet und Theodor ein und dieselbe Person sind?"

„Nicht ganz. Dieselbe Person vielleicht, aber nicht derselbe Geist."

„Du meinst, er benutzt den Körper des Landstreichers?" Bill nahm das Bild hervor, das er an sich genommen hatte. „Warum hatte Ron es bei sich?", fragte er sich selbst.

„Der Landstreicher und dieser Scarliet sind vermutlich die ein und dieselbe Person", sagte Henriece und schaute mit auf das Bild. „Etwas muss Ron entdeckt haben. Und das möchte ich herausbekommen."

Doc Wesley hatte der Unterhaltung aufmerksam zugehört. Nachdem er den bewusstlosen Paul Baker verbunden hatte, war er an sie herangetreten.

„Chrissie hat von dir abgelassen, weil Bill sie sonst erschossen hätte", sagte er. „Sie ist der Schlüsselpunkt, nicht wahr?"

Henriece nickte nur.

„Was erhoffst du dir von diesem Scarliet?", wollte Wesley dann wissen. „Warum fixierst du dich auf jemanden, den es vielleicht gar nicht gibt?"

„Was mit Chrissie geschehen ist, kann auch mit mir passieren", erwiderte Henriece trocken. „Würdest du mich erschießen?" Er wandte sich zu Bill. „Würdest du mich erschießen?"

Langsam schüttelte Bill seinen Kopf. „Ich hätte nicht abgedrückt. Niemals hätte ich es getan."

„Wie soll es nun weitergehen?", fragte Doc Wesley mit runzliger Stirn. „Vermutlich warten sie, bis es dunkel wird, und greifen dann an. Sollen wir nicht versuchen, ihnen zuvor zu kommen?"

„Ich bleibe hier!", gab Bill bestimmt zurück. „Hier sehe ich uns im Vorteil."

„Ich werde ihn alleine finden", sagte Henriece leise und nahm das Foto an sich, um es besser betrachten zu können. „Harbourn ist mir vertraut. Ich kenne jeden Schlupfwinkel und jedes Versteck."

„Dann bereite ich mich auf eine unruhige Nacht vor", erwiderte Bill. „Einen haben wir ja schon. Dank deiner Hilfe! Sogar ein Gewehr hat er uns mitgebracht. Ich werde nicht zögern, mit ihrer eigenen Waffe auf sie zu schießen!"

Henriece warf einen Blick auf Paul Baker. „Sie sind nicht böse", sagte er. „Sie sind unschuldig. Wenn du sie tötest, mordest du. – Ich mache mich auf die Suche nach dem Landstreicher..."

„Dann willst du wirklich gehen?" Henriece bemerkte in Wesley eine Unsicherheit. Er fragte sich, warum?

„Einer muss sich auf die Suche nach ihm machen", entgegnete er gelassen.

„Wann wirst du dich auf den Weg machen?" Das leichte Vibrieren seiner Stimme entging Henriece nicht.

„Ich will keine Zeit verlieren", erwiderte er.

Nachdenklich senkte Doc Wesley seinen Kopf.

„Ich gehe mit", sagte er nach geraumer Zeit mit belegter Stimme.

„Ist das dein Ernst?", entfuhr es Bill.

Doc Wesley sah ihn mit steinerner Miene an. Eine Antwort gab er Bill nicht.

Henriece musterte ihn heimlich von der Seite. Was hast du zu verbergen, Joseph? Vor was fürchtest du dich?

Auf einmal verspürte er eine Hand an seinem Arm. Chrissie sah ihn mit ängstlichen Augen an.

„Du hast so viel Mut", sagte sie zu ihm. „Du bist zurückgekommen, obwohl du gewusst hast, dass es lebensgefährlich ist. Warum nur tust du das?"

„Ich kann dir da keine richtige Antwort darauf geben", antwortete er ihr und sah über ihre Schulter hinweg auf Helen, die zu ihnen kam. „Ich fühle eine Veränderung, die gravierend ist. Und ich habe das Gefühl, dass ich etwas damit zu tun habe."

Chrissie schaute auf das Bild, das Henriece in der Hand hielt. „Du suchst ihn", sagte sie und zeigte auf Harry Bansly.

„Ja", nickte er.

„Das ist gefährlich." Ihre Hände zitterten leicht. „Ich habe Angst um dich", flüsterte sie ihm ins Ohr.

„Ich muss herausfinden, was Ron wusste", flüsterte er zurück. „Ron wurde erst in diese Sache hineingezogen, nachdem er zurückgekommen ist. Und dieses Foto muss etwas damit zu tun haben."

„Geh jetzt", sagte Chrissie spontan. „Jetzt, solange es noch hell ist, und versuche wieder da zu sein, wenn es dunkel ist."

„Doc Wesley wird mit mir gehen." Er warf einen unauffälligen Blick auf Wesley, mit dem sich Bill angeregt unterhielt.

„Sie sind in der Nähe des Tores und beobachten uns", warf Helen ein. „Das war das Beste, was du machen konntest, Henriece", setzte sie hinzu und zeigte auf Paul Baker. „Ich habe dir das nicht zugetraut."

„Paul Baker. Er heißt Paul Baker", sprach Henriece sie an. „Das Zeichen hatte er sich nicht selbst unter die Brust geritzt."

„Du kennst dich mit Zeichen und Symbolen wohl aus?" Helen musterte ihn mit prüfendem Blick.

„Ich interessiere mich dafür."

„Ich habe eine Freundin, die sich auch für solche Dinge interessiert", sprach Helen weiter. „Bill mag sie nicht besonders. Sie ist ihm zu abgehoben. Einfach nicht realistisch genug. Sie weiß alles

241

über Symbole und magische Zeichen und sie ist eine Spezialistin für Astrologie. Vielleicht kennst du sie ja. Sie heißt Annemarie. Annemarie Jost."

„Nein, eine Annemarie kenne ich nicht", verneinte Henriece.

„Sie ist viel auf Reisen und eher noch selten in Melbourn."

„Henriece will in das Dorf gehen", sagte nun Chrissie und löste sich von ihm. „Ich halte das für gefährlich."

„Ich habe mir Ähnliches schon gedacht", erwiderte Helen. „Ich vertraue dir, Henriece. Ich weiß nun, dass du auf dich aufpassen kannst und es ist vielleicht gar nicht so verkehrt, dass einer von uns den Kopf der Bande sucht."

„Doc Wesley will mich begleiten. Wir versuchen, noch vor Anbruch der Dunkelheit wieder hier zu sein."

„Du willst jetzt gehen?" Helen zeigte sich erstaunt. „Sie werden euch bemerken."

Henriece schüttelte langsam seinen Kopf. Demonstrativ schaute er um sich. „Ich kannte Arnolds Vater", sagte er. „Ein vorsichtiger und sehr umsichtiger Mann. Das krasse Gegenteil von Arnold. Schau dir diese Villa an, Helen. Denkst du, er hat nur einen einzigen Ausgang?"

„Was willst du damit sagen?" Helens Augenbrauen zogen sich zusammen.

„Arnold hatte viele Schwächen", erwiderte er darauf. „Eine davon war seine Angeberei."

„Ihr kanntet euch wohl näher, oder?"

„Arnold hatte mich oft zu sich eingeladen. Keine Gelegenheit hatte er ausgelassen, um anzugeben. Mir wurde das zu viel. Ich habe mich von ihm dann distanziert."

„Wart ihr befreundet?"

„Arnold wollte immer mit mir befreundet sein. Mir ist jetzt erst klar geworden, warum."

„Theodor?"

„Ein anderes Motiv finde ich nicht."

„Und was hast du von ihm erfahren, was nun so wichtig ist?" Nun war es Helen, die demonstrativ um sich schaute.

„Christoph Larsen ist einer der reichsten Menschen Englands." Henrieces Blick versenkte sich in ihren. „Das wissen dank seines Sohnes ja nicht nur die Einwohner von Harbourn. Im Vertrauen hat er mir vor vielleicht einem halben Jahr erzählt, dass es einen geheimen unterirdischen Gang gibt, der in den Wald führt."

„Wow", entfuhr es Helen. „Dann können wir ja fliehen! Warum sagst du das erst jetzt?"

„Ich habe ihn selbst noch nicht gesehen. Ich kann mir aber sehr gut vorstellen, dass es ihn gibt. Ihr solltet ihn suchen, solange ich mit Doc Wesley weg bin."

„Und wie kommt ihr unbemerkt von hier weg, wenn du den geheimen Gang nicht kennst?" Helens Gesicht glich einem Fragezeichen.

„Wir schleichen uns durch den Garten und überwinden die Palisaden auf der nördlichen Seite. Dort hat er sie mitten durch den Wald errichten lassen. Es ist nicht ganz ungefährlich, aber es ist eine Möglichkeit."

„Gut", meinte Helen nach kurzem Überlegen. „Bestimmt gibt es eine Leiter. Ich beobachte sie, Bill warnt euch mit einem Schuss, sollte etwas schief gehen. Sprechen wir mit ihm."

Es war drei Uhr nachmittags, als Henriece und Doc Wesley das Herrenhaus durch den Hintereingang verließen. Die Luft war rein.

Von der anderen Seite konnte Helen die Vier beobachten, wie sie sich immer wieder berieten. Die Eindringlinge schienen tatsächlich die Dunkelheit abwarten zu wollen.

Zur gleichen Zeit huschten Doc Wesley und Henriece mit einer Leiter durch den verwilderten Garten. Das Gras war kniehoch, Büsche und Sträucher wucherten – der Garten war lange nicht mehr gepflegt worden.

Nachdem sie die Palisaden überwunden und die Leiter unter

Laub und Gras versteckt hatten, schlichen sie sich in die Nähe des Eingangs. Henriece wollte sich nochmals vergewissern, dass sie nicht schon jetzt versuchten, in das Gebäude einzudringen.

„Aber nicht zu nahe", raunte Wesley ihm zu, als sie in die Nähe des Tores kamen. „Es wäre fatal, wenn sie uns sehen."

„Sei unbesorgt", raunte Henriece zurück. „Ich schlage vor, du bleibst hier, bis ich zurückkomme. Alleine fühle ich mich hierbei sicherer."

„Ich kann dir Feuerschutz geben", meinte Doc Wesley.

„Sie werden mich nicht sehen – vertraue mir."

Lautlos und flink wie eine Katze huschte Henriece zwischen den Bäumen hindurch. Als er außer Sichtweite war, hielt er inne und kniete sich auf die Erde nieder. Behutsam nahm er das Amulett von seinem Hals und legte es vor sich auf die Erde, die er zuvor von Laub und Gras befreit hatte. Danach schloss er seine Augen, streckte seinen Arm und seinen Zeigefinger aus und begann, in der Luft einen Kreis um sich zu ziehen.

„Sie können mich nicht sehen, sie können mich nicht hören, sie nehmen mich nicht wahr", flüsterte er, breitete seine Arme wie zum Gebet aus und richtete seinen Kopf nach oben ohne die Augen zu öffnen. „In mir liegt die Kraft. In mir liegt die Macht. Gott ist in mir. Frei fliese seine Energie. O sagas, del nabur cortellas. Es ist vollbracht."

Henriece öffnete seine Augen, nahm das Amulett an sich und hielt es in die Höhe. „Ich glaube an die Kraft deiner Symbole. Ich vertraue ihrer Macht." Er legte sich das Kettchen wieder um den Hals und nahm das Athamé heraus. Die einzige Waffe, die er bei sich trug. „Ich finde dich", flüsterte er in felsenfester Überzeugung. „Du kannst dich nicht länger verbergen."

Seine Backenmuskeln zuckten, als er in die Richtung des Tores blickte. Auf einmal drangen Stimmen zu ihm. Aufgebrachte Stimmen. Das Geräusch von Schritten im Laub näherte sich. Auf einmal tauchten John Baker und Neil Stanley zwischen den Bäumen auf. Henriece verbarg sich hinter einem Baumstamm.

„Dieser Idiot!", hörte er Bakers wütende Stimme. „Ich sagte doch, keine Einzelgänge. Wenn er jetzt hier wäre, ich würde ihn übers Knie legen!"

Unweit vor dem Baum blieben sie stehen. „Wir müssen die Dunkelheit abwarten", sagte Stanley darauf. „Alles andere ist Selbstmord."

„Wenn sie meinem Jungen auch nur ein Haar gekrümmt haben, bringe ich jeden von ihnen eigenmächtig um."

„Er will nur das Mädchen." Stanleys Stimme vibrierte. „Und den sicheren Tod des Spaniers. Mehr verlangt er nicht."

„Verdammt noch mal! Sie haben meinen Jungen! Ich kann nicht warten, bis es dunkel ist. Das macht mich wahnsinnig. Verstehest du das?"

„Paul ist selbst schuld!", kam es energisch zurück. „Wir können es nicht wagen. Erst wenn es dunkel ist – nicht früher!"

„Frank war bei ihm", zischte Baker.

„Wo ist Frank eigentlich?"

„Mit Stephen sucht er auf der anderen Seite eine Möglichkeit, an das Haus zu kommen." Baker stampfte mehrmals wütend auf den Boden. „Ich weiß doch, dass du recht hast", sagte er. „Aber mein Junge. Ich kann ihn doch nicht so lange im Stich lassen..."

„Du lässt ihn eher im Stich, wenn du unüberlegt handelst. Denk doch nach! Wir stecken das Haus in Brand und warten, bis sie raus kommen."

„Bist du irre?! Solange mein Junge da drin ist, wird hier nichts in Brand gesteckt. Lass uns nach den anderen sehen. Ich gebe dir ja recht, dass es jetzt zu gefährlich ist. Aber sobald es dunkel genug ist, werde ich das Haus stürmen. Und zwar hiermit."

Henriece spickte hinter dem Baumstamm hervor. Baker hielt eine Axt in der Hand. „Sobald ich meinen Jungen wieder habe, kannst du mit dem Haus machen, was du willst."

„Verdammt noch mal, John! Harry will das Mädchen! Wenn wir ihm nicht das Mädchen innerhalb achtundvierzig Stunden bringen, bringt er uns um. Kapierst du das denn nicht?"

„Ja verdammt", zischte Baker. „Seitdem sie da ist, ist er wie umgedreht. Ich bin ja auch froh, wenn die ganze Scheiße hier ein Ende hat – das kannst du mir glauben."

„Also! Nun lass uns nach den beiden schauen –" Ein Rascheln unterbrach ihn. Sekunden darauf tauchte Stephen Border auf.

„Wo ist Frank?", fragte Stephen sie.

„Wir dachten bei dir?"

„Er sagte zu mir, er geht zu euch..."

„Hier war er nicht." Bakers Stimme klang aufgebracht. „Dieser verdammte Idiot. – Los, gehen wir ihn suchen!"

Hintereinander entfernten sie sich wieder. Henriece hielt die Fotografie in der Hand. „Also doch." Ein leichtes Frösteln überkam ihn. „Harry Bansly ist Scarliet." Er steckte die Fotografie wieder ein und eilte zu Wesley zurück.

„Und?", fragte Doc Wesley ungeduldig.

„Frank Garden ist verschwunden", sagte er. „Ich kann mir gut vorstellen, dass er geflohen ist. Es würde zu ihm passen."

„Du hast sie gesehen?"

„Bis auf Frank. Machen wir uns auf den Weg."

„Hast du einen Plan?"

„Nicht gesehen zu werden", sagte Henriece und legte ihm eine Hand auf die Schulter. „Hast du einen?" Mit festem Blick schaute er dem um vieles älteren Wesley in die Augen.

„Ich würde das Hotel vornehmen", meinte Doc Wesley. „Und dann die Kirche und das Pfarrhaus."

„Gut, dann beginnen wir im Hotel..."

Wesley nahm seinen Revolver heraus und betrachtete sich ihn sehr genau. „Ich mag Waffen nicht", sagte er. „Jetzt bin ich aber froh, eine zu haben."

„Du wirst schießen?"

„Um mein Leben zu verteidigen? Ja!"

„Gehen wir!" Henriece wandte sich ab und begann leise voranzuschreiten. Nach wenigen Schritten schon hielt er inne und drehte sich wieder zu Doc Wesley um. „Hast du eine Erklärung dafür, warum wir nicht einen Vogel hören?"

„Nein", schüttelte Wesley seinen Kopf. „So etwas hat es hier noch nie gegeben, falls du darauf hinaus willst."

„Vögel sind reine Wesen. Sie orientieren sich nach Energiefeldern. Sie meiden Harbourn. Sie meiden es, weil negative Energien freigesetzt sind."

„Das weißt du? Oder das vermutest du?"

„Ich weiß, dass es so ist und ich vermute, dass negative Energien diese Gegend beherrschen."

Henriece schritt wieder voran. Zielstrebig schlängelten sie sich durch den Wald und konnten immer wieder das Dorf durch die Bäume hindurch erkennen. Als sie sich dem Hotelparkplatz näherten, vernahmen sie auf einmal ein weit entferntes Rascheln. Wie wenn jemand durch den Wald rennen würde. Fragend sahen sie sich einander an.

„Hörst du das?", fragte Henriece leise.

„Es muss von dort kommen." Wesley zeigte in Richtung Melbourn. Auf einmal verstummte das Geräusch. Im selben Moment drang ein fernes Donnergrollen zu ihnen. Wieder schauten sie sich fragend an.

„Was war das?" Wesley schaute zwischen den Baumwipfeln hindurch zum Himmel. Die Baumkronen bewegten sich stark hin und her. „Ein Gewitter zieht auf", sagte er dann.

„Beeilen wir uns! Wenn es regnet, werden sie das Haus angreifen."

Das Grollen wiederholte sich. Diesmal war es um einiges lauter.

„Es kommt schnell näher", meinte Wesley. „Wahrscheinlich ist es direkt hinterm Vallis. Wir sollten gleich zurück und versuchen, sie zu bewältigen."

Henriece schaute ihn mit verengten Augenbrauen an. „Warum bist du mitgekommen?", fragte er ihn dann.

Wesley atmete tief durch. „Was möchtest du denn gerne hören?"

„Du hast dich mir bestimmt nicht angeschlossen, weil du meine Gesellschaft suchst."

„Ich habe mich dir angeschlossen, weil ich mich irgendwie dazu verpflichtet fühle", erwiderte Wesley ernst.

Ein noch lauteres Grollen dröhnte, heftiger Wind kam auf.

„Du hast dich mir angeschlossen, weil du dich von der Existenz des Landstreichers überzeugen willst", sagte Henriece ohne mit der Wimper zu zucken.

Erneut sog Wesley die Luft tief in sich ein. „Auch das", entgegnete er nur.

„Vielleicht weiß er, dass wir kommen", meinte Henriece darauf, ohne ihn auch nur eine Sekunde lang aus dem Auge zu lassen.

Nun legte sich Wesleys Stirn in Falten. „Hat dir Charles Dean damals etwas von unterirdischen Gängen erzählt?"

Henriece schüttelte seinen Kopf. „Gibt es unterirdische Gänge?"

„Pater Athelwolds sagte mir einmal, dass es unter der Kirche geheime Gänge geben würde. Ich halte das aber für sehr unwahrscheinlich."

„Warum?" Henriece wusste sehr genau, dass Wesley nur ablenken wollte.

„Der Pater erzählte mir davon, als wir zusammen in der Stadt waren."

Wieder ein Grollen. Diesmal hallte es von allen Seiten und der Wind nahm an Heftigkeit zu.

„Was hat Pater Athelwolds in der Stadt gewollt?" Henriece schaute über sich. Der Himmel wurde dunkel.

„Genau weiß ich das nicht", antwortete Wesley nachdenklich. „Vor der Bank of Melbourn habe ich ihn abgesetzt."

Nun folgte ein ohrenbetäubender Donnerschlag, der seine letzten Worte teilweise übertönte. Der Wind wurde zum Sturm, in Sekundenschnelle war es finster um sie herum.

„Gehen wir zur Kirche", sagte Henriece schnell. „Ein geheimer Gang – ich kann mir das sehr gut vorstellen."

„Sollen wir nicht lieber zurück?"

„Nein, Joseph", verneinte Henriece energisch. „Bill und Helen können sehr gut aufpassen. Lass uns jetzt in die Kirche gehen. Vielleicht finden wir dort den Landstreicher."

Ich muss ihn finden, ging es ihm wieder und wieder durch den Kopf. *Harry Bansly – ich muss ihn finden, bevor er Chrissie findet...*

Wieder ein schnellend lauter Donner, daraufhin ein greller Blitz und schlagartig regnete es in Strömen. Das Gewitter war nun direkt über Harbourn.

Mit ausgreifenden Schritten rannten sie über den Parkplatz, an Bills Wagen vorbei in Richtung Park und dann zur Kirche.

Der Regen klatschte ihnen nur so ins Gesicht, es war schwer, etwas zu erkennen und Henriece rechnete jeden Augenblick damit, auf Rons Leiche zu stoßen. Der Leichnam war aber weg!

Auf einmal geschah Wesley ein Missgeschick. Er stolperte und fiel zu Boden.

Henriece half ihm auf. In diesem Moment zuckte ein heller Blitz durch den schwarzen Himmel. Für den Bruchteil einer Sekunde wurde eine Gestalt auf dem Parkplatz erhellt – March!

Der Turm erschien in dem Blitzgewirr gespenstisch. Unheimlich – und unnahbar.

Hätten sie sich nochmals umgedreht, wäre ihnen March aufgefallen, die mit gehässiger Miene verfolgte, wie sie nacheinander in dem Gotteshaus verschwanden.

Henriece zog eine kleine Taschenlampe aus seiner Innentasche heraus.

„Gott sei Dank, sie geht noch", atmete er auf, als der Lichtkegel auf den Boden fiel. „Habe schon befürchtet, sie wäre hinüber."

Wesley griff nach seinem Revolver – er war weg.

„Verdammt", entfuhr es ihm. „Der Revolver, er muss mir herausgefallen sein, als ich vorhin gestolpert bin."

Henriece richtete den Schein seiner Lampe auf ihn. Wesleys Antlitz war aschfahl. Angst konnte er in seinen Augen lesen.

Aus seinem Hosenbund zog er dann das Athamé heraus und streckte es Wesley entgegen.

„Nimm es", forderte er ihn auf, als Wesley nur zögernd danach griff.

„Und du?"

„Ich habe das hier." Er zeigte auf die drei kleinen Anhänger, mit denen Wesley jedoch nichts anzufangen wusste. Verwirrt umklammerte er den Schaft des Dolches. Henriece beobachtete jede seiner Bewegungen und ließ dann den Lichtkegel durch den kleinen Vorraum schweifen; bis hin zu der Tür in den Messesaal, die verschlossen war.

Die lauten Donnerschläge verschlangen jegliche Geräusche.

In flackerndem Kerzenlicht offenbarte sich am Ende des Messesaales der Altarbereich. Über dem Steintisch war ein riesiges schwarzes Tuch gelegt worden, das an allen vier Seiten bis zum Boden hinab reichte. Auf dem Tuch zeichnete sich in weißer Farbe ein Kreuz ab, das auf dem Kopf stand.

Das mächtige Kreuz Christi wurde ebenfalls von einem schwarzen Tuch verborgen.

„Was hat das zu bedeuten?" Wesley wirkte angespannt. Henriece zog langsam die Tür hinter sich wieder zu.

„Das Böse lässt grüßen", erwiderte er trocken und es war ihm verdammt ernst dabei. Schweigend musterte er die zeremonielle Darbietung einer antichristlichen Messe.

„Was jetzt?", fragte Wesley, nachdem Henriece eine geraume Zeit nur auf die Zeichen gestarrt hatte. Dass er dabei mit seinen Fingern über die kleinen silbernen Anhänger strich und seine Lippen sich dabei bewegten, sah Wesley nicht.

Henriece drehte sich ihm zu.

„Folge mir", forderte er ihn auf und bewegte sich auf den Mittelgang zu. „Wenn er hier ist, dann weiß er auch, dass wir hier sind."

Geradewegs schritt er dem Opfertisch entgegen, ohne seine Finger von seinem Amulett zu lassen. Dicht vor dem Gebetstisch blieb er stehen. Wesley stellte sich neben ihm.

„Ich werde ihn jetzt rufen", flüsterte Henriece ihm zu. „Gleichzeitig werde ich dieses Tuch auf dem Tisch zusammenlegen und es anzünden."

Noch ehe Wesley etwas erwidern konnte, begann er, das Tuch zusammenzufalten. Lauthals rief er dabei die Worte: „SCARLIET – ICH WEISS, DASS ES DICH GIBT. SIEHE HIER, WAS ICH VON DEINEM RITUAL HALTE!" Aufmerksam ließ Wesley seinen Blick von der Tür des Vorraumes zum Nebeneingang und dann zu der Tür, die in den Glockenturm führte, wandern. Nichts geschah. Niemand betrat die Kirche, um das Vorhaben zu verhindern.

Nachdem Henriece das gottesabtrünnige Tuch zusammengefaltet hatte, ergriff er eine Kerze und hielt das Feuer an den Stoff, der augenblicklich in Flammen aufging. Für mehrere Sekunden erhellte sich ihr Umfeld, sodass auch der dunkelste Winkel eingesehen werden konnte. Es schien wirklich niemand da zu sein. Die Flammen drohten zu dem zweiten Tuch überzugreifen, welches das Kreuz bedeckte. Henriece zog vorsichtig daran. Erst schwer, dann leichter ließ es sich herunterziehen. Entsetzt machte Wesley gleich mehrere Schritte zurück. Er starrte auf den blutigen Kopf des Paters.

„Athelwolds!", entfuhr es ihm.

Mittels eines Seils, das um die Beine des Toten geschlungen war, war er kopfüber am Querbalken festgebunden worden. Die mannshohe Holzfigur des Jesus Christus war weg.

Henriece schluckte. Der Anblick kostete ihm Überwindungskraft. Langsam faltete er das Tuch auf dieselbe Weise zusammen und legte es auf den brennenden Altar.

„Pater Athelwolds", wiederholte sich Wesley gefasster. „Von deinem Landstreicher nicht die Spur!"

„Das ist eine Spur", berichtigte ihn Henriece. „ZEIG DICH, SCARLIET!", rief er aus vollem Hals. Von allen Seiten brach sich seine Stimme wider, übertönte sogar das Getöse des Gewitters. „NUR FEIGLINGE VERSTECKEN SICH!"

Für mehrere Sekunden hielt er inne, sagte nichts, sondern lauschte nur von einer Richtung zur anderen. Keine Schritte, keine Stimme, nur das Zucken der Blitze und das donnernde Getöse, das noch mehr an Heftigkeit zugenommen hatte, vermischt mit dem Knistern der brennenden Leintücher – weiter nichts.

„Durchsuchen wir die Kirche", sagte er dann. „Der Geheimgang, wo könnte er sein?"

Wesley schaute ihn mit fahlem Blick an. Henriece las nicht nur Angst darin. Auch Wut spiegelte sich in den Augen des Arztes.

„Versuchen wir es beim Glockenturm", antwortete er nach langem Überlegen. „Dort – könnte ich es mir vorstellen."

„Geh du voraus", forderte Henriece ihn auf. „Du kennst dich hier wahrscheinlich besser aus als ich."

Wesley nickte stumm. Er ging an ihm vorbei auf die Tür zu, die rechts vom Altar in den Glockenturm führte.

Im selben Moment betrat jemand lautlos den Saal.

March.

In der einen Hand hielt sie die abgesägte Schrotflinte, in der anderen ein langes Messer. Über ihr Gesicht flog ein breites hässliches Grinsen, als sie die beiden im Glockenturm verschwinden sah.

„Vielleicht ist er oben auf dem Turm", bemerkte Wesley leise, und folgte dem Lichtkegel, der einen Teil der Holzstufen beleuchtete, die sich steil nach oben wendelten.

Eine Mauerstärke neben dem Treppenaufgang war eine niedrige Tür – oder vielmehr ein kleiner Verschlag aus Brettern – die von zwei verrosteten Eisenbändern verriegelt wurde. Vorsichtig versuchte Henriece den Verschlag zu öffnen, da machte ihn Wesley auf das kleine Hängeschloss aufmerksam, das eines der Bänder an eine Öse kettete. Mit dem Dolch versuchte er, das Schloss zu sprengen.

„Ich steige auf den Turm", raunte ihm Henriece ins Ohr. „Versuch du so lange, die Tür zu öffnen."

„Geh nur", erwiderte Wesley. „Ich hole mir nur eine Kerze. Ohne Licht schaffe ich das nicht."

Noch während er das sagte, hatte er von dem Verschlag abgelassen und verschwand auch schon hinter der Tür zum Altarbereich. Henriece zögerte nicht lange und machte sich daran, den Turm zu besteigen. Dabei betrat er die Holzstufen nur an der äußersten Kante, um ein Knarren zu vermeiden. Stufe für Stufe tastete er sich langsam nach oben, wobei er seine Taschenlampe nur ab und zu anzuknipsen brauchte, da nach jeder Viertel Wendung eine kleine halbrunde Öffnung in dem Mauerwerk ausgelassen worden war. Das grelle Licht der Blitze warf immer wieder einen kurzen Lichtstrahl durch diese Öffnungen.

Mit jeder Wendung, die er vor sich hatte, rechnete er mit dem Landstreicher.

Bis auf den Wind, der stürmisch durch die Öffnungen pfiff, konnte er aber keine weiteren Geräusche innerhalb des Turmes ausmachen.

Fünf Minuten waren vergangen, seitdem er sich von Wesley getrennt hatte und die letzte Wendung lag nun vor ihm. Er verlangsamte seine Schritte.

Plötzlich zuckte er zusammen.

Eine Gestalt stand am Geländer. Sie hatte den Rücken zu ihm gewandt und wurde nur für einen kurzen Augenblick von einem hellen Blitz erleuchtet.

Erschrocken darüber strich er mit den Fingern über sein Amulett und kniff die Augen ein wenig zusammen, um die Person besser fixieren zu können. Sie schien sich gegen die Brüstung zu lehnen und dem Naturschauspiel alle Aufmerksamkeit zu widmen. Außer den Haaren, die von dem Sturm hin und her geweht wurden, bewegte sie sich nicht. Etwas an der Gestalt kam ihm bekannt vor.

„SCARLIET", versuchte er das Getöse zu übertönen.

Keine Regung, nichts. Nach wie vor starrte die fremde Person auf das Gewitter. Auf alles gefasst näherte er sich ihr mit langsamen Schritten; die Taschenlampe zum Hieb ausgeholt.

„SCARLIET!", rief er um einiges lauter, doch das Peitschen des Regens und das Dröhnen des Donners erstickte seinen Ruf. Er war nur noch zwei Schritte von ihr entfernt und musste doch spätestens jetzt gehört werden.

Henriece wollte ein drittes Mal ansetzen und den Namen ausschreien, besann sich aber anders, als unweit des Turmes ein Blitz die Nacht für Augenblicke zum Tag erhellte. Der Hinterkopf und der Nacken, sowie der Hemdkragen war blutrot gefärbt. Er knipste die Lampe an und ließ den Lichtkegel an der Person entlang gleiten.

Nein... das darf nicht wahr sein!

„Ron!", entfuhr es ihm und packte ihn an der Schulter, um ihn herumzureißen. Keinen Millimeter brachte er ihn von der Stelle. Die einzige Regung war, dass der Kopf nach vorne fiel.

Vorsichtig beugte sich Henriece an ihm vorbei.

Rons Hände lagen flach auf der Holzbrüstung und in jeder Hand steckte ein Zimmermannsnagel.

„Jahwe sebetia – Gott vergib", flüsterte Henriece, als er in das zerschundene Gesicht blickte.

Ihm würgte es. Angewidert richtete er sich auf, erhob seinen Blick gegen den Himmel und schrie aus vollem Hals, wobei er seine Arme zum Gebet auseinanderbreitete:

„EL ATI, CHAVAJOT SEMHAMORAS VAY VAY AZIA THEODOR RABUR BATHSASDAR. Ihr Dämonen der Finsternis! Ich fordere auf, Theodor, Rabur Bathsasdar."

Kaum hatte er die Worte dem Sturm entgegen gebrüllt, schien sich das Unwetter für Augenblicke zu vervielfachen. Eine Windböe mit orkanartigem Ausmaß drängte ihn zurück.

„GOTT IST MIT MIR!", schrie Henriece, indem er sich sein Amulett vom Hals riss und es dem Sturm entgegenstreckte.

Die Windböe flachte ab, rückwärts stieg er die ersten beiden Stufen hinab. Plötzlich zuckte ein Blitz in der Nähe des Turmes vorbei und teilte sich in mehrere Strahlen.

Einer davon traf Rons Körper, der mehrmals durchgerüttelt und dann einfach weggeschleudert wurde. Zurück blieben seine Hände;

verkohlt hingen sie an den Zimmermannsnägeln, deren Stahl für einige Sekunden aufglühte.

Sein Herz raste. Schweiß rann ihm über das Gesicht. Henriece drehte sich und floh. *Bloß weg hier! Ron... man, was passiert noch?* Anfangs langsam, dann immer schneller werdend rannte er weg von diesem grauenvollen Ort.

Vor der letzten Wendung verringerte er sein Tempo und stieg die letzten Stufen etwas gelassener hinab. Auf keinen Fall wollte er, dass Wesley seine Angst erkannte.

Soll ich ihm etwas sagen? Oder besser nicht?

Von Wesley jedoch war nicht die Spur!

Als er den Holzverschlag ableuchtete, sah er das Vorhängeschloss auf dem Boden liegen, die Tür war nur angelehnt. Zögernd zog er sie auf, stellte sich so, dass er erst durch einen Spalt in das Dahinterliegende spähen konnte, bevor er durch die Öffnung hindurchtrat.

Eine Steintreppe, die geradlinig nach unten führte. Kalte moderige Luft verdrängte den Sauerstoff derartig, dass ihm der Atem stockte.

Auf den Stufen bemerkte er kleine weiße Wachstropfen, aus denen er schlussfolgerte, dass Wesley bereits hinabgestiegen war. Stufe für Stufe ließ er den Lichtstrahl hinab gleiten, bis sich das Licht in der Dunkelheit verlor.

Angestrengt starrte er in die Dunkelheit vor sich, bevor er den Gang betrat, der schon Hunderte von Jahren alt sein musste.

Aufmerksam schlich er vorwärts. Auf einmal sah er weit entfernt ein flackerndes Licht, das sich hin und her bewegte.

Den Schein seiner Lampe wieder auf die Wachstropfen gerichtet, hastete er weiter. Plötzlich blieb er stehen.

Rote Tropfen!

Sein Atem kam fast zum Stillstand.

Manche hatten sich mit dem Wachs vermischt, die rosarot in dem Lichtkegel schimmerten. Henriece bückte sich, um mit dem Finger an einem der Tropfen entlang zu streichen. Das Wachs war noch nicht völlig ausgehärtet.

Blut!, fuhr ihm durch den Kopf.

Aufgeregt leuchtete er seine Umgebung ab. An dieser Stelle gab es keine spitze Ausbuchtung, an der sich Wesley hätte aufstoßen können. Auch konnte er an den seitlichen Wänden nichts Auffälliges erkennen. Misstrauisch setzte er seinen Weg fort, dem flackerndem Licht entgegen, das in dieser sauerstoffarmen Luft nicht viel Nahrung zum Brennen hatte.

Jederzeit rechnete er damit, von dem Landstreicher überrascht zu werden.

Er muss hier sein! Irgendwo hier... Scarliet! Wesley hat ihn bestimmt gefunden. Oder er hat Wesley gefunden. Wesley ist verletzt, es muss sein Blut sein. Was, wenn der Landstreicher mit ihm dasselbe macht, wie mit Ron? Wenn er ihn umbringt..?

Angst schnürte ihm die Kehle zu.

Ein Verschlag, wie am Anfang des Ganges beendete den Höhlenweg. Er war nur angelehnt, die Blutstropfen führten hinaus. Behutsam, ohne Geräusche zu verursachen, drückte er die Holztür auf.

Ein Kellergewölbe! Mehrere Weinfässer standen darin. Spinnweben bedeckten die Decke; es roch muffig.

Einige Schritte weiter war eine weitere Tür, an der ein schmaler Lichtstreifen den Boden entlang fiel. Demzufolge war sie nur angelehnt.

Überaus vorsichtig öffnete er sie soweit, dass er hindurch schielen konnte. Ein schwach beleuchteter Vorkeller, von dem aus in weitere Räume gelangt werden konnte. Jedoch besaßen diese Räume keine Türen. Henriece wunderte sich, dass er keine Geräusche vernahm. Es war so still, als würde er sich allein in diesem Keller befinden. Nachdem er sich vergewissert hatte, dass sich niemand in der Nähe befand, schlich er weiter. Aber er wusste, dass sich noch irgendjemand hier befinden musste. Vielleicht war es der Landstreicher, der in der Dunkelheit auf ihn lauerte.

Die Blutspur führte quer durch den Vorkeller in einen kleinen Raum. Dort hörte sie auf.

Sehr langsam näherte er sich der Tür, die wie die vorigen auch nur angelehnt war. Auch hier fiel ein dünner Lichtstrahl durch den Spalt. Ein leises Geräusch, als würde jemand ein Blatt Papier, oder die Seite eines Buches umlegen.

In der einen Hand hielt er sein Amulett fest umklammert, mit der anderen öffnete er die Tür.

Das, was er zu sehen bekam, verschlug ihm die Sprache. Vor ihm eröffnete sich eine Bibliothek. Wesley stand vornübergebeugt an einem Tisch und blätterte in einem Buch.

Ringsum Regale mit unzähligen Büchern darin. Der Raum war nicht sehr groß, vielleicht fünf mal fünf Meter. Direkt gegenüber der Tür stand ein antiker Schreibpult und davor ein Schemel.

Durch Henriece lief ein Schauer nach dem anderen, als er sich das Pult und den Schemel betrachtete. Beides kam ihm vertraut vor – als würde es bereits zu seinem Leben gehören.

Links und rechts auf dem Tisch standen dicke, schon halb abgebrannte Kerzen. Die Kerzenständer sahen aus wie das Gebilde eines bunten Tropfsteins.

Erschrocken wandte Wesley sich um, als er Geräusche hinter sich vernahm.

„Tut mir leid", entschuldigte Wesley sich sofort, als er Henriece sah. „Ich konnte einfach nicht anders. Ich habe etwas sehr Interessantes entdeckt – schau mal." Er zeigte auf ein großes, sehr altes Buch. „Wir befinden uns im Keller des Pfarrhauses. Ich glaube, das war es, was Pater Athelwolds entdeckt hatte." Er deutete auf Schriftrollen, die neben dem Buch lagen. Langsam kam Henriece dem Schreibpult näher, ohne seinen Blick von dem Möbelstück zu lassen.

„Ich kenne diesen Tisch", hauchte er. „Ich bin mir ganz sicher, diesen Tisch schon einmal gesehen zu haben." Als sein Blick auf die Schriftrollen fiel, zuckte er abermals zusammen.

Mein Bruder ist um einiges älter als ich, erinnerte er sich; Chrissie hatte davon gesprochen. *Er soll die Rollen studieren.*

Plötzlich, für den Bruchteil einer Sekunde, sah sich Henriece als den Jungen, von dem Chrissie erzählt hatte. Und – auf einmal war ihm, als wisse er über den Inhalt der Schriftrollen Bescheid. Langsam, sehr langsam wanderte sein Blick auf Wesley. Prüfend und geschockt zugleich musterte er ihn.

„Du bist nicht verletzt?" Seine Stimme klang verkrampft.

„Verletzt?" Wesley sah ihn fragend an.

„Ungefähr ab der Mitte des Ganges ist eine Blutspur, die vor dieser Tür hier endet."

Wesley schluckte. Demonstrativ blickte er auf seine Hände und dann an seinem Körper hinab. „Nein", hauchte er, „ich bin nicht verletzt."

„Dann muss sich noch jemand hier befinden." Henriece drehte sich um und prüfte die Tür, die noch weit offen stand.

„Scarliet?" Wesley folgte seinem Blick.

„Auf dem Turm habe ich Ron getroffen. Jemand hatte ihn mit den Händen an die Brüstung genagelt. Es war grausam! Der, der das getan hat, ist zu allem fähig, Joseph. Du hast nichts gehört, als du durch den Gang gelaufen bist?" Henriece schwenkte seinen Blick auf Wesley. „Einen Schlag vielleicht?"

„Ein dumpfes Geräusch habe ich gehört. Aber ich dachte, das sei von dir..."

Henriece bewegte langsam seinen Kopf hin und her. „Jemand befindet sich noch in unserer Nähe", flüsterte er. „Ich will mir unbedingt diese Schriftrollen ansehen. Könntest du so lange die Tür im Auge behalten?"

Wesley nickte nur und kam schweigend der Aufforderung nach. Henriece fühlte ein Unbehagen in dem Arzt, der sich offensichtlich widerwillig von dem Pult löste. Wesley lehnte die Tür an, sodass er durch einen Spalt hindurch spähen konnte.

Du musst diese Zeichen studieren, bis du sie auswendig zusammenfügen und deren Bedeutungen erkennen kannst, fuhr es Henriece in dem Moment durch den Kopf, als er eine der Rollen zwischen die Finger nahm. Das Buch ignorierte er noch – die Schriftrollen waren es, die ihn magisch anzogen. Seine Hände zitterten, als er das Lederband auseinanderschnürte. Vorsichtig rollte er sie auf der Tischoberfläche aus und stellte am oberen Ende einen der Kerzenständer darauf, das andere Ende hielt er mit dem Daumen fest.

Verschiedene Zeichen und Symbole waren mit roter Tinte auf das Pergament gemalt worden. Wirr von oben bis unten. Unter jedem dieser Symbole stand ein Name, hinter dem in Klammer die jeweilige Bedeutung geschrieben stand. Henriece betrachtete die Zeichen und wusste schon deren Bedeutung, ohne überhaupt erst den Namen gelesen zu haben...

Diese Symbole, zusammengefügt in der richtigen Reihenfolge, verleihen dir die Macht, Raum und Zeit ineinander verschmelzen zu lassen. Ihm war, als würde jemand diese Worte in seine Gedanken legen. Vielleicht eine Erinnerung, die noch weit vor seiner Geburt lag?

Beherrsche sie, mein Sohn. Nicht mehr lange, dann wird meine Zeit vorüber sein. Schweißtropfen perlten auf seiner Stirn, als er die nächste Rolle an sich nahm.

Plötzlich vernahm er hinter sich einen unterdrückten Aufschrei. Jäh wirbelte er herum. Wesley stand wie versteinert vor der Tür und starrte auf einen abgesägten Gewehrlauf, der ihm durch den Türspalt hindurch unter das Kinn gedrückt wurde.

Geistesgegenwärtig wollte Henriece auf die Seite der Tür springen, um sich dahinter zu verbergen, da wurde sie jählings aufgestoßen. March stand breitbeinig da, in der einen Hand die abgesägte Flinte, die sie Wesley gegen den Kehlkopf presste, mit der anderen Hand hielt sie sich am Unterarm fest, den sie sich erheblich verletzt haben musste, da immer wieder ein Tropfen Blut zwischen ihren Fingern herausquoll.

„Da wird sich mein Herr und Meister aber freuen, wenn ich ihm eure Köpfe präsentiere", grinste sie von Wesley zu Henriece. „Vor allem deine spanische Trophäe wird er mir tausendfach danken."

„Was – ist – in – dich – gefahren – March", krächzte Wesley. Der Druck des Gewehrlaufes ließ einen anderen Ton gar nicht zu.

„Was fragst du?", giftete sie ihn an. „Du wolltest ja nie dabei sein.

Hättest du auf uns gehört, du blöder Narr! Ja, das hat er gesagt – Narr. Auch Narren müssen sterben. Ich kann es schon gar nicht mehr erwarten, dir den Kopf abzuschneiden."

„Scarliet", nannte Henriece den Namen, machte vorsichtig einen Schritt nach vorn, um die Reaktion der Alten zu testen. Augenblicklich fuhr sie mit dem Gewehrlauf zu ihm herum. Diese Situation nutzte Wesley geschickt aus. Er machte einen Satz vorwärts und riss dabei den Lauf empor. Entsetzt starrte sie Wesley an, der ihr mit voller Wucht die Schrotflinte entriss, bevor sie noch abdrücken konnte.

Auf einmal blitzte ein Messer in ihrer Hand, mit dem sie sich auf Wesley stürzte. Das war für Henriece der Moment einzuschreiten. Wie ein Tier, das sich auf die Beute stürzt, hechtete er auf sie, packte mit beiden Händen ihren Arm und riss ihn ruckartig nach unten. Mit einem Aufschrei ließ sie das Messer fallen, stolperte vorwärts, konnte sich aber dann gerade noch fangen.

Noch ehe Henriece es aber verhindern konnte, hielt Wesley ihr den Lauf gegen den Kopf und drückte ab. Der Schuss hallte, dumpf fiel ihr Körper zu Boden, zuckte noch mehrere Male und blieb regungslos liegen. Blut verteilte sich auf dem Steinboden.

Erstarrt blickte Henriece ihn an. „WARUM HAST DU DAS GETAN?", schrie er ihn an.

Wesley senkte den Lauf auf die Erde, wischte sich mit der Hand über das schweißnasse Gesicht und sagte nichts.

Mit geschlitzten Augen sah er Wesley an.

„Du hattest Angst, dass sie etwas verraten kann. Du wolltest nicht, dass ich erfahre, dass auch du –"

„JA, VERDAMMT!", schrie Wesley außer sich, riss sein Hemd auseinander, sodass Henriece seine nackte Brust sehen konnte. Das Zeichen befand sich auch unter seiner linken Brust!

„Ich schwöre, dass ich nichts damit zu tun habe", beteuerte Wesley eindringlich. „Es liegt auch schon viel zu lange zurück. Ich kann mich nicht einmal mehr richtig daran erinnern."

Henriece betrachtete die Narben, die schon viele Jahre alt sein mussten.

„Ich will es wissen", forderte er ihn auf und sah ihn mit einem Blick an, der keinen Widerspruch duldet. „Alles!", setzte er noch in scharfem Ton hinzu.

„Mein Gott", stöhnte Wesley. „Das ist nun schon fast fünfundzwanzig Jahre her. Es war damals reine Dummheit. Nur eine jugendliche Dummheit."

„Was hatte sie damit zu tun?", wollte Henriece daraufhin wissen. Einen Blick auf March ersparte er sich.

„Sie hat uns dabei erwischt, wie wir uns dieses Zeichen eingeritzt haben. Mehr hatte sie damit nicht zu tun."

„Und deshalb hast du sie umgebracht? Das nehme ich dir nicht ab. Da muss mehr dahinter stecken. Und wer waren die anderen? Du sagtest: uns."

Nervös wischte sich Wesley immer wieder übers nasse Gesicht. „Es ist nicht so, wie du vielleicht denkst." Er musste sich beherrschen. Henriece fühlte seine Unsicherheit – und seine Angst! „Im Grunde genommen weiß ich genauso viel wie du – nicht mehr, eher weniger", fügte Wesley dann hinzu.

„Wer war es, der es dir eingeritzt hat?", blieb Henriece hartnäckig. „Es ist vielleicht wichtiger, als alles andere, was wir seither wissen." Sein Blick haftete auf seinem Gesicht fest. „Wer?", drängte er nach einer Antwort.

„Ich schwöre dir, ich habe mit der ganzen Sache nichts zu tun. Ich weiß nichts. Verdammt noch mal, ich wollte auch nie etwas davon wissen..."

„Warum deckst du ihn dann? Warum sagst du mir nicht, was wirklich geschah? Wer ist Scarliet? WER?"

Wesley senkte seinen Blick auf den blutigen Boden, wischte sich noch einige Male über das Gesicht und sah ihn wieder an.

„Gut", sagte er dann. „Du sollst erfahren, was geschehen ist. Ich bezweifle aber, dass es uns weiter bringt."

„Ich höre", sagte Henriece nur.

„Ich war fünfzehn, vielleicht sechzehn", begann Wesley mit leiser Stimme. „Damals wohnte ich noch in Melbourn, war aber sehr oft hier. Wir waren eine Clique neugieriger Jungs. Noah Scotus, Christoph Larsen und ich – wir haben dasselbe gemacht, was du gemacht hast. Wir spielten mit dem Jenseits. Eines Tages hatten wir Kontakt zu einem Wesen, das unser Leben nachhaltig beeinflusst hat und plötzlich kam Christoph mit diesem Zeichen daher. Wir dachten uns nichts dabei – oder besser gesagt, wir fühlten uns erhaben, als wir uns dieses Zeichen unter die Brust geritzt haben. Wir taten es heimlich und bemerkten nicht, dass wir von Sally beobachtet wurden. Sally war in unserem Alter. Sie hat Christoph und mich dann Tage später darauf angesprochen und dazu genötigt, ihr das Zeichen ebenfalls unter die Brust zu ritzen. March hatte uns dabei erwischt. Sie rastete total aus und wir mussten auf unser Leben schwören, niemals mit jemanden darüber zu sprechen. Von da an war Sally mit in unserem Kreis. Im Laufe der Zeit verlor sich aber das Ganze. Bis vor wenigen Tagen. Ich hab das Ganze wirklich nie für Ernst genommen. Nicht einmal, als Noah Scotus sich selbst ins Herz geschossen hatte."

„Das erklärt vieles, Joseph", erwiderte Henriece leise. „Ist dir denn nicht in den Sinn gekommen, dass Theodor schon damals, als ihr euch dieses Zeichen eingeritzt hattet, ganz in eurer Nähe war?"

„Verdammt, wusste ich denn, was noch alles geschehen wird? Nicht mit dem leisesten Gedanken habe ich daran gedacht. Erst als wir Pater Athelwolds im Park gefunden hatten, aber auch da versuchte ich, alles Vergangene zu verdrängen."

„Und Scarliet? Wer ist er?" Henriece nahm die Fotografie heraus und zeigte auf Harry Bansly. „Ist er Scarliet?"

Wesley atmete hörbar tief durch. „Harry kann nicht dieser Scarliet sein", antwortete er. „Harry Bansly befindet sich in Winchest Store. Ich weiß nicht, wer dieser Scarliet sein soll."

„Scarliet", entgegnete Henriece kühl. „Wenn wir ihn gefunden haben, dann haben wir auch Theodor gefunden."

„Und diese Schriftrollen?" Wesley lenkte ab. Er warf über seine Schulter hinweg einen Blick auf das Schreibpult. „Was haben sie damit zu tun?"

„Das – muss ich noch herausfinden", antwortete Henriece zögernd. Gedanklich war er immer wieder bei diesen Schriften. „Auf jeden Fall hat Pater Athelwolds etwas entdeckt, das er mit dem Leben bezahlen musste und ich vermute, dass Ron ebenfalls hier unten war und deshalb sterben musste."

„In dem Buch steht etwas von Wiederkehr und der Einheit des Vollkommenen", sagte Wesley mit runzliger Stirn. „Weißt du, was das zu bedeuten hat?"

„Du hast darin gelesen?" Henriece musste sich beherrschen.

„Nur ein paar Sätze, dann bist ja du gekommen ..."

„Wir müssen die Schriftrollen und das Buch in Sicherheit bringen", sagte Henriece im Wegdrehen. „So lange wir Scarliet nicht gefunden haben, sind wir hier keine Minute lang sicher."

„Wohin willst du die Sachen bringen?", fragte Wesley hinterher. „Ich glaube nicht, dass wir so einfach wieder in Larsens Residenz kommen."

Abrupt wandte Henriece sich um. „Dann lese ich es hier und jetzt", gab er entschlossen zur Antwort. „Danach vernichten wir es."

„Um das alles zu lesen, werden wir Stunden benötigen", hielt Wesley dagegen. „Sollen wir denn so lange einfach –?"

„Warten", fuhr ihm Henriece ins Wort und nickte. „Behalte du so lange die Tür im Auge. Jetzt hast du ja eine Waffe."

„Mich würde es verdammt noch mal schon auch interessieren, was da geschrieben steht", erwiderte Wesley aufbrausend, lehnte sich aber gleichzeitig neben die Tür und begann den Vorraum zu beobachten. „Wir sollten die Residenz nicht so lange im Stich lassen. Vielleicht brauchen sie unsere Hilfe."

„Wenn ich weiß, was in diesen Rollen und in dem Buch steht, haben wir vielleicht das, was helfen kann", hielt Henriece an seinem

Vorhaben fest und beugte sich über die Schriftrollen.

Mit jeder weiteren Rolle, die er öffnete und die Zeichen betrachtete, wurde ihm klarer, dass er der Junge war, von dem Chrissie erzählt hatte. Er kannte die Symbole und Zeichen, obwohl er sie noch nie in seinem Leben gesehen hatte. Und er konnte sie lesen! *Ich – bin – sein – Sohn,* ging es ihm wieder und wieder durch den Kopf. *Er will wiederkommen. Wiederkommen, um zu vollenden, was er nicht vollenden konnte. Und dazu braucht er Chrissie! Chrissie war seine Tochter. Durch sie will er wieder zu Mensch werden.* Henrieces Hände zitterten, sein Körper schwitzte.

Als er sich die letzte Schriftrolle betrachtet hatte, wandte er seine Aufmerksamkeit dem Buch zu. Die Seiten waren von Hand beschrieben worden. Insgesamt sechzehn Seiten, die der Schreiber von der Zahl eins ab in römischen Ziffern durchnummeriert hatte.

Das Buch war zwar alt, die Schrift aber gegenwärtig. Sie konnte nicht aus einer vergangenen Zeit stammen. Dafür war sie zu modern. Schon beim ersten Satz ahnte Henriece was sich zugetragen hatte und seine Vermutung bestätigte sich.

„Wie lange ist das her, seitdem Pater Athelwolds dir etwas über den Antichristen erzählt hat?", fragte er und drehte sich Wesley zu, der den Vorraum nicht eine Sekunde lang aus den Augen gelassen hatte.

Wesleys Stirn legte sich in Falten. „Hast du etwas herausbekommen?", stellte er ihm eine Gegenfrage.

„Könnte diese Handschrift die des Paters sein?", wollte er wissen und zeigte auf das Buch.

„Das ist die Handschrift des Paters", nickte Wesley ohne jeglichen Zweifel.

„Er hat herausgefunden, wie diese Zeichen zu übersetzten sind", entgegnete Henriece. Seine Stimme stockte, klang ungewöhnlich erregt. „Diese Schriftrollen, Joseph – ich werde sie verbrennen. Auch das Buch – sofort!"

„Nicht bevor ich es ebenfalls gelesen habe", schüttelte Wesley seinen Kopf, und es war ihm verdammt ernst dabei.

„Sie haben den Pater das Leben gekostet", wehrte Henriece ab. „Wir müssen es tun, bevor Scarliet hier erscheint. Wenn er auftaucht, ist es zu spät." Henriece nahm eine der Rollen und wollte sie über die Flamme der Kerze halten.

„NEIN", schrie Wesley auf, sprang auf ihn zu und versuchte ihn daran zu hindern.

„Auf welcher Seite stehst du, Joseph?" Henrieces Augenbrauen zogen sich gefährlich zusammen.

„Vielleicht sind diese Rollen sehr wertvoll. Wir dürfen sie nicht einfach verbrennen."

„Diese Rollen dürften seit Hunderten von Jahren nicht mehr existieren", sagte Henriece mir rauer Stimme und in einer Deutlichkeit, als wisse er genauestens darüber Bescheid. Erneut hielt er das Pergament über die Flamme, was Wesley in Rage versetzte.

„Ich will verdammt noch mal nicht, dass du diese Rollen vernichtest", herrschte er ihn an, indem er seinen Arm beiseite drückte.

„Darin steht vielleicht geschrieben, wie wir das alles hier beenden können..."

Langsam bewegte sich Henrieces Kopf hin und her. „Nein, Joseph", erwiderte er kühl. „In den Rollen steht nicht geschrieben, wie wir das alles beenden können. In den Rollen steht geschrieben, wie das alles einen Anfang haben wird. Alles, was in Harbourn bisher geschah, waren nur Vorboten. Eine Nichtigkeit gegen das, was noch eintreffen wird, wenn wir nicht schnell handeln."

„Ich denke ein Recht darauf zu haben zu erfahren, was hier geschrieben steht. Ich gebe mich erst zufrieden, wenn ich es ebenfalls weiß." Wesley nahm eine der Rollen und sah sich die Zeichen an, mit denen er allerdings nichts anzufangen wusste. Auch nicht mit den Namen und deren Bedeutung darunter. „Diese rote Tinte", bemerkte er leise.

„Ist Theodors Blut", setzte Henriece hinzu. „Mit seinem Blut steht hier geschrieben, wie es ihm gelungen ist, zu seiner Zeit an Mächte zu gelangen, die über das Menschliche weit hinausreichen. Und es steht geschrieben, wie er zurückkehren kann in unsere Welt, um sein Werk zu vollenden. Lass es uns tun, Joseph! Mit der Vernichtung dieser Rollen können wir einen Anfang für das Ende setzen. Wir dürfen keine Zeit verlieren. Wir müssen zurück zu Larsens Residenz. Chrissie ist in höchster Gefahr. Er braucht sie, um sein Werk zu vollenden und das hier...", er zeigte auf die Rollen, „ist die Anleitung dazu. Wer sie versteht, kann gleiches erreichen, wie Theodor damals erreicht hat. Das ist Schwarze Magie, Joseph. Die dunkelste Magie, die du dir vorstellen kannst, ist Licht gegen das, was hier geschrieben steht. Der Pater – und vermutlich auch Ron – sind dieser Magie ausgesetzt gewesen und mussten mit ihrem Leben bezahlen." Er sah Wesley direkt in die Augen, als er sagte: „Vermutlich ist auch Christoph Larsen ein Opfer dieser Schwarzen Magie."

Wesley schnaubte. „Warum kannst du diese Schrift lesen?"

Henriece legte ihm freundschaftlich eine Hand auf die Schulter. „Weil ich zu jener Zeit, als er lebte, sein Sohn war", hauchte er ihm ins Gesicht und er spürte das leichte Zittern, das in Wesley bebte.

„Seelenwanderung?"

Henriece nickte nur, ließ von ihm ab und begann die erste Schriftrolle über das flackernde Kerzenlicht zu halten.

„Möge Gott uns beistehen", kam es flüsternd über seine Lippen. Lodernd flackerten die Flammen auf, fraßen sich in Sekundenschnelle seinen Fingern entgegen, bis ihm nichts anderes übrig blieb, als das Pergament fallen zu lassen, wo es auf dem Steinboden gänzlich verbrannte.

„Es brennt grün", machte Wesley ihn auf die Flamme aufmerksam, als er die nächste Rolle ansteckte.

„Wenn wir hier fertig sind, müssen wir schnellstens zurück", erwiderte Henriece, als hätte er Wesleys Bemerkung nicht vernommen und stellte sich so, dass er den Eingang im Auge behalten konnte. „Wir können nur hoffen, dass Bill das Haus gut zu verteidigen weiß." Mit jeder Rolle, die vor seinen Augen in Flammen aufging, schien ein tonnenschwerer Druck aus seinem Inneren zu weichen.

Ich komme wieder, vernahm er auf einmal eine Stimme, die ihm sehr vertraut vorkam. Genauso vertraut, wie die Stimme von Chrissie, als er sie das erste Mal sprechen hörte. *Dann werden wir uns wiedersehen, mein Sohn und ich kann vollbringen, was zu vollbringen ist.* Mit einem Male, nur für den Bruchteil einer Sekunde kam es Henriece so vor, als sehe er einen großen breitschultrigen Mann in einer schwarzen Robe vor Augen, und er wusste für diesen winzigen Moment, dass dieser Mann einmal sein Vater gewesen war.

„Du sagtest, dieser Scarliet und Theodor seien ein und dieselbe Person?", riss Wesley ihn in die Gegenwart zurück.

Erschrocken ließ Henriece die brennende Schriftrolle auf den Boden fallen, auf dem die Flamme kurz aufloderte, um dann das Pergament restlos in Asche zu verwandeln.

„Scarliet wird der Vater von Theodor werden, wenn es uns nicht gelingt, ihm zuvor zu kommen", offenbarte er das Geheimnis. „Chrissie und ich, wir sind einst einmal seine Kinder gewesen. Mich will er töten, weil in mir dieselbe Macht schlummert, wie sie er besitzt. Chrissie benötigt er, um sich selbst durch Scarliet zu zeugen. Verstehst du? Wenn es ihm gelingt, Chrissie zu entführen, dann wird eines Tages Theodor als Mensch auferstehen und er wird das vollbringen, was er damals nicht hat vollbringen können."

Wesley starrte ihn mit offenem Mund an. „Der Antichrist", hauchte er.

„Pater Athelwolds wusste darüber", erwiderte Henriece.

Es dauerte nicht mehr lange, und er hatte die Schriftrollen und das Buch restlos verbrannt. Wesley sprach kein Wort mehr. Auch nicht, als sie das Haus durch den unterirdischen Gang wieder verließen. March würdigte er dabei keines Blickes und Henriece ahnte, dass Wesley ihm nicht einmal ein Fünftel der Wahrheit geschildert hatte. Zwischenzeitlich war das Unwetter vorübergezogen und ein sternenklarer Himmel ließ den Schein des Mondes auf der nassen Erde spiegeln.

Es war still. Zu still. Nicht einmal der Wind wehte, nicht einmal das Rauschen des Waldes war zu hören.

Schweigend standen sie vor der Kirche und lauschten in diese nicht enden wollende Stille.

„Diese Stille", flüsterte Wesley. „Sie ist so eigenartig."

Kaum hatte er ausgesprochen, drang ein entfernter Schrei zu ihnen. Ein Schrei, der aus der Richtung des Hotels stammte.

„ASS ICH IEDEN", konnten sie aus dem Echo heraushören.

„Frank Garden", entfuhr es Henriece spontan. „Das ist die Stimme von Frank Garden."

„ACH ICHT IT", ertönte es erneut.

„Mach nicht mit", flüsterte Wesley.

„IBER OTT. ASS ICHT LEIN."

„Lieber Gott, lass mich nicht allein", deutete Henriece die Worte.

„ILF MIR. ITTE ILF IR."

„Hilf mir. Bitte hilf mir." Wesleys Stimme versagte. „Frank, mein Gott, was geschieht da?" Seine Stirn tropfte, seine Hände zitterten. Krampfhaft umklammerte er die Schrotflinte.

„Das Athamé", sprach Henriece ihn an. „Gib es mir!"

„NEIIIIIIINNNNNNN…" Gellend kreischte Frank Gardens Stimme durch Harbourn. Henriece nahm das Athamé an sich und hielt es vor sich gegen den Nachthimmel.

„Geh zurück!", flüsterte er. „Geh in deine Dimension. Geh und finde Ruhe…"

Ich komme wieder, vernahm er plötzlich die Stimme in sich. Durch Henriece strömte ein schauriges Gefühl – ihm fröstelte.

„Gehen wir zurück", sagte er dann. „Wir können Frank Garden nicht mehr helfen", fügte er hinzu und begann abrupt im Laufschritt den Park zu überqueren. Wesley folgte ihm. Frank Gardens Schreie verstummten in der schaurigen Stille, die wie ein Damoklesschwert über Harbourn schwebte.

Chrissie, flehte Henriece in sich hinein. *Halte durch. Halte durch, bis ich bei dir bin… bitte!*

Plötzlich zerriss ein Schuss diese grauenvolle Stille. Henriece zuckte zusammen. „Schneller", rief er zu Wesley zurück. Ein zweiter Schuss fiel, kurz darauf ein dritter. Henriece umklammerte den Schaft des Athamés und flüsterte eindringlich: „Bring mich zu seinem Besitzer."

Du kannst mich nicht aufhalten, ertönte auf einmal die Stimme in ihm. *Niemals wirst du verhindern können, was du zu verhindern trachtest.*

Henriece ergriff die Symbole an seinem Hals. „Ich werde alles tun, um dich zu verhindern", sagte er im Laufschritt. „Niemals werde ich zulassen, dass Chrissie etwas geschieht. Nie-mals."

Du kannst mich nicht aufhalten, Ephrath, kam es zurück. *Deine Tage gehen zur Neige, die meinigen werden beginnen... beginnen... beginnen...*

Ein vierter Schuss hallte durch die Wälder, Sekunden darauf ein gellender Schrei, der ihn erschauern ließ.

„Wir kommen zu spät", schrie Wesley ihn von hinten an. „Du hast zu lange gezögert."

„Zu spät...", murmelte Henriece in sich hinein. „Nicht ich habe zu lange gezögert. Nicht ich..."

Mit ausgreifenden Schritten rannten sie den Hillway hinauf und hielten in sicherem Abstand vor dem Tor inne. Larsens Residenz lag in völliger Dunkelheit – und es war gefährlich ruhig.

Das offenstehende Tor war vielleicht fünfzig Schritte von ihnen entfernt.

„Von Baker und seiner Truppe nicht die Spur", flüsterte Wesley außer Atem. „Was geschieht?"

Kaum hatte er ausgesprochen, drangen hintereinander mehrere Schüsse aus dem Inneren der Villa. Lautes Poltern – unterdrückte Schreie – dann wieder Stille.

„Verdammt Henriece", zischte Wesley. „Wir können nicht tatenlos zusehen!"

Henriece stand wie erstarrt und hielt seinen Blick unentwegt auf das Tor gerichtet, das wie von Geistes Hand aufgestoßen wurde. Se-

kunden darauf kam eine torkelnde Gestalt hindurchgeschritten.
„Stephen", entfuhr es Wesley entsetzt. Er wollte losrennen – affektiv hielt Henriece ihn fest.

„Warte", hielt er ihn davon ab, in den sicheren Tod zu rennen und zeigte auf die Person, die in unmittelbarere Nähe des Tores mit dem Rücken zu ihnen stand. Das Mondlicht erleuchtete das weiße Hemd. Langsam drehte sich die Gestalt um und blickte geradewegs in ihre Richtung.

Henriece zuckte zusammen, Wesley entfuhr ein Aufschrei. Jäh riss er das Gewehr empor und legte an. Im selben Moment verschwand die Person im Dunkeln.

„Harry Bansly", flüsterte Henriece und wandte sich Wesley zu. „Scarliet – Joseph. Das ist Scarliet!"

Wesley zitterte am gesamten Leib. Plötzlich fielen wieder Schüsse, darauf ein gellender Schrei, der schnell in sich verstummte.

„Gehen wir", flüsterte Henriece ihm zu. Seine Stimme klang fahl und stumpf. „Scarliet – oder Harry Bansly will Chrissie. Gehen wir und versuchen es mit unserem Leben zu verhindern."

„Verhindern?" Wesleys Stimme versagte.

Henriece sah ihm direkt in die Augen. „Angst", hauchte er ihm ins Gesicht. „Du hast vor ihm Angst."

„Harry – ist ein Satan", flüsterte Wesley. „Harry beherrscht sie alle. Ausnahmslos alle."

„Also doch!" Henriece betrachtete das Athamé. „Es ist seines, Joseph. Ich werde es ihm wiedergeben."

„Harry wird dich töten. Er wird jeden von hier töten. Harry Bansly – ich habe so gehofft, dass sie ihn für ewig ruhigstellen."

Henriece sagte nichts. Er hatte genug von Doc Wesley und er hatte Angst um Chrissie. Langsam schritt er auf das Tor zu, ohne den leblosen Körper von Stephen Border aus dem Auge zu lassen.

„Harry ist der Leibhaftige...", rief Wesley ihm hinterher. „Er wird dich in Stücke zerreißen."

Henriece achtete nicht auf die Worte. Nur noch wenige Schritte trennten ihn von Stephen, der regungslos am Boden lag. Aus einem Loch in seinem Kopf quoll Blut.

„Bill", flüsterte er zu sich. Plötzlich zuckte Stephen zusammen. Sein Kopf bewegte sich langsam in seine Richtung. Henriece blieb stehen und kniete sich zu ihm nieder.

„Das – Mädchen", hauchte Stephen. „Er – will – das – Mädchen." Das waren die letzten Worte, die Stephen Border in seinem Leben gesprochen hatte. Ein Zucken durchfuhr seinen Körper – er war tot.

Henriece strich ihm über die Augenlider und huschte unter einen nahegelegenen Fliederbusch. Wieder fielen Schüsse und wieder ein lauter Schrei. Henriece atmete mehrmals tief durch. Kurz warf er einen Blick in Doc Wesleys Richtung, der soeben neben Stephen Border kniete und begann dann, sich Richtung Terrasse zu schleichen.

Als er diese erreichte, bot sich ihm ein schauriges Bild. Die Fensterläden waren zertrümmert, die Scheiben zersplittert. Inmitten auf der Terrasse lag Paul Baker mit einer Axt im Rücken auf dem Boden. Von Harry Bansly war weit und breit nichts zu sehen. Henriece befürchtete, dass er sein Ziel bereits erreicht hatte.

Geräusche neben ihm ließen ihn herumwirbeln. Doc Wesley tauchte auf.

„Zu spät", rang Wesley nach Atem und kniete sich neben Paul Baker nieder. Daraufhin richtete sich sein Blick auf Henriece, der wie versteinert vor ihm stand und die zertrümmerte Terrassentür betrachtete.

„Wir alle sind zu Mördern geworden", stammelte Henriece nur noch. „Gottes verdammte Mörder." Er nahm die drei kleinen Anhänger von seinem Hals und legte sie nebeneinander auf die flache Hand. „Die Kraft meines Glaubens", flüsterte er, sodass nur er selbst seine Worte verstehen konnte, „ist der Wille, dem du dich beugen musst. Ich weiß, wer ich bin – Theodor Ephrath Mehrens. Und ich werde dich finden, denn ich besitze dieselbe Macht, dasselbe Wissen, das du mir einst hinterlassen hast."

„MÖRDER!", schrie Wesley plötzlich außer sich. „WIR SIND

ALLE GOTTVERDAMMTE MÖRDER!" Seine Schreie hallten durch den Wald, brachen sich an den Bäumen und kehrten immer leiser werdend zurück. Auf einmal vernahmen sie leise Geräusche aus dem Inneren der Villa. Jäh wirbelten sie herum, Wesley legte die Flinte an, Henriece machte sich bereit zu kämpfen. Kurz darauf tauchten Bill und Helen auf. Ihre Blicke verrieten Henriece, was er vermutete.

„War er hier?", fragte er geradeheraus und fixierte Bills Augen, die sich auf die Frage hin deutlich verengten.

„Dein Geist?" Bill konnte die Wut, die langsam wieder in ihm aufstieg, nicht verdrängen. „Dein hirnverbrannter Geist ist ein Wahnsinniger!", entfuhr es ihm. „Ein Wahnsinniger, den du –" Bills Blick schwenkte auf Wesley, „den du schon mehrmals in das Winches-Store-Sanatorium eingewiesen hast. Ein Geisteskranker, der euch alle an der Nase herumführt. Ein Irrer, der sich ein unschuldiges Mädchen geholt hat, um mit ihr seine perversen Spielchen zu treiben." Bills Stimme wurde lauter und lauter. „Einen Wahnsinnigen beten sie an und ihr glaubt, es sei etwas Höheres, das man nicht mit Waffen bekämpfen kann. Theodor – dass ich nicht lache. Harry – Harry Bansly, der sich selbst diesen Namen gegeben hat. Scarliet – Theodor. VERDAMMT NOCH MAL, SEID IHR DENN SELBST ALLE ÜBERGESCHNAPPT? ES GIBT IHN NICHT, DIESEN VERDAMMTEN GEIST! VERSTEHT IHR? ES GIBT IHN NICHT!!!"

„Harry...", stammelte Wesley nur und senkte den abgesägten Gewehrlauf.

„Er war hier", erwiderte Bill kalt. „Er war hier und ist mit Chrissie wieder verschwunden. Gnade Gott, wenn ich diesen Irren erwische. Eigenhändig breche ich ihm das Genick."

„Harry Bansly", flüsterte Henriece in einer Ruhe, die schon beängstigend wirkte, und warf einen Blick auf Paul Baker. „Und die anderen?", fragte er dann.

„Ihn haben sie selbst umgebracht", antwortete Bill.

„Und Chrissie?"

„Dieser Irre muss abnormale Kräfte haben", gestand Bill doch etwas Übernatürliches ein. „Wir kämpften gegen zwei von ihnen, dabei ist es ihm gelungen. Verdammt – ich konnte nicht schießen, er hat ihn –", Bill zeigte auf Paul Baker, „einfach wie ein Schutzschild vor sich gehalten während er Chrissie über seine Schulter hievte. Sie hat sich ihm ausgeliefert – um uns zu retten."

„Sind die anderen tot?"

„Einer von ihnen mit Sicherheit. Der andere könnte noch leben, der Fünfte aber fehlt. Ich habe nur vier gezählt."

„Frank Garden", sagte Henriece, der mit seinen Gedanken bei Chrissie war. „Frank ist davongelaufen. Ich vermute aber, dass er nicht mehr am Leben ist. Wir hörten seine Schreie."

„Harry Bansly", flüsterte Wesley ungläubig, worauf sich Henriece ihm zuwandte.

„Du wusstest es von Beginn an", warf er ihm vor. „Du wusstest, dass Harry Bansly die Menschen hier tyrannisiert und sie kontrolliert. Du wusstest es und hast es nicht gesagt!"

„Harry leidet unter Schizophrenie und musste immer wieder nach Winches-Store gebracht werden. Eigenhändig brachte ich ihn vor wenigen Wochen in das Sanatorium und sorgte dafür, dass er ruhiggestellt bleibt. Ich kann es mir nicht erklären..."

„Geisteskrank", unterbrach ihn Henriece, schwenkte seinen Blick auf Bill und sah diesen mit zusammengekniffenen Augen an. „Du kannst glauben, was du willst", sprach er in ruhigem Tonfall. „Doch nimm dich vor ihm in acht, falls du ihn finden solltest. Theodor ist nicht irgendein hirnverbrannter Geist. Theodor ist das, was du mit aller Gewalt zu verdrängen versuchst. Harry Bansly und der Landstreicher sind ein und dieselbe Person. Theodor hat von Beginn an – und ich meine nicht erst seit ein paar Tagen – seine Auferstehung vorbereitet."

„Auferstehung?" Helen sah ihn an, als ob sie nicht richtig verstanden hätte. Bills Mundwinkel verzogen sich zu einem mitleidigen

Lächeln. Wenn er auch nichts sagte, Henriece begriff sehr wohl, was Bill damit andeuten wollte.

„Ich denke es ist besser unsere Wege trennen sich hier", gab er auf das Grinsen hin eine unerwartete Antwort zurück. „Auch unsere Wege", setzte er noch hinzu und sah dabei auf Wesley, der ihn erschrocken anblickte. Henriece wandte sich um und war in der Dunkelheit verschwunden, ehe einer von ihnen etwas sagen konnte. Jedoch hielt er nach wenigen Schritten inne und lauschte...

„Verdammt", hörte er Bill fluchen. „So war das nicht gemeint!"

„Sie waren seine Kinder", hörte er Wesley darauf sagen. „Der Spanier und das Mädchen."

„Was sagst du da?" Bills Stimme überschlug sich. Henriece rührte sich nicht von der Stelle.

„Sie waren seine Kinder", wiederholte sich Wesley. „Es stand alles in den Schriftrollen – und Pater Athelwolds hat es herausgefunden."

„Seine Kinder? Und was für Schriftrollen?"

„Wir haben sie verbrannt – alle haben wir sie verbrannt." Henriece fühlte die Angst in Wesleys Wesen. Seine Stimme versagte mehrmals. „Es ist vorbei", vernahm er Wesleys flache Stimme nur noch vage. „Endgültig vorbei – und ich habe nichts begriffen. Über all die Jahre hinweg habe ich nichts begriffen. Weißt du, dass ich ein Mörder bin? Weißt du das? Ich habe March erschossen, Bill. Ich habe sie kaltblütig erschossen. Und das nur, damit sie ihm nichts mehr sagen kann. Einfach nichts mehr sagen, und dabei empfand ich es damals als harmlos. Aber er war da – verdammt noch mal, Bill, er war immer schon da. Er hat uns benutzt. Die ganzen Jahre über hat er uns einfach nur benutzt."

„Wen meinst du?" Helens Stimme vibrierte. Henriece ahnte, dass Wesley ihnen nun das Zeichen unter seiner Brust zeigen wird. Ein Ausruf Helens bestätigte seine Vermutung.

„Du bist einer –?" Bill stockte.

„Ich habe es nicht gewusst. Erst als wir Pater Athelwolds gefunden hatten – aber da war es schon zu spät. Um Jahre zu spät."

„Um Jahre zu spät?"

„Ich –" Ein lautes Krachen ließ Henriece zusammenzucken. Er wirbelte herum und sah, wie John Baker blutüberströmt mit erhobenem Beil auf Wesley zu gerannt kam. Bill riss seinen Revolver hoch und drückte ab. Vier Kugeln bohrten sich in den Körper des Holzfällers, ohne jedoch die geringste Wirkung zu zeigen.

Wesley starrte auf die blutige Schneide, die wie das Messer einer Guillotine auf ihn hinab fuhr und sich in seiner linken Schulter versenkte. Augenblicklich sackte er zusammen und wurde von dem Gewicht Bakers umgeworfen, der tot auf ihm zum Liegen kam.

Henriece musste sich beherrschen. Er wollte sich nicht offenbaren. Er wollte sich auf die Suche nach Chrissie begeben – und Harry Bansly zur Strecke bringen...

Das Röcheln, das zu ihm drang, sagte ihm, dass es Wesley schwer erwischt hatte. Mit einem Ruck warf Bill den leblosen Körper Bakers beiseite. Das Beil steckte bis zur Hälfte in Wesleys Schulter und hatte wahrscheinlich den linken Arm abgetrennt, der verdreht nur noch vom Stoff seines blutgetränkten Hemdes gehalten wurde.

Henriece hielt den Atem an. Seine Finger krampften sich um das Athamé. Leises Stöhnen drang zu ihm. Wesley lebte noch!

Bill und Helen knieten sich zu ihm nieder. Etwas sagte er zu ihnen. Etwas, das beide für Sekunden erstarren ließ.

Das Zucken durch Wesleys Körper sagte ihm, dass er seiner schweren Verletzung nun erlegen war.

Bill und Helen starrten sich einander an.

„Theodor", hörte er Helen flüstern. „Mein Gott Bill! Wir müssen es verhindern..."

Bill sagte nichts. Ratlos starrte er in den Nachthimmel und sagte nichts.

Henriece schlich sich lautlos davon. Er konnte nur ahnen, wo er Harry Bansly finden wird.

Unweit von Larsens Residenz entfernt lehnte er sich dann mit dem Rücken an einen Baum und hielt das Athamé vor sich hin. Er sah es an, als würde er das erste Mal in seinem Leben einen Dolch in Händen halten. Die Klinge blitzte im Mondlicht, die Symbole konnte er gut erkennen.

„Töte, was du liebst", flüsterte Henriece während er mit dem Finger über die eingravierten Zeichen strich. „Und nimm den Wahnsinn deiner Kraft, um mit diesem Wahnsinn deine Kraft zu verkörpern. Lasse töten durch diesen Stahl, töte doch niemals selbst durch diesen Stahl. Wer versteht diese Macht, der besitzt diese Macht und er wird niemals durch seine eigene Hand Blut über diese Klinge fließen lassen."

Er richtete seinen Kopf auf und versuchte mit den Blicken durch die Baumwipfel hindurch das Unendliche des Universums zu erfassen.

„Wer versteht diese Macht", wiederholte er die Worte, „der besitzt diese Macht. Wer besitzt diese Macht, der kann auch vernichten diese Macht!"

Von einer Sekunde auf die andere wehte plötzlich ein kalter Wind in sein Gesicht, worauf er das Athamé, mir der Spitze nach vorn gerichtet, in die Höhe hielt.

„TÖTE, WAS DU LIEBST!", rief er dem Wind entgegen. „ICH HABE DICH WOHL GELIEBT UND ICH WERDE DICH TÖTEN!"

Der Wind wurde stärker, begann wild die Baumwipfel umher zu wehen, die sonderbare Geräusche von sich gaben, als ob sie ihm eine Antwort geben wollten.

„ICH FINDE IHN", schrie er lauthals. „ICH FINDE IHN UND TÖTE IHN. GOTT IST AUF MEINER SEITE. ICH BIN EIN TEIL VON GOTT. DU KOMMST ZU SPÄT... ZU SPÄT..."

Gleichzeitig, als er die Worte dem Wind entgegen schrie, nahm er mit der anderen Hand die drei kleinen Anhänger heraus und hielt sie ebenfalls empor. „SIEHE HINEIN IN DIE KRAFT DER LIEBE. SIEHE IN SIE HINEIN. ICH KENNE DAS GEHEIMNIS, DAS DU IN MIR VERBORGEN HAST."

Der Wind nahm zu. Die Baumwipfel tanzten wild hin und her und verursachten eigenartige Geräusche.

REDEIWEMMOKHCI. REDEIWEMMOKHCI...

„Ich komme wieder. Ich komme wieder", hauchte er, als seien ihm diese Worte in den Mund gelegt worden. Sekunden darauf flachte der Wind ab, zog sich zurück und nichts deutete mehr auf etwas Unheimliches hin, als sich Henriece den Dolch wieder in den Hosenbund steckte. Auf der flachen Hand hielt er nun die drei kleinen Amulette in einer Art, als wolle er sie jemandem überreichen. Langsam senkten sich seine Augenlider und geraume Zeit verging, in welcher er sein Inneres zu sehen vermochte.

Sein Inneres, das eine Vergangenheit in Bildern widerspiegelte, die er in einem anderen Leben gelebt haben musste.

Er sah sich als Kind in einem Dorf, das von etwas Finsterem überschattet wurde. Etwas, das von niemandem erklärt werden konnte...

Jedoch spürte jeder das Unheilvolle, das sie langsam in einen Bann zog, dem nicht zu entfliehen war. Er spürte die Angst, die in den Menschen steckte und woran sie sich gegenseitig die Schuld gaben. Schuld für die mysteriösen Sterbefälle, die sie **Schwarzer Tod** nannten.

Pest! Es ist die Pest, schreien sie immer wieder durch das Dorf.

Auf einmal sah er nicht mehr sich, sondern mit den Augen des Kindes sah er, was um ihn herum geschah. *Der große Kirchturm, dessen Glocken vom Priester geläutet werden. Wieder war jemand gestorben. Die Frau eines Buckligen, der hasserfüllte Blicke auf das Haus wirft, in dem er wohnt. Sein Vater und seine Schwester stehen hinter ihm. Sein Vater hat seine Hände auf seine Schulter gelegt. Er spürt sogar den leichten Druck der Hände. Und auf einmal spürt er noch etwas, das ihn zusammenzucken lässt. Das Unheilvolle, das Finstere, das Angst verbreitet, ist sein Vater.*

Der Bucklige scheint es zu wissen. Er scheint zu wissen, dass sein Vater das Übel ist, unter dem das Dorf leidet. Und dennoch kommen sie immer wieder zu ihm, um sich seinen Rat zu holen und sie bemerken nicht, dass jeder Einzelne sich seinem Willen verschreibt.

Und nun weiß er auch, warum er nicht diese Angst besitzt, war-

um seine Familie nicht vom Schicksal heimgesucht wird – und das Schlimmste ist, es gefällt ihm!

Plötzlich vernimmt er die Worte seines Vaters, die er zu seiner Mutter spricht: ,Meinen Körper können sie töten, meinen Geist jedoch niemals.' Und seit jener Stunde wird alles anders. Sein Vater verlangt von ihm, diese Schriftrollen zu studieren, und er weiß, dass etwas geschehen wird, das selbst sogar sein Vater nicht aufhalten kann.

Auf einmal wird sein Augenlicht von einem riesigen Feuer geblendet. In seinem Gesicht sind viele schwarze Flecken, die ihm sein Vater mit Ruß angebracht hatte.

Er sieht zu, wie sie seine Mutter vergewaltigen und sich dann an seiner Schwester vergehen. Der Bucklige hetzt sie auf und lässt seine Mutter mit Pech übergießen, worauf sie angezündet wird. Seine Schwester werfen sie in das riesige Feuer. Minuten später geht sein Vater selbst hinein. Er ist in Ketten gelegt, die beim Gehen ein klapperndes Geräusch verursachen. Plötzlich, nachdem er in dem Flammenmeer verschwunden ist, kommt er zurück. Mit erhobenem Arm zeigt er in die Richtung des Buckligen. ,Ich komme wieder, Rhodes. Vergiss nie, die Vergangenheit wird dich eines Tages einholen!'

Henrieces Lider bewegten sich nach oben und er blickte auf die drei kleinen Anhänger, von denen er das silberne Rad ergriff, um es sich vor Augen zu halten. Auf einmal war ihm, als sehe er unmittelbar hinter dem Rad jemanden auf sich zukommen. Nicht wirklich, nein, und trotzdem war er da, der Mönch, der ihm dieses Rad überreicht hatte. *Dein Glaube an dieses heilige Rad, mein Junge, lässt dich sehen, was du ansonsten nicht zu erkennen vermagst,* kamen die Worte in seine Erinnerung zurück, die der Mönch zu ihm sprach, dessen Namen er niemals erfahren hatte. Es war, als ob diese Erscheinung vor ihm – oder in ihm, die folgenden Worte sagen würde:

Du hast nun erfahren, was ich mit viel Mühe vor dir selbst habe verbergen können. Dein wahres Ich, Henriece – du hast dich für das Gute, du hast dich für mich entschieden. Nun liegt es in deiner Macht, das

Irdische vor etwas zu bewahren, das den sicheren Untergang bedeuten würde. Du, Henriece, stehst über diesen Dingen. Du hast dich selbst verwirklicht, indem du mich verwirklicht hast. Deine Weisheit ist ein Teil von mir und ich wiederum bin ein Teil von dir. Deine Liebe und dein Vertrauen haben bewiesen, dass das Böse nicht dieselbe Macht besitzt, wie wir sie besitzen. Vollende es! Dein Glaube allein ist es, der es vollbringen kann. Und dein Glaube ist es, der dir diesen Weg weisen wird, um das Schlimmste zu verhindern – und zu vernichten.

„Scarliet", flüsterte Henriece, nahm das silberne Dreieck und hielt es sich ebenfalls vor Augen. „Theodor starb durch das Holz, das vom Feuer verzehrt wurde. Sein Hass ist gegen das Gute gerichtet – gegen Gott. Sich selbst wird er zeugen auf einem Tisch, der Gott sehr nahe steht." Als nächstes nahm er das silberne Kreuz, das er zwischen dem Rad und dem Dreieck platzierte. Alle drei Symbole hielt er nun zwischen Zeigefinger und Daumen gepresst vor seinen Augen. „Durch meinen leiblichen Vater hat er versucht, mich auf den falschen Weg zu leiten. Soll durch diese drei Symbole, dem Geist, dem Feuer und der Ewigkeit das vernichtet werden, was **du** –", Henriece richtete seinen Blick über die Symbole hinweg in den nächtlichen Himmel, „THEODOR EPHRATH MEHRENS ZU VERVOLLKOMM-NEN TRACHTEST. DEM HEILIGEN GEIST, DEM HEILI-GEN FEUER UND DER EWIGKEIT ZU DIENSTEN!"

8

*I*m selben Moment, in dem Chrissie ihre Augen aufschlug, wurde ihr klar, dass jener Mann aus ihren furchtbaren Träumen nicht sehr weit von ihr entfernt sein konnte.

Die dunkelbraune, von den Jahrhunderten fast schon schwarz gewordene Holzbalkendecke kam ihr sehr vertraut vor, obwohl sie sich sicher war, noch nie in ihrem Leben diese Decke gesehen zu haben. Grelles Tageslicht war es gewesen, das ihr durch das Fenster ins Gesicht fiel und sie dadurch zum Erwachen brachte. Wie lange sie geschlafen hatte, wusste sie nicht. Doch mit jedem weiteren Blick durch diesen kleinen Raum wurde ihr bewusster, dass sie ihren Albträumen zum Greifen nahe stand.

Der alte, vom Holzwurm zerfressene Kleiderschrank, der Schemel mit dem verblichenen Kissen darauf oder das liebevoll verarbeitete Holzbett, in dem sie lag, waren Gegenstände, die sie viele Male schon in ihren Träumen gesehen hatte. Und doch wusste sie, dass sie den Kleiderschrank, den Schemel, das Kissen oder das Bett nicht nur aus ihren Träumen kannte. Ihr war, als hätte sie diesen Raum als Kind schon bewohnt. Sogar die Zimmertür war dieselbe geblieben – die mit den kunstvollen Verzierungen, die ihr damals schon so gut gefallen hatten. Nur das Schloss war ein anderes, das während der Jahre – oder Jahrhunderte – ausgewechselt worden war.

Ihr Kopf schmerzte ein wenig, als sie ihre Beine über die Bettkante schob, um aufzustehen. Wankend bewegte sie sich auf das Fenster zu. Es war das einzige und es gewährte Blick in einen kleinen Garten, in dessen Mitte sich ein prächtiger Kastanienbaum mit erstaunlichem Ausmaß befand. Wäre der Baum nicht, so hätte Chrissie schwören mögen, sich in jener Zeit zu befinden, an die sie durch die Träume ständig erinnert wurde.

Sie wollte das Fenster öffnen, fand jedoch nur ein Loch, in dem ein kleiner Vierkant steckte. Ein leises Schlürfen vor der Tür verriet ihr, dass jeden Augenblick jemand das Zimmer betreten wird. Erwartungsvoll blickte sie auf die Tür, die geöffnet wurde. Ein fein aussehender Herr betrat den Raum. Bekleidet in einer gräulich schimmernden Samthose und einem weißen, mit schmucken Stickereien verziertem Hemd, das an den Handgelenken mit goldenen Manschetten zusammengehalten wurde, verliehen ihm ein seriöses, ja gar schon vertrauenerweckendes Erscheinungsbild.

Ihn hatte sie noch niemals gesehen – auch nicht in ihren Träumen.

„Du weißt, warum du hier bist?", fragte er sie, wobei sich seine Stimme weder hart, noch zutraulich anhörte.

„Nein", erwiderte sie und sie musste sich selbst über ihre innere Ruhe wundern, mit der sie ihm die Antwort gab. Sie wusste es wirklich nicht – aber sie ahnte es.

„Du weißt, wer du bist?" Sein Blick schien sich noch mehr in ihren zu vertiefen.

„Seine Tochter", antwortete Chrissie nur.

„Gut", nickte er ihr zu. „Wenn es so weit ist, werde ich dich holen." Mehr sagte er nicht, drehte sich um und verschloss hinter sich wieder die Tür. Chrissie setzte sich auf die Bettkante und starrte auf den alten, vom Holzwurm durchlöcherten Kleiderschrank.

„Warum?", flüsterte sie, als würde sie eine Antwort von dem Kleiderschrank erwarten. Dabei wanderte ihr Blick an dem Sockel entlang, der den Schrank nur noch mit Mühe zu tragen vermochte. Daraufhin ließ sie ihn seitlich an der Tür hinauf wandern, hielt im oberen Drittel inne, um ihn dann auf die Mitte der Frontseite zu richten. Die gefräßigen Holzwürmer hatten eine eigenartige Struktur hinterlassen. Je länger sie den Schrank betrachtete, umso genauer schien sich die Struktur der Holzwürmer zu einem Bild zu verschmelzen.

Das Abbild jenes Mannes, der wieder und wieder in ihren Träumen zu ihr gesprochen hatte, zeichnete sich mehr und mehr aus dieser Struktur heraus. Jener Mann, den sie vor wenigen Minuten noch als ihren Vater bezeichnet hatte. Er starrte sie an, fesselte ihren

Blick und ließ ihr nicht den Willen, etwas anderes zu betrachten als diese Struktur der gefräßigen Holzwürmer, die sein menschliches Aussehen während der vergangenen Jahrhunderte in das Eichenholz gefressen hatten.

Auf einmal schien das Abbild Gestalt anzunehmen, sich langsam zu bewegen, sich zu lösen; aus einer tiefen Verborgenheit schien es zu kommen und Chrissie sah nur noch ihn, nicht mehr die zerfressene Oberfläche der Schranktür, sondern nur noch den großen, kräftigen Mann mit den langen schwarzen Haaren, welche sich über seine breite Schultern wellten. Und sie konnte seine Gesichtszüge erkennen, die geziert wurden von einem gepflegten schwarzen Vollbart.

Die Stunde der Empfängnis naht, vernahm sie plötzlich eine Stimme, die von allen Seiten flüstert. *Die Gestirne haben sich zusammengeschlossen, und es ist an der Zeit, meine Auferstehung für das Leben zu besiegeln. Du, die einst einmal meine Tochter gewesen warst, du wirst nun die Mutter deines Vaters sein. Scarliet Ebestan; gib dich ihm hin, lass es ohne Widerwillen geschehen und hüte dich vor Ephrath. Vergiss, was geschehen ist! Du lebst! Du wirst ein Kind gebären! Dein Kind, das du vor Ephrath beschützen musst! Er wird versuchen, es zu töten! Er wird versuchen es zu töten! Er wird versuchen es zu töten! Er wird versuchen...*"

Die Stimme wurde leiser und leiser, und wie sie langsam in sich erstarb, bewegte sich die Gestalt zurück, löste sich auf, bis nur noch die vielen Rillen in dem Eichenholz des uralten Kleiderschrankes zu sehen waren.

Feuchtigkeit schimmerte in Chrissies Augen, die sich langsam zu einem Tropfen sammelte und als Träne über ihre Wange rollte. Sie musste an den Pater denken, der vor wenigen Tagen noch mit so viel Liebe und Güte zu ihr und ihrem Vater gesprochen hatte. Jedes Wort trat in ihre Erinnerung zurück, als ob er selbst in diesem Moment vor ihr stehen würde, um es ihr noch einmal zu sagen.

Erlebt den Schmerz und ihr werdet Gott erleben. Flieht nicht davor. Stellt euch dem Schicksal, das euch wie ein Dogma begleitet. Akzeptiert die Geschehnisse dieser Welt, so wie sie eintreffen. Ihr werdet erkennen, dass es nur ein Leben, eine kurze Weile auf einem Planeten ist, den wir Menschen Erde genannt haben. Das Davor und das Danach ist die Ewigkeit, die dem Guten keine Schmerzen bereitet.

Mehrmals atmete Chrissie tief durch – und sie versuchte zu verdrängen. Zu verdrängen, was geschehen war, um sich dem Schicksal zu stellen, dessen sie sich gegenübergestellt sah und dem sie nicht entfliehen konnte. Und sie wusste, er war hier – ganz in ihrer Nähe um zu warten, bis sie das Kind gebären wird, das seine Wiedergeburt ermöglichte.

Chrissie schauderte, als sie an jenen Moment zurückdachte, in dem Harry Bansly durch die zertrümmerte Terrassentür kam. Sie war willenlos und sie wusste, er wollte nur sie.

„Er hätte sie getötet", sprach sie in sich hinein. „Dieser Mensch hätte Bill und Helen getötet, so wie er meinen Vater hat töten lassen..." Tränen rannen über ihr Gesicht, der Schmerz war groß. „Jetzt muss ich stark sein, sehr stark..." Erschöpft legte sie sich ins Bett zurück und begann leise zu beten...

*H*enriece hatte die Nacht über im Freien verbracht. Verborgen im Wald wartete er geduldig den Sonnenaufgang ab und ließ seinen Blick über das Dorf schweifen. Er hatte eine Stelle ausgewählt, die ihm Schutz und eine ausgezeichnete Sicht bot.

Harbourn lag friedlich unterhalb seines Verstecks. Nichts wies auf die grausame Nacht hin. Die Vögel zwitscherten fröhlich, der Hahn krähte, ein Hund kläffte. Gewohnte Geräusche, die seit Tagen nicht mehr zu hören waren.

„Irgendwo da unten bist du", flüsterte er zu sich und ließ seinen Blick von einem Haus zum anderen wandern. Viele Häuser gab es in Harbourn nicht. Gerade mal fünfzig und das Hotel. Henriece kannte nicht alle Häuser – aber die meisten.

Stück für Stück ließ er sein Augenmerk wandern – plötzlich stockte er. Wie ein Pfeil sein Ziel durchbohrt, durchbohrte ihn das Gefühl, das in ihm aufkam, als sein Blick ein kleines unscheinbares Haus erfasste. Nur mit viel Mühe konnte er es überhaupt erkennen, denn es war dicht eingewachsen und hohe Bäume verdeckten es zum Teil. Eine mächtige Kastanie verbarg das meiste des Dachs.

„Das kenne ich...", entfuhr es ihm. „Das Haus – das kenne ich..." Sein Herz pochte, Schweiß trieb es ihm durch sämtliche Poren. „Das – das ist das Haus! Theodors Haus..." Er stand auf, um besser sehen zu können. Auf einmal sah er zwei Personen über den Park in Richtung Hotel rennen.

Bill und Helen.

Unmittelbar darauf sah er noch jemanden in dieselbe Richtung gehen: Harry Bansly!

„Scarliet!" Durch Henriece ging ein leichtes Zucken.

Bill und Helen betraten das Hotel durch den Vordereingang, Harry Bansly schlich sich hinter das Gebäude. Auch dort gab es eine Tür.

Henriece zögerte nicht lange. Obwohl ihm der Magen bis zur Kniekehle hing, rannte er so schnell er konnte durch den Wald hindurch den Berg hinab. Er brauchte fast fünf Minuten, bis er den Parkplatz erreichte. Dort versteckte er sich hinter einem Busch und horchte. Weitere fünf Minuten ließ er verstreichen. Er wollte kein Risiko eingehen. Im Gegensatz zu Bill nahm er die Gefährlichkeit Harry Banslys für ernst. Harry Bansly war kein gewöhnlicher Mensch. Ihm war alles – ausnahmslos alles zuzutrauen!

„Seid vorsichtig", flüsterte er. Kaum hatte er ausgesprochen, drang ein gellender Schrei aus dem Hotel. Kurz darauf fielen mehrere Schüsse, worauf ein hässliches Lachen folgte. Harry Banslys Lachen.

„DU VERDAMMTER HURENSOHN!", vernahm er Bills brüllende Stimme. „ICH BRING DICH UM!!!"

„Bring mir ihn, dann bekommst du sie wieder", klang die Stimme von Harry Bansly ruhig und kraftvoll. Keine Minute später sah er ihn das Hotel verlassen. Über seiner Schulter lag Helen, die offensichtlich bewusstlos war. Unmittelbar darauf verließ Bill das Hotel. In der einen Hand hielt er eine Axt, in der anderen seinen Revolver.

Wutverzerrt starrte er in die Richtung, in die er Harry Bansly mit seiner Frau verschwinden sah.

Henriece wusste nur zu gut, dass er gemeint war. Und er wusste auch, dass Bill für seine Helen alles tun wird, um sie wieder zu bekommen. Keine Sekunde lang würde er zögern, ihn an Harry Bansly auszuliefern.

Bill nahm die Verfolgung auf. Henriece hatte Mitleid mit ihm. Mit ihm und mit Helen. Wie gerne hätte er sich Bill angeschlossen – die Umstände ließen es jedoch nicht zu.

Auf einmal vernahm er entfernte Schritte, die sich ihm näherten. Er wandte sich danach um. Die Frau, die ihm schon einmal aufgefallen war, kam auf ihn zu. Der knopfgroße Leberfleck auf der linken Wange und die dicke Brille waren einfach zu markant.

Henriece musterte sie nur.

„Wir werden alle sterben", sprach sie ihn mit vibrierender Stimme an und blieb unmittelbar vor ihm stehen. „Harbourn ist verdammt und verdammt ist die Zukunft."

Die Frau hatte Angst! Viel Angst! „Was geschieht?", fragte Henriece nur, ohne seinen Blick von ihr zu lassen.

„Ich habe es vorausgesehen", sagte sie. „Aber sie wollten mir nicht glauben. Noch nie wollten sie mir glauben." Blitzschnell legte sie ihm ihre Hand an seinen Arm. Henriece zuckte unmerklich zusammen. „Du bist ein Retter", sagte sie. „In dir steckt Kraft – und Macht. Ich spüre das."

„Was geschieht?", wiederholte er seine Frage.

„Er will wiederkommen. Er will wiederkommen, um sein grausames Werk zu vollenden."

„Wer will wiederkommen?"

„Heute Nacht soll es geschehen", sprach sie unbeirrt weiter. „Heute Nacht will er das Kind mit ihr zeugen. Heute Nacht ist die Nacht der Verdammnis."

„Wer – bist du?" Henriece legte seine Hand auf die Ihrige. „Was weißt du noch?"

„Ich weiß nichts", antwortete sie spontan. „Ich ahne nur – und ich sehe die Zukunft. Ich sah sie sterben. John, seinen Sohn Paul, Stephen und Neil. Ich sah sie sterben, schon bevor er sie dazu bestimmt hat."

„Und Frank Garden?" Durch Henriece schoss ein eiskalter Schauer. Die Frau war unheimlich.

„Frank Garden ist feige", kam es zurück. „Ich sah ihn fliehen, schon bevor er geflohen ist. Ich sehe ihn verwirrt."

„Du hat Visionen?" Henriece schaute durch ihre Brillengläser hindurch in die blassblauen Augen. Sein Puls beschleunigte sich.

„Ja, ich habe sie seit meiner Kindheit."

„Ich kenne dich nicht, obwohl ich schon sehr oft hier war."

„Ich kenne aber dich", kam es zurück. „Ich habe dich schon oft hier gesehen. Ich wusste schon immer, dass du etwas Besonderes bist."

„Was weißt du noch?", wollte Henriece nun wissen. „Was weißt du von Christoph Larsen? Was von Noah Scotus und was weißt du von diesem Zeichen?" Henriece bückte sich und malte mit dem Finger das Zeichen in die Erde.

Die Frau schreckte zusammen.

„Tu das weg!", entfuhr es ihr und verwischte es mit dem Fuß. „Wer dieses Zeichen trägt, hat seine Seele an den Leibhaftigen verkauft."

„Gibt es ihn?" hakte er sofort ein. „Charles Dean erzählte mir davon."

Die Frau ergriff wieder seinen Arm. „Ja – es gibt ihn!", hauchte sie. „Charles ist nicht verrückt. Charles ist weise – und sie, sie halten das für verrückt." Sie zeigte in Richtung Dorfkern.

„Und Christoph Larsen? Wo ist er?"

Die Frau sah ihn mit strengem Blick an. „Spiele nicht", flüsterte sie. „Ich vermute, dass er tot ist."

„Was weißt du von ihm?"

„Sie haben mit dem Leibhaftigen gespielt. Christoph, Noah, Joseph und noch jemand, den ich aber nicht kenne."

„Warum bist du zu mir gekommen?", wollte Henriece dann wissen. „Du hast Angst."

„Ja, ich habe Angst", gestand sie ihm. „Harry ist mit ihm im Bunde. Joseph dachte wirklich, ihn beseitigen zu können. Joseph – auch ihn habe ich sterben sehen."

„Wie?"

„Grausam. Joseph starb grausam. Er war der Einzige, der noch an das Gute geglaubt hat. Und er war der Einzige, der versucht hat, dieses Scheusal zu beseitigen."

„Mit Scheusal meinst du Harry Bansly?"

„Ja – ihn meine ich. Harry. Harry hat uns alle unter Kontrolle. Harry kann Gedanken lesen. Und er kann jedem seinen Willen aufdrängen. Harry Bansly und dieses Wesen – sie sind eins. Durch ihn wird es wieder zu Mensch werden. Die Zukunft ist verdammt. Sie liegt in Harrys Händen – nicht mehr in Händen Gottes."

Henriece griff in seinen Hosenbund und nahm das Athamé hervor. Die Frau schreckte zurück.

„Wie kommst du zu seinem Dolch?" Mit großen Augen sah sie ihn dabei an.

„Ein – Freund sollte seinen Freund damit töten", antwortete Henriece. „Ich werde ihn Harry zurückbringen." Henrieces Augenbrauen zogen sich eng zusammen. „Harry ist seine Marionette, mehr nicht."

„Harry ist alles zuzutrauen", entgegnete sie. „Er hat das Mädchen – und die Frau dieses fremden Mannes. Ich ahne Schlimmes, sehr Schlimmes..." Sie löste sich von ihm, drehte sich um und schritt davon. Nach wenigen Metern hielt sie inne und schaute wieder zu ihm. „Heute Nacht", sagte sie. „Heute Nacht in der Kirche will er es tun. Heute Nacht hast du die Chance, der Welt eine weitere Zukunft zu geben." Ohne nochmals Notiz von ihm zu nehmen, verschwand sie darauf aus seinem Blickfeld.

Nachdenklich hielt er inne und begann zu grübeln.

„Chrissie", flüsterte er. „Jetzt musst du Geduld haben. Sehr viel Geduld."

Henriece entschloss sich, nichts zu tun. Langsam stieg er wieder den steilen Hang hinauf zu jenem Platz, von dem aus er Harbourn überblicken konnte. Allmählich kamen die Einwohner wieder aus ihren Häusern. Er sah, wie sie sich unterhielten und er sah auch Bill, der versuchte, ein Gespräch mit ihnen zu beginnen. Sie ignorierten ihn einfach – und das machte Bill noch wütender.

Henriece ließ nichts aus den Augen. Jeder Bewegung schenkte er seine Aufmerksamkeit und immer wieder verweilte sein Blick auf dem kleinen Haus, indem er Chrissie vermutete.

Der Nachmittag war vorüber und er überlegte sich ernsthaft, sich ins Hotel zu schleichen und sich etwas zum Essen zu besorgen. Da erscholl plötzlich ein irres Lachen aus der Ferne. Es kam aus der Richtung der Schlucht, die vielleicht einen Kilometer von seinem Standort aus entfernt war.

„Garden?" Henriece horchte angestrengt. Wieder ein Lachen. Erneut lief es Henriece eiskalt über den Rücken.

Frank Garden ist feige, erinnerte er sich an die Worte der Frau. *Ich sah ihn fliehen, schon bevor er geflohen ist. Ich sehe ihn verwirrt.*

Das Lachen verstummte, sein Magen knurrte – der Hunger schmerzte schon.

„Muss sein", sprach er zu sich und machte sich erneut auf den Weg ins Hotel.

Währenddessen stand Chrissie am Fenster und starrte unentwegt auf den Kastanienbaum. Die Zeit wollte nicht vergehen und doch verstrich sie wie im Flug.

Es war Abend, als Harry die Tür öffnete.

Ein schwarzes Gewand, das von einer purpurroten Kordel an den Hüften zusammengehalten wurde, verlieh ihm ein priesterliches Aussehen. Chrissie musste unweigerlich an Pater Athelwolds denken.

„Es ist soweit", sprach er sie an.

Langsam wandte sie sich um. Ihre Augen waren verweint, doch versuchte sie so aufrecht wie möglich vor ihrem Entführer zu erscheinen. Harry schloss hinter sich die Tür und wandte sich dem Kleiderschrank zu.

Die Schranktür knarrte in allen Tonlagen. Außer einem weißen Kleid, das dort hing, befand sich nichts darin. Er nahm es heraus und streckte es Chrissie entgegen.

„Zieh es an!", forderte er sie auf.

Unmissverständlich ließ Chrissie ihren Blick an ihm hinab schweifen, als sie das Kleid wortlos entgegennahm.

„Ich bin in fünf Minuten wieder bei dir", sagte Harry kurz, wandte sich um und ging.

Chrissie fügte sich. Intensiv hatte sie über ihr Schicksal nachgedacht und sie war zu dem Entschluss gekommen, dass es einfach ihr Schicksal war.

„Wenn Gott es will, dann soll es geschehen." Hunderte Male schon hatte sie sich diesen einen Satz eingeredet, so auch jetzt.

Langsam begann sie sich ihrer Kleider zu entledigen und legte sie sorgfältig auf das Bett. Einen Büstenhalter besaß sie keinen, den Slip ließ sie an.

In dem Kleid, das einem Gewand ähnelte und fast bis auf den Boden reichte, bekam ihre Figur ein äußerst reizvolles Aussehen.

Das Kleid war sehr leicht – und sehr durchsichtig, was sie aber nicht bemerkte, da sich in dem Zimmer kein Spiegel befand und die Sonne schon so weit dem Horizont nahe stand, dass nur noch sehr wenig Licht den Raum erhellte. Kaum, dass sie sich wieder die Schuhe angezogen hatte, betrat Harry das Zimmer. Für einige Sekunden ließ er seinen Blick an ihr hinabgleiten.

„Schuhe und Strümpfe", sagte er nur, als er mit seinem Blick an ihren Füßen angelangt war. Widerstandslos kam Chrissie der Aufforderung nach. Als sie sich bückte, machte Harry plötzlich einen Schritt nach vorn lüpfte das Kleid und fuhr ihr, ehe sie es verhindern konnte, mit der Hand darunter.

„Das Ritual verlangt es", sprach er nur und riss ihr mit einem Ruck den Schlüpfer auseinander. Erschrocken zuckte Chrissie zusammen. Sie wollte aufbrausen, sich doch ein wenig mehr Respekt verschaffen, aber allein schon Harrys Blick erstickte jedes Wort in ihr.

„Folge mir!" Erhobenen Hauptes verließ Harry das Zimmer, blieb aber unmittelbar vor der Tür stehen.

„Wenn Gott es will, dann soll es geschehen", flüsterte Chrissie in sich hinein und folgte ihm zögernd. So einfach aber wollte sie ihre Jungfräulichkeit nicht hergeben. Diese besondere Nacht hatte sie sich völlig anders – und vor allem mit jemandem ganz anderen vorgestellt.

Unauffällig versuchte sie sich die Räumlichkeiten einzuprägen und erneut überkam sie das Gefühl, schon einmal hier gewesen zu sein, schon einmal diesen schmalen länglichen Flur, der nur von einem schwachen Licht erhellt wurde, gesehen zu haben. Auch die zwei kunstvoll verzierten Türen linker Hand und die Öffnungen in dem Gemäuer, die mittels eines Schachts mit dem Kaminofen verbunden waren und in den kalten Wintermonaten für Wärme in dem Flur sorgten, waren ihr nicht unbekannt.

„Warte am Ende des Flurs", befahl Harry, als sie an ihm vorüber war. Der Teppichläufer, der nur noch wenige Zentimeter des Dielenbodens hervor scheinen ließ, fühlte sich unter ihren nackten Füßen weich und angenehm an. Mit jedem Schritt, den sie dem Flurende näher kam, konnte sie mehr von der massiven Eichentür erkennen, die der Ausgang zu sein schien. Wie alle anderen Türen war auch sie von kunstvollen Verzierungen geschmückt und ließ kaum noch erkennen, dass es sich hier um einen Ausgang handelte. Ein ovaler, in die Länge gezogener Gegenstand bildete den Griff. Und genau dieser ovale längliche Gegenstand veranlasste Chrissie, abrupt inne zu halten.

In ihrem Inneren sah sie sich plötzlich als Kind, wie sie auf diese Tür zulief und diesen Griff fixierte, der das Aussehen eines Auges hatte und sie anschaute, als wolle es fragen: *Wo gehst du hin?*

Die dumpfen Schritte Harrys holten sie aus der Versunkenheit zurück und sie versuchte, diesen Griff zu ignorieren, der jedoch ihren Blick wie ein Magnet an sich zog; bis Harry sich an ihr vorbeischob und seine Hand darauf legte.

Lautlos ließ das schwere Eichenelement sich öffnen und ein lauer Wind wehte ihr entgegen, als sie seiner deutlichen Kopfbewegung folgte und das Freie betrat.

Ihre Augen mussten sich nicht lange an die Dunkelheit gewöhnen und Chrissie ließ keinen Augenblick aus, um sich die Gegend genauestens einzuprägen.

Zwei niedrige Steinstufen führten auf einen an der Hauswand entlang laufenden Weg, der von Sträuchern und Büschen so dicht eingewachsen war, dass er als solcher kaum noch erkannt werden konnte. Hinter den Büschen sah sie Umrisse von mächtigen Bäumen, die geisterhaft ihre Äste hin und her bewegten. Das Rauschen der Blätter hörte sich an, wie das stete Fließen eines Flusses in weiter Ferne.

„Weiter", drängte Harrys Stimme sie vorwärts und sie spürte, dass er dicht hinter ihr war. Die hereinhängenden Äste außer Acht lassend schritt sie den steinernen Weg entlang, der sich tagsüber von der Sonne aufgewärmt hatte und nun eine wohltuende Wärme abstrahlte. Harry hielt sich so dicht hinter ihr, dass ein Fluchtversuch die reinste Dummheit gewesen wäre.

Der Weg führte direkt auf den Hintereingang des Pfarrhauses zu. Als sie diesen erreicht hatten, wandte Chrissie ihren Kopf wie zufällig ein wenig nach links. Ihr Blick fiel direkt auf den großen Kastanienbaum, den sie aus dem Fenster ihres Gefängnisses schon gesehen hatte.

Auf einmal nahm sie eine Bewegung wahr. Eine Gestalt war für den Bruchteil einer Sekunde hinter dem Stamm hervorgetreten. Sie musste sich beherrschen, um die Entdeckung nicht zu verraten. In ihr löste sich eine schwere Last. Obwohl die Gestalt nur für einen winzigen Moment neben dem Baumstamm zu sehen war – Chrissie war sich sicher, dass es sich nicht um eine trügerische Sinnestäuschung handelte.

„Öffne die Tür", forderte Harry sie leise auf. Seine Stimme klang gefährlich, fast lauernd. Chrissie kam der Anweisung nach, sie musste sich jedoch zwingen, nicht mehr in die Richtung des Baumes zu sehen.

„Vorwärts", trieb er sie voran in das Hinterzimmer des Pfarrhauses, verriegelte hinter sich die Tür und drängte sie darauf, zur Kellertür zu gehen.

„Vorsicht", gebot er kurz, als sie ihren Fuß auf die erste Stufe setzte. Sie fühlte sich kalt an. Eiskalt.

Links und rechts tastete sie sich an den Wänden hinab. Da der Lichtschalter des Kellerabganges außerhalb angebracht war, zog Harry die Tür so weit hinter sich zu, dass nur ein schmaler Lichtstrahl in die Diele gelangen konnte. Unmittelbar darauf, als er auf den Schalter drückte, zog er seine Hand durch den Spalt zurück und schloss dann die Tür. Dieser schmale Lichtstreifen reichte, um von draußen durch ein Fenster beobachtet werden zu können.

Die Tür direkt nach der letzten Stufe stand weit geöffnet. Das spärliche Licht der Treppe genügte jedoch nicht, um Genaueres erkennen zu lassen. Harry verzichtete auch darauf, den Vorraum zu beleuchten, da nur wenige Schritte entfernt die tote March auf der Erde lag.

Die Tür zum Weinkeller stand ebenfalls geöffnet. Mit ausgestrecktem Arm deutete er Chrissie an, in diesen einzutreten. Im hinteren Bereich des Weinkellers fiel ihr ein flackerndes Licht ins Auge, das die Schatten der Weinfässer tanzen ließ. Als wäre es selbstverständlich, hielt sie auf dieses Licht zu. Ein leises Geräusch hinter ihr verriet ihr, dass Harry die Tür geschlossen hatte. Kurz drehte sie sich nach ihm um. Sie hörte nur das Rascheln seiner Kleidung, das durch die Schritte verursacht wurde. Ihre Gedanken kreisten um die Person, die sie beobachtet hatte. Sie spürte schon die Hilfe, die sie sich so sehnlich herbeiwünschte. Nein, niemals würde sie sich diesem Menschen freiwillig hingeben. *NIEMALS! Lieber sterbe ich.*

„Erwarte nicht, dass dir geholfen wird", vernahm sie plötzlich seine Stimme.

Diese Worte ließen sie für Sekunden zu Stein erstarren. Entgeistert sah sie in das Gesicht von Harry, das sich nur noch eine Ellenbogenlänge vor ihr fahl in dem Dunkel abzeichnete. „Du hast keine Wahl. Die Gestirne haben den Zeitpunkt bestimmt und das Ritual gebietet die Tochter des Herrn. Füge dich!"

NEIN!, schrie Chrissie in sich hinein. *Niemals werde ich mich freiwillig hingeben. Gott will es nicht. Gott will es nicht! Wenn Gott es wollte, würde er mir keine Hilfe schicken!*

Chrissie sagte nichts. Geduldig wollte sie abwarten, bis sie aus den Händen dieses Menschen befreit werden würde. Sie vertraute auf Gott. *Bestimmt ist er ganz in meiner Nähe,* machte sie sich selbst Mut.

„Nun weiter", gebot Harry in scharfem Ton. Fügsam wandte sie sich um, in der sicheren Erwartung, dass Hilfe kommen wird.

Sie betrat den unterirdischen Gang, aus dem das flackernde Licht schimmerte. Eine Öllampe stand auf dem Boden und erhellte den Gang notdürftig.

„Nimm die Lampe", befahl Harry und zog den Holzverschlag hinter sich zu, während sie die Lampe an sich nahm.

„Sei vorsichtig, der Gang ist sehr niedrig", sagte Harry eindringlich. Chrissie hielt inne und drehte sich einfach nach ihm um. Harry stockte.

„Wohin gehen wir?", fragte sie ihn direkt, wobei sie versuchte, seinem Blick standzuhalten. Den leichten unsicheren Ton, der ihre Stimme ein wenig vibrieren ließ, konnte sie nicht unterdrücken.

„Du wirst es erfahren", gab er zur Antwort. „Nun geh weiter! Das Ritual verbietet es, zu reden!"

„Ich gehe erst weiter –"

„Schweig!", herrschte er sie an.

Unweigerlich senkte sie ihre Lider.

Ich weiß, dass er ganz in meiner Nähe ist, beruhigte sie sich und drehte sich wieder um. *Ich werde kein Wort mehr mit diesem Menschen reden,* ging es ihr wütend durch den Kopf. *Auch nicht, wenn er mich zwingen will! Gott will es nicht! Gott will es bestimmt nicht. Gott will es ganz bestimmt nicht!*

Wieder und wieder sprach sie es in sich hinein, bis der Schein der Öllampe die erste Stufe erhellte, die zum Ausgang führte. Langsam stieg sie die Stufen hinauf, bis das Licht auf eine Tür fiel, die nur angelehnt war.

„Öffne sie!", befahl Harry schroff. Bisher hatte Chrissie sich einigermaßen unter Kontrolle gehabt.

Ja, ein wenig flau war ihr die ganze Zeit schon im Magen, doch plötzlich, als sie ihre Hand an die Tür legte, begann diese zu zittern. Sie ahnte, dass sie dem Zeitpunkt des zeremoniellen Aktes nicht mehr fern war – und noch sah sie keine Hilfe in greifbarer Nähe!

Lieber Gott, flehte sie innerlich, als sie zögernd den Holzverschlag aufdrückte. *Du willst es nicht! Du willst es bestimmt nicht!*

Wohltuende Wärme drang ihr entgegen. Ihre Fußsohlen hatten durch den eiskalten Steinboden jegliches Gefühl verloren. Wie Eisklötze hingen sie an den Knöcheln, die zu schmelzen begannen, als sie den Glockenturm betrat.

Ein feiner, samtweicher Teppichläufer in derselben purpurroten Farbe wie Harrys Kordel, die den Talar zusammenhielt, war ausgelegt worden. Nicht sehr breit, doch so, dass eine Person ihn begehen konnte, ohne den kalten Boden berühren zu müssen. Er führte durch eine offenstehende Tür hindurch – direkt zu der Stelle, welche Chrissies Bestimmungsort sein sollte.

„Die Lampe", sprach Harry sie an. Sein Tonfall war um einiges sanfter geworden. „Stell sie neben dem Läufer auf den Boden."

Ein Funkeln blitzte in seinen Augen, als sie die Lampe auf den Boden stellte. Das Vorhängeschloss lag seitlich neben der Tür auf dem Boden. Er hob es auf und steckte es in die Öse. Dieser Weg war nun von einer möglichen Flucht ausgeschlossen.

„Warte hier!" Ohne ihr zu nahe zu treten, schritt er auf dem Läufer an ihr vorbei dem Altar entgegen. Von ihrem Standpunkt aus konnte sie nur die Öffnung erkennen, die von flackerndem Licht ein wenig erhellt wurde. Sie konnte nicht sehen, dass sie sich in der Kirche befand. Auch sah sie nicht, dass die Kirche bis zum letzten Platz gefüllt war. Ebenso konnte sie den Altar nicht erblicken, der eigentümlich geschmückt war. Chrissie sah nur die Öffnung – und den Turmaufstieg, der sich direkt gegenüber befand. Ohne zu zögern, eilte sie den Stufen entgegen.

Nein, sie warf keinen Blick durch die Tür, sondern nur auf die Holzstufen, die ein wenig knarrten, als sie sie hinauf hastete.

Kaum hatte Harry die Tür in den Messesaal durchschritten, war er stehen geblieben und hatte sich umgedreht, um zu warten. Unmittelbar, nachdem er Chrissie den Turm hat hinauf hasten sehen, drehte er sich der vordersten Bankreihe zu. Sein Blick fixierte einen blondhaarigen Jungen, der vielleicht gerade sechzehn Jahre alt war.

„Hol sie mir!", zischte er ihn an. Sekunden darauf verschwand der Junge lautlos hinter der Tür.

Anfangs versuchte Chrissie keine Geräusche zu verursachen, doch mit jeder Stufe, die sie hinter sich ließ, stärkte sie das Gefühl, ihrer Freiheit ganz nahe zu sein. Aber mit jeder Stufe, die sich weiter empor wendelte, wurde ihr bewusst, dass sie sich im Kirchturm befinden musste. Ihre Lunge begann schon vor Anstrengung zu schmerzen, als der sternenklare Nachthimmel vor ihren Augen auftauchte. Im selben Moment, in dem sie die letzte Stufe erreicht hatte, sah sie Rons verstümmelten Körper an der Brüstungsmauer lehnen. Die Armstummel waren auf den Boden gesetzt, so als würde er sich darauf abstützen. Sein halbes Gesicht war dem Treppenaufgang entgegen gerichtet, die aufgerissenen Augen starrten sie an.

Chrissie war entsetzt! Sie wollte schreien, einfach losschreien, aber kein Ton, keinen Laut, nichts brachte sie hervor. Obwohl Rons Gesicht zu einer Fratze verunstaltet war, erkannte sie ihn wieder! In ihrem Blickwinkel sah sie die abgerissenen Hände, die auf die Brüstung genagelt waren. Langsam wanderte ihr Blick von Ron auf die Brüstung. Plötzlich vernahm sie ein sehr leises Knarren hinter sich.

Jäh fuhr sie herum. Die blonden Haare des Jungen tauchten aus dem Dunkel des Turmes auf. Verwirrt blickte sie von ihm auf die Brüstung – und auf die Bäume, deren Baumwipfel sie in gleicher Höhe, etwas weiter entfernt, abzeichneten. Zögernd wich sie einige Schritte zurück, ohne ihn aus den Augen zu lassen.

„Niemals", zischte sie ihm entgegen, drehte sich blitzschnell um und stürmte die wenigen Schritte zur Brüstung. Sie wollte sich darüber stürzen, den Tod diesem unmenschlichen Ritual vorziehen.

„Spring nicht", vernahm sie auf einmal seine sanfte Stimme. Überrascht drehte sie sich um. Er war stehen geblieben. Einfach stehen geblieben und sah sie nur an.

„Nicht in den Tod", sprach er weiter. „Er wird mich töten, wenn ich nicht das tue, was er von mir verlangt."

Chrissies Kopf bewegte sich hin und her, aber sie erwiderte nichts.

„Ich bitte dich, spring nicht", wiederholte er, seine Stimme zitterte dabei. „Ich will nicht sterben. Ich will leben."

„Weißt du, was er von mir will?", fragte Chrissie leise.

„Er will ein Kind von dir", kam es ebenso leise zurück.

„Weißt du auch, was das für mich bedeutet?" Chrissie konnte nicht anders. Sie kam ihm einen Schritt entgegen.

„Er wird nicht nur mich töten", entgegnete er, wobei sich sein Kopf senkte, so dass sie seine Augen nicht mehr sehen konnte. „Uns alle wird er umbringen." Ein leises, kaum hörbares Schluchzen drang aus ihm hervor. „Er hat uns versprochen wegzugehen, wenn dies geschehen ist." Langsam richtete er seinen Kopf wieder auf. „Bitte – bitte tu es nicht."

Chrissies Atem ging schwer. Sie wusste nur zu gut, dass es so sein wird. Nun lag es an ihr. In ihrer Hand, in ihrer Entscheidung lagen viele unschuldige Menschenleben.

„Wie heißt du?", fragte sie, in dem sie ihn mit offenen Augen anblickte.

„Harold", kam es schwermütig zurück.

„Was soll ich tun, Harold?", fragte sie leise, doch gut verständlich.

„Soll ich jetzt da hinuntergehen und mich von diesem Scheusal vergewaltigen lassen? Soll ich das tun?"

„Und wir?", schluchzte Harold nur und sah auf Ron. Unweigerlich folgte sie seinem Blick und sie musste an ihren Vater denken, an Arnold Larsen und an Henriece, und an all die anderen, die bestimmt alles versuchen würden, sie zu finden – sollten sie noch am Leben sein.

„Wenn Gott es so will, dann soll es geschehen", sagte Chrissie nach einer Weile.

Sie wischte sich die Tränen aus den Augen und wandte sich Harold zu, der sie erwartungsvoll anblickte. „Er soll mich haben", flüsterte sie nur noch, schritt an ihm vorbei dem Treppenabgang entgegen. „Was hab ich denn noch zu verlieren?" Ein tiefes Schluchzen drang aus ihr hervor, als sie ihren Fuß auf die erste Stufe setzte.

Unheimlich still war es in der Kirche und alle konnten sie das Knarren der Holzstufen vernehmen, das mit jedem Tritt, den Chrissie ihrem Schicksal näher kam, lauter wurde. Harrys Blick war unentwegt auf die Tür zum Glockenturm gerichtet. Unbeweglich stand er vor dem Altar und verdeckte dadurch den steinernen Tisch, sodass Chrissie nicht das Seil sehen konnte, das links und rechts herunterhing.

Als sie den ersten Schritt in den Saal setzte, erhoben sich sämtliche Anwesenden und richteten ihren Blick auf sie. Harold huschte hinter ihr vorbei und begab sich wieder auf seinen Platz.

Im Abstand von ungefähr zwei Metern blieb sie vor ihm stehen. Demonstrativ richtete sie ihren Kopf auf das heilige Kreuz, das jedoch wieder von einem riesigen schwarzen Tuch verdeckt wurde. Längere Zeit ließ sie ihren Blick auf dem Tuch ruhen. Sie versuchte sich das Kreuz und den gekreuzigten Jesus Christus, dessen Konturen sie auszumachen meinte, vorzustellen.

„Komm näher", ertönte Harrys Stimme plötzlich. Sie klang ruhig, doch eindringlich. Ohne dass Chrissie ihren Blick von dem Tuch ließ, bewegte sie sich langsam auf ihn zu.

„Sieh mich an", forderte er sie auf, nachdem sie dicht vor ihm stehen geblieben war. Nur zögernd kam sie der Aufforderung nach. Sie versuchte ihm in die Augen zu sehen, ihm ihren starken Willen zu beweisen, der nur noch aus Zorn und blinder Wut bestand.

Ich habe nichts mehr zu verlieren, schoss es ihr durch den Kopf. *Soll er mich doch haben. Soll er, soll er!*

Jäh fasste sie sich mit beiden Händen am Ausschnitt des Gewandes und riss einfach daran.

„Los", zischte sie ihm wütend zu. „Auf was wartest du noch? Bringen wir es hinter uns!" Mit einem Ruck hatte sie den dünnen Stoff auseinandergerissen. Er glitt an ihren Schultern hinab und fiel zu Boden. Entblößt stand sie nun vor ihrem Peiniger; in der Erwartung, von ihm nun brutal vergewaltigt zu werden.

Wider Erwarten unternahm Harry jedoch nichts. Sein Kopf bewegte sich nach rechts den Menschen zu, die stillschweigend ihrer Handlung folgten. Es schien ein Zeichen zu sein, denn ohne dass er etwas sagte, lösten sich zwei ältere Männer aus der mittleren Reihe und kamen hintereinander auf den Altar zugeschritten.

Sie waren wie Harry gekleidet, nur dass ihre Kordeln nicht purpurrot, sondern weiß waren. Einer stellte sich links, der andere rechts von Chrissie. Sie rührte sich nicht. Widerstandslos ließ sie geschehen, dass sie an den Armen gehalten und zum Altar geführt wurde. Harry trat einen Schritt beiseite.

Direkt vor dem Altar blieben sie stehen, Harry stellte sich hinter sie und verband ihr mit einem weißen Tuch, das er aus seinem Ärmel gezogen hatte, die Augen. Ein kurzer Wink von ihm veranlasste, dass sie Chrissie vor den Steintisch führten, um sie der Menschenmenge in ihrer vollen Nacktheit zu präsentieren. Dreimal drehten sie Chrissie um die eigene Achse. Danach wurde sie von ihnen einfach auf den Opfertisch gedrückt, sodass sie mit dem Rücken auf ihm zum Liegen kam. Die Oberfläche fühlte sich sonderbar an. Nicht wie Stein, sondern wie Sand, der eine wohltuende Wärme in ihr verbreitete.

Mit wenigen Griffen hatten sie Chrissies Arme und Beine mittels der Seile angebunden. Dargelegt für die rituelle Empfängnis, wartete sie auf das Geschehen. Nebeneinander stellten sich die beiden Helfer hinter den Altar unter das verdeckte Kreuz und warteten auf weitere Anweisungen.

Mit ausgebreiteten Armen, die Handflächen nach vorne gerichtet, stellte Harry sich vor Chrissie, den Rücken dem Saal zugewandt.

„Herr der Finsternis", tönte seine Stimme lauthals und brach sich an den Wänden wider. „Deine Auferstehung wird uns beglücken mit der Macht, die uns zuteil wird. Das Ritual deiner Wiederkehr, Herr, ist der Thron deines Weibes und deines Sohnes. Die Gestirne deiner Allmächtigkeit haben um Mitternacht die Wandlung erreicht, in der der Akt vollzogen wird."

Auf einmal wehte ein eisiger Wind durch die Kirche, der die Flammen der Kerzen ungewöhnlich hoch auflodern ließ. Die Schatten lösten sich aus der Erstarrung. Sie tanzten. Erst langsam, dann immer schneller huschten sie über die Wände, dann verschmolzen sie ineinander. Das Bild eines breitschultrigen Mannes. Plötzlich hielt das Schattengebilde still, als sich auch der letzte kleine Schatten in ihn geschwungen hatte.

Chrissie fühlte das mächtige Wesen in ihrer unmittelbaren Nähe. Es war hier – es beobachtete sie!

„Mächtiger Herr!", rief Harry, sein Haupt dem Schattenmann zugewandt. „Siehe hier, deine Tochter. Sie liegt bereit zur Empfängnis für dein Fleisch und Blut. Gib uns das Zeichen, Herr."

Der kalte Wind begann sich über dem Altar zu sammeln, um dann wieder kreisförmig einen Wirbel zu bilden. Als würde eine unsichtbare Hand die feinen weißen Körnchen emporheben, um sie darauf über den nackten Körper von Chrissie rieseln zu lassen. In gleichmäßigen Bewegungen wurde erst ein Buchstabe, und dann ein ganzes Wort gebildet.

EPHRATH

Chrissie bekam Angst. Ihr Körper zitterte, ihr Atem ging schwer.

Obwohl sie nichts sehen konnte, wusste sie, dass es die Magie des Wesens war, die den Sand auf ihrem Körper rieseln ließ.

Wieder fuhr die unsichtbare Hand in den Sand, hob diesen empor und setzte ein riesiges Ausrufezeichen dahinter.

!

Da wurden der Name und das Ausrufezeichen jäh verwischt, als wäre die unsichtbare Hand wütend geworden. Chrissie schreckte zusammen. Drohend lauerte der Schatten an dem Gemäuer, als erwarte er eine Antwort.

Harrys Augen zogen sich zu Schlitzen zusammen, als er sich langsam umdrehte, seinen Arm der Kirchentür entgegenstreckte und mit donnernder Stimme rief:

„Gedulde Herr! In wenigen Augenblicken wird dein Sohn dieses Portal durchschreiten. Er wird nicht wagen, seine Hand gegen uns zu erheben. Niemals wir er dies tun. Lass es uns vollbringen Herr der Finsternis. Lass uns –"

Laute Schritte ertönten aus der Richtung des Eingangsbereichs, die Harry innehalten ließen. Sekunden darauf betrat Henriece den Messesaal. Sämtliche Köpfe drehten sich zu ihm um. Ein Raunen erfüllte den Saal. Unmittelbar hinter ihm erschien Bill. Er hielt Henriece einen Gewehrlauf gegen den Kopf gerichtet.

„Hier hast du ihn", rief Bill mit lauter Stimme. „Der Spanier gegen meine Frau!" Er ließ seinen Blick durch den Mittelgang hindurch an Harry herabgleiten. Allerdings konnte er Chrissie von diesem Standpunkt aus nicht erkennen. Es war zu dunkel und Harry stand direkt vor ihr.

„Bring ihn mir", befahl Harry nur.

Über Bills Lippen flog ein verächtlich lautes Lachen. „Hol ihn dir doch." Unüberhörbar zog er den Bolzen zurück. Nun bedurfte es nur einer kleinen unscheinbaren Bewegung seines Fingers und Henriece würde von einer Kugel niedergestreckt werden. „Komme aber nicht ohne meine Frau!"

Harry drehte seinen Kopf den beiden Helfern zu und gab ihnen einen unmissverständlichen Wink.

„Nein, Harry Bansly", rief Bill auf diese Bewegung hin. „Du persönlich!"

Aus heiterem Himmel wehte plötzlich ein eiskalter Wind durch die Kirche. Ein ohrenbetäubender Schall ertönte, worauf schlagartig sämtliche Kerzen gleichzeitig erloschen, und die Kirche in völlige Dunkelheit gehüllt wurde.

Henriece fröstelte. Dieselbe Kälte ergriff ihn, dasselbe Gefühl durchfloss ihn, als er bei Arnold die Séance abgehalten hatte.

„Theodor", entfuhr es ihm. Das Gemäuer begann zu erzittern, das Holz knarrte, die Kälte nahm zu. Ein ohrenbetäubender Lärm erfüllte die Kirche, dazwischen wildes Läuten der Kirchenglocken.

Chrissie schrie auf – jedoch gingen ihre Schreie in dem lärmenden Getöse unter. Henriece erahnte ihre Anwesenheit.

„Jetzt", zischte er, zog das Athamé hervor und stürmte auf den Altar zu. Hände, Fäuste, Fußtritte stellten sich ihm in den Weg, die er ohne Weiteres wegzustecken vermochte.

Der ohrenbetäubende Lärm begann sich, in Worte zu offenbaren. Deutlich konnte er seinen Namen, seinen vergangenen Namen heraushören.

Ephrath, mein Sohn. Du kannst mich nicht aufhalten. Du bist zu schwach. Deine Magie ist unvollkommen, Ephrath. Ich komme wieder. Ich komme wieder. Die Vergangenheit, Ephrath, sie ist hier, hier, hier, hier!

Mit jedem hier drangen Chrissies Schreie zu ihm. Es kostete ihn sehr viel Kraft, die letzten Meter bis zum Altar vorzudringen und den Schlägen und Fußtritten auszuweichen. Eine dunkle Gestalt bewegte sich auf dem Gebetstisch auf und ab.

Henriece zögerte nicht lange. Mit voller Wucht rammte er Harry Bansly das Athamé in den Rücken, packte ihn darauf an beiden Schultern und warf ihn zurück. Der Stich schien tödlich gewesen zu sein, denn der Körper von Harry Bansly blieb regungslos neben dem Altar liegen.

Im selben Augenblick flachte der Wind ab, der Lärm legte sich, erstarb und undurchdringbare Finsternis erfüllte den Ort.

Stille! Unheimliche Stille herrschte, die jäh von einem wirren, ja wahnsinnigen Lachen zerrissen wurde.

„Haha... endlich ist das Schwein verreckt! Er hat verloren. Er hat verloren – und ich hab ihn besiegt! Ich! Ich! ICH! Mir habt ihr es zu verdanken. MIR! Ich hab mit ihm gekämpft – und er hat verloren. Das Schwein, das elendige Schwein. Verbrennt diesen Bastard! Verbrennt Scarliet – richtet ihn! Richtet ihn! Er hat den Tod verdient – verdient hat er ihn. VERDIENT!"

Auf einmal flammte ein Feuer aus der Richtung des Nebeneinganges auf. Ein allgemeines Raunen fuhr durch die Kirche, das zum Teil erschrocken aber auch überrascht klang.

Frank Garden hielt eine Fackel in der Hand. Die lodernde Flamme erhellte seine Gestalt und die, die ihm am nächsten standen konnten den Wahnsinn in seinem Gesicht ablesen.

„Packt diesen Satan und zerrt ihn hinaus in den Park", schrie Garden aus vollem Hals. „In das Holz mit ihm. In das Holz mit ihm! Auf was wartet ihr? Verbrennt diesen Bastard – er muss vernichtet werden. VERNICHTET IHN!"

„Er hat recht", rief jemand laut. „Wir müssen ihn verbrennen. Er muss verbrannt werden." Es wurde unruhig und plötzlich stürmte jemand auf das Eingangstor zu, riss beide Flügel auf und eilte wieder zurück.

Binnen weniger Minuten hatte sich in der Kirche eine chaotische Unruhe verbreitet und jeder schien das nächstbeste Brennbare an sich zu reißen, um es draußen vor der Kirche auf einen Haufen zu werfen, der in rasender Geschwindigkeit größer und größer wurde.

Henriece sah, wie Bill sich an dem Gemäuer entlang dem Altarbereich entgegen drückte, und in seinem Blickwinkel sah er, wie Frank Garden sich auf der gegenüberliegenden Seite vorwärts in dieselbe Richtung drängte.

Mit wenigen Griffen hatte Henriece Chrissie befreit. Ungeachtet den aufgebrachten Harbourner trug er Chrissie durch den Nebeneingang ins Freie.

Chrissie war ohnmächtig geworden. Sie bekam nicht mit, dass Henriece sie dorthin zurückbrachte, wo sie gefangen gehalten worden war.

In das Geburtshaus von Ephrath Mehrens.

Den Zugang hatte er sich schon nach Anbruch der Dunkelheit verschafft. Auf dem Weg zur Kirche war er dann von Bill überrascht worden. Es bedurfte nicht vieler Worte, und sie hatten ihren Plan geschmiedet.

Auf direktem Weg hetzte Henriece wieder in die Kirche zurück. Bill hatte gerade den Altar erreicht, als er durch den Nebeneingang schritt. Die Kirche war von den Harbournern geradezu leer geräumt worden.

Frank Garden stand mit erhobener Fackel am Fuß des Altars und blickte verstört um sich.

„Wo ist er?", schrie er wütend. „Wo ist dieser Bastard?"

Harry Bansly war verschwunden! Garden streckte seine Fackel in sämtliche Richtungen, dabei fiel der Schein auf das Kreuz, das nun nicht mehr von dem schwarzen Tuch verdeckt wurde.

Henriece lief ein eiskalter Schauer über den Rücken, Bill schrie entsetzt auf. Der Anblick, der sich ihnen bot, war grausam.

Helen.

Harry Bansly hatte sie ans Kreuz genagelt!

Der Schock über den Anblick seiner Frau brachte Bill ins Wanken.

Nackt, mit gesenktem Kopf hing sie am Kreuz. In jeder Hand steckte ein großer Zimmermannsnagel, an denen Blut auf den Steinboden tropfte. Ihre Füße standen übereinandergelegt auf einem kleinen Podest, durch die ebenfalls ein Nagel getrieben worden war.

„NEIN", schrie Bill aus vollem Hals und sprang auf den Altar, von dem aus er ohne Weiteres die Nägel erreichen konnte. Wie er sich daran zu schaffen machte, die Nägel herauszuziehen, kreischte immer wieder die schrille Stimme Frank Gardens zu ihm hinauf.

„Er ist weg! Dieser Bastard hat die Flucht ergriffen. Sucht ihn! Geht zu seinem Haus, verfolgt seine Spur. Hier ist die Spur, hier. Sie führt zum Turm. Holt ihn mir. Ich will ihn brennen sehen. Brennen muss er. Brennen – BRENNEN!"

Henriece drückte sich durch die Menge hindurch zum Altar. Niemand beachtete ihn.

„Verdammt", hörte er Bill fluchen, als er versuchte, den Nagel aus ihren Füßen zu ziehen. „Du musst es aushalten! Verdammt, du musst es aushalten!" Mit seiner ganzen Kraft, die er noch aufzubringen vermochte, zog er an dem Nagel.

„Bill", drang Helens leise Stimme herab. „Es tut so weh. Mach schnell, bitte …"

„Verdammt, ich schaff es nicht. ICH SCHAFF ES NICHT!"

Henriece erreichte den Altar, Bill registrierte ihn nicht.

„Der Nagel sitzt zu tief", hauchte Bill. „Er sitzt zu tief. Aber ich schaff es. Ich muss es schaffen!"

Henriece legte eine Hand auf die seine.

„Gemeinsam schaffen wir es", sprach er auf Spanisch.

Bill wandte sich kurz nach ihm um. „Gott sei Dank", atmete er auf.

„Halt du ihre Füße fest, ich versuch es allein", forderte Henriece ihn auf. Seine gesamte Konzentration richtete er auf den Nagel – und auf seine Kraft, die er dafür benötigte, um den Stahl zuerst aus dem Holz, und dann aus ihren Füßen zu ziehen. Millimeter für Millimeter bewegte sich der Nagel aus dem Holz. Unerträglich mussten die Schmerzen für Helen sein, doch bis auf ein leises Jammern gelang es ihr, den furchtbaren Schmerz zu unterdrücken.

„Geschafft", atmete Henriece durch und ließ den blutigen Nagel in seiner Jackentasche verschwinden.

„Jetzt diesen hier." Bill war aufgestanden und hielt den einen Arm von Helen fest. „Gleich haben wir es", flüsterte er ihr zu. Ein kaum merkliches Erheben ihres Kopfes war die Antwort.

„Halte sie gut fest", sagte Henriece besorgt. „Sie wird nach vorn fallen, wenn ich den Nagel herausgezogen habe."

„Wo ist diese Drecksau?", zischte Bill, ohne ihn dabei anzusehen. „Überlass ihn denen hier", erwiderte er nur. Vorsichtig packte er den blutigen Stahl, der um einiges weiter herausragte als der vorige und begann, daran zu ziehen. Nach einigen Versuchen hielt er auch diesen Nagel in der Hand, den er darauf ebenfalls in seiner Tasche verschwinden ließ.

„Wir müssen sie festbinden", schlug er vor, bückte sich und nahm eines der Seile, mit dem er Helens Arm an dem Querbalken festband. Der letzte Nagel bedurfte seiner völligen Konzentration, der wohl als erster durch ihre Hand hindurch in das Holz getrieben worden war.

„Geschafft", atmete Bill auf, als er Helen in seine Arme nehmen konnte. Behutsam legte er sie auf den Altar. Tränen lösten sich aus seinen Augen, die auf den nackten Leib seiner Frau fielen.

„Ich liebe dich", flüsterte er ihr zu, doch Helen konnte seine Worte nicht mehr verstehen. Bewusstlos sackte sie in sich zusammen. Henriece machte sich daran, die wenigen Kerzen, die Frank noch dagelassen hatte, anzuzünden.

Erst jetzt fiel Bill auf, dass die Kirche völlig leer geräumt war. Von weit entfernt vernahm er die kreischende Stimme Frank Gardens, der sich an die Spitze des Mobs gestellt hatte.

„Wir müssen die Wunden ausbrennen", sagte Henriece eindringlich, dabei hielt er den Schein einer Kerze auf die Stelle, wo Harry zuletzt gelegen hatte. Eine große Blutlache sagte ihm, dass er erheblich verletzt sein musste. Unweit davon lag das Athamé auf dem Boden. Jemand musste ihm geholfen haben, den Dolch aus seinem Rücken zu ziehen.

„Nicht damit", wehrte Bill energisch ab, als sein Blick auf das Athamé fiel. „Nimm so einen verdammten Nagel, aber nicht das hier."

Es dauerte eine geraume Zeit, bis der Nagel zum Glühen kam. Nacheinander begann Henriece die Wunden auf beiden Seiten auszubrennen. Bill konnte nicht hinsehen. Der Schmerz, den Helen verspüren musste, stand in seinem Gesicht geschrieben.

Verzweifelt suchte Bill nach etwas, mit dem er Helen zudecken konnte, da reichte ihm Henriece das zerrissene Gewand von Chrissie entgegen.

„Ich danke dir", kam es kaum hörbar über Bills Lippen. „Ohne deine Hilfe –"

„Es ist noch nicht vorbei", wehrte Henriece ab.

„Chrissie", erwiderte Bill. „Ist sie –?"

„In Sicherheit." Er nahm das Athamé und steckte es sich in den Hosenbund. „Nimm deine Frau und folge mir. Es ist besser, wir verschwinden von hier, bevor es losgeht."

Henriece führte Bill in das kleine Haus, in dem Chrissie sich schon befand.

„Es wird nicht mehr lange dauern, dann werden sie ihn haben", flüsterte er, als sie gerade dabei war, Helens Wunden mit Wasser zu säubern.

Bill hatte sie neben Chrissie in das Doppelbett gelegt, in dem einst einmal Ephrath geboren wurde.

Das kunstvoll verzierte Eichenholz mit den zahllosen Zeichen und Symbolen darauf hatte die vergangenen Jahrhunderte ohne erheblichen Schaden überstanden.

„Ich wollte, ich könnte ihm eine Kugel in den Kopf jagen", zischte Bill. Zorn blitzte in seinen Augen, als er Henriece ansah, der Chrissie mit besorgten Blicken musterte.

„Diese Leute da draußen haben mehr Grund, ihn sterben zu sehen", erwiderte Henriece. Er wandte sich ab und schritt auf das Fenster zu, das Aussicht in den verwilderten Garten und auf die Hinterseite des Pfarrhauses gewährte.

„Hier wird dir nichts geschehen, Bill", sprach er nach einer Weile, ohne ihn dabei anzusehen. Einige schweigende Minuten entstanden. Dumpf drangen die Schreie zu ihnen, da vernahm Henriece plötzlich die entfernten Rufe von Frank Garden.

„In das Holz mit ihm! In das Holz mit ihm!"

Abrupt wandte er sich zu Bill. „Warte hier, bis ich wiederkomme", flüsterte er und verschwand, noch ehe Bill etwas fragen konnte.

„Niemand verlässt dieses Haus", sprach Henriece leise zu sich, als er den augenförmigen Griff niederdrückte, um die Eingangstür zu öffnen, „niemand betritt dieses Haus", murmelte er, nachdem er die Tür hinter sich wieder verschlossen hatte.

Das zu sagen war für ihn wie eine Selbstverständlichkeit. Erinnerungen aus einer längst vergangenen Zeit tauchten immer wieder in ihm auf. Henriece sah sich als Kind und er hatte das Gefühl, seine Kindheit in diesem Haus verbracht zu haben.

Frank Gardens laute Rufe waren verstummt.

Stille herrschte. Dieselbe Stille, die tagelang drückend über Harbourn gelegen hatte und sämtliche Laute in sich absorbierte.

Bis auf das Rauschen der Wälder, das eine eigenartige Melodie für das Dorf spielte, war zu hören. Etwas lag in der Luft; ein Ereignis, das sich jeden Moment niederschlagen wird. Henriece fühlte es, während er den schmalen Weg um das Haus ging. Die Luft war rauchgeschwängert. Mit jedem Schritt, den er sich der Kirche näherte, wurde sie dicker, qualmiger. Von Weitem konnte er den unruhigen Schein des Feuers erkennen, der von Mal zu Mal zunahm und das Gemäuer der Kirche teilweise erhellte. Mit schnellen Schritten schlug er die Richtung des Friedhofes ein. Das Tor stand weit geöffnet. Im Laufschritt durchquerte er die Ruhestätte ohne sich die Mühe zu machen, verräterische Geräusche zu lindern. Das Grab, das March für ihren Mann und ihrer Tochter geschaufelt hatte, war bis zur Hälfte mit der ausgehobenen Erde gefüllt. Verlassen steckten Spaten und Schaufel in dem niedrigen Dreckhügel, als würde der Leichenbestatter nur kurz eine Pause eingelegt haben.

Das gegenüberliegende Tor war verschlossen. Ungeachtet des Quietschens der Eisenscharniere zog er es auf und eilte auf die Baumreihe zu, die in dem Schein des Feuers einen geisterhaften Eindruck erzeugte. In seinem Blickwinkel registrierte er noch Rons alten Wagen, der darauf zu warten schien, dass endlich sein Besitzer zurückkommen wird.

Das Ende der Friedhofsmauer und der Beginn der Lärchenreihe

lagen auf gleicher Höhe. Noch verdeckte die Friedhofsmauer das lodernde Feuer, das seine flammigen Arme wild nach Nahrung ausstreckte.

Unmittelbar am Ende der Mauer hielt er inne und spähte auf den Eingangsbereich der Kirche.

Der Scheiterhaufen brannte nicht weit entfernt des Podestes, auf das sich Frank Garden in stolzer Haltung postierte. Direkt davor hielten zwei Männer den sichtlich schwer verletzten Harry Bansly fest, der unentwegt in das Feuer starrte. Im Halbkreis hatten sich die Bewohner von Harbourn um den Scheiterhaufen versammelt und starrten auf Frank Garden, der erhobenen Hauptes auf die Menschenmenge niederblickte. Seinen ausgestreckten Arm richtete er auf Harry Bansly.

„Ich klage an", rief er lauthals, sodass ihn mit Gewissheit jeder verstehen konnte. „Mit dem Tod von Scarliet Ebestan wird das letzte Böse, das unser Dorf heimgesucht hat, endgültig vernichtet. Sein Tod ist das Begräbnis von –", seine Augenbrauen zogen sich zusammen, „von THEODOR!", schrie er ihnen zu. „Ich habe ihn besiegt. ICH habe Theodor vernichtet. ICH habe mich ihm gestellt. Er hat keine Macht mehr über uns. Es gibt ihn nicht mehr. Glaubt mir, Leute. Theodor ist tot und mit ihm –", mehrmals zeigte er auf Harry, „mit ihm wird auch sein Schicksal der Vergangenheit angehören. Vollstreckt das Urteil – werft ihn in das Holz. Brennen soll er. ER SOLL BRENNEN!"

Erst vereinzelt, dann vermehrt stimmten sie in Franks Wortlaut mit ein.

„ER SOLL BRENNEN – ER SOLL BRENNEN – BRENNEN!", riefen sie im Chor, wobei sie im Takt ihre geballten Fäuste nach oben streckten.

Widerstandslos ließ Harry sich an das Feuer heranführen, das schon mit den Flammen nach ihm zu lecken schien. Ohne mit der Wimper zu zucken, stieg er hinein, schlagartig schlugen die Flammen an seinem Gewand empor und nach wenigen Sekunden schon war von Harry Bansly nichts mehr zu sehen.

Mitten in ihrem chorartigen Geschrei hielten sie inne und starrten in das Flammenmeer. Sie konnten es gar nicht fassen, dass endlich diesem Albtraum ein Ende bereitet wurde und ausnahmslos jeder stellte sich wohl die Frage: warum nicht früher?

Plötzlich ereignete sich etwas, das ihnen das Blut in den Adern gefrieren ließ. Es war, als würde Harry mitten in dem Scheiterhaufen wild um sich schlagen. Erschrocken wichen sie gleich mehrere Schritte zurück; da löste sich die Gestalt Harrys aus dem Feuer! Er kam zurück – brennend mit ausgestrecktem Arm, den er auf Frank Garden richtete.

„Vergiss nie! Die Vergangenheit, sie ist stärker als alles. Sie wird dich eines Tages einholen!"

Henriece wurde von einem eiskalten Schauer ergriffen. „Solange ich lebe", flüsterte er, „niemals!"

Langsam wandte er sich um. In seiner rechten Hand hielt er die drei kleinen Symbole – das Amulett – und ließ sie hintereinander durch die Finger gleiten. Er sah nicht mehr, wie Frank Garden seinen Blick in die Richtung des Friedhofes lenkte – genau auf die Stelle, von welcher aus er das Schauspiel beobachtet hatte.

9

West-Street 42 – Melbourn.

Al Diabolo, las Henriece auf dem Schild, das im Halbbogen über der Pizzeria mit goldenen Lettern einladend strahlte.

„Meinst du, sie sind schon da?", fragte Chrissie, die sich in seinen Arm eingehängt hatte.

„Lassen wir uns überraschen", erwiderte er, öffnete die Eingangstür und ließ Chrissie den Vortritt.

„Ohé Tel pronto Henriece Sancés", rief ihm der Besitzer mit winkenden Armen schon von Weitem auf Italienisch entgegen, ohne dass sie ihn überhaupt sehen konnten. Aus der Küchentür kam ein kleiner untersetzter Italiener hervor, der Chrissie gerade mal bis zum Hals reichte. Über sein Gesicht flog ein anerkennendes Lächeln, das er unmissverständlich Chrissie widmete. In dem Kleid, das sie sich für den Abend herausgesucht hatte, bot sie einen reizvollen Anblick.

In der einen Hand hielt er die Tageszeitung, in der anderen die Speisekarte.

„Hast du heute schon die Melbourn-Message gelesen?", fragte er und streckte ihm die Zeitung entgegen, wobei er Chrissie nicht aus den Augen lassen konnte.

Satanskult in Harbourn dingfest gemacht
stand mit fetten Buchstaben auf der Titelseite.

Nachdem die zweiwöchige Nachrichtensperre über die Tragödie in Harbourn aufgehoben wurde, wollen wir die Vorkommnisse nicht weiter vorenthalten.

Bill Tanner, leitender Kommissar der hiesigen Dienststelle hatte in Zusammenarbeit mit dem Spanier Henriece Sancés, (wir berichteten, bevor die Nachrichtensperre verhängt worden war) einer satanischen

Sekte das Fürchten gelehrt. Eigentlich wollte Bill Tanner mit seiner frischgebackenen Ehefrau Helen Tanner, sie ist stellvertretende Staatsanwältin, seine Flitterwochen in Harbourn verbringen...

„Ist er schon hier?", fragte Henriece und gab dem Italiener die Zeitung zurück.

„Ich habe einen Ehrenplatz für euch reserviert", grinste der Italiener. Verschmitzt zwinkerte er Chrissie zu, drückte sich an ihr vorbei und ging an der Theke entlang in das menschenleere Lokal. Er führte sie zu den letzten Plätzen auf der linken Seite. Von dort aus konnte sowohl die Pizzeria als auch durch ein großes Fenster die West-Street beobachtet werden.

Mit dem Rücken ihnen zugewandt, saßen Bill und Helen bereits am Tisch; sie schienen in eine angeregte Unterhaltung vertieft zu sein. Als sie den Italiener bemerkten, hielten sie inne und wandten sich gleichzeitig um. Freudig blitzten die Augen des Kommissars auf, als er Henriece und Chrissie hinter dem Italiener erblickte.

„Uno momento", flüsterte der Italiener und eilte mit hastigen Schritten zurück. Henriece setzte sich Bill gegenüber, nachdem er Chrissie den Stuhl gegenüber Helen angeboten hatte.

„Stadtgespräch", sagte Henriece nur, nachdem er Bills freundlichen Gruß erwidert hatte.

„Das war leider nicht zu umgehen", erwiderte Bill. „Am besten wir lassen der Zeitung ihren Spaß. Die Wahrheit wird ohnehin niemals herauskommen."

„Woher wusste dein Kollege –?", versuchte Henriece eine Frage zu stellen, die ihm seit Langem auf der Zunge brannte. Noch bevor er seine Frage beenden konnte, hatte Bill einen Briefumschlag aus der Innentasche gezogen, den er ihm überreichte.

„Beweismaterial", sagte er nur und konnte sich eines Lächelns nicht erwehren, als er seiner Frau einen Blick zuwarf.

Auf dem Umschlag war in Handschrift das Datum des 17. September 1965 aufgeschrieben. Derselbe Tag, an dem die Abschlussfeier in Larsens Residenz zu Ende gegangen war. Sorgfältig öffnete er den Umschlag und nahm einen Brief hervor, dessen Handschrift ihm bekannt war.

„Von Pater Athelwolds", bemerkte er überrascht.

„Sollte dieser Brief jemals während meiner Abwesenheit geöffnet werden, dann wird eingetreten sein, was mir nicht gelang zu verhindern", stand als Einleitung darüber. Leise begann Henriece die Zeilen des Paters vorzulesen, sodass auch Chrissie der Inhalt des Briefes zugetragen wurde.

„Ich bin zu etwas gezwungen worden, dessen Handlung ich mit meinem Gewissen, mit meinem Gelöbnis, das ich vor der Heiligen katholische Kirche abgelegt habe, nicht vertreten kann. Die Mächte der Finsternis haben sich einen Weg gebahnt, um ihr gotteslästerndes Werk fortsetzen zu können. Sie haben Spuren in der Vergangenheit hinterlassen, die unauslöschlich mit in unsere Zeit gewandert sind. Ich habe versucht, es durch meinen Glauben, durch meine Kraft zu verhindern, doch ist mir dies nicht gelungen.

Vor langer Zeit, im Jahre 1505, wurde in dem Gebiet von Harbourn ein Mann namens Theodor Ephrath Mehrens wegen Hexerei und Teufelsbuhlschaft durch den Scheiterhaufen hingerichtet. Diesem Manne war es damals gelungen, das Geheimnis der Gestirne, des Universums und des Geistes zu entdecken und ihre Wirkung auf die Menschen zu beeinflussen. Er besaß die Macht, Menschen unter seinen Willen zu zwingen, ihre Gedanken zu lesen und sogar besaß er die Macht, die Gestalt eines Tieres anzunehmen. Vergangenheit, Gegenwart und Zukunft verschmolz er ineinander. Theodor Ephrath Mehrens war im Begriff, die gesamte Herrschaft der irdischen und der überirdischen Dimension seinem Willen zu unterwerfen. Doch bevor es so weit kommen konnte, wurde seinem Treiben ein jähes Ende gesetzt. Verurteilt zum Tode auf dem Scheiterhaufen wurde Theodor Ephrath Mehrens am 24. September 1505 hingerichtet. Und von diesem Zeitpunkt an hat er seine Wiederauferstehung vorbereitet, als der Antichrist, dessen Erscheinen von uns allen totgeschwiegen wird. Sollte dieser Brief je geöffnet werden, so wird mein Leben, meine Seele, nicht mehr die Macht besitzen, die Geburt des Antichristen aufzuhalten und es wird keinen Gott mehr geben, zu dem wir beten können. – Noch bete ich zu Gott, dass seine Kraft dem Bösen widerstehen kann. Noch habe ich die Kraft, ihn anzuflehen, aber wehe jener Zeit, die kommen wird, wenn mein Erbitten niedergeschmettert von dem Antichristen keine Früchte schlägt. Betet!"

„Lambrusco", rief der Italiener, um auf sich aufmerksam zu machen. Erschrocken wandten sie sich gleichzeitig um. Nacheinander servierte er jedem ein Glas Lambrusco. Dabei lag in seinem Gesicht ein derart breites Grinsen, das nur vermuten ließ, dass er ebenfalls Henrieces Worten gelauscht hatte.

„Woher hast du ihn?", fragte Henriece, faltete den Brief wieder zusammen und reichte ihn zurück. Dem Italiener ließ er durch einen flüchtigen, aber treffenden Blick verstehen, dass seine Anwesenheit momentan nicht erwünscht war.

„Qualis stultus á mihi", schimpfte der Wirt. „Ich hab meinen Bestellblock vergessen", setzte er noch hinzu und trottete davon.

„Er hat ihn in einem Bankschließfach hinterlegt", antwortete Bill, nachdem der Wirt verschwunden war und es war ihm anzusehen, dass er dem Brief mehr Bedeutung zusprach, als er sich eigentlich zugestehen wollte.

„Wer hat diesen Brief noch gelesen?", wollte Henriece darauf wissen.

Bill griff ein weiteres Mal in seine Jackentasche und nahm ein noch größeres Kuvert heraus, das er ihm überreichte.

An den Leiter des Kommissariats von Melbourn, sollte der Umschlag nicht von mir persönlich am 20. September 1965 abgeholt werden, stand in der Handschrift des Paters darauf geschrieben. In dem Kuvert lag ein weiterer Brief von Pater Athelwolds, den Henriece ebenfalls leise vorlas, ohne aber den Italiener aus den Augen zu lassen, der sich hinter der Theke eine Pseudobeschäftigung gesucht hatte, es aber nicht unterlassen konnte, ständig neugierige Blicke zu ihnen zu werfen.

„Sehr geehrter Mr. Lindsay", las Henriece vor. „Ich weiß, dass ihr Vorgesetzter auf Hochzeitsreise nach Harbourn gefahren ist. Umstände, die ich Ihnen nicht erklären möchte, haben mir diese Information zukommen lassen. Ich bitte Sie eindringlich, sollten Sie diese Zeilen lesen, ist Ihr Vorgesetzter Bill Tanner in Lebensgefahr. Bitte fragen Sie sich nicht, wie ich das vorhersehen konnte, sondern handeln Sie! In dringlichster Bitte, Ihr Pater Athelwolds"

Erwartungsvoll sah Bill ihn solange an, bis er ihm den Brief wieder zurückgab. Die Blicke Henrieces wanderten von Bill auf Helen und dann wieder auf Bill, der sichtlich nervös mit seinen Fingern spielte.

„Ich kann dir nicht sagen, wie sehr ich mich bei dir schuldig fühle", brachte er nur mühevoll über die Lippen. „Vieles wäre nicht geschehen, hätten wir von Anfang an auf dich gehört."

Henriece fasste sich in das Gesicht, strich mit den Fingern über die Falten, die von dichten Bartstoppeln überzogen noch tiefer wirkten.

„Du meinst, es ist vorbei?", fragte er nach geraumer Zeit.

„Harry Bansly ist nicht mehr am Leben", antwortete Bill langsam. „Sämtliche Spuren sind beseitigt worden. Die Leute von Harbourn haben wieder ihren normalen Rhythmus eingenommen. Mit den Jahren werden sie vergessen, was geschehen ist. Ich denke, dass mit dem Tod von Harry Bansly, oder Scarliet Ebestan, wie er auch immer genannt werden wollte, dass mit seinem Tod dem Treiben ein Ende gesetzt worden ist."

„Und der Brief?" Henrieces Gesichtsausdruck verfinsterte sich, als ihm klar wurde, dass Bill die Hintergründe der Geschehnisse immer noch nicht begriffen hatte.

„Es wird ihn bald nicht mehr geben", entgegnete Bill nur, warf dabei einen Blick auf seine Frau, die ihm ein freundliches Lächeln zuwarf. „Wir wollen vergessen, was geschehen war – verstehst du? Einfach vergessen."

Anstatt einer Erwiderung griff Henriece an sein Genick und öffnete das Kettchen, an dem er die drei kleinen Anhänger wieder angebracht hatte. Nacheinander legte er die silbernen Symbole vor ihm auf den Tisch.

„Ich bitte dich Bill", forderte er ihn eindringlich auf, „hör mir nun genau zu, was ich noch zu sagen habe." Er sah einen Moment lang zu dem Italiener hinüber, der sich gerade auf den Weg begab, neuen Gästen einen Platz anzuweisen.

„Noch mit keinem Menschen habe ich darüber gesprochen", fuhr er fort, nachdem er überzeugt war, dass sie nun eine Zeit lang nicht gestört werden würden. „Meinem Vater habe ich es zu verdanken, dass ich jenem Menschen begegnete, der mir diese drei Anhänger vermacht hat. Damals wusste ich nicht, welche Kraft von ihnen ausgeht. Erst mit der Zeit wurde mir bewusst, was diese Symbole zu bedeuten haben. Betrachte dir das Kreuz, Bill."

Henriece zeigte mit dem Finger darauf.

„Es ist das Symbol für Ewigkeit. Christus wurde geboren, um für die Ewigkeit seinen Tod zu symbolisieren. Das Rad...", nun zeigte er darauf, „besitzt die Macht des Geistes. Es ist unendlich, und wenn es sich zu drehen beginnt, kannst du die einzelnen Speichen nicht mehr erkennen. Die Geister vereinen sich miteinander. Das Dreieck hat zweierlei Bedeutung...", sein Finger bewegte sich auf das silberne Dreieck. „Steht es auf der Spitze, so bedeutet es Wasser. Steht die Spitze nach oben, so bedeutet es Feuer. Das Symbol des Feuers – wenn ich es herumdrehe für Wasser – ist eins von den vier Elementen. Das Symbol des Geistes beinhaltet die Schöpfung und das Symbol der Ewigkeit, das Kreuz Christi, bedeutet Leben. Das Rad kann ich drehen, wie ich will, es ist immer ein Rad. Immer ein Geist – ob böse oder gut. Das Dreieck hat, wie schon gesagt, zweierlei Bedeutung. Wasser und Feuer. Aber dieses Symbol, das darf ich nicht drehen. Ist der Querbalken nach unten gedreht, dann ist es die Anbetung des Bösen." Henriece nahm das Kreuz und hielt es dem Kommissar aufrecht entgegen. „Ich kann jedes Symbol, das für das Gute – für Gott – geschaffen ist, auch für das Böse verwenden. Es ist der Glaube Bill. Der Glaube ist es, der die Menschen gut oder böse werden lässt und es ist eines jeden Menschen eigene Entscheidung, oder er an das Gute, an die Liebe glaubt, oder er sich dem Bösen hingibt. Und jene Menschen...", er blickte Bill direkt in die Augen, „jene Menschen, die nicht glauben können, werden getrieben und es ist dem Bösen ein Leichtes, sie für sich zu gewinnen. Theodor Ephrath Mehrens, Bill, hat sich die Elemente der Erde zunutze gemacht. Er hat durch seinen Glauben die Macht errungen, alles zu sein, was er wollte. Es sind die verschiedenen Gestirne des endlosen Universums, in denen die Antwort darauf liegt, was der Mensch seit jeher zu erfahren trachtet. In ihnen liegt die Macht, alles oder nichts zu sein. Geben oder Nehmen. Leben oder Sterben. Einzig ihre Zusammenstellung, wie es die Himmelskörper bestimmen, erzeugt Leben oder vernichtet es. Geist und Gestirn ist die Antwort, die keine Frage offen lässt. Warte, bis die Himmelskörper in einer bestimmten Konstellation zueinanderstehen und löse deinen Geist von deinem Körper und du kannst sein, was du sein willst. Theodor hat sein Wissen dem Bösen verschrieben. Ich –", sein Blick wanderte von Bill auf Helen, dann auf Chrissie und wieder auf Bill, während er das silberne Kreuz wieder auf den Tisch legte, „ich bin einst einmal sein Sohn gewesen." Als er das sagte, zogen sich seine Augenbrauen so weit zusammen, dass sie sich fast berührten. „Er hat mich dieses Wissen gelehrt, um dadurch zu verhindern, dass es durch seine Hinrichtung erlischt. Unmittelbar, nachdem seine Seele von seinem Körper befreit wurde, begann er mich – ich muss sagen, meine Seele – zu kontrollieren. Bis zu jenem Tag, an dem der Mönch mir begegnete. Der Mönch, Bill – er war ein Gesandter Gottes. Theodor hat mit allen Mitteln zu verhindern versucht, dass ich mir dieses Wissens bewusst wurde und ich es für Gott offenbare. Nun will er zurück, Bill. Die Gestirne stehen in einer Konstellation zueinander, die ihm seine Wiedergeburt ermöglicht. Und Chrissie –", für einige Sekunden hielt er inne und ließ seinen Blick in den Augen von Chrissie ruhen, bevor er langsam weitersprach. „Sie war einst einmal seine Tochter gewesen

– meine Schwester." Über Bills Schulter hinweg sah er, dass sich der Italiener auf den Weg zu ihnen begab. Er nahm die drei Symbole an sich und ließ sie zusammen mit dem Kettchen in seiner Brusttasche verschwinden.

„Quasesò", forderte er sie mit bereitgehaltenem Notizblock auf, ihre Bestellung zu äußern. Der Reihe nach bestellten sie sich jeder eine Pizza – „mit Peperoni", setzte Bill noch ausdrücklich hinzu und nutzte die Gelegenheit, einen Blick durch das Lokal zu werfen. Nur zwei Tischreihen von ihrem Platz entfernt, hatte sich das Pärchen niedergelassen. Der Mann saß mit dem Rücken zu ihnen und die Frau konnte er nur von der Seite sehen, doch Bill entging nicht ihre verblüffende Ähnlichkeit mit Chrissie.

„Grazie agere", bedankte sich der Italiener, warf Chrissie einen anerkennenden Blick zu und verschwand mit einem überbreiten Grinsen auf dem Gesicht, um der Bestellung nachzukommen.

„Reinkarnation", griff Bill seinen Vortrag auf.

„Vorboten, Bill", erwiderte Henriece ernst. „Was in Harbourn geschah, waren nur Vorboten, die seiner Zeugung vorausgegangen waren. Kannst du dir vorstellen, was geschehen wird, wenn das Kind das Tageslicht erblickt?"

„Seiner Zeugung?" Nicht nur Bill, sondern auch Helen starrte ihn mit aufgerissenen Augen an, als hätte er sich in den Leibhaftigen persönlich verwandelt.

„Es ist noch nicht vorbei, Bill", sagte Henriece leise, doch gut verständlich. „Es ist noch lange nicht vorbei."

„Was?", entfuhr es Bill beinahe zu laut. Er schien einfach nicht wahrhaben zu wollen, dass die Dinge Höherem zugeteilt werden mussten.

„Alles, was geschehen ist Bill, unterlag Theodors Willen. Harry Banslys litt unter epileptischen Anfällen. Wie du selbst vielleicht weißt, konnte die Ursache der Epilepsie noch von keinem Mediziner, von keinem Wissenschaftler erklärt werden. Harry Banslys geistige Verwirrtheit unterlag Theodors Macht. Durch ihn ist es Theodor gelungen, sich selbst den Ursprung des Lebens in die Gebärmutter

317

seiner damaligen Tochter zu pflanzen. Scarliet Ebestan war Theodors Diener bis zu jenem Augenblick, an dem die Zeugung stattgefunden hat. Es war Theodors Wille, dass er denselben Tod erleiden musste, den er einst selbst gestorben war."

„Du willst damit sagen, dass Harry Bansly –?" Fassungslos sah er von ihm auf Chrissie und an den Tränen, die sich in ihren Augen bildeten, erkannte er die Wahrheit, die ihm bis zu diesem Augenblick verschwiegen worden war.

„Auch wenn du Zweifel daran hast", sprach Henriece weiter, „es ist die Wirklichkeit. Theodor ist nicht besiegt. Du kannst ihn nicht vernichten. Verdrängen ja, aber niemals vernichten."

„Dann ist Chrissie –?" Er versuchte schon gar nicht auszusprechen, was in ihm vorging. Erneut flammte der Hass in ihm auf, was in seinem Gesichtsausdruck unverkennbar war.

„Es ist so", bestätigte Henriece kaum hörbar.

„Mein Gott", entfuhr es Helen entsetzt. „Er hat dich verge –?" Sie getraute sich nicht, das Wort ganz auszusprechen. Ein leichtes, fast unscheinbares Nicken von Chrissie genügte als Antwort.

„Theodor besitzt solange Macht, wie das Kind noch nicht geboren ist." Henriece blickte Bill noch tiefer in die Augen. „Im dem Moment, in dem das Kind geboren wird, ist seine Seele in dem Körper des Neugeborenen gefangen. Somit auch seine Macht. Erst mit den Jahren, wenn sich sein Körper entwickelt, wird sich auch sein Wissen entwickeln und er wird seine Macht zurückerlangen. Alleine diese Zeit wollte er dadurch überbrücken, dass er mich sein Wissen gelehrt hat. Ich sollte eigentlich an seiner Seite stehen, ihm den Rücken decken, aber er hatte Gott vergessen. Er hatte das vergessen, was auch ihn einmal erschaffen hatte."

„Pizza, Pizza, Pizza", drang die entfernte Stimme des Italieners zu ihnen. Er trug sie auf einem übergroßen Tablett. Bill nutzte diese Gelegenheit wieder, um dem Pärchen einen verstohlenen Blick zuzuwerfen. Seltsamerweise hatten sie ihre Sitzposition gewechselt. Nun konnte er das goldblonde Haar des Mädchens von hinten sehen und ihren Begleiter von der Seite. Irgendwie kamen ihm dessen Gesichtszüge bekannt vor. Nur das pechschwarze kurz geschorene Haar – Bill verwarf den Gedanken wieder und widmete sich ausschließlich nur noch der leckeren Pizza, die ihm der Italiener soeben vorsetzte. Seit ihren Horrorflitterwochen war dies mindestens die siebente Pizza, die er nun zu sich nahm.

Der Italiener konnte es einfach nicht unterlassen, Chrissie bewundernde Blicke zuzuwerfen. Am liebsten hätte er ihr wohl nicht die Pizza, sondern sich selbst auf dem Teller serviert.

„Buono Appetito", rief er aus, nahm das Tablett akrobatisch wieder an sich und entfernte sich in Windeseile, da das Telefon klingelte.

Die Situation war ein wenig gespannt durch die Erkenntnis, die Henriece dargelegt hatte, doch ließ Bill sich nicht davon abhalten, ein ordentliches Stück von der reichlich belegten Pizza zu schneiden und seinen Mund mit seiner Lieblingsspeise vollzustopfen.

„Und jetzt?", fragte Henriece mit vollem Mund, als würde es sich eher um eine alltägliche Unterredung handeln, nicht aber um die Existenz der gesamten Menschheit.

„Wenn das Kind auf die Welt gekommen ist", erwiderte Henriece und richtete seinen Blick auf Chrissie, die sichtlich keinen Hunger zu haben schien, „muss es getötet werden."

„So einfach?", entgegnete Bill gelassen und schob sich ein weiteres Stück in den Mund. „Demnach brauchen wir nur zu warten, bis es geboren wird und dann..." Unmissverständlich hielt sich Bill sein Messer an die Kehle.

„Theodor wird alles daran setzen, um dies zu verhindern", erwiderte er energisch. „Nicht einen Augenblick wird er verstreichen lassen, um dafür zu sorgen, dass dies eben nicht eintreffen wird. Noch hat er Macht, Bill. Noch ist er hier – verstehst du? Hier!" Seine Geste war ebenso unmissverständlich.

„Was um alles in der Welt sollen wir denn tun?" Helen hatte ebenfalls noch keinen Bissen hinunter bekommen. Ihre Stimme klang leise, besorgniserregt und ängstlich. Sanft legte sie eine Hand auf

319

Chrissies Finger. Wenn diese Berührung auch ein wenig schmerzte, wollte sie dadurch ihr Mitgefühl zum Ausdruck bringen.

„Ihr redet da von Kindestötung und Wiedergeburt und Antichrist", begann sie nacheinander aufzuzählen, „aber an Chrissie habt ihr noch nicht gedacht. Was soll sie denn tun, Henriece? Wie um alles in der Welt sollen wir uns denn nun verhalten?"

Henriece schob seinen Teller von sich, nahm die drei kleinen Anhänger heraus und legte diese nebeneinander auf den Tisch.

„Ihr wisst ja nun, was diese Symbole zu bedeuten haben", sagte er, indem sein Blick von Helen auf Bill wanderte. „Der Glaube daran verhilft Dinge zu tun, dessen ihr euch nicht bewusst seid. Sollte je die Kraft dieser drei Symbole, die des Feuers, der Ewigkeit und des Geistes dir versagen, so siehe der Zukunft mit allem Möglichen ins Auge. Zweifle doch niemals an ihrer Wirkung, denn das wird der Untergang sein, vor diesem dich diese drei kleinen Amulette zu schützen wissen", zitierte er die Worte des Mönchs. „Ich bitte euch, nimmt diese Symbole und versucht nicht nur daran zu glauben, sondern tut es wirklich. Vertraut ihnen und sie werden euch den richtigen Weg weisen, so wie sie mir den Weg gewiesen haben. Diese Symbole werden euch immer beiseite stehen, solange ihr den Glauben daran nicht verliert." Er wandte sich Chrissie zu, die sich gerade eine Träne von der Wange wischte. „Es muss sein", sagte er zu ihr. „Wenn die Zeit gekommen ist, dann werde ich da sein und das Kind in Empfang nehmen. Solange muss ich alles daran setzen, dass es Theodor nicht doch noch gelingen wird, mich zu töten. Und es ist besser, ich bin dann nicht in deiner Nähe – glaube mir."

Langsam stand er auf, griff in seine Jacke und nahm ein längliches dünnes Päckchen in leicht bläulicher Farbe heraus, das er Bill neben die Pizza legte.

„Mein Eigen hat er an das Kreuz geschlagen", sagte er zu ihm, drehte sich um und schritt, ohne sich noch einmal zu wenden, dem Ausgang entgegen.

Mit verwirrten Blicken verfolgte ihn Bill, dabei entging ihm nicht die rasche Bewegung des Schwarzhaarigen, der offensichtlich sein Gesicht vor Henriece verbergen wollte. Kurz darauf stand der Fremde auf, warf seiner Begleiterin ein paar Worte zu und verließ ebenfalls das Lokal.

„Ciao Henriece", vernahm Bill die Stimme des Italieners, als er durch das Fenster den Eingang beobachtete. Er sah, in welche Richtung sich der Spanier entfernte und wie der Schwarzhaarige ihm hinterher blickte. Auf einmal fasste sich dieser an die Brust, richtete seinen Blick für einige Sekunden nach oben, als ob ihm jemand etwas zurufen würde, und betrat daraufhin wieder das Lokal.

„Was hat das zu bedeuten?", schüttelte Helen verständnislos ihren Kopf und fixierte das Päckchen, das Bill an sich genommen hatte, um es zu öffnen.

Schon während Bill das Papier auseinanderzufalten begann, vermutete er, was das Päckchen beinhaltete.

Die drei Nägel, mit denen Helen von Harry an das Kreuz genagelt worden war, kamen zum Vorschein. Henriece hatte sie belassen, wie er sie aus Helen herausgezogen hatte. Zwei blutig und der dritte leicht angeschwärzt mit Blut vermischt.

Der Innenteil des Päckchens bestand aus einem Brief, oder vielmehr waren es nur ein paar Namen, die Henriece darauf geschrieben hatte.

Chrissie Parker – Silvania Mehrens
Henriece Sancés – Ephrath Mehrens
Helen Tanner – Dorothea Silvania Mehrens
? – Theodor Ephrath Mehrens

Nachwort des Autors

Die Vergangenheit wird dich eines Tages einholen...

Das sind nicht nur die Worte des vermeintlichen Geistes, das ist auch ein Gesetz.

Die Bausteine der Zukunft werden in der Vergangenheit geformt. Die Vergangenheit wird von der Gegenwart bestimmt.

Als ich den zweiten Band zu schreiben begonnen habe, war ich ebenso überrascht, wie ihr es sein werdet...

Was mich dazu bewegt hat, diese Geschichte zu schreiben und was ich alles dabei erlebt habe, kann auf der Seite www.theodor-story.de nachgelesen werden.

**Bitte beachte auch
die folgenden Seiten**

The Theodor-Story

Jene, die Kenntnisse über die Gesetze haben, wissen, dass es ihn nun gibt. Sie spüren seine Energie, sie haben Angst, sie wollen ihn um jeden Preis vernichten.

Angst ist ihr Trieb, Macht ihr Instrument.

Das Wesen aber ist intelligent. Es weiß sich zu schützen, es hat seine Wiedergeburt im Detail geplant.

Die, die zweifeln, kämpfen gegen sich selbst und die, die um die Wahrheit wissen kämpfen für sein Leben.

Des Wesens Ziel ist, wieder Mensch zu werden um jene zu eliminieren, die das System der Angst unter die Menschen verbreitet haben.

AARON E. LONY

THEODOR
DIE WIEDERGEBURT

bedeson
VERLAG

Vorankündigung

Band II, Theodor - Die Wiedergeburt
Hardcover
ca. 500 Seiten
Format: 135 x 215

Titel erscheint voraussichtlich im Frühjahr 2014

Das Buch der Schatten

Vier Freunde in einem Internat. Sie erfahren von einem Buch, das magisch sein soll. Ein schwarzes Buch, es wird das Buch der Schatten benannt.

Ein Sonderling ist bestimmt für das Buch. Nur er kann es verstehen und die Macht darin bändigen. Jedoch bekommen die vier Freunde das Buch zu fassen. Damit erwecken sie das Böse, das von jenem Zeitpunkt an den Lauf der Dinge bestimmt.

Das Leben der vier Freunde gerät unter die Kontrolle von etwas, das sie nicht beherrschen können. Nicht nur ihr Leben ist in Gefahr...

Das Buch der Schatten
Hardcover
416 Seiten
Format: 145 x 215
ISBN: 3-9805141-0-2

Auch als ebook:
ISBN: 978-3-944938-12-7

Gedachte Realität

Bei meinem Freund war es die Begehrlichkeit, bei mir die Neugier. Dennoch war ich vorsichtig – aber nicht vorsichtig genug. Ich wusste nichts von der unsichtbaren Welt. Von einer Welt, die beherrscht wird von Gedanken, Gefühlen und Sehnsüchten.
Er wusste es! Und zwar alles!
Wir tranken diesen ekelhaften Saft und tauchten ein in diese Welt, die sich uns als Akasha offenbarte. Eine Welt, die beherrscht wird von seltsamen Wesen. Wesen, die von der Menschheit selbst erschaffen wurden. Wesen, die unsere Eigenschaften verkörpern und unsere Realität bestimmen.
Carl wusste genau, was er tat. Wir aber wussten nicht, was Carl in Wirklichkeit vor hatte...

Gedachte Realität
Hardcover
322 Seiten
Format: 135 x 215
ISBN: 978-3-944938-00-4

Auch als Ebook
ISBN: 978-3-944938-08-0